卢文丽 著

外婆史詩

上海文艺出版社

此生迅速消逝,恰似钟声掠过湖面。

目　录

第一部　序曲
001

第二部　间奏
073

第三部　咏叹
153

第四部　宣叙
233

第五部　尾声
313

跋
373

第一部

序曲

1

这一次,你再也不会醒来了。你躺在那张铁架床上,显得很放松,你的皮肤看上去不错,颈纹也不明显,在你这种岁数的女人里,称得上凤毛麟角。你的眼睛,懒得理睬人似的闭着,眉毛像被一根黑炭棒,仔细描画过,呼应眼皮底下,两扇秋日茅草一般的灰睫毛。你的脸颊,开着两朵桃花,左颧骨上原本一块枣核大小的晒斑,也不翼而飞了。你的嘴唇今天也很特别,像一颗红彤彤的杨梅馃,连同你一向引以为豪的下巴沟儿一道,构成一个寺庙里的观音娘娘才有的笑容。

老实说,你今天这身打扮,我还是头一回领教呢:黑色蚌壳帽额中间,嵌着一颗不蓝不绿的椭圆珠。一件簌簌新的、下摆镶蓝色滚边、中间镶五排对襟盘钮的月白色上衣。一条同样色泽与质地的长裤。你三十四码的解放脚上,套着一双蓝色绸面圆口布鞋,脚踝那儿露出两截白棉袜,鞋面上有一只展翅的凤凰,鞋底上有一枝出水的芙蓉。这身扮相,跟你一贯的品位,简直相差十万八千里,我深信只要有一丝可能,你都会一骨碌地爬起来,小姑娘似的撅着嘴,一把扯下那顶古板得要命的蚌壳帽,掷在地上。

你睡着了,两条胳膊肘呈朝内三十五度摆放,与肩膀构成一个等边三角形,看上去自然又大方,你的指甲是椭圆形的,靠近甲肉有个白色半月形小弧。顺便介绍一下,你手上两件宝物,一金一玉,分别待在左手中指和右手无名指上,这两件妈妈送给你的护身法宝,一年四季,片刻不离地陪伴着你这位拥有锐利目光、神奇臂力的老太太,在村子里游荡、与某人在街巷或门槛边、长久地寒暄、出其不意地打招呼,冲着他或她的肩膀或后背,热情地来上那么一家伙,一个沉闷的问候声,通常视对方身上肌肉多寡、衣料质地,略有出入——嘿,你的手劲道一向很不赖。

摆放在你四周的花篮和阔叶植物,烘托出一种田园牧歌般的超然气息,这些花篮大多以黄白二色为主,一如电影《满城尽戴黄金甲》的导演所苦苦追求的效果,顺便说一下,那部电影正是在我们这儿,一座被称作"东方好莱坞"的影视城拍摄的,每天大约有一百个剧组,同时在这儿开机,小镇上的农民大多走上了艺术的不归路。凭良心说,这些长着八字腿的花篮,搁到任何一个开业典礼上都恰如其分,但花艺师显然并不打算这么做,而是让所有的花改变了走向,万变不离其宗地,簇拥着中心的一个黑体字,每一只花篮上,都披覆两根底部被剪成燕尾形的飘带,飘带上酣畅的墨迹,无一例外地流露出强烈的古典气息。比如:音容宛在,懿德长存。南柯梦里,望云思亲。比如:慈竹当风空背影,晚萱经雨亦留芳。等等,不一而足。

没有人不会对那件紧挨大门,颇具插花艺术的荷花篮另眼相看,它由十枝含苞欲放的荷花、六只绿莲蓬和一个竹编底座构成,粉红色的花瓣如同手掌一般,极富弹性地朝内卷曲着,这只花篮将千言万语,浓缩在一根绢丝条幅上:外婆,我们永远爱您。这行恭恭敬敬的字迹,一看就是长脖的笔迹。我对着荷花篮,老练地来了几个特写,拍荷花我是一把好手,我曾在不同时间,蹲在同一个地点,用同一只镜头,长久地盯着西湖里的某株荷进行拍摄,那件名叫《西子荷》的获奖作品,起码让人搞懂了,荷花从小到大是怎么一回事儿。

墙上那面系着黑绸带的镜框,照片上人物的表现真是非同寻常:微侧着脸,一副心满意足模样,像是刚刚吃下一碗麻芯汤圆,大衣胸口上别一朵康乃馨,这个宾馆茶几上的摆设,是长脖的创意。我这幅杰出的摄影作品,尽管被弄成了黑白,依然可以看出,人物与拍摄者之间,那种无声而默契的交流。那次,我们把你刚接到县城,就迫不及待地在宾馆开好房间,住进一个气氛舒适的标间,我刚丢下行李,脱下大衣,把鞋子甩到角落,长脖已经在浴缸中,替你放好了洗澡水,还掺上一堆粉红色的泡泡浴剂。我们给你洗了澡,那次你没有炫耀你的扁胸脯。洗好澡,你穿戴齐整,跷着二郎腿看着电视,刚刚咽下长脖递到嘴边的一瓣蜜橘,忽然听到了我的呼唤,便神情惬意地转过头来,我记录了那个决定性瞬间。在我们老家,上了年纪的人大多不愿被拍照,但你从不相信这一套,像你这么好商量的人,全世界都寻不到第二个了。哦,你那吹得半干的、微微扬起的头发,你那冲着人永远含情脉脉的眼神儿,是多么的亲切啊!现在我都闻得到从你脸上飘来的,那股淡淡百雀灵雪花膏的香味儿呢!

这是你最后一次亮相了。我该如何描述,那只扣在你身上的透明罩呢,你看上去活像被法海和尚,镇在雷峰塔底的白蛇娘娘,又像一枚即将羽化成蝶的蛹,倘若你一个鲤鱼打挺坐起来,换上相应的装束,充当一名神采奕奕、摆脱地心引力前往太空的资深女宇航员,也并不为过。哦,你这位永葆迷人孩子气的老顽童,你是多么崇尚自由呀,你是多么富有冒险精神,并且永远都是乐呵呵的呀。哦,天堂!哦,宇宙!那正是你即将动身前往的地方,你已整装待发,只差一粒火种。

以上这些,是江南一个闷热的刚刚出梅的星期天早晨,我透过一扇紧闭的玻璃门观察到的,通过茶色玻璃门的反光,还望得到翻腾着云霞的天空,隐约耸立的松柏,这扇玻璃门也忠实记录下我的尊荣:挎着相机,军绿色的工装裤,黑色吊带衫外,套一件盖过屁股的白衬衫,像一名神情倦怠的战地记者。为打发时光,我踱着思考时才有的步子,在长廊上走来走去,墙上有一面镜框,嵌着一个起码可获副省级以上奖的好版面,详尽地罗列着各种服务,且图文并茂,让目不识丁者亦能了然于心。最上面有两行粗体字:服务周到,使生者满意;认真负责,为逝者尽心。值得一提的是,照片上的人物一律笼罩着神秘气息,不是戴着口罩、手套,就是仰面朝天,身盖白布。美容栏内,一个穿蓝色工作服的人,坐在凳子上,低着头,好像在给一位身盖白布者做面膜。出炉栏内,一个穿蓝色工作服的人,站在红彤彤的炉膛自动钢板前,凝神打量一堆刚出炉的、蚕茧似的粉末。镜框右下方,立着一个指示牌,指示牌上有个箭头,写着几个字:火化,请转弯!

陆陆续续的人出现在林荫路上,每一个都被太阳晒得低下头,请允许我介绍一下,从一辆风尘仆仆、东倒西歪的中巴车上,走下来的几位我们村的大人物吧,这些人当年健步如飞,如今已垂垂老矣。首先亮相的是德高望重的有初伯,这位支着拐杖、头戴阔边草帽的人,是上宅村谱《锦溪志》的编撰,脸上的皮肤比洗过的土布还皱。村妇女主任许半仙,正用她那独特的、母鸡下蛋一般的嗓门,冲身边一个脖子上挂毛巾的男人,喋喋不休,这天公真是热哇真是热哇。边上的男人,是许半仙的老公喜福,满是青筋的光脚上,套一双补过的塑料鞋,在我们当地拍摄的影视剧中,喜福多次扮演过日本鬼子、国民党士兵和倭寇。被许半仙搀扶着下车的,是一位面色红润的老太太,你的闺蜜香娟奶奶,凭她的好气色,谁也猜不出,她已九十有五,香娟奶奶有一双小得出奇的脚,喉咙口持续地发出,春天油菜花田里黄蜂交尾时发出的颤音。远远的,在墨绿色的长廊尽头,诞生了一个人,白色的中式衣裤格外惹眼,我一眼认出他就是你的堂阿弟、我二十年没见的数学老师蒋时晖。蒋老师像一只大虾,缓缓朝我们游来,红润的面庞始终带着笑意。

  长廊上的人,有的站着,有的拣了个阴凉点的地方坐下,夹杂着久违问候,涉及敏感话题时,像蜻蜓的翅膀,轻轻绕过。到处都是握手和默契的眼神交流,起先,打招呼的人还有所克制,声音较轻,一旦聊起天,也就显得无拘无束。我们这里的语言,分北乡话和南乡话,南乡话的音量,通常高过北乡话,北乡话的发音,比南乡话稍稍悦耳一些,但总归都充满了乡土气。"真没想到能在这里见到你嗳!""是呀,多少年没见了嗳!"一个说:"你怎么还是老样子哇?"另一个说:"你气色才好哇!"一个说:"你看看,我黑头发都没几根了哇。"另一个说:"你看看,我白头发都快掉光了嗳。"时光隧道一般悠长的林荫道上,驶来一辆银灰色大众轿车,在花坛边拐了个弯,开到停车场熄了火,车内,蹦出一对小煤球似的男孩,精灵一般的耳朵,脑后垂一根筷子似的小辫儿,他们跑到我跟前,咧开嘴,露出一口跟他们老子小时候一模一样的坏牙,便不再看我一眼,朝远处一个翘起的圆屁股跑去,蚂蚁研究会加入了两名新成员,三颗脑袋挤在一起,发出不为人知的嗫嗫声。我的表哥矮脚,走出驾驶室,他留着一头纯爷们气质的半自然长发,墨镜,白得晃眼的衬衫领口下,配一条黑色竖条纹窄版丝质领带。矮脚跟我打了个招呼,默默地跟长脖并排坐在台阶上。

  办公室门开了,一位穿黑色短袖衫的矮个男人,探出半个肩,左右张望了一下,像是有谁刚敲过他的门。舅舅撇下大家,转身朝他走去,穿黑色短袖衫的男人,以矮个儿人特有的姿势昂着头,像一头神气活现的海狮,从眼神可以看出,他才是这儿的主人。海狮用浓眉下的眼睛,逮住舅舅,开始说话,他的语速很快,并不时竖起一只手掌,朝空气短促有力地劈去,好像徒手劈着一块块看不见的砖头。舅舅不住点着头,看得出他对海狮言听计从,海狮一口气劈了八九块砖,两手交叉,停在裤裆那儿,盯住地面,跟舅舅凑成一个不等腰三角形,像剪彩仪式上的大人物那样,交头接耳了一番。我听到海狮说,这几天是高峰,一上午就有五场……超过十五分钟,租费加倍。说完这些,海狮垂下手,当着舅舅的面,陷入一种职业性的忧郁。

1974年深秋,东阳通往杭州的一辆长途汽车上,一个胸口挂一只菱形香包的六岁小女孩,一边尖声哭喊着,我要外婆!我要外婆!一边用脏糊糊的小手,噼噼啪啪地,轮番抽打抱着她的男人的脸颊,那个男人双手揽着女孩的腰,防止她被颠簸的车辆晃倒,不顾女孩雨点似的巴掌,嘴里喃喃着:"塌鼻不要哭,你先回杭州去,过几天外婆就会来找你。"但是男人愈是这么说,女孩的挣扎和哭闹愈是激烈。道路颠簸,车身吱咯作响,大幅度摇摆,如同海上行舟,车厢仿佛随时解体,小女孩的哭喊和抽打,却一刻也没有停止,车上的人,都瞧着这一大一小,有的摇头叹息,有的满脸带笑,有的还饶有兴趣地,替女孩的巴掌数起了数。那个小女孩就是我,我叫塌鼻,这个绰号是我的外公给取的,读者诸君千万不要误会,其实我的鼻子一点儿不塌,那个挨打的人,是我的舅舅马坦。那个端午节,一大早,我被外婆叫醒,告诉我今天舅舅带我去城里玩。早饭后,我高高兴兴跟着舅舅出门,外婆和外公跟在后头,外公提一只包着油纸的火腿,外婆拎着一只篾编红饭篮,我们穿过拥挤的集市,来到公路边,一辆长途汽车呼啸而来,停在路旁浑身打着战,舅舅刚一上车,我就被外公铁钳一般的大手,拦腰抱起,双脚离地,塞入一扇打开的车窗,被舅舅接入一个狭窄异常、令人窒息的车厢,舅舅的力气比牛还大,长途车逃也似的开走了。我哀嚎起来,看到外婆张着嘴,像一条被人甩在路边的鱼,拖着腿,摆动着双臂,追了一段路。长途车挟带着我的哀嚎,像一匹脱缰的野牛,灰扑扑的屋瓦和树枝,不停掠向车后。外婆不见了,上宅不见了,东阳不见了,我歇斯底里的号啕无法阻止滚滚车轮。

塌鼻,外婆给你包的粽子呢?舅舅忽然问我。也许是我打累了,也许是我担心,外婆给我包的粽子,被人偷走,我停止抽打舅舅,从红饭篮里摸出一只系着红绳的粽子,你包肉粽用粽绳,包豆沙粽会在外面多绕一截红绳,一想起你,泪水又涌出眼眶。吃完又软又糯的粽子,我的心情才慢慢平复,舅舅托着我的手,撅着嘴,帮我吹着气,他的脸又红又胀,像只红馒头。汽车开了很久,终于开上一座钢架桥,桥下翻着白花花的浪,江面上有许多船,桥对岸的山上,有一座七层宝塔。"钱塘江到了!钱塘江到了!"有人扯着喉咙喊。"六和塔!六和塔!"有人拉开嗓门叫。过了桥,空气变得十分清新,我的眼睛被大片绿莹莹的色彩围绕着,嘴巴和鼻子里,钻入一股浓郁的蜂蜜般的香气,我咂吧着嘴,觉得自己的五脏六腑,都被那种神秘的香气,填塞得满满当当。

一生下来,我的脾气就很躁,像一匹硬邦邦的土布。我是睡觉的时候被妈妈生出来的,那件事发生在1968年11月的某一天。这一天,通常是农历立冬节气,也是江南人赏银杏叶、吃螃蟹的好时节,由于受较强冷空气影响,中国南方气温下降较为明显,最低温度通常在八至九度,北方人则大多已经穿上秋裤。这一天,即使不是寒风刺骨,雨雪交加,总归也是庄严神圣的,因为五十一年前的这一天,停在俄罗斯涅瓦河尼古拉大桥旁,一艘叫阿芙乐尔号(古罗马神话中司晨女神的芳名)巡洋舰上,一名叫亚·别里什夫(男,34岁)的水雷放射手,将革命的大炮,瞄准了资产阶级临时政府所在地——冬宫。根据我妈妈回忆,她在忍受了四十八个小时阵痛后,傍晚时分被注射了催产针,医生们决定我这个超出预产期的小东西,必须诞生。尽管我无限留恋妈妈肚子里温暖的羊水,皱巴巴的小脸上挂着只属于娘胎里的浅笑,却无法阻止历史车轮滚滚向前,换句话说,革命的水雷放射手正在焦急待命。16 时 30 分,革命军事委员会向临时政府发出了最后通牒,要么举手投降,要么遭受炮击。与此同时,催产针在我妈妈体内发挥神效,这位原本面容秀丽的二十二岁团委书记,此刻面目全非,大汗淋漓,宫缩一阵紧似一阵,嘴里咬着一块干毛巾,并被要求做绵长深呼吸。21 时,阿芙乐尔号巡洋舰打响了第一炮,尽管后来有历史学家指出,那枚从六英寸口径炮膛中射出的炮弹,实际上来自冬宫对面的彼得-保罗要塞。但是就算阿芙乐尔号打了一发空炮,我妈妈放的却绝不是空炮,她的深呼吸频率愈来愈急促,伴随阵阵撕人心肺的惨叫,临时政府除了缴械投降,乖乖滑出产道,别无出路。起义军占领了冬宫,我撤出了子宫。我妈妈像是被人从水里捞出来似的,浑身透湿地产下她的头胎,一颗毛发过分浓密黏稠的小黑脑袋,被迫暴露在空气里。什么是痛苦?痛苦就是当你还在睡觉时,却被人弄醒了。十月革命一声炮响,给世界送来了马克思列宁主义,多年后的这一天,也给世界送来一个气急败坏、赤条条的女孩儿,我嘹亮的哭声仿佛司春女神的号角,毫不费力地穿透产房墙壁,一直传到等候多时、忍耐已达极限的我爸爸的耳朵眼里。于是,我的爸爸,这位心急火燎的军人,仿佛听到了冲锋号,犹如攻打冬宫的革命者,强行推开产房大门,不顾惊惶失措的戴着口罩的医生和护士的斥责,伸出健壮的臂膀,把刚刚剪断脐带消毒完毕,裹在一块棉布里的我,紧紧抱在怀里。十月革命取得全胜。

  令我十分惊讶的是,在一本标有"红色日记"几个仿宋字体的黑皮塑料簿上,对于 1968 年 11 月 7 日这个特殊日子,我爸爸竟然只字未提。扉页上,是爸爸两行特有的圆体字:在读书中批修,在批修中读书。

  11 月 2 日的日记里,我爸爸只写了一行字:

> 白天开会,晚上继续开。开完会,写材料到半夜。饿。

在11月3日的日记中,我爸爸自问自答地写道:

> 今天学习了讲话:"人的正确思想是从哪里来的?"非常地鼓舞人心!我常常思考一个问题,人活着究竟应该干点什么?究竟应该怎么干?此时此刻,我的脑海里冒出一个大胆想法:把连队的黑板报办成日报!什么新闻报道、好人好事,统统登!让黑板报一天一模样!接下来,要立即组织一批通讯员,好好培训!

11月4日,我爸爸的日记,写得比较长,但是塑料簿上,依旧没有我的半点蛛丝马迹。

> "雄关漫道真如铁,而今迈步从头越"。今天听了国际形势报告,收获极大。两条路线的斗争,只有开始,永远没有结束。记得1962年,我即将参加高考,海峡两岸,风云骤变,以蒋介石为首的国民党反动派,妄图反攻大陆,学校里张贴了报名入伍告示。我的脑袋像一只沸腾的锅,去上大学吧,大敌当前,身为东阳中学学生会宣传部长,马列主义不能光宣传人家!不去吧,我这个四岁失去父亲,靠小脚母亲拉扯大的人,十年寒窗眼看快熬出头了,在国家利益和个人利益剧烈冲突之际,我毅然弃笔从戎,踏上了保家卫国的征途……

到了11月5日这天,我爸爸字迹潦草地写了这么几个字:

凡是反动的东西,你不打,它就不倒。早上,去妇保。下午,继续开会。

黑皮塑料薄内,夹着一份《人民日报》的剪报,日期是1969年9月24日,这是为纪念建国20周年,部队领导派爸爸和新华社记者一道,奔赴大陈岛采写下。在那篇题为《大陈岛在前进》的通讯后,还附着一段爸爸的采访心得:

……我们风尘仆仆赶到了祖国东大门,忍住翻江倒海的晕船反应,马不停蹄地深入军营采访,亲眼目睹了驻岛官兵们,头顶烈日摸爬滚打,汗水浸透军装搞军训的火热场面;亲眼目睹了他们任凭风吹雨打,手上嘴上裂开一道道血口,依然紧握钢枪守卫海防的坚强意志;亲眼目睹了军爱民、民拥军,军民联防心连心的一幕幕动人画卷。是岛上战士们生活条件好吗?不,岛上条件很艰苦,吃的蔬菜,喝的淡水,全得靠大陆运过去,遇上台风十天半个月吃不上蔬菜,酱油泡汤喝是常事。是岛上文化生活丰富吗?不,这里既没广播,也看不上电影,白天黑夜除了听海浪声,就是阵阵刺耳的海风声,碰上阴雨天,衬衫洗了一个星期都晒不干。不仅如此,战士们早上洗脸用过的一小盆水,也不能轻易倒掉,得精打细算,派许多用场:洗完脸后,等上午军训或下午劳动回来再用,用了以后还不能倒掉,留着晚上就寝前洗脚,洗完脚后也不能浪费,再倒进一口大缸,用来浇灌种在山岙里的蔬菜和树苗。这样的生活,一年三百六十五天,天天如此,可是战士们谁也没叫过一声苦,始终以饱满的热情,日夜精神抖擞地守卫着祖国的海防线。这,不就是思想政治工作发挥强大威力的结果吗?于是乎,我领悟到了"思想政治工作是一切工作的生命线"的真谛,一腔为战士们引吭高歌的热情在胸中沸腾,可是天公不作美,正当我们采访好上大陈,准备赶往下大陈,十一号台风来了。驻岛解放军守备团政委孙志刚,死活也不让我们出海。但是时间不等人哪,离北京要求的发稿时间越来越近了!万一稿子到不了北京,贻误了刊用,岂不辜负了党和人民的殷切期望?岂不辜负了驻岛军民的一片深情?我急得如同热锅上的蚂蚁,心想哪怕冒着生命危险,也一定要赶赴下大陈。孙政委实在拗不过我,最后与海军联系,冒着狂风骤雨,派了两艘登陆艇护送我们出海,我们克服种种困难,终于完成了对整个大陈岛的采访任务……

我也留意过我的妈妈,这位被毛主席接见过的、杭州商校高材生珍藏的《会议纪要》。开头,是一行大红色印刷体:

  首长留言:抓阶级斗争,搞好革命大批判,今后要加强这方面的领导,充分发挥小将的力量,知识青年帮助贫下中农写批判文章。

关于1968年11月,我的妈妈记载了以下内容:

  贾平仄(男,食品厂支部副书记,31岁):办学习班,很重要,真的很重要。通过学习,对实践出真知,有了新认识。以前,不大安心烘焙工作,老想去做技术活,这下可不能那样想了。通过学习,懂得了"双抢"是接受贫下中农再教育,知道了贫下中农是为革命种着田,以前经常早走晚到,今后一定痛改前非。
  郭小寒(女,毛泽东思想宣传队队长,27岁):毛泽东同志说过,群众是真正的英雄。我们一班人,自编自导自演,吹拉弹唱,硬是整出一台供几百人观看两小时的大戏,不容易,但也存在怕苦怕累现象,开篇跳"忠字舞",精气神儿不够足。

　　李飞宇:(男,毛泽东思想宣传队成员,25岁):通过学习,发现自身存在许多问题,排练《长征组歌》时,我以为有人领唱,只要把嘴巴张大、张圆就行了。整个宣传队,只有我一人戴手表,特扎眼。总之收获不是一般大。

　　刘震雨:(男,毛泽东思想宣传队成员,27岁):记得那次,我演到杨白劳回家食盐卤自杀时,朝台下扫了一眼,看见我的恋人小雪坐在台下,冲我嫣然一笑,我情不自禁也笑了,被革命观众发现,喝起了倒彩,教训何其深刻也……

我妈妈在11月5日,被送进医院待产前,写了如下几段心得:

　　作为毛泽东思想宣传队成员,我演过许多角色,却没能演江姐,因为我的锥子脸不合格。记得送戏下乡到牌头,宣传队的刘小桃,因为拥有一张大脸盘,再次出演江姐,我只能演跟江姐一起绣红旗的女青年,我当时心里闹情绪。通过学习,我终于认识到,革命不分高低贵贱,不分脸大脸小,更何况娘胎里带来的东西,一时半会儿也无法改变,只有通过不断学习,才能提高认识……

　　今天学习了一整天,心潮起伏,久久难以平静!难以忘记啊难以忘记!两年前,我响应毛主席的号召,登上飞速的列车,来到北京天安门。啊,我永永远远忘不了那一天!我跟来自五湖四海的红卫兵小将们,受到了伟大领袖毛主席的接见!尽管从我所在的角度望过去,天安门城楼上的毛主席,只有一粒土豆,不,不,顶多只有一粒豌豆那么一丁点儿大,可是我们激动啊!欢呼啊!跳跃啊!最后,我们发现鞋子全部找不到了……难以忘记啊难以忘记!我们响应毛主席的号召,登上飞速的列车,开展全国"大串联",我们来到上海锦江饭店,锦江饭店负责人,一个穿背带裤的白脸胖子,笑眯眯地接待了我们,他不怀好意地给我们吃面包、西餐,喝啤酒、咖啡,还给我们睡软绵绵的席梦思,用古怪的抽水马桶。我们一眼就识破了阶级敌人的阴谋诡计,我们质问白脸胖子:你,凭什么给我们吃面包、西餐?我们一见就想吐!你,凭什么给我们喝啤酒、咖啡?这些破玩意儿比泔水都不如!你,凭什么给我们睡席梦思,用抽水马桶?是妄图用资产阶级生活方式腐化我们么?对不起,我们红卫兵小将,绝不吃你这一套,不睡你这一床,不尿你这一壶!我们责令白脸胖子,连夜写了二十页检查。我们不吃面包,改啃馒头。掀掉席梦思,改睡硬板床。不用抽水马桶,改用痰盂罐……在千钧一发之际,正是伟大的毛泽东思想,让我们抵挡住了资产阶级洪水猛兽……

一出生,我就有一头过分浓密的头发,我的每一根头发,差不多有别人两根粗,我的脑袋看上去,总是毛茸茸的,愤怒或忧伤时,像一顶浓郁的树冠。在这个孤独世界里,只要是醒着,一分一秒我也不能独个儿待着,我采取的有效方式就是放声大哭。每当月明星稀,夜深人静,就是我登台亮相的好时光,我拉开嗓门,大声号啕,像一个精力充沛的木匠,不停地锯着木头,又像一个心情糟透了的小工,没完没了地使着电钻,我的啼哭被黑魆魆的夜色放大,令每位谛听者不寒而栗。我妈妈十分担心,住一个宿舍楼的同事,嘲笑她不会带孩子,便总是抱着我,不停抖动双臂,在屋里兜着圈。即便她给我喂饱了奶,我也无法让自己的哭声停顿,因为我并不是一个馋痨胚。作为毛泽东思想宣传队的成员,我妈妈有一副好嗓子,情急之下她爱唱歌给我听。一听到歌声,我就会慢慢安静下来,眼含泪水,噙着奶头,一声不吭,因此我妈妈一度认为,我是个对艺术十分敏感的孩子。我妈妈经常唱的歌是《唱支山歌给党听》,那首难度系数很高的《卜算子·咏梅》,最后那句她老是唱不上去。我个人最喜欢那首《太阳最红毛主席最亲》,每次都听得眼泪汪汪。当我的妈妈以为,已经用歌声把我哄得差不多,轻手轻脚把我放回一个四面围着栏杆的小木床时,我立即用突如其来的哭声让她束手就擒。

我的爸爸起先在省军区工兵营,手枪步枪冲锋枪都打得好,因军事素质好,思想觉悟高,加上文笔过硬,很快调到了政治部。我妈妈商校毕业后,分在诸暨食品厂工作了一年,并且怀上我。我的夜啼让我的妈妈陷入苦恼,一次气急之下,她把夜新鲜的我,揿入棉被,差点让我背过气。另一次,我妈妈悲愤之下,把一粒磨成粉末的安眠药,放入小汤匙,还往小汤匙里,加了两滴蜂蜜,我咂吧着嘴,快活咽下,打了个饱嗝,那晚我们睡得十分安耽,直到第二天傍晚,我还没醒,我妈妈吓得抱着我去了医院。

你很快来到了我的身边,你来到我身边时,应该年近五旬,你把我带到廿四间,我立即成为你的累赘。冬天的清晨,我睁眼见不到你,便哭得声嘶力竭,直到你带着烟火气从灶边赶来,把我用军大衣裹着,抱到灶头。我半躺在稻草窝里,噙着你为我泡好的奶瓶,闻着稻草和木柴的气味,望着灶膛内的火苗,映着你的脸,像一尊闪闪发光的菩萨,我就会放心喝光奶瓶里的奶,重新睡去。我喜欢你把我缚在背脊上,一手拿瓢,一手揭盖,弯着腰,朝水缸里舀水,再直起腰,把水倒进锅,一弯一直,比乘跷跷板还惬意。当腊月的寒风,夹杂大雪,吹打着廿四间的屋檐和窗户,你总是守在我身边,把我的头裹在三角棉包里,把我的脚藏在你暖呼呼的怀里。你抱着我,有时横着抱,有时竖着抱,一只脚打拍子,用你依然婉转的歌喉取悦我,春季到来绿满窗,大姑娘窗下绣鸳鸯……要不就是,花篮的花儿香,听我来唱一唱……还有一首我们老家的儿歌,念起来抑扬顿挫,每次都让我越听越清醒,麻雀娘,采砻糠,采粒米,供姑娘。姑娘几时来,八月十三来。啥个东西担担来,馒头粽馃担担来。馒头粽馃担给谁?担给大伯婆,大伯婆在东厅敲锣鼓。担给二叔婆,二叔婆在西厅敲钛锣。担给小叔婆,小叔婆在楼上织鞋底,鞋底织织生个红小弟……实在没办法了,你就抱着我,在昏暗的煤油灯下,陀螺一样转着圈,指着雕花床上的那些木头小人儿,声调上扬地,一个劲地呼唤着它们,八仙!唐僧!孙悟空!猪八戒!

　　如果我依然不买你的账,你抱我到堂前长案桌前,那儿站着一台钟,左边有只蓝瓷花瓶,右边有一面镜子,钟的外边,罩着一个玻璃门,这台钟会变戏法,时间一到,就会发出一阵巨大轰鸣,然后当当当敲起来,听起来气势不凡,底气十足,然后奏响一首乐曲。万籁俱寂的冬夜,每当我吃饱喝足,开始夜新鲜,常常地,这台钟也会四平八稳响起来,好像跟我一唱一和,又像是在跟我叫板,这种时候,我便会停止哭泣,竖起耳朵,屏气敛声,睁大蒙眬泪眼打量它,聆听着它发出的声音。我敢肯定,它的肚皮里面,一定藏着一个恶作剧的小人儿。

　　在这个孤独世界里,我最害怕最担心的事,就是你不在我身边。假使你突然消失,不告而别,哪怕仅仅几分钟,对我来说,同天塌下来差不多。当你像是从天空上,掉下来,或是从地里面,长出来,重新出现,我会连滚带爬赶到你身边,抓住你的手,把我的脸,整个儿埋进你的温柔掌心,把我那因为过分悲伤和思念,形成的眼泪、鼻涕和口水,统统涂抹在你的手心里,这样一动不动,保持好一会儿,仿佛默默祈祷。然后,抬起头,睁开泪眼,嘴巴弯成一个下弦月,凝望着你,再次默默无语。然后,猛地紧闭双眼,挤出眼眶里,最后几滴残余热泪,张开嘴,吐出肚皮里的一大口长气,这样才算好。

  我知道你爱我,从你抱我时的手势,看我时的眼神,喊我名字时的音调,对我说话时的表情,我都能感觉到。当我摔跤时,你比风还要快地跑来,边拍着我的胸和背,边喊:这只耳朵进,那只耳朵出,塌鼻塌鼻勿要怕,嗬!噫!这句话,你会一口气喊上好几遍。当我在涨了大水的溪滩边玩耍,你总会惊慌地把我弄回去,溪滩里常有小孩溺毙事件发生。当我在山岭上奔跑,遇上闪电或雷雨,你总会及时出现,撩起阔大的蓝布围裙,让我在里头躲雨。即使我往打翻的油壶里掺水,把木棍插入高速运转的脱粒机,把公社唯一一台柴油脱粒机逼停,你也只是虚弱地笑着,低声下气地称我小祖宗,再去给人家赔不是。

  我知道你爱我。盛饭时,你总是撇去铁锅两边的饭,拣最中间的给我,你知道我爱吃软饭。你把小麦炒熟、椿碎,拌上糖霜,治好我的水土不服。你用新鲜茶叶头泡茶,治好我哭哑的沙喉咙。你用田塍豆熬成粥糊,治好我夜半盗汗。你弄来鲜荸荠,让我顺利地排出吞进肚皮的纽扣、弹子。你把辣椒切得很细,放进索粉,看着我吃下去,把我哄上床,蒙上被,治好我的感冒打喷嚏。即使打滚时,我也能深深体会到你的爱。打滚,是我在乡下练出的本事,整个童年,我仅此一技之长,尽管在我们老家,看不到驴这种动物,但我凭着聪颖的天资,照样可以打得像模像样,如假包换。只要稍不称意,无需提醒,没有任何征兆,我就会亮出这手绝活:好端端地,身子忽然一歪,倒在地上,一门心思地翻滚起来,同时拉开大嗓门。我招之即来,来之能打,观众不限,场地不挑,无论廿四间光滑的天井沿,还是乡场粗糙的黄泥地,无论同泰布店阴凉的大堂,还是公社气味复杂的养猪场,处处是我打滚的好战场,上宅村的人民群众,没一个没见过我打过滚的。每当我把自己弄得蓬头垢面,污秽不堪,哭得奄奄一息,声嘶力竭,你除了把我从地上哄起来,岔开手指,帮我梳理乱糟糟的头发,滗去我的鼻涕,嘴里一迭连声地说,不哭哦,不哭哦,看看我塌鼻,多么得侬恤!有时,你也会不无忧愁地喃喃,阿婆把你宠得像鼻头涕一样了,今后谁来宠你呢?哎,想想真是不放心。

得侬恤,是你对我说的亲昵语,也是我们老家方言古语。得:得到;侬:人们;恤:爱怜、怜悯。得侬恤的全意是,得到人们的爱怜。它的反义词是得侬憎。事实上,在这个孤独世界里,我知道只有你才疼爱我、体恤我、包容我,只有在你的面前,我才可以无拘无束地,撒娇、赌气和打滚,此外没有任何市场。是的,你是我的救星,我的方舟,我的避风港。我指着天空和锦溪水发誓,我爱你。我愿是一只鞋底,被你攥在手里。我愿是一枚硬币,被你牢牢揣在兜里。我愿是一颗糖,被你深深含在嘴里。我愿是一只小鸟,被你亲昵捧在掌心。我愿是那块藏青色的、下端缀满流苏的细格子围裙,整天缠在你的腰间。哦,我也愿是那条,比山还要笨重的土布眠被,在寒风呼啸的夜晚,依偎着你取暖。我愿与你厮守终生,天打雷劈不分离,你去哪里,我就跟你去哪里,刀山火海也要一道去。我会一路自己走,不怕风吹,不怕雨打,不怕电闪,不怕雷鸣,比马兰花还要坚强一百倍。我用不着你哄,用不着你背,更用不着你抱,再苦再累都吃得消,鞋子走破没关系,脚走烂掉也欢喜,只要能够让我远远望到你。如果你想起我,停下来,走回来抱抱我,摸摸我,或者斥责我几句,我会淌下两行幸福的眼泪水。哦,我指着天空和锦溪水发誓,只要你不撇下我,我保证再也不惹你生气,再也不淘气捣蛋,刁蛮任性,你让我洗多少回脸,我都愿意。我甚至愿意张开双臂,站在你对面,为你乖乖绕上几团棉线球。我向毛主席保证，真的，不骗你，骗你是小狗，是反革命。

曾经，你是我的天空、大地，我赖以生存的空气，然而在我六岁那年，你却突然消失过一回，像一个无声无息的肥皂泡，转眼无影无踪，这个事实令我充满恐惧与悲伤。我思念你高兴的样子，忧愁的样子，还有你的老家话。吃饭时，我会听到你说"食饭"。睡觉时，我会听到你说"眠熟"。吃茄子时，我会听到你说"落苏"。吃丝瓜时，我会听到你说"天罗"。吃饱时，我会听到你说"塌鼻食得肚拖地喔"。玩得满头大汗时，我会听到你说"塌鼻嬉得汗出喷天喽"。天亮时，我会听到你说"日头孔爬上来了"。天黑时，我会听到你说"天公乌阴了"。没错，从到杭州那天起，我的天空就转入"乌阴"，太阳落山了，月亮不见了，星星碎了一地。你想象不出我有多么思念你，当我从梦中醒来，望到窗外的天，会立即想起你的各种蓝衣裳：湖蓝、靛蓝、碧蓝、蔚蓝、宝蓝、藏蓝、黛蓝、天蓝、普蓝、深蓝、淡蓝，哦，还有孔雀蓝。多少个夜晚，我躺在汪庄幼儿园的小床上思念你。只要能够不来杭州，我发誓一定不再像牛皮糖那样粘住你，不再赖地、打滚，掉进阴沟里。一定不再钻进你的大花橱，把里面搅得乱七八糟，弄散你的珍珠项链，并且用手指把珍珠一颗颗捏碎。只要能够不来杭州，我发誓一定像矮脚和大口那样，自己乖乖上楼睡觉，不再把番薯一样笨重的身体，压在你的脊背上，让你四脚四手，爬上那条又陡又黑的楼梯。我发誓不再唆使矮脚偷吃糖霜，去城里做客，不再趴在外公宿舍楼的走道上，朝南街游行的人群吐口水、扔玻璃和石块，不再让造反派们奔上楼，揪住你的衣领口。

在那段艰难的情感断乳期，我常常想，我一定有着许多毛病，以至于连你那么好脾气的人，都无法忍受。如果我能长得好看一点，皮肤白一点，如果我能懂事一点，不那么霸道，讨人嫌。如果我不是跟屁虫，不是小吵包，不是拖油瓶，不是淘气鬼，如果我能够全部改掉这一切,你一定会把我领回上宅去的吧?在那段艰难的情感断乳期,我不能不生你的气,你明明知道我爱哭、耍赖,还有打滚的坏毛病。你明明知道我被你宠坏了,脾气差、难商量。你明明知道,一旦离开你,我的日子会很不好过,我在外头根本吃不开、兜不转、拎不清,而你,却在端午节的前夜裹粽子,裹了肉粽,又裹豆沙粽,并且把它们全部蒸熟,装入一只红饭篮,直到我像一件啼哭的包裹,被塞进长途汽车的车窗,被舅舅带到杭州。

思念催发了自虐。多少个日夜,我穿着浅黄色的、背后有两根带子的幼儿园服,默默眺望着夕照山,夕照山上,长着一些掉光叶子的树,雷峰塔早已倒塌。我幻想自己走路被车撞了,被突然飘落的树叶砸中脑袋,昏死过去,我故意喝自来水,睡觉不盖被子,趁人不注意用身体激烈地撞向门或墙,或是猛地扑到地上,爬起,再扑,并为自己身上不断增加的斑斑淤痕暗暗高兴。是的,我是一个被抛弃的人,我讨厌自己。我一个劲地幻想,如果我染上不治之症,就好了,如果我立刻死掉,就好了,这样的话,你一定会难过,一定会后悔,一定不会对我这么绝情。你一定会赶到杭州,把我救出去,让爸爸妈妈的计谋破产。我一个劲地幻想,妈妈抱着因相思成疾、生命垂危的我,坐上一辆加满油的长途车,长途车发出尖利呼啸,心急火燎穿过钱塘江大桥,经萧山、诸暨、浦江、义乌。一路上,这辆没有刹车的长途车,一个站也没停,一个人也没接,中途更没在路边小店,停车吃饭补胎,携着沙尘暴一般的尘土,车轮滚滚,发疯似的一路开到东阳城,逃命一般穿城而过,转入一条两边长满糖梗的、坑坑洼洼的机耕路,一口气开到上宅的站牌下,直愣愣地闪入市基,穿过乡场和戏台,尾随一条淙淙小溪又开了半分钟,这辆泥浆斑斑的长途车,最后在廿四间弄堂口,来了个刺耳绵长的紧急刹车,橡胶轮胎在黄泥地上,擦出两道深深辙痕。车还没停稳,门"咣当"一声打开,妈妈抱着我跌跌撞撞下车,你立在台门口,张开双臂。一闻到你身上熟悉温暖的气息,我立即睁开眼睛,满血复活。

爸爸经常带我去办公室值班,他喜欢用直尺和圆珠笔,在部队专用稿纸上,画上线条,耐心地打好一个个方框,让我在方块里面练字。或者褪下手表,搁在我面前,让我一边聆听滴答作响的秒针,一边做速算题,这种时候我总是心惊胆战,越算越错。爸爸办公室的墙上,有一张军事地图,很大,有整整一面墙那么大。那次,我踮着脚尖,伸长脖子,在爸爸的帮助下,在地图上,大海捞针一般的找到两个比蚂蚁还小的字。这是两个浅蓝色的字,混杂在五花八门、仿佛宇宙星系一样复杂的字迹和线条里,却异常清晰。这两个字,是一个小村庄的名字,你就住在这两个字里面,我的心脏狂跳,被一种如同刺探到机密军情一般的感觉攫住。我久久打量这两个字,怯生生地伸出手,缓慢抚摸着它们,先是用指尖,再是用指肚,然后是整个手掌。我来来回回地摩挲着这两个字,一只手摸完,另一只手接着摸,最后我把整张脸贴在那两个字上,热泪濡湿地图。这两个字,是我平生最初认识的两个字:上宅。

我终于病了。全身滚烫,脉搏微弱,神志模糊,满口胡话,身上发出许多鲜红色皮疹。我被紧急送到一一七医院,经诊断,我得了猩红热,被迅速隔离,爸爸在我的病危通知单上签了字。我被换上了带条纹的病号服,浑身发烫地躺在充满消毒药水味道的单人房里。那些孤独日夜里,我依然一个劲儿地幻想:如果你知道我生病了,会不会心疼?如果你知道我快死了,会不会依然对我不闻不问?你会不会立即坐上长途车,朝着杭州方向一路飞奔?你会不会跑上一座山,对着一个矮矮的、青草摇曳的墓碑,默默忏悔和流泪?那块小小的墓碑上,刻着这样两行字:这里躺着一个/为爱而永远思念的孩子。那些孤独日夜里,我躺在充满消毒药水味道的单人房,内心充满死亡的气息。我知道,即使我立即离开这个世界,你也不会为我伤心。我被你彻底抛弃了。

二十多天后,我却神奇痊愈了。那是五月的下午,阳光明媚,空气清新,一辆绿色敞篷吉普,把我和另两个康复的小伙伴送回幼儿园。车过九里松,速度很快地驶上西山路,经花圃、空疗,一路疾行,我站在车里,双手紧握栏杆,一动也不敢动。阵阵樟树花香扑入我们的鼻子,敞篷吉普飞奔时,扬起的巨大风力,将我们的头发和衣服,拼命吹向相反方向,仰望着头顶上方,一大片没完没了、几乎遮住天空的、犹如绿色波浪般迅速后退的树木,我们的嗓子里,发出一阵阵欢快的尖叫。经过花港,车速开始减慢,那一刻我望到一面波光粼粼的湖,湖水在黄昏的光线下,闪着宁静而迷人的光,湖里荡着船,岸边的柳枝,像女人的长发。这是我第一次主动将目光投向这面湖,微风吹拂我的脸庞,枝头的小鸟仿佛与我窃窃私语,我发觉这个世界在与我隔离二十天后,忽然变得如此亲切美好,心底里某种顽固不化的,或许是愚蠢、无用的东西,像是被渐渐淡化、稀释了。一场大病使我一夜间成熟,这一回,爸爸妈妈终于赢了。

2

我所知道的一切,都得在这个夏季回忆出来,即使那些往事,已经被烈日烤焦,被地气蒸发,被一阵热风刮跑,我也得描述出那个,储存着我生命里重要记忆密码的村庄。我得描绘出一个洋溢着米酒般安谧气息的早春,在中国南方纵横交错、色泽清新的版图上,勾勒出一个笼着绿色水雾一般朦胧调子的小村庄。跟中国江南的大多数村庄一样,它有着黑白相间的老屋,坑坑洼洼的石子路,空气里流淌着梨花、桃花和杏花的气息,以及土腥味、柴禾味、猪羊牛粪味儿和淡淡艾蒿的苦涩味儿。我得让村口那棵大樟树,粗糙的身体变软,落下漆黑斑驳的老皮,绽出新鲜的内里。我得让井头沿响起淘米声、捣衣声,让锄头、犁耙,与油亮的泥土摩擦发出新鲜吱吱声,让田间地头响起阵阵烦人的蛙鸣,让蚱蜢和麻雀,在变暖的空气里面做游戏。我得让沟渠、溪滩和田塍旁,长出一簇簇马兰头、荠菜和野葱,开满一咕嘟一咕嘟,淡黄、淡紫和乳白色的迎春花、豌豆花和萝卜花,让不知疲倦的蝴蝶和蜜蜂,在上面嗡嗡乱飞。我尤其得让村庄的四面八方,荡漾起一大片一大片金黄色的油菜花,它们层层叠叠,铺天盖地,涌起一个含金量极高、令人目眩神迷的海洋,那些金黄色的浪头,从村庄的脚底铺陈,朝着头顶上方那片辽阔的蔚蓝奔腾而去。

  此时此刻,我努力捕捉那个村庄所散发的气息,它的气息,遥远而亲切,浓烈而粗糙,从记忆的窄巷和屋瓦深处,恣意地蔓延、流窜,无论是否迎风而立,那种气息都会让我毫不费力地捕捉并深陷其中。那种气息理所当然地来自松软而略带忧伤的田野、明亮刺眼的日光、蠢蠢欲动的稻浪,交织着明快、茁壮和沉静。那种气息理所当然地来自那些老房子,它们个个衣不蔽体,座座破烂不堪,在阳光、雨水和翩飞的蛛网尘埃中,发着霉,打着盹,历经风雨漂洗,蚁虫蛀蚀,承受着春夏之交的梅雨,严冬之际的阴冷,屋顶和墙角缝隙里,点缀着睫毛一般稀疏的野草和雏菊。那种气息理所当然地来自村庄正南方的那座笔架山,倘若立在山巅,手搭凉棚,你可以轻易望到一口水色恹恹的池塘,白鹅和野鸭在塘中游泳,女人在塘边没完没了地捶衣洗菜。那种气息理所当然地来自市基令人垂涎的包子铺、馄饨摊、烧饼摊,来自一年四季不论寒暑敞开着的木板门:阴凉芳香的中药铺、南货店,味道复杂的酒坊、酱坊,有趣好玩的染坊、箬帽店、钉秤店,以及无论刮风下雨,都在营业的修鞋摊、剃头摊和看相摊。那种更高远更透彻的气息,理所当然地来自一条名叫锦溪的河流,它的两旁有高高的茅草,水里游着小鱼和泥鳅,河底的卵石踩上去光滑又硌脚,每逢东阳江涨大水,上游还会捎来木头、家具和溺毙的猪羊。

现在,我得让一个五岁小女孩出场了,她穿一件脖子和背后各打活结的小衣裳,坐在一只两尺高的捣臼里,屁股抵着凉丝丝的石头,小肥腿挂在石壁上,正涨红着脸,吹着一管玉米形状口琴,像一头牙口很差的小毛驴。我的琴声柔而不和,尖而不利,只有专业人士听得出是《两只老虎》片断,这一手我是从养猪状元、保皇派、我的舅舅马坦那儿学来的。我的舅舅马坦,是一个很有本事的人,每到傍晚,这个浙江大学英语系高材生,叉着腿,撅着嘴,保持一种仰首、胸挺、双臂张开呈四十五度的姿势,用手中的竹笛,为公社养猪场里的猪们,吹奏《西边的太阳就要落山了》,只要我的舅舅一吹,太阳就真的落了山。我的舅舅也能吹出,白蛇娘娘和法海激斗的场面,高潮时的音色如同电闪雷鸣,他还大胆改编《血债要用血来偿》等曲目,充分反映出越地乃复仇雪耻之意。我只为我心目中的听众演奏。想必有爱管闲事的人好奇打听,哦,你心目中的听众是谁呀?或许有人会一指天井里,那只正替一小垅菜地除虫的大公鸡,或那只屁股染成紫红色的芦花鸡,甚至直接指认,是不是那位正在镬灶头忙碌的苗条妇人。没错,她就是我的外婆,此刻,借助屋瓦天窗漏下的光线,我们大约可以看到她窝在柴草堆里,正举着火筒,对着灶膛的火苗鼓动着腮帮子,起身,往围裙上擦擦手,在镬灶神偏的监视下,在砧板上切着一块乳白色的猪油。

尽管我并不排除,把以上提到的各位作为听众的可能,但说实话,这种猜测毫无想象力。我的听众无处不在,它们待在廿四间散发湿气和霉气的角落,已经苟延残喘了一百多年,曾经扛住了十七遍雷击、十一场火灾、九次干旱、七趟洪水,尽管被光阴搞得灰头土脸,面目全非,却依然值得大伙儿耐心找寻。我心目中的听众,包括堂屋门框上,那对含情脉脉的男女,他们始终旁若无人地,待在一座微型小桥上,女人发髻插着一朵花,从男人手中接过一把合拢的伞。我心目中的听众,包括东厢房槅扇门上,那位额前垂发、手舞足蹈的小顽童,他的脚下,趴一只金蟾,金蟾的嘴里,叼着一串铜钱。我心目中的听众,包括西厢房槅扇窗上,那两位手持拂尘的年迈的双胞胎,他俩并肩而立,双双垂着眼皮,像是打算一门心思搞灵清,脚指头底下那句话的含义:睡觉东窗日已红,闲来无事不从容。我心目中的听众,包括八条待在横梁上的活蹦乱跳的鲤鱼,它们洁净的身体,颜色随季节变化,这会儿它们看上去不黄不绿,表明眼下正处于春夏之交。

我心目中的听众,还包括廊柱上那两头,遥遥相对、因相思而病入膏肓的羚羊,它们的脚下,各趴着一头怀抱幼狮的母狮。哦,腰檐下那两只交颈的仙鹤,一定快要热死了,身旁的荷叶都被它们啄了好几个窟窿,朝四周卷曲开去,荷叶上趴着一只快被晒成标本的瓢虫。我心目中的听众,除了一长溜花窗和腰板上的蝗虫、鲶鱼、花弓、蚱蜢以及倒过来的蝙蝠,还包括天井里,那头用鹅卵石拼成的梅花鹿,梅花鹿的身体,用青砖细细地勾着边,看得出它完全被我弄出来的乐曲惊呆了。我调动全部的热情,向我心目中的听众致敬。致敬!小桥上含情脉脉的男女。致敬!脚下趴金蟾的小顽童。致敬!并肩而立的老神仙。致敬!房梁上的鲤鱼,牛腿上的羚羊,雀替上的母狮和小狮。致敬!腰檐下交颈的仙鹤,天井里发呆的梅花鹿。致敬!我亲爱的瓢虫蝗虫花弓鲶鱼青蛙蚱蜢和头冲地的蝙蝠们。

正当我打算,为廿四间这座木结构的微型动物园里,我亲爱的听众朋友们,吹奏《我爱北京天安门》时,灶间的漏窗飘出一缕炊烟,一股非同寻常的香气窜入鼻孔,我的脑袋立刻变得晕晕乎乎的,像是喝下一大盅米酒。不用奔到灶头,我就知道,无数颗小而白的肥肉们,正欢快地在油锅里嗞嗞喊叫,用不了多久,会被一只漏勺捞出,洒上细盐,变成一颗颗外表平静、内心滚烫的冷美人儿,黄澄澄的猪油,则被盛入一只扁扁的灰黑色小瓦缸。我翕了翕鼻子,咽下口水,甩了甩灌满口水的口琴,打算继续我的工作,但,一种持续不断的噪音干扰着我,大公鸡站在天井水缸的隔板上,瞪着黄豆般的眼珠,居高临下地,打起了鸣。我从石捣臼中猛地立起,因动作太急,掼倒原地,哦,我的尾骨遭受重创,泪水登时盈满眼眶,艺术的感觉荡然无存。我忍痛爬出捣臼,朝公鸡张开双臂,它跳下水缸,沿着天井,狂奔一圈,飞上一架风车,我一扬口琴,口琴不偏不倚,落在它的胸脯,它大吃一惊,煽动短小翅膀,以惊人的身手飞越我的头顶,空中掉落几根斑斓羽毛。我口干舌燥,兴致全无,看到外婆从灶间闪出,捎带出一些炊烟,把一只香气四溢的高脚碗,放在桌上,冲我招了一下手。我跑到桌边,把一颗已变成乳白色的猪油壳,放进嘴,龇着牙,咔嚓咔嚓吃起来。当我吃到差不多第七颗猪油壳时,台门响了。

我的外公赵金川出现在门口,身披蓑衣,戴一顶上尖下圆的笠帽,覆着油纸的笠帽下,露出两个白耳轮,拎一只滴着水的鱼篓、一截竹饵料筒。大多数时候,我外公的脸上只有一种表情:忍耐。无论跟人打招呼,还是在鱼塘边,纹丝不动暴晒一个下午,或是头戴尖帽、臂佩黑袖套,胸挂大木牌,被人押着在城里或村子里游行,他都是这副表情。彼时彼刻,我的外公就是带着这副表情,抬起那双沾着泥浆的套鞋,踏进门槛,让院子的杂草发出一阵脆响。我嚼着猪油壳,蹦到外公跟前,接过他手里的鱼篓,鱼篓里,躺着两条奄奄一息的灰鲫鱼和几个抽搐的虾,我把鱼篓交给外婆。他取下斗笠,挂在廊柱的一颗钉子上,拍了拍我的头,这是外公和我之间的交情,整个上宅,唯一不让他反感的人就是我。他费了好大的劲,才把脑袋从蓑衣里弄出来,亮出一头修剪妥帖、富有活力的黑发和一件灰色的对襟葡萄扣罩衫。

他端起杯,咕嘟咕嘟喝了几口,把屁股咯吱一声放在竹椅上,脱下套鞋,换上你递到脚下的布鞋,起身,边走向面桶架,边把布衫的下摆,从裤腰里面拉出来。他佝偻着腰,背后的衣服翘起,用水打湿了整张脸,将浸湿的毛巾绞干,展开,缓慢拭自己的脸和脖颈,并且伸进胳肢窝,左右捣鼓一阵。做完这些,他对着面桶架上的一面鹅蛋形镜子,撸了撸中分头,他的眼珠是深黑色的,葆有戏台上的倜傥小生才有的精神气儿,仔细观察,还能从他的相貌举止里,找到一种上海人才有的特质:发亮的印堂和时常不屑一顾的神情,这与他年轻时的阅历不无关联。我的外公有一头富有活力的黑发,尽管有人认为这是风流的象征,因为通常像他这把年纪的人,头发不白即掉。他忽然像发现新大陆似的,瞪圆眼珠,抬手拔掉一根白发,展开长指甲,翘起兰花指,朝空中弹去,拨弄完左边,他又拨弄了一会右边的头发,取出胸前口袋里的牛角小梳,梳好头,最后总体检视一遍,转身,慢腾腾朝天井走去。

桌上,摆好了一碗猪油壳、一盘腌豇豆、一盘加了青菜和豆芽的烤豆腐,我用牙齿叼起一根豇豆干,甩来甩去,听到你清了清嗓子,中规中矩地冲外公喊:马坦,吃饭了。他并没有正面回应你,用铁皮洒水壶,为月季浇了水,带着一贯的态度,踱回桌旁,提起裤腿,让竹椅发出咯吱一声。马坦是我舅舅的大名,我一直弄不懂,你为何要用舅舅的大名,称呼自己的老公。你明明可以叫他赵金川、孩子爹或者用"喂"也未尝不可,为什么非得动用我舅舅的大名呢?这个问题令我百思不得其解。根据我的观察,即使他们二人同时在场,也能准确无误地,判断你喊的究竟是谁,并且从未弄错过。这真是一个奇迹。他拿起筷子,在桌上懒洋洋地敲了两下,我盯住盛杨梅酒的粗瓷碗,他会心地拎起一根筷子,朝碗里蘸蘸,眼珠子朝我望过来,我张嘴接住,一股麻辣爽快的感觉流入口腔。他用筷子,高高地擎起一颗红彤彤的杨梅,做出等待的样子,我立即伸长脖子,歪头咬住杨梅,一股更麻辣更爽快的感觉,让我连连吐起了舌头。他微笑着,心满意足地,夹起一颗猪油壳,放进嘴,把粗瓷碗横放在自己掀起的薄嘴唇间,好像他的思想全在碗里,又像是在对他的思想说:快到我的碗里来。然后,一仰脖,呷着嘴,慢慢伸直脖子,一味友好地朝我微笑着。

一碗牛奶状的鲫鱼汤,很快被端上,你把鱼汤氹进我的小木碗,我提起勺子喝了几口汤,肚皮咕咕叫起来,只要一想起小馄饨,肚皮就会咕咕叫唤。外婆外婆我要吃小馄饨。我跑到灶头,抱住你的腿。"塌鼻,等芦花鸡下了蛋,卖了蛋,我们就去买小馄饨。"你温柔地说。我把两只脚,像踩冬腌菜似的,一个劲儿跺着地,正跺着,听到芦花鸡叫起来。你把几张菜叶剁碎,倒入一只瓦盆,拌上糠,把瓦盆递给我。"塌鼻,快去鸡窝看看,芦花鸡有没有下蛋?"我拿着瓦盆,跑到鸡窝边,模仿你平时的样子,低声呼唤,芦花鸡跑过来,埋头啄食,不时抬头朝我感激地望望。我猫着腰,举着一根顶端带铁丝小兜的竹竿,伸进鸡窝,隔着鸡笼,从鸡窝里取出一颗热乎乎的蛋,这个取蛋神器是你发明的。当我捧着一颗热乎乎的、沾着鸡粪的鸡蛋,耳朵里传来一声清脆的、东西被打碎的声响,紧接着是一声呵斥。"竟拿一只猫食碗给我盛饭!"平时有一张忍耐脸的他,此时一反常态,眉毛抖动着,二分头下的眼睛,瞪得像关公。地上,躺着一只摔碎的碗,撒得遍地的稀饭,冒着热气。这只龙泉梅子青碗,是你陪嫁来的宝贝,碗壁刻着云纹,还有鲤鱼和荷花。你们两个,一个拱着肩,一个垂着头,你的双手,怕冷似的藏在围裙里,围裙角上,挂着几缕糊状透明的稀饭。

这是我娘家的龙泉官窑呀!你猛醒似的取出手,在围裙上反复揉搓,像要搓去什么难洗的东西,你蹲下身,张开手,打算用手把地上的稀饭捧起来,滚烫的稀饭烫得你松开手。你双手沾满稀饭粒,抖动

29

着手,转着圈找铲子。不要提你们娘家那些满身猪油的蛮汉!他余恨未消地跳起,因为着急,带翻竹椅,他恼火地一伸腿,哐啷啷,竹椅被踹下天井沿。彼时彼地,我还没有从恐惧和诧异中苏醒,怒火立即填满胸膛。是的,我痛恨暴力,痛恨破坏文物的行径,更痛恨他把你从娘家陪嫁来的宝贝,叫做猫食碗并且摔碎了它。狙击手胸中的怒火开始喷发,我举起蛋,深吸一口气,5—4—3—2—1—0—发射!一枚温暖的鸡蛋,在空中划出一道优美弧线,直接命中目标,发出一声类似酒杯破裂的轻微脆响,一朵黏稠的、色彩斑斓的南瓜花,绽放在他宽阔的额间,金黄色的流弹随着地心引力,慢慢往下淌,散发出一种莫名醉人的腥气味儿。他神情惊骇地晃了晃,十分陌生地瞪着我,嘴巴微张,像是猛地吞下一种叫"ong"(第一声)的食物,这是我们当地一种美食,用熟米粉炒制碾磨,吃时不能喘气,更不能说话,必须完全靠唾液慢慢融化,才咽得下去。几绺垂在他额前的头发上,粘着黄黄白白的稠状物,他看上去活像一名刚刚揪斗完毕的地主。他冲我瞪着眼,咧了咧嘴,尽管我觉得此刻,他完全没有笑的必要,抬起袖口,抹了一把脸上的稠状物,趔趄地走开了。"扔什么不好,你偏偏扔鸡蛋。"你颤抖着唇,朝我屁股上打了一下,尽管手势很轻,让我顿时委屈莫名,我的心里只有你,你的心里只有蛋。我发出一声悲鸣,身子一歪,倒在了地上。是的,我发动了,使出了驴打滚的看家本领,号啕着,翻滚又翻滚,胸口的像章不断地跟地面,发出阵阵噼啪脆响,眼中的事物万花筒一样旋转起来,怪样百出,五花八门。我不断增强的哭声,像一把利剑刺破廿四间静寂的空气,拐弯抹角地穿过回廊,匆忙抚摸了一下挂在廊檐下的半只火腿,以持续不断的声音,追随天井上方棉花糖一般的白云而去。

夜里,我被一种奇怪的声音吵醒了。那个声音,一忽儿轻,一忽儿重,像鸟儿昏昏欲睡的低鸣,雨滴落在树叶和屋瓦上的声音,又像水里浮现的模糊笛音,掠过无人造访的树林,我决定起床查一个究竟。天井里静悄悄的,传来芦花鸡和公鸡,趴在窝里舒服的咕咕声,我躲在廊柱边,确信那个声音,是从你们屋里传来的。我轻手轻脚推开门,绕过八仙桌,身体紧贴大花橱,透过手指缝隙,悄悄打探前方动静。月光像一只巨大的手电筒,从窗口照进,笔直射在床上,眼前的一幕,让我的心差点儿从嗓子眼里蹦出来。透过帐子,我看到两条鲜龙活现的月光鱼,那种鱼,我们这儿秋天才会有,银子似的鳞片闪闪发光,在锦溪里游来游去。踏凳上,扔着一些衣服,有他的,也有你的。床横头,搭着一件灰色对襟葡萄扣罩衫,那个平时极少暴露自己的人,睁着眼,脸上汗津津的,他的胳膊绕过你的脖颈,脊背在黑暗中,不断低下去,又抬起来,好像独个儿在河里划着船,身下的床板发出富有节奏的咯吱声。你的嘴贴在他肩上,内衣被褪到脖子那儿,露着一大截蚕茧般的身体,胸口两只皮球,被压得扁扁的,或者说已经完全看不见了。你们一会儿像两根麻花,绞在一起。一会儿像两块麦糊烧,翻来覆去,黏糊糊的皮肤,同深褐色的篾席之间,不停发出阵阵拉扯声,好像水牛跳入溪中洗澡,又像泥鳅钻入水塘撒欢。你们的嘴巴,一会儿分开,一会儿又粘在一起,像两块黏性很高的橡皮泥,又像是拼命地,用牙齿和舌头,撕开或吞咽着某些挡在你们中间的,看不见的东西,你的脸又红又湿,像被灌醉一般。他开始俯冲,手指隐没在你的发丝内,数不清的星星、冰块和蚱蜢,从麻布帐和天花板上落下来,你们的床板听上去,像是快要散了架。忽然,他沉闷地喊了一声,像是被雷公大帝劈着了,仆在你身上,一动不动,他在临死前,睁开眼,替你拨去脸上的头发丝,你像一只羊羔,缩在他怀内。你们拥抱着,像两块完全融化的、热腾腾的麦芽糖,就这样平静地死去了。

3

  自鸣钟上方,挂着一面长方形细木相框,里面的照片,大多是照相馆产物。颜色最黄的那张,是外公的全身照,穿深色单排扣细条纹西服套装,脖子打着黑色蝴蝶结,两脚圆规劈叉,一副上海滩小开做派,中分头一丝不苟,嘴角流露出不屑一顾,照片底部有一行花体字:摄于王开照相馆。另一张照片上,外公摇身一变,端坐太师椅上,穿一件褐色底绣着暗色团花长衫,套着同色马褂,领口恰到好处地,露着一溜儿白衬里,挽起的袖口,显得洁净、卫生。站在他身旁的女子,显然是个美人儿:削肩、细腰、小巧的立领,发髻插一根银簪,脸上挂着蒙娜丽莎一般的笑,值得一提的是她身上的旗袍,像是紧贴着玲珑的好身材制作的。舅舅像极了电影《永不消逝的电波》里的男主角,头戴细格子鸭舌帽,脖子上缠着围巾,书生气十足地斜视着某个看不见的地方,流露出罗曼蒂克的幻想,这个书呆子,压根儿没料到,自己很快将去同猪打交道。我的爸爸很有范儿地,待在一枚八分邮票大小的锯齿形照片上,穿一件双排扣直立领学生装,胸口露一截钢笔帽,左手叉腰,脚尖支地,像是不经意地一撇腿儿,摆了个稍息动作,额前一蓬桃子形的刘海,集青春、时尚和前卫一体。

  一张香烟壳大小的照片上,清一色地半蹲着八位肩背竹篓、头扎小辫的羞羞答答的小姑娘,观者的耳边不由自主地,荡漾起《采茶舞曲》旋律,蹲在中间那位穿花衣裳、翘着兰花指的人是我的妈妈,她清秀的面庞非笔墨所能形容,成为整张照片的中心人物,辫梢上扎着的蝴蝶结布带,跟衣服料子完全一致,代表了当时的顶级时尚。在另一张两寸照上,我妈妈的脸,被一轮梦幻般朦胧的、椭圆形光晕笼罩着,光滑紧实的脖颈微斜着,含情脉脉的目光,从眼角溢出,似乎打算跟什么人谈一场恋爱。另一张照片上,我妈妈依旧半蹲着,头戴军帽,腰扎皮带,套一件尺寸偏大的军装,背景是天安门广场,这个清秀的美人似乎经历了一场失恋,剪去长辫,留了个齐耳短发,斜握一本红皮书。站在我妈妈身后,那位同样发型和装束的姑娘,是我的舅妈,她手中红皮小书的倾斜角度,跟我妈妈一模一样。不久这位温州医学院毕业生就和我的舅舅在养猪场结下革命情谊,成为一名吃苦耐劳的好媳妇,并生下两个革命接班人:矮脚和大口。

  这幅合影照旁边,有一位标准的军人,头戴绿帽子,怀里搂着一支冲锋枪,帽檐上的红五星,传递出榜样的力量。我的爸爸风纪扣扣得十分端正,张着嘴,像是刚刚喊完一声口令,即使在拍照时,他的警惕性也很高,粗眉下的凌厉目光,足以让坏蛋闻风丧胆。接下来,是爸爸和妈妈的合影,头挨着头,气色都不错,穿着颜色一致的翻领情侣卫衣,妈妈胸前,别着一枚细长条白底红字像章,上面有一行小字:为人民服务。这是爸爸送给她的定情物,坐在妈妈边上的那位被服务的对象,脸上的微笑与其说是在迎合拍摄者,不如说发自肺腑。值得强调的,是他们两个脸颊上夸张的红晕,是我用蜡笔精心涂画的。我的目光接连跳过好几张动感十足、角度倾斜的照片,逮住左下角一名十分健康的婴儿,头发茂密,赤身裸体,趴在一床乳白色厚毛毯上,两截莲藕般的胳膊,用力撑起,仰着圆脸蛋,嘴里挂一滴晶莹口水。我的这张半岁纪念照上方,有一行花体字:金猴奋起千钧棒。

  有必要介绍一下,这面镜框内最大那张照片,四周有一圈像是被啃过似的花边,背景是一方世外桃源。照片上,差不多可以发现我们家所有人,表情低调,人人胸口别着一枚大小各异的像章。外公和外婆坐在当中,爸爸和舅舅站在后排,妈妈和舅妈站在各自丈夫一侧,她们的打扮比实际年龄起码老个十来岁。矮脚和大口,站在外公和外婆两侧,脸上带着少有的懂事表情。那么,我上哪儿去了呢?哦,我就是画面最前方那个兴高采烈的小人儿,胸前的像章几乎遮去上半身,悬浮在外婆的胯间,因为用站这个词,并不恰当,拍照时我还无法行走,直立尚可勉强为之,两脚虽不着地,但一时半会儿也无法倒下,因为外婆的双手像两把老虎钳,恰到好处地夹在我胳肢窝下,看得出外婆伸到我胳肢窝下的红皮小书,使得我身心发痒,笑逐颜开,我歪着头,成为整张照片中唯一一个笑星。这张照片上,也有一行手写体:敬祝毛主席万寿无疆,1969年重阳摄于东阳前进照相馆。

  我还记得,我们两个亲热地躺在床上,你一手垫着脖颈,一手摇着麦秆扇,扇心上,有只喜鹊。你一边打着扇,嘴旁的皱纹自豪地舒展,这种时候,便是你信口开河的好时光。为显示身份,你通常自称阿婆、婆婆,夸耀某件事物时,喜欢在那个名词前,加上一个大字,以显示其不同凡响,波澜壮阔,蔚为壮观。塌鼻呵,阿婆的上代,是个大户人家,是腌火腿的,阿婆娘家有一幢大屋,那幢大屋,有大台门、大天井、大房间、大窗门,那幢大屋,多少年代了哦,门柱上的漆,老早掉光了,门槛下的砖,也被踩得变了形,里面住的人,大部分倒光了,早些年,还住着几个老人家,有个老太太,活了一百零二岁,老得身子弯成了一个勾,前年也倒了,那幢大屋就不大有人住了,归政府保管起来了……那幢大屋造得好哦,老底子,洋溪有个叫王顺喜的,在上海开了家很有名的木雕厂,那个王顺喜,看过阿婆娘家的大屋,他说自己一辈子,都造不出这么好的屋。文坦有个大财主,叫林火日,那个人牛皮哄哄的,造了三幢大屋,也没一幢造得过阿婆娘家那幢。阿婆娘家的大屋造得好哦,这么同你讲吧,光光台门口的大梁,东阳县的雕花皇帝黄金虎,雕了半年才翻了一个身。那个黄金虎,是一个到北京紫禁城,给皇帝修过龙椅的人,皇帝是天子,皇帝的屁股,自然是天底下最金贵的屁股,皇帝坐过的椅子,自然是天下最精美的椅子,给皇帝修过龙椅的人,自然是天下手艺最好的人喽。黄金虎还雕了亭台、门罩、牛腿、门窗,那些狮子啊、麒麟啊、金鱼啊,活脱活像,多得根本看不过来,全是木头的,统共八万七千块,没用一根钉子,全靠榫头一块一块吃牢。随着情节的变化,你手中那阵由麦秆扇制造的风,时而舒缓,时而激烈,时而完全无声无息,过了一会,又像大梦初醒般地仓皇起来。关于你娘家那幢大屋,我已经熟得不能再熟,加上你每次讲,都跟第一次讲一样,并且几乎一字不差。因此,我自信自己能够在这儿,作一番简介。

亲爱的读者,倘若您在一个不冷不热的日子,来到上蒋,首先会看到一棵枫香树。这棵树,很大、很高、很老,树身中空,浓密的树叶,春天变绿,秋天变红。站在树下,望得到一座坐西朝东的老屋,这幢老屋,就是蒋氏宗祠。宗祠正对一面月牙形的池塘,塘边,栽着几株瘦桃树。绕过一片乡场,转过几条石板路,您又会遇见一大片老屋,那些老屋,都是有名有姓的:承恩堂、集庆堂、敦睦堂、鼎丰堂、茂秀堂、闲存堂、乐善堂、更新堂或其他什么堂。连接老屋的,是许多弯弯曲曲、四通八达的小弄,这些小弄,有的直,有的弯,有的连直带弯。这些小弄也是有名有姓的:灯芯弄、摸奶弄、君子弄、皮市弄或是其他什么弄。小弄打底的卵石,都是从东阳江里摸来的,中间大,两边小,从中间朝两边倾斜,即使落雨天,也不会弄湿您的鞋。太阳一出,卵石路被阳光一照,亮得晃眼,并且渗出淡淡的绯红色,据说,这是几百年的火腿油渍形成的。

出了摸奶弄,转过皮市弄,您就来到村庄的东南面,视线不由分说地被一堵马头墙切断,您以为没了路,心里犯起了嘀咕。别慌,往右转一个大弯,拐入文曲弄,大着胆子,再顺手拐一个小弯,穿过文昌弄,一幢十五间头的三合院,就立马出现在了您面前。门上,挂着一对虎头紫铜门环,门口,立着一对扁圆形的石鼓,门额上,描着兰花和宝瓶,题着"桐生茂豫"四个字。台门口,原先还蹲着一对梅园石雕刻的石狮,破"四旧"时,被敲掉了。墙上钉上一块铜牌,上面有"东阳市文保单位"几个字。这块小铜牌,是二十世纪九十年代末钉上去的。跨进门槛,迎面有一堵青砖照壁。照壁上,游着两尾灰鲤鱼,硬木条案上,搁着一溜小花盆,盆里种着花。绕过照壁,是个天井,栽着一株高大的香泡树。天井沿的青石板,据说当年五十个壮劳力,花了一个月工夫,从象山岩龙坑吭哧吭哧抬来的。厨房位于里北间,较宽敞,光线不错,有碗橱柜、水缸、米缸、酒缸、咸菜缸、石磨和石臼和一孔柴灶。灶上,有七口大小不一的锅,烟囱柱上,贴着一张灰头土脸的灶王像。梁上,吊着大小不一的饭篮,后窗油腻腻的,不是晾着几串粽子,就是挂着一块没吃完的火腿,或是几块风干的、被小竹棒撑开肚皮的鲢鱼和酱鸭。

厨房隔壁,是个大开间,中间有个大石槽,一泓清泉通过厚竹片搭起的管道,从石槽通向后院。做腿时节,此地热气腾腾,人丁兴旺,整日整夜地回响着,斧头的噼啪声,铁锤的叮当声和沉闷的敲打声。散发着汗腥味的人们,胸口围着油腻腻的牛皮或粗布裙,赤红着脸膛,挽着袖管,手里提着、握着和捏着,斧头、利刃和板刷,个个神采奕奕,人人精神抖擞,从早忙到晚,又从晚忙到鸡啼,每个人的眼睛里,都充满了红血丝。做腿必须赶时辰,一上手就不能歇,当天投料必须当天腌制,做到通宵是家常便饭。那些日子雪舫蒋腿创始人蒋雪舫的脸上,就像涂足油彩,显得容光焕发,他长时间地待在作坊里,擎一把紫砂壶,壶里泡着东白山茶,虽雇着帮工,生意忙时也常常扎起腰带,亲自出马。蒋雪舫修腿,不用大刀,大刀剁下去,会有碎末,影响品相,他像木匠师傅那样,捏一把特制的小刀或锯子,精分细割,将每块腿肉修得干净漂亮。深夜,帮工们做生活做得瞌充懵懂了,则手持一柄亮闪闪的火腿刀,用刀背敲打肉墩子,驱散大家睡意。他特意从龙游、兰溪、衢州,选拔了一批收购猪腿的短枪,短枪们背着干粮,挑着装满银元的竹篓,翻山越岭,不分昼夜地赶到腿庄过夜,次日清晨,挨门挨户,以每担猪腿,高于别人三到五个银圆的价格,优先选腿。短枪们收购的,是一种名叫两头乌的猪后腿,随到随收,随付现金,还给养猪农户家的小孩,发印着孙中山头像的五元钞票。收好腿,立即披星戴月,送往上蒋,进行再次挑选。

再往里走,便是干燥房,由两间厢房打通,光线较暗,多窗、通风,夏天时尤其阴凉。干燥房的后壁,有一道神秘隔板,隔板一落,一只苍蝇都飞不出去。房间四壁,钉着密密麻麻的竹钉,地面铺着竹搁栅搭起的腿床,用整排被劈成两爿的毛竹制成,除去内节,一片仰放,一片合扑,每道相隔不足半尺,瓦片一样密密麻麻,倾斜的腿床上,叠着上了盐的猪腿。每只腿过几天即自下而上,翻叠一次,撒第二道盐,三四道工序后,经大日头晾晒,挂入干燥房,直到次年五六月,落架堆叠,香熟应市。蒋雪舫的这个方法,不但防潮、防热,还防虫、防尘、防鼠。他时常在此,拎起斧头,直刀快落,验证火腿成色,或捏一根竹签,插入火腿,拔出,放在鼻底细嗅。他还时常,将一块都锦生丝巾,轻覆腿面,迅速拂动,试试有无刀痕感。只有检验合格的火腿,才能用红漆,在腿心打上坊标,成为身价不菲的雪舫蒋腿。作坊对过,是个轿厅,停着一顶轿子,边上有个杂货间,堆着农具、豆腐桶、斧头和锯子。再往里走,又是个天井,比前边那个要大,屋檐把天空切割成长方形,地面的鹅卵石,像用篾筛筛过一样,大小一致,拼出七宝铜钱、牡丹花和一条黑白两色卵石嵌成的鲤鱼。天井里,种着芭蕉、紫薇,南墙下,种着海棠、绣球,客堂台阶两旁,有两棵桂树,一金一银。客堂间的家具,都是荸荠色的,紫中带红,乌中透亮,桌面、靠背上,嵌着亮闪闪的贝壳。重得要命的八仙桌,紫檀木的,产自南洋群岛,据说夏天时,菜放在桌上,不易坏。客堂的四根圆柱,是从诸暨运来的香榧木,每根柱子,一个人两只手,也抱不拢,红褐色的柱础上,雕着云纹,是从鄞县运来的小溪石,这种石头,产自深山,相当坚固。地面是用桐油、石灰和糯米浇铸的三合土打的底。墙壁用水门汀刷过,统统是进口桶装水门汀。斗拱、天花和椽头上,雕着繁复的花。客堂隔壁,是一间佛堂,供奉着祖宗牌位和一尊观音。

那些年,蒋坤苏夫妇住在东厢房,四个女儿住在西厢房,过道口,有一条窄梯,通向阁楼。每天清晨,蒋坤苏都会穿一身白色中式服,在走廊上练一会儿拳。女儿们的房门外,挂着细竹篾编的门帘,阴雨天或天黑时,帘子常常卷着。窗台上,搁着海棠或茉莉,从垂着白窗纱的窗子望出去,有一株腊梅,这株西湖腊梅王,是当年从胡雪岩大宅嫁接过来的,腊月里,不用开窗也闻得到梅香。日本人打来时,大屋失过一次火,火烧后,人们发现,被烧掉的整面防火墙,都用碗口粗的杉树打的桩,近火墙那儿,埋着密匝匝防贼用的屋瓦,做贼佬若来挖墙脚,只要抽去一块瓦,上头的瓦,就会噼里啪啦压下来。穿过回廊,经过一扇半圆形门洞,门洞上描着黑色缠枝线,里面是一个大园子,种着石榴、方竹、芍药、美人蕉、枇杷和南天竹,一年四季都是很茂盛的样子,初夏时,蔷薇花开得满天世界,栀子花香得令人昏昏欲睡。凉亭前,栽着一株紫藤,趴着乌龟石,亭内,有两排向外挑出的美人靠。围墙那儿,有两株高大的玉兰树,树下,有个粗藤扎起的秋千架,这是蒋坤苏亲手做的,女儿们常来这儿荡秋千。

不用走出园子,就听到一阵流水声,一条发亮的河,在灌木林间常年流淌。河水懒懒地舔着岸,野鸭在水草间啄食,岸边齐胸高的蒿草,被风吹得歪歪斜斜。这条河是东阳江的一部分,发源于崇山峻岭,早春时节,它的上游从黄澄澄的油菜花,绿油油的麦苗间诞生,推开水草和芦苇,朝着四面八方流窜,其中一支,就落在这幢大屋后院里。这条河的用场很大,做腿时节,人们用引入的河水洗刷火腿。端午过后,每只火腿用细篾篓,捆扎妥当,贴着封条,趁上游支流涨水时在河埠头出发,乘筏远行。每扇排筏,由二十六根粗大的原木,用藤条齐齐扎好,称为一甲,数甲连成一排,十排串成长列,顺江而下。辽阔江面上,水汽蒸腾,云遮雾罩,浩浩荡荡的排筏,若隐若现,宛如出水蛟龙,直下东阳江,一路经婺江、兰江、新安江,至杭州湾,再转运上海、宁波等地。乍暖还寒时节,岸边的柳枝生出嫩芽,远处,传来溪滩家长的叫声,那是一种白鸟,有着细长的腿。蒋坤苏带着女儿们,在河滩边摘马兰头。望着像被揉皱了的银缎一般的河水,蒋坤苏的小女儿仰着头,奶声奶气地问:阿爸,什么时候,我才好去杭州呀?

等你再长大一点。蒋坤苏笑眯眯地答。

小娥觉得自己有些等不及长大了,她盼望着河水,能够涨得大些,再大些,把她带走,她躺在河面上,像一片树叶,漂啊漂,眼睛一睁开,杭州到了。

阿婆娘家那幢大屋,是在太公手里造起来的。塌鼻,你晓得阿婆的太公是哪个?你戛然而止,对我明知故问,手里的麦秆扇并不歇一歇。不——晓——得——我的回答干脆利落,掷地有声,跟刘胡兰有得一拼。你的故事,我早已听得耳朵生茧,只好同你寻开心。你侧转脸,定定地打量了我一会儿,少顷,麦秆扇挟着一股风,挥过来,啪的一声,替我消灭了肩上,一只看不见的蚊子。看来你真是蛤蟆听天雷——一声勿懂!连阿婆的太公,都不晓得,你的书真是白读了!阿婆的太公,就是大名鼎鼎的蒋雪舫!我们上蒋人,从来不舍得叫他名字,只管叫他太公、老祖宗。阿婆的太公,论手艺,全中国找不出第二人。论家产,东阳出南门头一家。论名望,金华府里头一个!你扬起眉毛,音调高了上去。你怎么晓得是头一个?我不服地问。呵呵,你以为我站在云头吊嗓子——唱高调?吃过火腿的人,没人不晓得阿婆太公的,没吃过火腿的人,总归也听过这句话吧,金华火腿出东阳,东阳火腿出上蒋。这句老话,不是天上掉下来的,也不是地里长出来的,就是靠阿婆太公一双手,辛辛苦苦做出来的。我阿爸姆妈,喜欢给后代讲老祖宗的故事,要后代记住,老祖宗是什么样的人,做过什么样的事。太公的阿爸叫蒋毓璜,只活了二十七年,留下二子一女,大儿子叫蒋秀筐,小儿子叫蒋秀筐,蒋秀筐就是阿婆的太公,他字梦昌,号雪舫,所以也叫蒋雪舫,呵呵,这个名字取得相当好,秀筐秀筐,一只优秀的箩筐,箩筐里装的啥?当然是一只只红彤彤金灿灿的火腿喽!太公十四岁那年,姆妈也倒了,他跟着叔父做火腿,名号红巢。十八岁时,太公自立门户,变卖了媳妇的陪嫁和首饰,开了雪舫蒋腿庄,生意慢慢做起来。老底子,一过端午,杭州城隍山下的鼓楼一带,比赶庙会还热闹。锣鼓敲起来,狮子舞起来,火腿运过来,场面铺开来,四面八方赶来的客商,通宵排队。杭州所有腿行,当时都有一个规矩,只有等雪舫蒋腿的价格定下来,其他品牌的火腿,才好按三等九级,依次递减定价。许多腿行,花大价钱,买来雪舫蒋腿,挂在店门口装点门面。一些没出息的店,还利用雪舫蒋腿,推销次品,客人若是想买一件蒋腿,就搭配一件次腿给你,否则就算被打死,他也不肯把蒋腿卖给你。

太公有两儿八孙,后代个个都是腌火腿的好把式,我阿爸坤苏是太公大儿子的大儿子。见到太公时,我还不会走路呢,太公八十几了,有一张红脸膛,两道白眉毛,一双亮眼睛,下巴上垂一帘白胡须,赛过图画里的活神仙。太公叫我迷人精,允许我坐在他的膝盖头,替他梳理白胡须,就算我拉他的胡须,他也一点不生气。太公每顿能吃两块红烧肉,走路从来不用拐杖,八十岁那年还登上过东白山。太公虽然是财主,但是不像有的财主人家,越是财主,待人越刻薄。太公时常说,家私撑饱,也带不到棺材里去,做人要积德,后代子孙才会好。有一年,邻村闹瘟疫,太公把腿坊里的陈年火腿,截下脚爪,熬成药汁,分送给人家,救了邻村人的命。还有一次,村里很多人,得了大脚风,脚肿得下不了地,太公上山采来铁扫帚,把根和枝叶,切碎、晒干,包好草药,让人挨家挨户送上门,村人煎了药,一喝,脚肿就退了。太公的老婆,我们叫她太婆,姓楼,食素的,穿一件青灰团织锦缎袍,一串佛珠不离身,每天专门在楼上念经。太婆老归老,但是很像样,皮肤白白的,个头小小的,同我现在差不多,哎呀塌鼻,你不要捣乱,你问我同太婆比哪个更像样?咳咳,那总归是太婆像样一些喽。太婆坐有坐相,站有站相,眠有眠相,走有走相,脸上一点斑也没有,她是小脚,又生过脚疔,从来不出门,连村口大台门那里,一生世都没去过。太婆喜欢夸赞家族里每一个人,总是说好话,偶尔也会唠叨太公,因为太公相貌生得好,还老是出门,虽然娶了个美人儿,但是白天看,夜里看,日日看,看了一生世,看腻了难免出去寻快活,太婆就会同太公争,不过争过又好了。十八岁时,我被阿爸拿回来,太公已经倒了,太婆也九十几了,她老是对我出眼泪,说,好端端一个囡,被爷娘枉了生世。天一擦黑,太婆就问,小娥小娥,你碗洗好了吗?锅刷好了么?凳子快点端过来,坐到太婆脚旁来,太婆讲一本老戏给你听听。我太婆随便什么老戏都讲得来,薛平贵啊樊梨花啊梁山伯啊,听得我入了迷,她还把别人孝敬给她的东西,麻酥糖啊云片糕啊塞给我吃。太婆宠我,我也孝敬太婆,我替太婆梳头、擦身、洗衣服,馄饨和包子,裹给太婆吃,红枣汤、桂圆补食汤,滚给太婆喝,老人家活着时,一定要厚待,千杯摆坟头,不及一杯到咙喉。太婆老是说,小娥,我有这么多后代,这么多媳妇,都没有你贤惠,没有你待太婆这么好。我说,太婆,我怎么能够不待你呢?你也该是我待的呀,再说了,我们每个人都是要老的呀。一次,太婆拉肚子了,不肯让媳妇弄,说,快把我小娥去叫来。我赶到太婆床头,太婆说,小娥小娥,太婆老昏了,屎都弄眠床上了。我说,太婆,不要紧,小娥会帮你弄干净。我把太婆擦洗干净,挑着她的被褥衣物,到很远的塘里洗清爽,在村里水塘洗脏东西,人家会不高兴的。太婆是我待上山头的,那天晚上,我不放心太婆,半夜爬起来去看她,心想,千万不要人走了都不晓得,名头是一位姑婆在陪。我走进小中间,一看姑婆坐在那里睡着了,哎,姑婆年纪也大了嘛。再一看太婆,啊呀,太婆都没什么声气了。我太婆太婆叫她,她才回过气来,慢慢睁开眼,问,是小娥么?我说,太婆,是我,小娥在你身边呢。太婆拉着我的手,说,小娥,太婆一点东西,都没留给你。我说,小娥什么都不要,只要太婆能长命。我连忙跑去叫阿爸,又把二阿公、三阿公、小叔公们,一个一个全叫来,我阿爸他们刚把太婆抬进堂屋,太婆就走了。

说起太公,有一个人是不能够省的,这个人就是杭州胡庆余堂的胡雪岩胡大老板。胡大老板贩盐起的家,本事大得上了天,在皇帝住的紫禁城里面,都遛过马,他在西湖边,造了幢大屋,同皇宫一样阔气,房间多得数不清,你在河坊街上,随便叫住一个人问,人家就会一指不远处,一排白墙黑瓦告诉你。造大屋的木料,全是上等货,敲上去,听起来有金属声,站在阁楼上,望得到整个杭州城风光,不要说西湖上面,三个螺蛳模样的小潭,就连钱塘江上的竹筏,都看得清清楚楚。胡大老板有十四房姨太太,个个如花似玉,赛过天仙妹妹,十四个姨太太的床横头上,安着一个小喇叭,同现在电话机一样,胡大老板想同哪个姨太太困觉,用不着出门传话,只要冲着自己屋内一个大喇叭,呛一声,那个姨太太就心中有数了,做好准备,迎接胡大老板大驾光临。一个落过雪的黄昏,胡大老板皮帽儿戴戴,裘皮大衣穿穿,迈着方步,出门荡荡儿。他长着一张马脸,两只长涡涡的胖手,笼在水貂毛袖管内,袖口上两对水貂毛球,一晃一晃。这个胡大老板,是一个孝子,想为姆妈七十大寿,订两只上等的火腿。当他穿过元宝巷,来到鼓楼下,路过雪舫蒋腿店,眼睛亮了亮,或许他觉得雪舫这个名号,同自己有缘,总而言之,胡大老板一抬腿,迈入了店堂,他看到店里的每只火腿,肉面光洁,色若玫瑰,他看了又看,摸了又摸,闻了又闻,就再也挪不动腿。我太公恰巧在店内,一见眼前之人,天庭饱满,气度雍容,非等闲之辈,恭敬相迎,不敢怠慢。我太公一听来客说明用场,一只大手朝自己胸脯上,啪地一拍,爽快地说,小事体一桩。几天后,太公把自己亲手腌制的两只蒋腿,差人送到胡府。

  祝寿那日,杭州抚台也赶来捧场,那个杭州抚台,姓魏,胖得像只大冬瓜,不论走到哪儿,总是肚皮先到,这个魏抚台是个有名的吃货,天上飞的,地上跑的,没一样逃得过他的嘴。那日,胡大老板请来杭州城里,名气最大的烧饭师傅澳毛头,澳毛头原名黄阿三,看上去精干巴瘦,实际上却是个武林高手,学过厨艺,中式菜西式菜,都烧得来。澳毛头做了满满一桌火腿宴:火踵神仙鸭、蜜汁火方、火腿炖甲鱼、麒麟豆腐、金腿翡翠羹、鸡火二丁、金腿蜜莲、火腿娃娃菜、火腿冬瓜汤、金腿什景盏……每只菜,都烧得高端大气上档次,比方说有道蜜汁火方,二十八块红澄澄的火腿心,用明代的高边大瓷碗码齐,用黄酒、蜂蜜煨烂,那黄酒,不是一般的黄酒,是极品醇酿花雕,那蜂蜜,也不是一般的蜂蜜,是极品酿造的。胡雪岩的姆妈,吃了这道菜,直竖大拇指,那个杭州抚台,更是吃得满嘴流油。这场寿宴,从日里吃到夜里,又从岸上移师西湖,胡大老板请来了,杭州城里有名的笙歌画舫十二女,在船上奏乐助兴。月上柳梢头,人约黄昏后,船在湖中驶,人在画中游,如同移居蓬瀛,醉驾莲舟。华丽丽的画舫,载着华丽丽的客人,在华丽丽的西湖里,荡了一圈又一圈,澳毛头做兴大发,一口气又做了火腿酥饼、火腿虾饺等名点,最后还上了一盆,炖得烂糊糊的东阳沃面,撒着火腿丁、蛋丝、肚片、青菜、蘑菇、黑木耳,红红绿绿,又香又糯,胡雪岩的姆妈,吃得来交关开心。这顿寿宴,胡大老板办得既体面又称心。

胡大老板有一次,从太公店里进了批货,太公回到东阳一对账,发现多出一千两银子,连夜差人把多出来的银子送回。伙计挑着竹篓满头大汗来到胡府,竹篓上,端端正正地,贴着太公亲笔题写的封条:大洋壹仟送胡庆余堂。此事令胡大老板大为感动,因为这个胡大老板,做生意讲究诚实,自家堂屋门口,挂着一块"戒欺"牌匾。之后,胡大老板跟我太公,结拜了兄弟,还专门登报颂谢,太公的名声就传开了。后来,胡大老板去北京出差,订了两百只特级蒋腿,太公请来雕花皇帝黄金虎,在两百只蒋腿蹄壳上,雕了龙头,两百个龙头,没一只重样的。胡大老板带着两百只腿赴京,京城的达官贵人们一吃,直叫好,就向老佛爷进贡,老佛爷一吃,也十分喜欢,还吩咐胡大老板,把腿扛上太和殿来瞧一瞧。老佛爷一见,眼前之腿,形似竹叶,红似玫瑰,亮若水晶,再一瞧蹄壳上的雕花,更是心生欢喜,于是,老佛爷下了一道圣旨,把雪舫蒋腿列为贡品,并赐胡大老板一千两银子,外加两打茯苓饼、两壶北京糯米酒。后来,雪舫蒋腿去德国、巴拿马参加比赛,得了金奖,从此坐上了火腿行的头一把交椅。

4

西北风一吹,上蒋的村庄上空,就飘起一股浓郁的火腿味,这股气息,从每年立冬开始,一直持续到次年立春。一个阳光散淡的清晨,村庄还蒙着薄雾,名扬四海的雪舫蒋腿继承人蒋坤苏,穿一件绘有如意图案的右开襟灰色绸袍,走在通往宗祠的石板路上。几声送岁鞭炮,在清洌空气里炸响,沿途人家屋檐下,挂着亮晶晶的冰凌,门上的春联,泛出些许喜气。尽管头一晚,赶工至凌晨,这天,蒋坤苏依然起了个大早,因为今天是个开局的日子,上蒋村中断了三十年的族谱,将重新续修。

太阳探出了头,把村庄屋檐上隔宿的雪,映出一抹胭红色。蒋坤苏拥有蒋家人世袭的挺拔身材,也沿袭了祖上乐善好施的品德,平日,村里但凡有修桥、造路捐资需求,一向慷慨积极,逢年过节,也记得给孤儿寡母和老人,送一点心意,连乞丐一并善待。蒋坤苏有一块心病,老婆的肚子一年年鼓起来,瘪下去,瘪下去,又鼓起来,生来生去都是女儿。尽管他的四个女儿,个个聪明伶俐,美丽动人,但膝下无子,依然令他不堪苦恼,随着年龄增大,这种苦恼愈发地大了起来。

致和堂前,挂着色彩鲜艳的祖宗像,横梁等距离的铜挂钩上,挂着一对竹丝灯,一对羊皮灯。硬木条案上,摆着粗大的红蜡烛、酒盅,供着熟猪头、熟鸡、红鲤鱼和两盆堆成小山的馒头。族谱编委会成员,已基本到达,那位坐在太师椅上,吧嗒吧嗒吸着旱烟的是奎元伯,这位宗谱主修的脸色,像上等的陈年火腿,闪闪发亮,连眉毛都是红彤彤的。那位五十开外、留一把短山羊须的人,是村里请来的谱师周之君,这位仁兄,尖头细爪,有一张皮包骨头的脸,活像黄鼠狼投的胎。

坤苏阿叔来了!周之君眯着眼,带着一种半是疑惑半是惊讶的神情,打量着蒋坤苏。这个周之君,是个阴司鬼,早年当过讼棍,丈人老头外号楼阿鼠是个腿商,因雪舫蒋腿销路好,楼阿鼠曾在自家火腿上,仿盖雪舫名号销售,被蒋家人告上法庭,周之君出庭辩护,用尽三寸不烂之舌,官司依然败诉。蒋坤苏不住跟人点头致意,他的目光撞上了一个人,此人戴一顶护耳皮帽,面部肌肉下垂,活像一条鲇鱼,他叫蒋鹤明,外号野猫精,是远近闻名的采缸汗高手,缸汗是积在粪缸、粪坑和尿桶上的一层硬块物。野猫精看了一眼蒋坤苏,说实话,那一眼同没看见一样。蒋坤苏觉得,野猫精今天的神态,比中了状元还威风,浑身上下,似乎透着一种长久压抑的喜悦。蒋坤苏的感觉没错,对于蒋坤苏,野猫精理所当然持有一种蔑视和冷漠的高贵态度,在中国农村的任何一个村庄,一个家中没有男丁的人家,从来都是不入人眼的,尤其在今天这个特殊日子。

坤苏来啦,就等你了呢!奎元伯搁下长烟筒,用又尖又细的声音关切询问,你的脸色不大好,最近生意忙坏了吧?蒋坤苏向奎元伯回了礼,在对面坐下,把雪狐皮帽搁上茶几,恢复常态。奎元伯捋捋胡子,眯眼扫视了一遍众人,摆出威严的架势,用略带夸张的语调做了开场白。他宣布了一年来,族田、祭田和族内公共财产出租的收入,宣布了编委会名单、职责、经费来源及捐助者名单,明确了维修祖坟、重建致和亭等事宜。奎元伯尖细的嗓音在屋里回荡,全体编委会成员,包括祠堂里几百年一丝不动的牛腿、垂莲、窗扇、横梁们,都在静静聆听,蒋坤苏的目光落在天井那棵古柏上。等大家鼓掌完毕,奎元伯抬起眼,冲着静默的人群,意味深长地说,诸位,在此还要重申历朝历代之规矩,修族谱阶段,女人一概不准进入祠堂。女人的名字,一概不得记入族谱。每一个入谱的男丁,须交纳谱银三十两……野猫精忽然来了情绪,打断奎元伯,呵呵,现成铜钿挣不到,修个谱还要介许多铜钿,真勿讲道理。周之君也来了兴致,可能是抽烟之故,他的声音听上去,像是冬天田野烧麦秸秆的气息,野猫精,哪个叫你这么会生?好生不生,生了三个囡。

野猫精抬起轻描淡写的目光,打量着蒋坤苏,呵呵,我会生?坤苏阿叔才会生呢,一口气生了四个囡!周之君冲野猫精眨眨眼,尖着手指,慢条斯理地将两撇细胡子,往两边拨弄成翘八字,野猫精,你哪能同坤苏阿叔比？你连坤苏阿叔的脚趾甲都不如！野猫精伸手按住鼻翼，朝左朝右，各滗了下鼻涕，滗完，一扬下巴，用不无轻蔑的口气，冲蒋坤苏咋呼，孤老头，运气你了，这个钞票，你总归好省省的了！啊呀，我的命真是苦，看来老酒要戒了，洋荤也开不成了，裤带也要勒紧的了！野猫精粘着眼屎的眼缝内，放出两道得意的光。蒋坤苏的面色，接近一张磨旧的砂皮，他从内心深处，对眼前这两个人充满了厌憎。野猫精，你别撞了狗毛运还哭穷！生囝多，是你额角头皮厚福气好！你说说，生囝到底有啥个秘方？周之君阴阳怪气打趣道，两排黄牙齿，看上去像陈年的火腿骨。呵呵，生囝还有啥秘方？关键要看男人家有没有本事喽，说句不太文雅的话，要是出工不出力，保管生囡，男人只有把女人整舒坦了，才生得出囝！……要不是当着祖宗面，这个秘方，我才不高兴透露呢……野猫精的这段话，简直是眉飞色舞一口气吼出来的。

　　周之君和野猫精的对话，大大冲淡了现场的学术气氛，人群中发出低声哄笑，尽管声音不大，却像一颗烟幕弹，在致和堂里蔓延开。蒋坤苏觉得自己的面孔发烫，活到四十五岁，他第一次意识到有人这般恨他，甘愿当着祖宗的面羞辱他，像是在他的伤口上，狠狠洒了一把粗盐：尽管你名扬四海，腰缠万贯，百年之后或许还被人传颂，但眼下，你老而无子，传宗未成，接代未果，你的腰杆还不如一根草芥硬。野猫精，你真够毒，你走过的路，草都不生！奎元伯呵斥着，他似乎感觉到什么，试图用咳嗽声来制止杂音。咳咳，请大家安静，安静。一只麻雀飞了进来，落在中堂发暗的地上，低头啄着胸脯。蒋坤苏一动不动坐在椅子上，面孔变得像纸一样惨白，只有两只耳朵红彤彤的，脖颈一侧的蚯蚓蠕动着。他垂着头，像是聆听着东阳江的潮汐，又像是正借用心力，将一只只满载火腿的排筏，运向远方。他握紧的指关节那儿，微微有些发白，却没有挥手揍过去，尽管那两人根本不是他的对手。突然,他带着恍惚神情,从太师椅上跳起来,像是被什么东西烫着了屁股,抓起茶几上的皮帽,按在头上,在所有人的目光下,脚步笨拙地迈出门。麻雀扑棱棱惊起,贴着房梁兜了个圈,擦着他的帽檐飞去。蒋坤苏听到,有许多声音在背后追他,他张着嘴,走得飞快,最后干脆跑了起来。他的牛皮靴踩着结着冰碴的水洼、枯草和残枝,听到心脏发出一阵阵冰河碎裂之声。他一口气跑进门,没有留意热火朝天的作坊,没有留意红光满面,卷着裤腿,挽着袖子的伙计,跌跌撞撞拐入厢廊,他最小的女儿小娥喊了他一声,他也没有应,聋了似的,推开房门,像一根废弃的木桩倒在床上。

蒋坤苏像产妇娘一样,在床上一躺一个月,面色像一张枯荷。他时而昏昏沉沉,时而梦中惊醒,嘴里不时地发出,既像呻吟又像说梦话的声调。房门被无声推开,蒋氏端着冒热气的碗,走进来,蒋氏皮肤白皙,发髻插一支湖蓝色玉簪,尽管年近四十,身材苗条的她依然有几分风姿。这天,她赶了个早,到永康方岩,气喘吁吁登了殿,烧了香,跪在胡公庙蒲团上,捧起签筒,念念有词,刷刷摇了几下,一根竹签,掉在地上。执事和尚接过,按着签号,扯出一张签纸,签纸上有四句诗:

> 凌云乔木郁苍苍,
> 陡觉萧疏嫩叶黄;
> 虽谓免遭风雨恶,
> 无情青女夜飞霜。

解签师道,女施主,此乃下签,袭用邓伯道无儿之典故。他让蒋氏报上蒋坤苏的生辰八字,掐指一算,你夫今年流年不利,犯了煞星,若想逢凶化吉,须请庙里法师,念三天佛经。蒋氏应允,并向庙里,捐了一笔银两。回到家,她发现嫂子周贝正在喝茶。周贝是龙游人,圆脸、阔嘴、短下巴,有两道男人似的浓眉,梳一个羊角髻。你的肚皮就像一块只开花不结果的盐碱地!望着愁眉不展的蒋氏,周贝捻着佛珠,用一种内行人的口吻说,有儿贫不久,无子富不长,生不出儿子,你家老公怎会不生病?换成别人,老早讨小老婆去了咧。周贝的口气,是那样斩钉截铁,蒋氏觉得无地自容。光靠烧烧香,怎么生得出儿子咧?你若是再下不了决心,我就再也不管这事了。周贝把嘴凑到蒋氏耳根边,说啊说,直到嘴角两边堆起一圈,像螃蟹吐出的白沫。中药苦涩的香气,在屋里弥漫,蒋氏觉得,今天必须跟蒋坤苏挑明了。当家的,刚才周贝来过了,她说施家庄,有户人家,想收养一个囡……我们只有把囡,过一个出去,这个办法才最灵……蒋氏用颤抖的声音,不着边际地复述了周贝的话。蒋坤苏咳起来,直咳得面色通红,声如裂帛,抬手,赶苍蝇似的,朝蒋氏挥舞着。

六月六,发谱的日子到了。村里贴出大红榜,八个壮汉,抬着一顶大轿,轿里供着新修的族谱,在村里游了大半日。每户人家的男丁,不论老幼,穿着一新,来到宗祠,跪在祖宗像前,拜谱、领谱,每房一部,宗祠留一部。奎元伯手举朱笔,每发一套,就用在簿子上勾划,将谱举过头顶,放在领谱者手中。领了谱的人,在宗祠按尊卑长幼入座,食祭酒,分馒头,人们推杯换盏,向满面春风的族谱编委会成员们,声声道着喜,村庄沉浸在喜庆气氛里。整个上蒋村,唯独蒋坤苏一家没去领谱,一股冷风吹进厢房。昏暗中,蒋坤苏看到蒋氏领着四个女儿,在床前,从高到矮,站成了一溜。当家的,我们还是去把谱,请回来吧,蒋氏含泪道。阿爸,我们这次把谱请回来,修第二份时一定会有弟弟的……大女儿月娥轻声说。请个屁!给那些阴官垫棺材板吧!咳咳咳!蒋坤苏恨恨地,从牙齿缝里迸出这句话,又咳了起来。这个内心极其抑郁的人,抬起手,对着女人们像落叶似的,在空气里飘了飘,蒋氏识趣地带着女儿们退出。听到紧闭的窗外,宗祠里传来的吹拉弹唱,人们扯着喉咙的划拳声,蒋坤苏双目微闭,长吁短叹,想起蒋鹤明奚落的眼神,周之君满怀敌意的嘲讽,心口不由得阵阵绞痛。他觉得一双小手,轻轻按在他的胸口,梳着朝天辫的小娥,正扒着床沿,朝他关切地探过身来。小娥知道,阿爸心口痛,小娥替阿爸揉揉,阿爸就会好的。女儿脆生生的嗓音,像一道清泉,从蒋坤苏的心头淌过,望着眼前这张小得可爱的脸庞,娇滴滴的眼珠子,觉得眼睛像是被烟呛着了。唉!你生下来时,要是多带一点东西,该多好啊!蒋坤苏用一种干巴巴的声音说。

　　天井里的绣球花开了,一大朵一大朵,沉甸甸地,由蓝转青,混杂着红绿色。早饭后,大姐为你换上新衣,替你梳了辫子,并在辫子上,扎了两根新蝴蝶结,你发现大姐的脸色,像是一夜没睡好。你随着大姐来到客堂,看到阿爸、姆妈,还有奎元伯、周贝舅妈以及一位陌生女人。那个女人,有一张大脸盘,膝盖搁一杆烟管,正鼓着眼珠,喝着桂圆汤,碗边,滚落一堆吃剩下的桂圆核。奎元伯已经吃好了,端着茶盅,吹口哨似的撅着嘴,吹着茶盅里漂浮的茶汤。你看到阿爸怕冷似的缩着头,你看到阿爸时,他正好也看到你,调开目光,落到手中那把朱泥紫砂壶上,似乎一门心思品味上面的包浆。周贝今天的打扮像过节,一见你,猛一拍大腿,把碗盏往前一推,翘起短下巴,快活地叫了起来。哎哟喂,小娥来啦!你很快就被两条圆滚滚的手臂搂住了,闻到了周贝油腻腻的头发上搽的麻油味,你低头盯着她的两截烟囱模样的黑裤脚管。哎哟喂,小娥哎,蒋家最好看、最聪明、最能干的囡哎!整个屋子里的人,都听到从周贝舅妈嘴里发出来的,一声声类似春天鸟儿一般的赞叹。哎哟喂,看看这水汪汪的大眼睛!这迷人的樱桃小嘴！难怪从小就坐台阁扮樊梨花了哎！周贝不停地抚摸着你的头发，嘴巴一张一合，冲着大脸女人，不住地含笑点头。大脸女人扬起浓眉毛，咧开嘴，露出鲜红的上牙床肉，喉咙口里滚出一串木头渣子似的笑声。

你看到大姐端着茶托，从屏风后面走出来，手中的托盘，发出令人不安的声响。大姐给客人们倒好茶，规矩地站在姆妈身旁。姆妈的眼睛，直愣愣地盯着一方手帕，好像上面画着什么生儿子秘方。奎元伯把茶盅一放，身体靠在椅背上，两手交叉搁在腹部，似乎要从那儿运气，他清了清嗓子，面色凝重起来。各位亲家，即使双方已心知肚明，我在这儿，还是要啰嗦一下，按规定双方不得探视，望各自谨守。奎元伯说完，从口袋里掏出事先备好的纸。在一片静寂中，你看到阿爸展开纸，他那双灰色的、有点儿突出的眼睛里，闪过一丝惶恐。屋里静得出奇，所有人的目光，都集中在阿爸身上，包括躲在屏风后的姐姐们。哦，阿爸今天是怎么啦？皱着眉，咧着嘴，显得似笑非笑，像是纸上写着他不认得的字，他从椅子上站起，又坐下，然后把纸递给姆妈。至于姆妈，这位秀才的女儿，看得出此刻正遭受偏头痛的严重折磨，按着额头，一只胳膊肘抵着另一只手的手背，对于那张纸几乎无力过目。大脸女人擎着烟管，接过纸，张开嘴，懒洋洋地释放出一大坨烟。好吧——奎元叹息一声，伸出淡红色舌头，在自己那张能说会道的阔嘴上，舔了一圈，然后双手合十，像拜菩萨似的，冲大伙儿拜了拜。若无异议，那么，就请双方签字画押吧。

你看到阿爸双手搭在腿上，像一只入定的公鸡，他既没把那张纸，往桌上重重一拍，也没有将它撕得粉碎，他伸出食指，往准备好的印泥上，迟疑地蘸了蘸，举着红彤彤的食指，在空气里迟疑了一下，飞快按下手印，随即就像劳累过度似的，靠在椅背上。你看到当阿爸做这件事时，周贝舅妈迈着小碎步，快速来到姆妈的身边，把一只手，按在姆妈肩上,看得出此刻,姆妈比在座任何人更需要安慰。轮到姆妈了,她挣扎地看了一眼阿爸,便哆嗦着按下手印,立即用手绢捂住了嘴。周贝舅妈像击鼓传花一样,把纸递到大脸女人跟前,大脸女人把烟杆,往胳肢窝下一夹,她看也没看,就在纸上印了指纹。紧接着,周贝舅妈一把扯住你,带着你,走到大脸女人跟前,嗓音脆亮地吩咐道,小亲亲,快给亲娘叩个响头吧。

一声托盘掉落地面的声响,在空气里炸响,大姐咬着唇,全身微微战栗,扑通一声,跪在阿爸姆妈膝下。随即,屏风后面,传来一阵骚动,几双绣花鞋同时发出凌乱声息,挟带着抽泣,姐姐们从屏风后涌出。你记得你喊了一声阿爸,他没有应,双目紧闭,额头渗汗,显得力不从心。你记得你也喊了一声姆妈,她抬起泪眼,朝你望望,立即捂住脸。你把求助的目光,望向了姐姐们,她们有的泪流满面,有的急剧抽动双肩,看得出有许多话要对你讲,却又忍了回去。你看到大姐一直跪在阿爸姆妈跟前,一个劲儿地低声要求着什么,背后看去像是吞咽着什么,难以下咽的东西。你被眼前的一切,完全弄懵了。在周贝的拉扯下,你鬼使神差一般,给大脸女人磕了头,冰凉的水磨石地面,碰痛你的额角头。大脸女人欠起身,递给你一只红包,里面有两块硬硬的银元。她做做样子似的,搂抱了你,你闻到她胳肢窝底下的味道,如同腐蚀的火腿散发出的哈喇味。大脸女人拍着你的肩,鼻孔里发出一阵阵马打响鼻的声气,好像刚刚买下了一匹合意的马驹。

每个人都来跟你道别,有的摸摸你的头,有的摸摸你的脸,有的宽慰似的抚摸你的肩,有的握着你的手,冲你点点头,似乎像在说保重,又像说告别,你捂住嘴,没让自己哭出声来。你听到了无数的声音,比鸟儿的羽毛还要轻盈,比春天的雨雪还要湿润。眼泪开始涨满你的眼眶,或许因为泪水太多,你不得不瞪大眼睛,为了不让泪水涌出来,为了让自己,把屋里的每个人,看得更清楚一些,把他们的模样全部深深印在心里。这些人里,有你的叔公、叔婆和婶婶,还有太婆,一位年迈的小脚老太,她伸出皱巴巴的手,把你搂在怀里,嘴里唱歌似的发出声声叹息,唉,一个好囡啊!唉,一个好囡啊!你被周贝舅妈和大脸女人,一边一个牵着,抬脚迈出门槛。你看到姆妈在被人扶回屋前,转过身,留给你一张疲乏带泪的脸。阿爸像一枚弹弓上射出的泥丸,从太师椅上弹起来,穿过回廊,射到台门口,伸着双臂,仿佛试图挽留一只,跌落巢穴的小鸟。当你被周贝拦腰抱上膝盖,赶车人扬起鞭子,甩出一个响鞭——小娥!你听到阿爸嘴里发出的呜咽,这声呜咽,像是从被竭力压抑着的身体里面发出的,听上去怪怪的,你生出来还是头一回听见。你望到阿爸扶着门,像是突然被人抽去了脊椎,你知道,要不是阿爸不小心在门槛上,绊了一跤,要不是奎元伯和舅舅们,把阿爸拼命拽住,阿爸一定会冲出门,追上马车,带你回家。

5

每当我哭闹的时候,你就开始给我讲故事,你的声音轻轻的,柔柔的,有一波没一波,好像江南初春时节的毛毛雨,下个没完没了。只要你一讲故事,我就会停止打滚,逐渐平静,像香娟奶奶家的小花猫那样,爬起来,一步一步挪近你,蜷缩在你的身旁,乖乖竖起小耳朵。塌鼻哦,不要哭,不要闹,阿婆像你这么大时,都已经在给人家,刷锅洗碗倒夜壶了。那年村里修谱,我阿爸因为生不出儿子,被流氓嘲笑,一病不起,我姆妈听了舅妈弄讼,五岁时,把我过继给了一户人家。那户人家,是一户倒灶人家,穷得穷得,连根毫毛都没有,门框很矮,弯下腰,人才走得进,同阴曹地府一样。我的养娘,叫崔氏,是只闷鸡娘,雄的,没有经的,一个女人没有经,就生不出小孩,生不出小孩,脾气也好不到哪里去。崔氏有一个绰号,叫嫌憎嫂,她一天到晚,嫌憎来,嫌憎去,嫌憎倒世,一张麦饼脸,成天像阴天公一样挂着。每天,我爬起五更,就开始刷锅、洗碗、做饭、洗衣、割猪草,还要挨崔氏的打骂,崔氏饭不给我吃饱,衣裳不给我穿暖,我饥一顿饱一顿,眼泪拌糠吞下肚。

崔氏的老公,叫崔富民,瘦高个,黄瓜脸,面色接近一张磨旧的砂皮,戴一顶观音帽,祖上开过一爿棺材铺。崔富民门槛坐坐,脚骨捋捋,日头孵孵,偶尔做一点小生意。崔氏两公婆,小气出了名,热粥舍不得烧柴火,把冷粥放在太阳底下,晒晒温吃。喝不完的酒,没用完的酱油、醋碟,都要重新倒回瓶。这两公婆有一块地,租来的,插秧割麦时节,叫来几个外地短工帮忙。开工的日子,崔氏煮一大锅泡饭,桌上搁一只咸菜碗,崔富民端着泡饭,面前搁半只咸鸭蛋壳,蛋壳里,盛着用油炒过的粗盐粒子,边吹着泡饭,边就着粗盐粒子,吃得津津有味。割麦容易肚饥,多食一碗哦!崔氏冲着帮工们,客客气气地喊。不知底细的帮工们,一看东家吃的是粗盐粒子,他们却有咸菜配,条件比东家还好,虽说一肚皮不高兴,有火也发不出。泡饭烫,吃不快,帮工们端着碗,蹲在墙根长条石上,边让风吹着,边连吹带扒拉,吃得大汗淋漓,也没几粒米落肚,紧赶慢赶,好不容易吃完一碗,起身去添,崔氏已收起咸菜碗,手拿抹布,麻利地揩起桌子,嘴里嘟囔着,日头孔都照到鸡舍上啦!螺蛳壳都玲琅响啦!好去田里干活啦!帮工们个个恨得牙根发痒,干完一票,没有一个再回头。

我长到一根扁担那么高的时候,崔氏叫我做一桩讨饭生意——卖馄饨。每天天不亮,我就起身包馄饨,包一团冷饭,挑着担子出门。哪里做戏了,赶围场了,我的馄饨担,就挑到哪里,怀鲁好几里路,樟村好几里路,吴良好几里路,周边村堂,没有我没到过的。冬天,路上结了冰,又硬又滑,脚底一打滑,我连人带担子,掼到地上,手上腿上,掼得鲜血淋淋,碗盏摔碎了,回到家还得挨崔氏打骂。我辛辛苦苦赚来的铜钿,全部交给了崔氏,崔氏大烟抽抽,麻将搓搓,赌了个精光。唉,我那个破脚骨的养娘,实在太会败了,而且,只要心情一差:赌输了钱、崔富民找了姘头,她手上那根大烟管子,就会落在我身上,我经常被她打得,青一块紫一块,啊呀,真是被她苦死了。

你有不断重复这些故事的本领,像一台老式录音机,不断重复播放相同的段落和章节,并且一字不差。光光听你的语气,就可以晓得,你并不要求听众表什么态,换句话说,眼前的听众,究竟是谁,在不在听,都不要紧,只要她(他或它)长着两只忠实的耳朵,就行了。倘若收听的人,能够在你讲述的时候,像我们家那只芦花鸡啄米似的,不断地点着头,或者在嘴巴里,发出诸如嗯!啊?噢!这样的语气助词,对你来说就是最好的鼓励啦。因为我已听过你的故事N遍了,所以能够在此叙述一番。

施家庄位于怀鲁乡,因村西塘中有墩,墩上有亭阁,也叫水阁庄,村南有一座落鹤山。东阳有民谚:有囡难卖落鹤山,爬起五更喝粥汤。崔氏的家,在落鹤山的西北脚,这是一幢独门小院。院内,有两间黄泥屋,碰上落雨天气,平时被太阳晒得发光的黄泥地,一踩一脚泥。低矮的门框上,粘着两条由红褪白的春联,沿墙根,有一块长条石、一个麦磨,地沟里飞着蚊蝇,院外,栽一圈倒下的篱笆。屋里光线昏暗,即使大白天,也显得阴森森,剥落的墙面,像是长满疤痕。全部家具是一桌、一床和两把摇摇晃晃的椅子。推开灶间门,一股陈年酸醋气息扑鼻,灶旁有两口缸,一口装水,一口装谷子,装水的缸,颈部凹陷,像是被谁揍了一拳。灶间角落,有张小床,垫着潮腻腻的稻草,底下是一块旧门板、两张矮凳。透过小窗,有一爿飘着浮萍的水塘。院后,有一条野猫路,两旁草很高,几乎看不出有路,路的尽头,有一间茅草屋,里面堆放着耷拉着脑袋的柴草和农具。

初来施家庄的日子,你不吵也不闹,白天,穿着离家时的衣裳,晚上,盖着娘家带来的被褥。每当夕阳西下,看到小猪围着母猪吃奶,小鸡跟着母鸡返巢,小鸟飞回树林找妈妈,你就会想家。你想念家里温暖的烛火,阿爸姆妈的模样,阿姐们的笑声。你想念娘家的天井和门堂,清明过后,香泡树上开出的小白花,花的香气,十几米外都闻得到,深秋时节树上的香泡,一个个往下掉,你把它们拾起来,放到茶几、柜子和枕头边,黄澄澄一片,开门就是一股香。你想念娘家带樟脑味儿的花橱、带饭菜味儿的碗柜、散发着浓烈火腿味儿的作坊,园子后的大河,夏天的早晨,岸边开出的一簇簇橘红色的金针花,阿姐摘下花苞,晒成乌红暗黄的花干。你想念立夏时节姆妈做的乌糯米饭,嫩笋尖是阿姐从后山采来的,你坐在门槛上,剥了满满一高脚碗青豆,灶间飘满青豆的气息。你想念秋天时在桂花树下,铺上干净的床单,跟着阿姐举着竹竿敲打树枝,桂花像落雨似的洒在床单上,收起来的桂花,装在玻璃瓶里,用蜂蜜腌着,做桂花莲子羹。你想念家中那棵腊梅树,阿爸把你掉的第一颗乳牙,埋在腊梅树下,那是一颗下门牙。你想念过年时,八仙桌摆着一碗碗利市菜,全家人穿着新衣新鞋,跟四面八方来拜年的亲戚围坐一起。这些画面,一幕连一幕,从你的心上走过,从眼角溢出,像是在黑暗中,演着没完没了的戏文。

无论刮风下雨,还是阳光灿烂,无论割草喂猪,还是洗衣做饭,你都在想家。只要想起家,你的心里就会涌起一种甜蜜。当公鸡打鸣,你会想,这是姆妈拜菩萨的辰光。当太阳升起,你会想,这是阿爸练拳的辰光。当光线落上篱笆,你会想,这是阿姐绣花的辰光。你在清晨醒来的第一秒想家,在夜晚入睡的最后一秒想家,你常常想,要是自己还在家里,跟家人们生活在一道,会是一个什么样子呢?你把那些逝去的分分秒秒,仔仔细细地,回忆了一遍又一遍,觉得它们近在眼前,又远在天边。你不知道,今后是否只有依靠这些有限的回忆度日。半夜里,你常常想着想着,索性爬起来,光着脚,踩着冰冷地面,从吊在房梁的篮子里,捧出一块折叠过千百遍的斜纹包袱布,抱在胸前,在黑暗中蜷着身子,咬住嘴唇。

有一次拔草你偷偷跑了,但没跑多远,就被崔氏派来的人抓了回去。知道吗?你是个多余的人,你爷娘老早不要你了!崔氏端着烟管子,尖着嗓门呵斥。就算你从前是一只凤凰,如今就是一只草鸡!崔氏把你关进草房子,饿了两天。当你终于意识到,自己被抛弃了,禁不住泪眼蒙眬,心头打战。那种感觉像是突然被灶膛的烟火,呛着了,又像是被一枚粗大的针,狠狠扎破了指尖。

光阴流逝,想家的念头,像一个渐渐结了痂的疤。春天到了,田野温暖起来,蜻蜓在变绿的水塘上,闪着透明翅翼。黄泥墙上的败草,也挺起身子。无患子树上,吐出一个个鹅黄色的嫩芽,接着,生出许多眉毛一般细长的嫩叶。等春风吹得再用力一点,树上就会落下许多淡黄色的带香气的小花,星星点点,塞塞窣窣,落在树叶和地上的声音,像下着小雨。到了夏天,这棵树变得格外精神,枝繁叶茂,给小院撑出一片清凉。当水塘飞起芦花,秋沙鸭、斑嘴鸭和绿头鸭,在水草中发出叽叽咕咕叫唤,树的叶子,就会慢慢变黄,被太阳一照,风一吹,像是摇着一树黄金。树上的果实,落在地上,被深秋松脆的阳光一照,像一颗颗古珠,拾起来,摇一摇,里面的核,会响。到了冬天,树叶落得一片不剩,日光毫无遮拦地洒下。你常常对着这棵树发呆,觉得它不像树,而像一个人,好像听得懂你的心事。

没散尽的雾,像一大堆扯碎的棉絮,悬在半山腰,山道上,有顶轿子在移动。你停下镰刀,直起腰,看到一个瘦高的男人,下轿,朝你迅疾走来,长衫的下摆被风吹起,你的心莫名狂跳起来。男人走了一半,看到你,停了停,摇晃着又走起来,一直走到你跟前,蹲下,像一只大鸟稳稳降落,朝你张开胳膊。小娥——男人的声音听上去,像一片被风刮回到脚下的枯叶。你攥着镰刀,呆呆打量着眼前这张,苍老而熟悉的脸。那个声音又喊了你一遍,这一次,你听得清清楚楚,是的,不能再怀疑了,确实是阿爸啊,是你日思夜想的阿爸,是你足足盼了四年的阿爸。此刻,他就在你面前。你恨不得立即扑上去,哭倒在阿爸的怀里,在梦里,你已经无数次梦到过这个场面。

　　蒋坤苏的眼里,映入一个衣衫褴褛、营养不良的女孩儿。她长高了,面色苍白,打着赤脚,裤脚和袖子管短了一大截,裸露的手腕、脚背上,满是淤痕。身旁,立着一只比她的个头,还要高的草筐,大半筐青草,散发着草腥气。小娥,你认不出阿爸了么?蒋坤苏声音颤抖,眼里结着两颗滑动的水珠,他伸出手,试图捡去你沾在头上的青草。你来干什么?你扭头躲开。曾经有多少话,在你的胸中翻滚,它们比天上的白云还多,比山上的树木还密,比东阳江还要汹涌澎湃,但是此时,话到嘴边,你却吐出这几个字。你感觉到一种撕裂般的痛苦,眼前的人,你曾那般地思念过他,也曾那般地恨过他,那恨直到现在,还没有完全消失。小娥,你多瘦啊……男人的脖子和脸上全是汗,突然抓住你的手腕,垂下头,像孩子似的,呜呜哭起来。你呆立原地,看到他那头几乎已经花白的头发,心一下就软了。你伸出手,怯生生地,摸了摸他的头发,又惊慌停住,好像自己这样做,已经太过分了。蒋坤苏像是得到了某种安慰,抬起充满愧疚的脸,把你的手合握在掌心,眼含泪花地说,阿爸这趟,是特地来告诉你一个好消息!小娥,你知道吗?姆妈生了一个弟弟!弟弟?姆妈生了一个弟弟!你像是不敢相信自己的耳朵,重复了一遍阿爸的话。他肯定地点点头,泪水滑落面颊,你一跳三尺高,镰刀一扔,喊了一声阿爸,扑进他的怀里。你感觉到阿爸,那几乎让你透不过气来的拥抱,从他的瞳仁里,你看见了自己:乱蓬蓬的头发飞扬着,脸上发着光。

蒋坤苏抱起你,转了好几个圈,他觉得自己从没像今天这般轻快过,待心境平缓一些,取出手绢,替你拭去泪,打开随身包袱,取出两件花洋布衫、几截扎头发用的彩色玻璃丝。他又像记起什么似的,摸出一个纸盒,用眼神鼓励你打开。你揭去盖子,眼前是一盒雪白的麦芽糖,十二枚,并排躺在纸盒里,散发着甜甜的香气。这是龙须酥,在杭州河坊街买的。蒋坤苏轻轻捏起一枚龙须酥,递向你,你张嘴含住,龙须酥甜甜的味道,让你又想哭出来。你控制住情绪,开始向阿爸打听家里的情况,太公、太婆、姆妈、阿姐、刚出生的弟弟,一个一个,问得很仔细。蒋坤苏认真地听着,缓缓点着头,慢慢地答着。当阿爸问你这些年的情况,你没多说什么,更没有告诉阿爸,你的日子过得比黄连还苦。

太阳快落山了,回到黄泥小院,蒋坤苏把一篮红喜蛋、一只火腿、一筐索面和索粉,交给崔氏,四年来,蒋坤苏一直没来探视女儿,因为周贝反复交代,若想生儿子,就得心诚,这样才可招弟,否则就生不出儿子。这些年,蒋坤苏忍受着对女儿的思念之苦,儿子一落地,就跑来施家庄。亲家公,你若真是关心她,就不要来看她,让她晓得她是属于这里的。崔氏斜着眼,一见蒋坤苏带来的东西,已经估摸出了什么。亲家母,有件事,不知当讲不当讲……蒋坤苏壮起胆子,口气焦灼地说,我想把小娥赎回去。话一出口,他便把自己的所有注意力,都集中在两只耳朵上。赎回去?哼,亲家公,亏你还是生意人!做人可要讲信用哇,当初,我们两家可是立了文书,画了押的哇!崔氏鼓起的鼻孔里,喷出阵阵轻蔑。要多少铜钿,你尽管说……蒋坤苏不甘心地低声恳求。呸!金山银山都不要!我还指望你女儿给我养老送终呢!崔氏朝地上吐了口唾沫,扳着手指头,噼里啪啦地说。她五岁进了我家门,我供她吃,供她穿,供她住,花的心血多少铜钿算得清?不要以为儿子一生出,就好反悔啦,老实说你生得出儿子,不是你八字好得上了天,也不是你家祖坟冒青烟,还不是托了我的福!蒋坤苏气得茶也没喝一口就走了,临走前抱了抱你,泪水再次打湿你的脸。你扶着门框,望着轿子慢慢远去,收缩成一颗小黑点,被雾霭吞没。

夜里,你做了个梦。一个戴大红兔头帽的小男孩,摇晃着向你走来,他的眼睛大大的,皮肤白白的,帽子上的小铜铃叮当作响,他张开嘴,冲你喊:阿姐!阿姐!你高兴得笑醒过来。弟弟!我终于有了弟弟!这次,不再是一个梦,真的,我们家终于有了弟弟!你再也睡不着了,狂喜的心情夹杂着泪水,飘出灶间狭小的天窗,直冲进潇潇夜雨,融入荒山大野。

6

天黑得像一只看不到边的锅底,你在灶头忙开了。揉面、擀皮、调馅,你擀的馄饨皮,薄薄的,好像透得出光,你裹的馄饨,像一只只小鸟,你呼出的气息,在冷空气中凝成乳白色。两柱朦胧天光,从天窗漏下,像是为你披上一层白纱。你把包好的馄饨,码入一个颜色发暗、带三层屉笼的馄饨担。

集市里,掺杂着人声和家畜的叫唤声,李宅的索粉,梅岘的千张,画水的红糖,下仓的白糖,南屏的南枣,下葛门前的荸荠,岩下的织布,一担担、一筐筐,挤得走路都困难。小吃摊在菜场对过,顶部有一面积满灰尘和油垢的竹笠,炸油条的、蒸馒头的、做包子的、打面条的,各种小摊,十分热闹。你的馄饨摊,挨着一个麦角摊,做麦角的妇人,有一张长着雀斑的扁脸,一边引逗缚在背后的小孩,一边不歇地,将手中的面团擀成薄饼。你把小桌揩干净,摆好调料瓶、竹筷筒,用松针把洋油桶做的柴灶,烧得又红又旺。锅里,浮着一只小杉木盖,与锅壁只隔着一圈水,小船一样转着圈。那些驮着布袋、背着篓子、挑着两头翘扁担的赶集人,把独轮车、柴冲搭挂,往馄饨摊旁一靠,一屁股坐在条凳上,掏出旱烟袋,两肘支着桌,边往烟斗里塞烟丝,边用破胯声喊——姑娘,来两碗馄饨!——姑娘,多放点辣椒!多放点猪油壳!

  你应答着,麻利地往炉膛里,添了两块松柴爿,火一下旺起来。馄饨一落锅,随后,就被一把发光的铜勺,捞起,盛入高脚碗,飞快洒上葱花和切得很碎的猪油壳。赶集的人,有的从隔壁麦角摊上,直接掂过两只麦饺,热乎乎地,沾着辣椒酱,就着馄饨,埋头吃起来。腰包鼓一点的,在"华店羊肉"或"湖沧羊肉"摊前,让摊主切一块羊肉,割下的肉上,还沾着晶晶亮的胶质,荷叶一裹,转个头,点一碗馄饨,连汤带肉吃起来。不到中午,馄饨就卖光了,人群渐渐散去,你看到一个小男孩,提着冰块,冰块用细一根麻绳串着,经过摊头,你冲他招招手,递给他几粒猪油壳。每次见到小男孩,你的心里,总会一颤,觉得他特别像弟弟,有时是侧面像,有时是背影像,有的是脸型或神态像。回家前,你到卖菜的摊位上,挑拣一些别人剩下的菜叶。

  崔氏两公婆,时常为一点鸡零狗碎的事,跟邻人争吵,黄泥小院里,一年到头都是冷冷清清的。春天一到,崔富民干起收鸡蛋的营生,挨家挨户,上门收鸡蛋,把收来的鸡蛋,卖给孵坊孵小鸡,孵坊收的是每个蛋六文钱,崔富民却总是把价格,压在每对八文以下,一般每户农家能卖的蛋,通常一次最多只有三五只,自个儿跑一趟孵坊又不划算,明知吃亏,也只好忍气吞声地,把蛋往崔富民手里送。

  山里的风吹起来了,从这座山吹到那座山,像一个流浪的人,失去方向。院里的树,天天都在落叶,地上,铺着头夜的风,刮下来的黄叶和皂角仁,那些皂角仁,圆溜溜的,踩上去很滑。你拾起它们,泡在面盆里,傍晚下田归来,取下头巾,用浸泡好的皂角水洗头。洗好头,你坐在凳上梳头,长长的黑发,像一道发亮的瀑布,掩住圆润的肩头和膝盖,把你线条柔和的脸部,烘托得柔美而生机勃勃。门忽然被推开,一股冷风灌进,闯进一个后生,大约十七八岁,两耳红紫,面庞黑中透红,穿一件洗得发白的单衫,豁了嘴的鞋上,沾满泥浆,挎着一只大木箱。

后生叫喜元,横店人,是崔氏的远房侄儿,三岁失去父母,跟着做木雕的阿叔,一年到头,锅灶装在脚背上。冬至时,阿叔给人修屋,不慎从房顶跌落身亡,喜元到施家庄投靠崔氏。喜元来了以后,草房子里,飘起木头的气息,你时常看到他弓着背,耳朵夹一截铅笔,歪着头,凑着暗淡光线,眯眼打量一块木头。有时,像是想起什么似的,猛地朝空气里,挥上一拳。有时,干脆拿起刨子,推上一气,一卷卷刨花落在地面,淹没了他的脚背。喜元是个勤快人,修好了四面漏风的草房子,原先那里只有月光和雨水居住。他还用山上砍来的松木,做了床和桌。村子里,谁家房子榫眼松了,他上门给敲实。谁家壁板或窗格破了,他给仔细补好。他还弄回一大截枯死的树桩,替崔氏打了一把椅子,在靠背雕上云纹。天上掉下一个儿子!听着村里人的夸赞,崔氏嘎嘎的笑声,活像一只黑老鸦。

空气冷得像是快要冻住了,屋檐下的冰柱,像一把把寒光闪闪的杀猪刀。巍山市日,金华八县的人都来了。卖小猪的,聚在上桥头,被拎着耳朵的小猪,发出尖锐嘶喊。卖牛娘的,聚在下桥头,牛鼻孔里喷出的热气,被来回晃动的尾巴扫散。一排排田耙竹,像一柄柄刀枪。一把把锄头柄,树起来像拳堂。一顶顶蒙着油纸的箬帽,堆得像宝塔山。一堆堆方笋畚斗,筑成厚厚的墙。一座座堆成塔形的鸡蛋、鸭蛋,一沓沓、一绞绞压制成灰白色的索粉、索面,在路两边堆得满起满倒。他坐在一截圆木上,弓着背,把劈好的松木,用火钳递进炉膛,要不就是默默地,在墩子上剁着肉馅。你手拿馄饨皮,在一坨肉馅上,飞快地擦一下,将半个指甲大小的肉一粘,手指灵活地一卷。有时,你们互相调换一下。你觉察到有一双眼睛,时刻关注着你,无论插秧、割草、洗衣还是煮饭,那双眼睛,就会像一层看不见的纱,不经意间落在你身上,当你抬起眼,存心去寻,它却灵活地转开了,像河水不露痕迹地流过,仿佛是在跟你捉迷藏。偶尔,你会故意捉弄他,冷不防迅速地,逮住那个眼神,使得那双眼睛的主人,像一个被当场捉住的惯犯,脸一直红到脖子根。

你发觉你跟他之间,像是隔着一层,看不见的东西。那层东西,说不清,道不明,让你既害怕,又心烦,只好尽量回避着。一次,下一个陡坡,他几步冲下坡,站在坡下,朝你张开双臂。你没搭理他,执拗地,坚持自己慢慢挪到坡下,绕开他。割草回来,你发现新劈好的柴垛,在檐下堆放得齐齐整整,刚想对他道声谢谢,他已默默走开。当你在塘边洗衣,听到一阵鸟鸣,那是他捏着竹叶片,含在嘴里吹出的声音,你会停下手里的活,默默听上一会儿。游丝一样的风,钻入了门缝,夹杂着栀子花香。四下寂静,你紧闭房门,在屋里擦身。月光从窗栅栏的缝隙照进来,在地面交织起一道道狭长的亮光,你交叉着腿,就着月光打量自己。鱼鳞似的发亮的皮肤,紧致的腿肚。你低下头,慢慢地把嘴唇,贴在自己的手臂上,并且伸出舌尖,轻轻舔了舔,一种凉爽光滑的气息,像是带着淡淡甜味。你的目光落到了,隐没在湿发间的双乳上,心中不由地颤了一下,你像是不认得它们似的,伸出双手,情不自禁地捧起,仿佛要感受一下,它们小巧美好的分量,一种崭新而异样的感情,从心底萌发。一阵悠扬竹笛声,飘入窗棂,你面孔发烫地,慌忙掩上了衣裳。一只青蛙叫起来,刹那间,所有青蛙仿佛都欢叫起来。

天空飘起雨丝,雨点打在发烫的泥土里,蒸腾起雾一般的地气,从田畈返家的路上,他不见了,等了很久,才出现在一个山丘后,浑身是泥,脸上有一道道泥痕,兴奋地冲你扬着一截树根,磨薄了的衣服肩膀处,被灌木撕破一个口子。你们加快步伐,荷塘内,一朵朵粉红色的荷,依着碧绿滚圆的叶,在雨丝照拂下,格外好看。他停下脚步,从塘里俯身摘了一片荷叶,抖去雨水,倒扣在你的头上,又摘了一片,撕去中间部分,穿过肩颈,落在你的腰间,宽宽的绿荷束着柳腰,如同荷花仙子。你垂着头,听任他装扮着自己,一颗心忽然变得绵软无比,雨点敲打你周身的荷叶,好像无数颗晶莹珍珠,在你的身上翻来覆去。他出神地打量着你,拉住你的手,飞奔起来,在漫天世界的雨水里,你觉得自己像一朵凌空飞舞的荷。傍晚,蛐蛐在雨后的南瓜花上叫得欢,你捧着补好的裤子,走向草房子。远远的,就望到他被烛火映在窗上的身影,你蹑手蹑脚进屋,发现他正专心摆弄着一截深褐色的木头,腿笔直朝前伸着,两脚伸在一只瓮内,躲避着周遭的蚊虫。他雕一会儿,停下来,打量手中的木头,听到声音慌乱起身,由于动作过于急促,带翻脚下的瓮。你把裤子放在桌上,面孔微微发红,转身离去,轻盈的脚步一路惊起草丛的萤火虫。

7

那年冬天,崔富民死了。关于崔富民的死,有好几个版本。有人说,他收鸡蛋时,跟牛头庄一个叫严一妙的寡妇,勾搭上,失光了精,被阎罗王召去了。有人说,是崔富民喝醉了,一脚踏空,掉进小洋坝河淹死了,因为有人在河里,发现了一顶观音帽。崔富民死后,崔氏的鸦片瘾,越来越大。冬天的雨水沉重地敲击着屋檐,风把芦苇吹成笔直的斜线,崔氏臃肿的身子,窜进低矮的灶间门。明天是个黄道吉日,你跟喜元圆房。崔氏焦黄的脸上,堆着难得的笑。崔氏决定自然遭到你的激烈反对,你想,自己的阿爸姆妈,都不知道这门婚事。灶间顿时爆发争吵。你生是我的人,死是我的鬼!崔氏扇了你一巴掌,你夺门而逃,被崔氏顺势揪住辫子,倒拽着拖到楼梯口,崔氏把你的辫子绑在楼梯上,用麻绳捆住手脚,拿起一根一寸宽的竹篾条,朝你劈头盖脸打着。给你配了一门好亲,还要硬头硬脑!崔氏抽搐着嘴,恶声恶气地骂。你咬着牙,一声不吭,崔氏打得手臂发酸,冷不防朝你头上,狠狠一记,你眼前一黑,便什么也不知道了。一个身影撞破了门,喜元面色铁青地闯进,一把夺下崔氏的篾条,把崔氏推了一个仰天跤。

你觉得浑身疼痛,从敞开的窗子,发现躺在草房子里,鼻子里传来草药的气息。你听到椅子响了一下,想睁开眼,却觉得头脑昏沉,一张黝黑的面孔,在蒙眬中向你凑过来。你想坐起来,却被那双手按住了,听到他欣慰地叹了一口气,阿弥陀佛,你总算醒过来了。一阵轻微脚步声,走远,又走近,在床前再次停住。那只手扶起你,将一只盛着水的粗陶碗,递到嘴边,你顺从地喝光碗里的水,唇上沾着水渍,像个纸糊的人,又躺下了。连着两天,你一直蒙眬地察觉到他的存在,不是为你端来汤药,就是沉默地坐在身边,替你掖一下被子,或者用一块温热的手巾,替你缓慢擦拭面颊,因为疼痛,你忍不住嘴里嘶嘶倒吸着冷气。

他就着半明半暗的火光,坐在凳子上,一只胳膊肘抵着膝,竖着耳朵,野猫一般监听外面的动静。他还是头一次,如此近距离地打量你,你缩成一团,看上去像是十分怕冷,露在衣服外的胳膊腿上,有许多新鲜红肿和淤青,脚上的冻疮已经溃烂,梦中的表情,好像依然承受着惊惧和痛楚。夜里,下起了雨,雨点敲击着屋檐,像是要把草房子击穿,风像鬼一样叫着,他朝快要熄灭的炭盆里,添了最后几根松枝。火焰噼卜一下跃上来,屋里顿时温暖起来,睡意也阵阵袭来,他的眼皮禁不住打架。他拧自己的腿,努力不让自己困着。待到松枝燃尽,屋里陷入了更深的寒冷,风在光秃秃的田野里奔逐,撼动着村庄,仿佛要破门而入,你簌簌发抖。他往你身上,压了最后一件衣物,他已经把所有可以盖的东西,都盖在了你身上。你觉察床一沉,一个散发热量的身体挨过来,躺在你对面,弯成一张弓。我知道,我配不上你。他仿佛自言自语一般的说。你闭着眼,像是被什么烫了一下,喉咙咽下一口苦涩。可是两个人在一起,总比一个人要好。那个声音颤抖着说。你听到他粗重的呼吸,觉察腋下的被子,被轻轻拖开,一个滚烫的胸膛贴过来,他拥着你,一动不动,阔大清寒的夜色里,你们好像两只依偎着取暖的寒号鸟。你瑟缩着肩,挣脱了他,坐到了床尾,双臂交叉胸前,宛如一尊受苦受难的观音。小娥,等我学出手艺,就带你逃出去。说出这句话后,他返身搂住你,我要娶你。他贴着你的耳根喃喃着,他的声音听上去,像是一根线,被风拉得很细很细,但是他心脏跳动的声音,响得你都听得见。他搂着你,倒在松木床上,你落在他背上的拳头,像是打在棉花上。小娥,我会盖房子,会打家具,我们会有一个家,门前有个小院,屋后有片菜地,我们生许多小孩子,我们生出来的小孩子,就在竹林里捉蛐蛐,挖笋尖……小娥,我一定不再让你受苦。他觉得自己的嗓子沙哑得不行,心脏剧烈撞击着胸骨,你的衣衫在他盲目牵扯下像陷入风暴的帆。

　　眼泪开始缓慢而大量地涌出你的眼眶,不知何时,你放弃了挣扎,后来干脆伸出,被绳索勒得红肿不堪的手,捂住了嘴,猛烈的饮泣从你的指缝里漏出,越来越多,越来越响,像是被冻住的冰层下奔淌的河流,他拿掉你的手,你的哭泣立即被他吸入五脏六腑。他来不及解开你身上那些繁琐纽扣,一扬胳膊,你的衣衫就像树皮一样褪去,顺着床沿滑落在地，一具像是抛过光的黄杨木一般细腻的躯体，长长的头发像一面朝下打开的墨扇，半掩着一对汉白玉雕成的乳房，两粒猩红色樱桃，被冷空气激灵得楚楚动人。他不可自抑地战栗起来，异常灵活地用牙捕获它们，风在旷野疾走，狂暴而凌乱地碰撞山峦和大地，连落鹤山上的松涛也开始响应。天幕间，到处飘起了冰蓝色的雨丝，闪闪烁烁，铺天盖地。你喉咙里发出的呐喊，仿佛远山炸响的春雷，又像风的幕布被芦叶尖狠狠刺穿，他觉得胸口那儿，被什么烫了一下，你的牙嵌入他汗湿的肉。昏暗中，他无法辨识你眼中闪烁的，究竟是奔放的热情，还是痛苦的欢乐，也没有顾及硬邦邦的床板磕破双肘。你的手抵着他的胸，眼睛瞪得大大的，像是瞧着他粗硬的头发，跟漆黑的空气擦出的静电，沾着泪水的睫毛仿佛秋天的苇草。他带着你，着了魔似的奔跑起来，朝着一座积雪覆盖的小木屋，在闪烁着蓝色幽光的原野上，在闪烁着蓝色幽光的星空下，当一阵压抑而痛楚的热流，从体内奔腾而出，他的脸上淌下两道幸福而羞惭的泪水。

东阳有乡风，工匠若是无师自通，就算技艺十分了得，也是同行不认，乡人不请。元宵一过，喜元同崔氏商量，去下山府拜师学艺。崔氏皱着眉，咂着嘴，同意了。你两宿未睡，做了一双棉鞋、一双单鞋和两副绣花鞋垫，备了喜元的换洗衣裳，在一件罩衫的衣角内，缝入两块银元，用一块绣着梅花的包袱布打好。早上，你烧了碗鸡蛋面，看着他吃下去，把两只用粗草纸包扎，正面贴着小红纸，扎着细麻绳三角包，递给他，这是送给师傅的见面礼，一包桂圆，一包霜糖。天有点阴，罩着青白色的雾，整个村庄像是浮着一般。你送他到村口，好好学，不要做回汤豆腐干。说完这句，为了不让他看到自己流泪，转身往回走。他从后面喊住你，从怀里取出一样东西，这是一截天然椴木树根，上半截象牙般光洁的材质上，雕着一张俊俏的女人脸，端庄的鼻梁,中分的长发,腹部微微隆起,映出一对紧紧依偎的胎儿的隐约身形,其中一个还裹着褐色树皮。你捧着树根,忍住泪,朝喜元挥手。他背着木箱,也朝你挥手,露出白色的牙,倒退着迈开脚步。当他的身影,被雾霭隐去,你仍立在原地。

　　青蛙的叫声,在芦苇塘重新响起。沟渠下,马兰头和荠菜,像一群刚出世的娃娃,在风中活蹦乱跳。你的胃口变得很差,脸色也不好,每天清晨一睁眼,就翻江倒海一般呕吐,一直呕到吐出绿胆汁,整个人仿佛虚脱一般。为忍住胃里不断泛上的酸水,在干活时,不得不在嘴中嚼几根霉干菜。芒种后,风一吹,院里的无患子树上,落起小碎花,窸窸窣窣,夜半时分听上去,尤其明显。你常在半夜坐起,借着月光打量鼓胀的乳房,变暗的乳头,惊异地发现,腹部爬上许多褐色的细细的藤蔓,好像要在你的身体里,结一个小宝贝。你轻轻抚摸着变圆的肚子,跟里面的小人儿说话,当你跟肚子里的小人儿说话时,耳边就会飘起竹叶片吹出的乐声,心情就会像雨后的庄稼地一般明快起来,肚子里的小人儿,也动个不停,好像听懂一般。

　　那天你正在拔豆角,忽然觉得肚痛难忍,拖着采了一半的箩筐,困难地往家走,躺在稻草堆上,浑身像从水里捞上来。门哐当一响,崔氏推门而进,看了看你,哐当一声,又摔门而出,半晌,带回一个长着一张枣子脸的妇人,接生婆桑婆娘。桑婆娘屁股往竹椅上一搁,生起火,烧了一盆热水,将一把锈迹斑斑的剪刀,在火堆上翻烤了一会儿。你痛得气喘吁吁,大汗淋漓。不生了行不行啊?你禁不住央求。女人家生小孩,都这样,生多了,就跟打个屁一样顺溜啦。桑婆娘扯着粗嗓门。一个小猫似的肉团团,从你体内十分困难地钻出,这是一个健康的小男孩,粉红色的小脸皱巴巴的,哭声响亮。孩子生下来,奶水却下不来,整整两天,你觉得胸口像堵着一堆小石块,又硬又痛。你的奶里藏着空气哩。桑婆娘伸出生着长指甲的手,挤着你的乳房,弄来一根擀面杖,在你的胸脯上,像擀面团一样来来回回地,擀来擀去,你咬牙忍受着,两只饱胀的乳房,好像快要爆炸。桑婆娘又用一块粗粝粝的热毛巾,使劲为你擦胸脯,你痛得死去活来,第三天,奶水终于下来了。

那个傍晚,两个用白布蒙着口鼻的人,抬着一块门板,出现在篱笆外。你从未见过这么腌臜的人,光着铲子样的脚丫,从头到脚,沾满污泥,一看就知道在路上走了很久。门板上,躺着一个人,大热天的,怕冷似的盖着一床薄被,包裹出一个人形,一见露在外面的鞋,你手里的毛笋滚落在地。来客进院,把门板搁在地上,你蹲下,掀开沾满灰土的薄被,禁不住捂住嘴。你看到一张被火烧过似的脸,长满一颗颗水泡,又尖又红,薄得像一层棉花纸,很多水泡已经破了,流出血水和脓水,连粗硬的胡须上也沾满,几把凿刀从包袱布里歪斜着探出。你用颤抖的手,毫无用处地摸了摸包袱,伸向他发烫的胸口,低头听了听他的呼吸。他那两只被水泡封住的、沾满灰尘的眼皮颤抖着,干裂的嘴唇抽搐道,小娥,你不要过来。你摆摆手,示意他不要吭声。背后传来崔氏急促的脚步声,在身边戛然而止,崔氏拄着拐杖,脸上挂着狐疑。下山府整个村出痘,出死了很多人。一个用白布蒙着口鼻的人,瓮声瓮气地说。我们担心他路上搪不牢,没想到他还够硬气。另一个衣服湿透的人,边说边踢了下门板。我们翻山越岭,真是一步都不敢歇哩。另一个人继续说,这种鬼天气,忽晴忽雨,真是苦头吃足。崔氏望望门板上的人,脸上浮现一种恐惧和厌恶混杂的表情,一手捂住口鼻,另一只手冲两个生客,朝草房子的方向,挥了挥,便溜出小院。两个生客把门板,抬进草房子,互相交换一下眼神。天快黑了,我们还得赶回去哩。你擦了一把眼睛,跑回灶间,取下吊篮,从包袱里面翻出一些碎银、一只银簪,交给那两个跟过来的人,他们掂了掂,打了一个招呼,就头也不回地走了。

你舀了一瓢水,歪着身子,跑向草房子,一路上,水洒出大半。你扶起喜元,把水瓢递向他焦裂的唇,水从他的嘴里进去,又从嘴角流出。你煮了一大锅水,加上草药熬着,用干瘪的辣蓼草扎成把,盖上树叶,用烧出的烟驱赶蚊虫。然后,又熬了一点稀饭,待凉后,用勺子送到喜元的嘴边。他闭着眼,勉强咽下几口,好像为了安慰你。你用冷却后的草药水,手势尽量轻地替他擦身,他的浑身像一节煮熟的六谷棒,胸口和后背上,结满亮晶晶的水泡,血水从肿胀的、破了的皮肤下,不停地渗出。你发现,他的手一直捏着衣角,掰开他的手指,发现衣角里那两块硬硬的银元还在。村庄安静得出奇,月光像一匹白布,照在床上。半夜,你伸手一摸,身边是空的,借着近乎惨白的月光,发现他的头,滑向床沿,脚伸在床里北。喜元,你怎么睡成这样了?你轻声问。整个后半夜,你都握着他发烫的手,感觉到他的身体像一块滚烫的烙铁。别担心,你马上就会好起来的,还记得么,你说过的,等你手艺学成,我们就逃出去……月光下,他脸上的水泡如同河面隐没的浮标,呼吸比绣花丝线还细。整个后半夜,你贴着他的耳根,一直不停地跟他说话。我们会有自己的家,门前,有个小院,屋后,有一片竹林,院里,种着月季、海棠和凤仙,爬着牵牛花和五角星花……哦,我还想种一些栀子和茉莉,这些白色的花,开起来时,很香的,你说好不好啊……他竭力睁着两只红肿的、水蜜桃般的眼睛,青灰色的嘴唇抖动着,像是吸进什么难以下咽的东西,他攥着你的手,仿佛要把指甲嵌进你的手背里去。

小弟突然哭起来,尖厉的声音穿透了低矮的屋顶,他笨拙地把头,转向小弟哭泣的方向,额上的血管波纹一般浮现,牙齿格格作响。等小弟长大一些,我们就带着小弟在竹林里,挖笋尖、捉蛐蛐……他滚烫而颤抖的双手,将胸前的被单,扯成一道道深沟,他的目光如同被黑夜捣碎的水银。你难道忘记了么？这些都是你亲口说的呀。你捏住他的下颚，先是轻轻地，然后是用力地、不停地摇晃起来，硬是让他那两只失神的、几乎快要闭上的眼睛，望着你。难道你是一个说话不算数的人么？求求你，快睁开眼睛看看吧。你摇晃着他，像是已经完全忘记他身上的痛楚，甚至改用双手，猛烈拍打他的胸口。微明的天光中，你的话再也进不了他的耳朵，你的动作再也进不了他的视线，即使你猛然放开了他，跳下床，拉开抽屉，将一个木头疙瘩，举到他的眼前晃啊晃。即使你动作夸张地，用手指指门，又指指窗，并且打开所有的门窗，拼命弄出砰砰啪啪的声响，让他确凿地相信，此刻，整个村庄的人都蒸发了，只要他愿意，他们三个现在马上可以一块儿逃走。你快看看吧，喜元，现在，一个人都没有，真是千载难逢的好机会。他没有回答你，也没有留下一句话，只是一味地睁着，水汪汪的、肿得不可思议的双眼。他那原本像是被火烧着似的身体，渐渐变得像山泉一样冰凉，两行凝住的泪，像一大片隔年的月光，挂在他那张稚气未脱的脸上。

你在杂草丛生的灌木丛中，缓慢前行，一路走走停停，双臂不停地划开，又合拢。野草在你经过的地方，倒下，又直挺挺地立起，你的肩上曳着一根粗麻绳，麻绳末端，连着地上一块门板，门板在泥泞山道上，留下深深辙痕。绳子勒破了你的肩，沿途的灌木丛，不时摩擦你的手臂和脖子，生硬的荆棘刺破你的皮肤，你感觉不到疼。他的身体随着颠簸的门板，晃动着，似乎不住点着头。你走不快，常常地，他的脚不是勾住一丛蔓草，就是袢住几块湿漉漉的石头，手臂还动不动挂到外面，你不得不经常停下，把他连同系在一侧的洋锹，摆放端正。对你所做的一切，他没有异议，即便你在艰难上坡时，也没有帮上一把，从前他可不是这样的人。太阳升起，树林里投下白纱一样的光，山腰上，有许多树干皲裂的松树，朝一个方向倾斜，好像被风吹歪一样,附近有几畦菜地,种着芥菜和萝卜。正是做早饭辰光,村庄的木橼顶上,升起了炊烟。你费了很长时间挖了一个坑,你的动静惊动了早起的鸟雀,挖好坑,你跳下,捡出坑底的碎石,拔去杂草,把一床薄被在坑底铺好。你很快发现,坑挖得不够大,他的腿从坑内,直挺挺伸出,你想过把他的腿弯起来,但是这个念头,只一闪就消失,那样的话,喜元一定会不舒服。你把他重新弄出来,在脚后跟那儿,挖得更深一些,他总算平坦地躺在里面了,身边放着一只装着工具的包袱。阳光穿过云层,落在散发浓重土腥气的坟包上,你觉得太阳穴那儿像有槌子擂击着,四周传来各种声音,所有物体都在眼前旋转起来,越来越快,越来越模糊,世界像一扇黑漆漆的大门,砰的一声,在你眼前合上了。

第二部

间奏

1

阳光施展着魔法,在水泥地上,投下一束束白色激光,张大鼻孔的话,还能闻到一股焦味儿。长廊上,树荫下,人人都在擦拭、等待着,喝醉酒似的涨红着脸。海狮走出办公室,手搭前额,眺望花坛,在那儿,三个孩子,一肥二瘦,正在玩老鹰捉小鸡游戏。一只瘦骨嶙峋的老鹰,勾着腰,下唇挂一滴口水,直视乐呵呵的胖母鸡,嘴里不断地发出,并非属于自己的叫唤。老鹰发起了进攻,母鸡嬉笑着迎上去,身后跟着有恃无恐的小鸡,它搂着妈妈的腰,确切地说它的妈妈并没有腰,小鸡嘴里发出的叫声,比老鹰还凶。海狮跟舅舅交谈了一会儿,总结性地拍了拍舅舅的肩,返回办公室。

舅舅把手搁在裤缝两边,像一名乐队指挥,由于缺乏微笑而更显资深。当舅舅觉得自己的情绪,酝酿得差不多了,抬头,冲着人群,安详地张开双手,并在耳朵那儿停住。安静一下。舅舅冲着大家喊。请大家安静一下。接着,他将两手做成一个看不见的圆圈,朝圆圈里喊了几声,然后,把手臂举过头顶,向前向后,大幅度晃动起来。坦白地说,现场的路况交通,不容乐观,信号灯失灵,斑马线消失,泥石流突发,人畜混杂且逆向行驶,公交车私家车三轮车脚踏车马车牛车驴车老鹰鸡群,横冲直撞,有的直接冲上了人行道。请大家排好队。舅舅喊完,等了一会,神情自然地摆出一副,十字路口交警的架势:双臂伸展,十指翻飞,平和优雅,真不知他从哪儿学来的这一手。没有聒噪的训斥,没有暴烈的怒目,没有飞溅的唾沫,路人尽可根据自我想象、理解或揣摩,执行交警给出的一系列有关停止、通行、请稍候的指令。舅舅潇洒的动作,令我想起西湖玫瑰盛典,一百多对聋哑新人,站在断桥上,用手语打出"我爱你"的场面,令人过目难忘。

烈日下执勤的模范交警,佩戴黑色臂章的万能的神,坚持道路资源精耕细作,脸上呈现出紧张的充实感,像是一心要把这场,并非由他一手制造的混乱,平息下去。舅舅连续不断地打出,一些令人浮想联翩的动作:伸直左臂,弯曲右臂,在胸前画了个低低的半圆弧,仿佛他那儿有什么事业线。他还持续不断地发布了:前车避让、行进、停止、靠边、直行、直行加速等指令,包括一个左转弯待转动作,这是我们杭州首创和推广的新举措。人性化的执勤让人重温久违的感动,小城终归有小城的好处,全城人与交警都很熟络,吵闹声低了下去,道路变得畅通,车辆秩序良好,一条长龙渐渐显现,龙头起于大厅,龙身断断续续地,绕过大半个长廊。人们在太阳下等待着,像一屉屉刚出笼的知味观小笼,又像一根根放大镜下的火柴棍,只要稍加一丁点温度,就会立即冒烟。

知了的鸣叫持续不断地,从泥土中,树丛尖,草地里,从每一个炙手可热的地方汹涌而来,这些极具娱乐精神的歌唱家,几乎不换气地吟诵着,一阵紧似一阵,单调的金属音色仿若天成,一个劲儿地齐声乞求着、咏叹着、祷告着,好像举行着一场盛大相亲会,这些相亲专业户们,同时张开几千万张口器齐声呐喊:牵手吧!交配吧!解脱吧!当我不得不描述知了令人烦躁压抑的调门时,又该如何描述接下来听到的乐曲呢?哦,会唱歌的洒水车,它是多么轻快而自在,四只橡皮轮胎贴着热辣辣的地面,发出春蚕啃桑叶一般细密均匀的沙沙声,尾部交叉延伸的细长管子,射出两脉绵密缓慢的甘露,对走路和骑脚踏车的人也不放过。跟许多地方一样,我们这儿的洒水车,一年四季只会唱两首歌,一首《兰花草》,一首《祝你生日快乐》,这两首歌,无论晨昏,悲欣交集地流淌在大街小巷。此刻,它正唱着《祝你生日快乐》,含情脉脉地驶来,款款善意令人动容,保不准今天谁正恰逢华诞,而所有聆听者都是有福的。没有人站出来,打断它那均匀的、仿佛念经似的好心肠,直至它善意的提醒,转化为无力的唠叨,在倦怠的路面开辟出两道深色捷径,消失于行走之中。

  我还记得,病房里的声音终于把你弄醒了,你睁开眼,转动脖子,像一个发不了声的拨浪鼓。你的身上,埋着五颜六色、曲里拐弯的管子,从领口和被单底下探出,像个蜘蛛人。我和妈妈,一边一个,把脸送到你跟前,你停止转动脑袋,一言不发盯着我们。我是哪个呀?妈妈带着笑容问。你的声音哑得几乎听不清。还没等我发问,你已低低地喊出我的名字,我觉得你的手,在被单下找我,便把手递给你,你发烫的手攥紧我,我们的脸几乎挨在一块儿。

  直到今天,我依然记得你的模样:目光炯炯,下巴微仰,雕塑一般晦暗虚脱的脸上,发着光。我记得我把耳朵凑近你,希望你能对我说点儿什么,还摸摸你的头发,亲了亲你的额。你长久地凝望着我,瘦胸脯起伏着,似乎想把自己所有的热情和才华,赠予我,你的眼光是多么一言难尽。是呀,你曾多少次,出人意料地脱离险境,奇迹一般康复,坐起,沙喉咙再次响起,重新变成一位穿着沉重黑呢大衣,四处走动,甚至一溜小跑的人。这一回,你的五脏六腑还打算这么干么?它们还愿意陪着老主顾,玩这个游戏么?它们会让你这个爱吹牛的老太太,兑现自己活到一百二十岁的诺言么?

  当我走到床尾,察看输液架挂着的盐水袋,针头扎在你的脚背上,连续的输液已使你脚背的皮肤膨胀。床架忽然剧烈摇晃,你披挂着管子,身体猛地来了个对折,用一个有力的动作,几乎坐了起来。这个破天荒的举动,把在场所有人惊呆了。不知你哪来的这股子力气?你是想一骨碌下床,套上黑色薄底凉鞋,赶回家收晾在外面的衣服么?此时此刻,当我透过酷暑,努力回想那个瞬间,一切依然陷入重重迷雾。你凝望着我,眼神锐利而清亮,灰头发朝后飘扬,你那种目光,我后来再也没在世上见到过。你用含混不清的嗓音,对我喊出了肚皮里的最后一句话。那是一句老家话,七个字,听上去既像是,阿婆可能不行了。又像是,你们千万别伤心。又像是,让我回到上宅去。更像是,你的要求别太高——你一直希望我早日觅得一位如意郎君。哦,你在神智尚且清醒的最后关头,挣扎着向我传递的那个秘密究竟是什么呀?你面朝着我,身体僵硬地在空气里停顿了几秒,仰面倒下,像一个散了架的木偶。一阵明显的战栗掠过你的全身。你不再有所作为,望着天花板,面色潮红,像是为刚才的出格行为难为情。你的目光仿佛磁石,吸引屋里所有人,大家情不自禁地顺着你的视线,搜索起了天花板,在那儿,除了一只正在结网的蜘蛛,两只被俘获的蚊虫,在空调吹出的风中,一颤一颤地挣扎,什么也没有。你的眼神单纯而温柔,像是要把自己投身到,比时间更永恒的宇宙中去,莫非天花板上涌现了一个盛大的花园?还是出现了不明飞行物?哦,你在微笑呢,口唇之间像是掭着一层湖水,荡漾着,渐渐波及面颊,皮肤瞬间提亮了许多,皱纹不见了,就连头发丝也开始随着空调风,在耳边欢快舞蹈起来,那会儿我几乎看到你年轻时的模样。你温暖可亲的微笑,带有某种神秘的魔力与震撼力,使屋里的每个人,都屏息凝神,仿佛等待一场肃穆的发言。一个护士走进来,给你打了一针安定,你慢慢闭上眼。你的微笑像薄暮时分,西湖上空最后一抹光影,荡过堤岸,滑过水面,随着渐涌的雾气逐渐消散。

2

　　一个声音传入我的被窝,先是一阵爆炒豆子声,然后,是一连串老鼠啃木头的声音,最后,一轮旭日冉冉升起。可能播放次数太过频繁,唱片发潮,夹杂着噪音。临近尾声,音量被调低,亮出一个女声,我们村的赤脚医生兼播音员金桂兰,用标准的假嗓子宣布:上宅人民广播站,现在开始第一次播音。桂兰阿姨先用东阳普通话,读了一篇社论,语速很慢,听上去像没睡醒,我甚至闻得到她早上吃下去的腌萝卜条味儿。

　　我起床,顺便朝墙上三个身量不高、白须飘逸的老头儿,行了一个注目礼,他们待在那张下摆起皱的年画上,仿佛一母所生的三胞胎,中间那位拿个鞋拔子,右边那位怀里搂一个小孩,左面那位有个凸脑瓢,一手拄拐杖,一手捧着个大蟠桃。自我记事起,他们始终待在墙上,没完没了地打量着,对面一位咬牙切齿的红衣女子,似乎想从她身上汲取青春活力。那位红衣女子,杏眼圆睁,手里绞一根辫子,似乎打定主意,将对面三个上了年纪的好色之徒,斩尽杀绝。灶头传来豆腐炖雪菜的气息,外公正在天井侍弄花草,我喊了他一声,他像往常一样,对我招招手。吃好早饭,我接过外公递给我的,一张散发着冰片气息的钞票,抱起锡酒壶,出门打老酒。我跑出弄堂,一个左拐,跑一段,再一个右拐,就看到正庄南货店斜飘着的,那面裤衩模样的三角小旗了。正庄南货店老板孙二狗,躺在一把磨得光亮发黄的藤椅上,店里的光线有点暗,靠墙沾了灰尘的货架上,盛满红色的二踢脚、金黄的纸钱和针头线脑,有裂痕的高大柜台上,立着一溜圆口玻璃瓶。我没有取下搭在柜台边的钩子,熟门熟路地,弯腰钻入柜台。孙二狗起身,掀开压在酒瓮上的黄泥盖,将一柄长长的竹漏勺探进酒瓮,一阵酒香直冲入我的鼻腔,我把下巴贴在酒缸边,做了几个深呼吸。打好酒,付了钱,我没立即离开,盯着柜台上圆溜溜的玻璃瓶,孙二狗心领神会地,拧开一个瓶盖,递给我几粒金橘饼,我同他挥手道别。我抱着变重了的酒壶,跑入弄堂,对着壶嘴,滋了滋了,喝了几口酒。凉滋滋的黄酒,令我身心舒坦,我顺便用牙齿,矫正了咬瘪了的壶嘴。

直到今天,我还能清楚回想起,当我跨入廿四间,喇叭里正播放《义勇军进行曲》,与此同时,屋里传来一阵争吵声。我把酒壶搁在廊柱下,钻入宽大的令人发痒的蓑衣,朝敞着门的屋内打探。你们面对着面,在三胞胎老头和红衣女子注视下,正进行着一场巅峰对决。他佝着腰,像一头坏脾气的猩猩,额头几乎碰到你,深蓝色的中山装,从背后翘起。作为冷战高手,你抿着嘴,昂着高贵的头,脸上浮现出轻蔑,多少年过去了,这一幕依然让我记忆犹新。他伸出食指,朝自己胸口上,一个劲地猛戳,打出一串木偶戏班才有的剧烈无声的动作。你没有反驳,也可以理解为气得说不出话来。你们两个,一方激烈批评,另一方无声抗议。一方猛烈抨击,另一方沉默是金。他发出一声嘶吼,拎起角落头笤帚,朝你挥去,你一歪头,笤帚贴着耳朵飞过。这个动作激怒了他,笤帚被再度扬起,这一回,像一只空麻袋,顺着桌沿缓缓倒下。雄壮的《义勇军进行曲》中,眼前发生的一切,几乎没什么声音。

我筛糠一般抖将起来,兴许是偷喝下去的酒,发挥了作用,起先是手,然后是胳膊,再是肩膀,最后,连我的牙齿也开始格格作响。中华民族到了最危险的时候,是的,我无法再城隍山上看火烧。是的,替天行道的时候到了,大义灭亲的时候到了。再见了,晚风、溪滩和鱼虾。再见了,外公那鼻音深沉,曾经让我无比感动的腔调。怒火从我的胃里窜上,杀向小宇宙,在胸腔内部,引发阵阵共鸣,直逼咽喉,从我的嘴里喷薄而出。我钻出蓑衣,摆了一个马步横打的造型,撕心裂肺地大喝一声:

"赵金川,老子跟你拼了!"

一颗超级无敌小钢炮,呼啸着从廊柱旁发射,滚入门槛,小钢炮携带的巨大威力,震落了墙壁灰和一只正在结网的蜘蛛。我使出一招杭铁头惯用的铁头功,对准他软沓沓的肚皮,闷头一撞,他沉闷地哼了一声,双手一摊,笤帚飞向后脑勺。我横在你们两个中间,像一只舍生取义的螳螂,要是他的肚皮上长眼睛,一定可以见到一位怒目而视的小女孩。他站稳脚跟,朝我弯下腰,仿佛视察灾情的领导,不无好奇地打量我,我趁机抱住他的腿,张开嘴,隔着夏裤咬了一口,老实说口感极差。他大吃一惊,龇着牙,原地抖腿转着圈,像一头误入机关的熊瞎子。我随即缩成一团,跃上他宽大的脚背,像一条吸附在他腿上的蚂蟥,他令人恼怒地,一味躲闪着,并且加大转圈和抖腿力度,妄图将我撺入大海。然而,无论他怎样腾挪、跳跃,我都像大海中的礁石,风吹不动,浪打不摇。当他朝我伸出桅杆一般的手臂,我顺便用牙齿,朝他那条送上门的手臂上,认认真真地印了一只美观大方的西湖牌手表,这个牌子的手表,是当时年轻人最结棍的嫁妆。我抓住他的另一条胳膊,准备让好事成双,他嗷地怪叫一声,像日本鬼子投降那样,异常灵活地高举双手。与此同时,我一个鲤鱼打挺,揪住他胸前的口袋,一手一个,使得他的胸口,发出哧啦、哧啦两声爆裂,前一声呼应着后一声,一把牛角小梳、一只蓝色的西湖牌香烟壳,掉在地上。与此同时,我不幸落水。

我原地一滚,再次朝他扑去,他一闪,我的膝盖骨不慎撞到桌腿上,泪水登时涨满我的眼眶,双手也被反剪住。想不到这个蒋家王朝的忠实走狗,居然有着铁钳一般的臂力,我一扭头,愤怒地盯着他,打算用自己水汪汪的大眼睛,把他活活瞪死。这一招果然灵光,他像是被施了定身法,目露羞愧,并且立即松了手,说时迟那时快,我绷住腿,朝后来了一个扫堂腿,可惜我的腿太短,没够着。我只好使出杀手锏,来了一招海底捞月,他立即手捂裤裆,背脊猛然变得僵硬而弯曲,薄嘴角急剧无声地抽动起来。他明显感觉到了恐惧,脖颈一侧的小蚯蚓蠕动着,划动双臂,朝门口跑去,由于跑得太急,碰歪挂在门框上的菖蒲叶,袖子被门钩住,两颗塑料纽扣,滴溜溜滚在地上,每颗纽扣上,有四个小孔,一颗滚到桌下,一颗滚在门边,拖着半截同色的线。哦,是谁把一向神色淡定的赵金川,弄得衣衫不整?是谁搞乱了他的二分头,让它们狼狈不堪地,耷拉在那颗足智多谋的凸脑瓢上?哦,是谁让一向自视甚高的赵金川,胸前的口袋针脚爆裂,白色衬布朝外翻出,活像两只瘪塌塌的奶子?他伸着脖颈,拖着双腿,一溜烟跑出了门,连我朝他奋力掷去的铁皮畚箕,都没能追上他。

你一手捂头,一手撑地,弯着脖子,头发遮住一边脸,跟小人书中,被地主家的狼狗欺凌的穷苦人,一模一样。我记得我扶起你,替你拿掉沾在头上的稻草,把你扶到椅子上,一缕鲜血从你手指缝里流下,我用惊慌的声音说,外婆,你的头破了。你一门心思地闭着眼。我记得我扑到你身上,使劲地摇晃你,仿佛你已离开了人世。我还记得,喇叭里的爆炒豆子声,再次发作。之后,是无线电波的嗞嗞声,一切重归沉寂。我去叫桂兰阿姨。我带着哭腔说。你摆摆手,发丝颤动,声音虚弱。不要紧,塌鼻,你去灶头抓一把灰来。我跑到灶间,在镇灶神龛监视下,把自己大半个身子,探进灶膛,我从依然温热的锅灶里,抓了一把还有点烫手的灶灰。我双手捧着灶灰,回到你身边,你仰起头,目光鼓励地望着我,我把草木灰洒在你的伤口上,在那儿,不少头发已经变白,发根与变黑的血凝在一块儿。我跑回屋,取下橱上的铜锁,踮起脚尖,从最上面一格的抽屉内,找到一把剪刀、一小卷纱布和一块伤湿止痛膏,把纱布折叠成豆腐干大小,盖住你的伤口,剪开止痛膏,在纱布上粘了一个"井"字。做完这些,我蹲在你的身旁,含泪望着你。

塌鼻呵,你真像我的弟弟呵,为了我,他也是个不要命的人儿。你搂着我,泪水打湿了我的脸。为了我,他还打过我三阿姐,因为我那个阿姐,太会弄事了。你发出的叹息声,像是被风弄乱的笛声。外婆,有塌鼻在,谁也别想动你一根毫毛!我一边说,一边把胸脯朝天拍得梆梆响。你欣慰地点点头,擦去我脸上的泪,又滗去我的鼻涕。过了一会儿,你拉起裤脚管,露出左腿胫骨上,一个蝴蝶模样的黑色淤痕。那次,为了一把青菜,他就动了手,你声音颤抖地说。塌鼻,我不跟他过了,说什么也不跟他过了,我们走,去我大姐家。一听你要带我去做客人,我连忙奔回屋,换上一件带木耳边的花罩衫,把一块蓝花布,麻利一抖,摊在床上,找了几件我们两个的换洗衣裳,打了个包袱,把包袱甩到背后,在胸前打了一个结。你缓慢起身,走到面桶架旁,绞了毛巾,替我洗了脸,再给自己洗,洗完脸,我们两个已经不大看得出,哭过的样子了。我从碗橱柜里,拿了两只冷藕饼,用油纸包好,塞进包袱,并主动把公鸡和芦花鸡,兜进鸡舍,关好鸡舍门。你打开橱门,斜着身子,把脸埋进橱肚,摸索了好一阵子,摸出一件鹅蛋青罩衫,手指哆嗦着,解开身上难以计数的纽扣,以鹅蛋青取代身上的鸭蛋青罩衫。我帮你扣好了罩衫最下面几颗纽扣,还替你扯了扯衣角。

我还记得,我扶着你的腰,你搭着我的肩,我们两个,一高一矮,一老一少,像一对街头卖艺的好搭档,我们跨出高高的透着阴风的封火墙,走过打滑的卵石路,穿过紧闭的门窗,一直走到了阳光下。我们知道,得尽快离开这儿,一分钟也不能够歇,因为在我们这儿,总有人喜欢风言风语,屋柱生耳朵,他们可能趴在门缝边,也可能站在窗子后,像狗一样一动不动地,打探着外面的世界。因为不想跟白鹅、鸭子和池边的人打照面,我们没往荷叶塘走,抄了一条小路,我还记得,当我们穿出小路,走到一棵榆树下,香娟奶奶坐在凉茶摊前卖凉茶,一只盛着桑葚的高脚碗上,盖着一片桑叶。香娟奶奶问我们去哪儿。去我阿姐家走亲戚。你捂着头,勉强地笑着说。

  天不冷也不热,真是个出远门的好天气。油菜花已经结籽,萝卜花已开过,春末夏初的田野,充满勃勃生机。一路上,我们脚步匆促,没有说话,穿过好几条田埂,走到一片结了果的桃林边,才放慢速度。空气中传来江水的气息,发亮的江面上飞着白鸟,岸边,几张竹排昏头昏脑地打着转,在一座四角翻翘的石凉亭里,我们歇了一会儿脚。我取出油纸包,把藕饼递给你,你摇摇头,倚着柱子,目光遥远地望着江面,用手梳理被风弄乱的头发。

  那时节,火腿做好之后,直接从我娘家后院的河埠头,上竹筏,沿着东阳江一路放排,一直运到杭州城。一说起火腿,你的精神气儿就足起来。我跑到溪滩上,逛了逛,沙堆下,有许多螃蟹筑起的小窝,几只小螃蟹在洞口,慌慌张张地,爬进爬出。溪滩边,长着一蓬带刺的低矮树丛,茎叶上,结着红莹莹的小草莓。在灌木丛后面,长着一大片高而绿的植物,叶子细长而光滑,亮得像丝绸缎子,顶端,开着一朵朵橘红色的喇叭花。我采了一捧草莓,又采了两枝喇叭花,回到你身边,摊开手掌,捡起一颗草莓,塞进你的嘴,从背后亮出了喇叭花。

  这是金针花呢!也叫黄花菜,我娘家后院的溪滩边,夏天时很多的……你带着点儿惊讶的口气说。金针花不但长得好看,还可以当菜,晒成花干,乌红暗黄,做红烧肉吃,喷香呢……你的脸上洋溢起富足的表情,似乎忘了先前的不快。女人家喜欢在衣襟上,别一支金针花,据说这样就会生儿子呢。不过金针花是不好鲜吃的,怀阿惠那年,我饿得眼花绿花,在溪滩边,拔了一些煮了吃,结果又拉又吐,差一点小产。

　　泗庭芳是个可爱的小村,夕阳把一座四孔石桥,染得异常红润,人们捧着碗盏,在溪边吃着饭,水牛在溪里洗澡。我们来到村东头的一幢老屋,一位身穿蓝布大裪的妇人,正好背着一畚箕青菜归来,她有着几乎跟你一样清秀的相貌。阿姐!你激动地喊。小娥!她也激动地喊。你们互相呼唤了一阵,青鸟甩开我,朝蓝鸟快步走去,越走越近,直到两人拥抱一起。蓝鸟发现了青鸟头上的纱布,瞪着眼,惊愕地问,你的头怎么啦?我刚想帮你回答,你立即捂住我的嘴。哎,出门不当心,自己掼了一跤。青鸟说完,害羞似的垂下眼皮。

　　月亮的清辉,为村庄披上一层凉意,那真是个忧伤的夜晚,我俩躺在散发着,太阳气息的薄被里,我的脑袋搁在你的臂弯上。月光透过窗栏,把我们的床前照得雪亮。平时,他啥都不会做,跟风瘫一样,我饭要给他做,衣要给他洗,被窝要给他捂,还要给他骂,给他打,唉,我真真是被他拖累得苦死了……想当初,我生了双生,娘家送来的礼篮,子酒啊,鸡子啊,索粉啊,索面啊,七样八样,多啊,我舍不得吃,省下来给他,他照吃不误。子酒,被他滋了滋了喝掉了。鸡子,我烤起来,他老酒配配吃掉了,我生孩子,他坐产……你既像是对我,又像是对着月光喃喃着。他这个人,脾气不好,石骨铁硬,造反派让他喊口号,他宁可挨打,也不肯喊。他告诉我,当年去给孔二小姐送衣裳,传话的说,请稍等,小姐正跟人聊天。他等了半个时辰,未见动静,一气之下,把衣裳一放,工钱也没要,就走了,原来那孔二小姐,跟女眷聊天聊得欢,忘了衣裳的事儿。他说,我虽是个手艺人,但是也有尊严。你想想,孔二小姐的面子,他都不肯给,造反派的面子,他怎会给?批斗好,造反派命令他,站在店门口,戴着黑袖章迎宾。他这个人,还死要面子,想了一个办法,趁人不备,把袖子悄悄卷起,顺带还把袖章捋上去,人家就看不到了。他心里憋屈,一心想退休,革委会的人说,你还没到退休年龄,他就给自己弄了个病退,提前退了休。他退休了,倒好,在家里享清福,一个月十五块钱的退休工资,老酒照吃,香烟照抽,一样不肯省,这份人家,要不是我这个劳碌鬼,两手两脚,一点一点撑起来——屁!你朝着空气里,轻蔑地啐了一口。

　　你抽去手臂,弯着身,侧着臀部,睡意全无地,对着我说啊说,丝毫不顾及谈话内容,是否适合一个学龄前儿童。都这把年纪了,一根白头发都没有,口袋里,插一把牛角梳,也不知哪个相好送的,每天早上,还用梳子敲头一百下,妖死了!听说,他跟邻村一个狐狸精好过,两人现在还藕断丝连,男人家的心,唉,真是野啊。解放前,他要做生意,我卖了一对陪嫁来的樟木箱,换成铜钿,给他带了去,肉包子砸狗,有去无回,我没生气。日本佬打进来,他去龙游做生活,我腌了两个火腿,打点给他,他一分钱没拿回家,面色还差得像鬼干,我也没生气。解放后,他成了反革命,我成了反革命老婆,头颈挂木牌,陪他挨批斗,我也没生气。但是,他跟那个狐狸精的事,我不能够不生气,他这种货,真是狗食也不要的……彼时彼地,尽管我对男女之事,一无所知,却无法打断你的唠叨。月光下,你的瘦肩膀晃动着,粗糙的手指,在黑暗中摸索着我的头发。我困乏地伸出手,朝你摸去,你的脸上湿漉漉的,房顶像是漏了水。日里厢,我懒得理他,夜里厢,一人一被窠,我掼他个冷背脊。这个死东西,脸皮厚,老是想同我困一头,动不动叫,我脚后跟冷,快来给我暖暖脚喽。我就同他讲道理,我说我有心脏病,不好跟你同被窠的。他说,你有心脏病我怎么不晓得?我说,我本来没有心脏病,同你过了大半生世,被你气出了心脏病,再跟你同被窠,我老早倒了,我一倒,谁来服侍你呢?我们两个,只有分开困,才能够活得长命。他这么一听,只好歇,但心里厢气啊,就三天两头冲我寻事体。

有一阵你不再吭声,我以为你睡着了,闻着床单下垫着的稻草香,昏昏欲睡。没过一会儿,你又把手放到我身上。哎,同你讲个笑话哦,有一年,他同王小毛上海回转来,经过荷叶塘,看到前边有个女子在走,他对王小毛说,那个女子,背后看看蛮像样,我去探探到底长得什么样?他追上来,兜头一看,发现原来是我,他自己老婆!呵呵,这个死东西!后来,他还老把这个笑话,讲给别人听,每次讲,每次笑……你自说自话着,心情听上去好了许多。哎,话说回来,他心里也是有过我的,结婚时,还给我买过一瓶花露水,双妹牌的,我舍不得用,后来发现,花露水少下去,我奇怪了,去问他,他骂我是一个呆大,说就算不用,时间一长,花露水也是要挥发掉的。有一次,我们两个在路上走,碰着个水坑,他要抱我走过去。那个水坑,很小,我明明自己走得过,他不肯,非要抱着我走,我就只好随他喽。他抱着我过水坑时,恰好被方斤美看到了,方斤美那个人,口舌头很大的,哇啦哇啦叫起来,说见过两公婆要好的,没见过像你们两公婆这么妖的。我听着听着,已感到十分的困倦,却无法打断你的唠叨,我用被子蒙住脑袋,你的絮叨,就像梦中的细雨,飘呀飘。

呵呵,他还教我识字呢,晓得我最喜欢看戏,专门买了一本的笃班绍兴戏《全本梁山伯》,我记得是上海益民书局编的,又弄来笔啊墨啊纸啊的,让我学习写字,哎呀,我哪儿有空写字呀,活儿都忙不完,就东躲西逃,哎哟喂,他就拿着他那杆宝贝裁缝尺子,追着打我的手底板,呵呵!我字没认得多少,戏文倒是背会很多,比如这段梁山伯,到现在我都记得起:

"见了贤弟祝英台,杭州攻书男子汉。如今在家女钗裙,见她容貌多喜爱,前世姻缘配起来……"

他有一次路过龙游纸厂,厂里做粗纸、方纸,也做戏台上,做戏人脚上穿的厚纸靴,他给我买了一双,回家,半夜三更让我穿起来,唱戏给他听,说考考我,识了多少字。哎呀呀,他这个人,妖起来真是很妖的,我说出来都怕难为情,咳咳……不过那段《许怀》,我就是烧成灰,都唱得来:

>梁哥哥,我想你,蜜拌砂糖入嘴唇。
>贤妹妹,我想你,眉头一触眼睛横。
>梁哥哥,我想你,东壁插针西壁寻。
>贤妹妹,我想你,终日茶饭无心吃。
>梁哥哥,我想你,哪夜不想到天明?
>贤妹妹,我想你,瘦马望见城头草。
>梁哥哥,我想你,青丝发来乱纷纷。
>贤妹妹,我想你,提起笔来忘了字。
>梁哥哥,我想你,拿起线来忘了针。
>贤妹妹,我想你,心上想掉两块皮……

哎,他这个人,苦也是苦过的,日本佬打来时,他去嵊县挑过盐。国民党和共产党打仗时,他去诸暨卖过柴。解放后,他去浦江挑过石灰,背过大树和竹篾,那种竹篾很重的,拗成8字形,一节竹篾,编起来有晒谷子用的一张地栗那么大,他一趟背两节。有一次,他背着竹篾下山丘,饿得眼花绿花,跌了一跤,两大节竹篾,把他压得鳖实,趴在地上动弹不了。他还去义乌卖过小猪,其实哩,连雄猪雌猪他都分不清,上宅到佛堂,来去六十多里路,当天打来回,走到家,天公老早乌阴了。有一次,我问他肚饥伐,灶头给他剩着一碗荞麦羹,他拉着我拍拍床,说路上吃过了,他只想要我。半夜醒来,我看到他支着胳膊,呆古古盯牢看着我,我说你神经了?他忽然抱牢我,呜呜哭起来,说我跟他过着这种苦日子,太对不起我……哎,他这个死东西,讲好不好,讲不好也还是好的……

薄薄的晨雾,飘在村庄里,把村庄大块的白墙面洗得更白。早饭吃过,你坐在床沿打包袱,我伸手拍落你手里的包袱。塌鼻,我们回去吧。你低声下气地说。不是说不跟他过了吗?我一听,急得差点赖到地上打滚。唉,你外公是个啥都不会做的人,我们出来了,他吃什么呢?你望着我,忧愁地说。那就让他喝西北风好啦!哼,饿死他才好呢!一想到家里锅冷瓢冷的场面,我暗暗高兴。塌鼻,你怎么好说这种没良心的话?他是你外公啊,你怎么好咒他呢?你生气地摸摸头上的纱布,没再往下说。你伤还没好,就这么快想回到他身边去,我差一点哭出来。午饭后,我带着月娥姑婆送给我的两大节糖藕,跟你踏上回家路。蓝鸟和青鸟,依依惜别,蓝鸟皱着眉,扶着门,举起一只手,放在眉毛下,用半是疑问半是自言自语的语调问,小娥,你是住不习惯?阿姐,我真想多住几天呐。青鸟答。那为什么急着回去哩?唉,我们多待一天,金川就要多活饿一天。青鸟难为情地说。好吧,下次记得把你家金川,拴裤腰上一起带来。蓝鸟笑出了眼泪水。回到廿四间,天完全黑了,我正想推门,门从里面拉开了,他端着一盏美孚灯,伸长脖子,神色惊喜地立在门内,一天不见,他的眼眶陷了下去,昏暗的灯光把他的面色,照得同电影里的胡汉三一个样。他干咳一声,用小别胜新婚的眼光打量你,你没看他一眼,昂首迈入门槛,他迟疑地朝我伸出手,我冲他翻了一个白眼。他弓着身,快步跑到我们前头,提前一步,为你推开厢房门。

床桌上,自鸣钟走动着,幽暗的烛光,把屋里照得斑斑驳驳。你闭着眼,嘴巴抿成一条直线。他支着身,从背后抚摸你的手臂,并且隔着被子,替你按摩了一会儿腹部,似乎打算促进你的肠胃消化,他的手显得紧张而生硬。你用胳膊肘,顶开他,一扭身子,裹紧被子。他放开你,坐起,把脸埋进手掌,慢慢揉搓着,似乎想用这个办法,搓去面部角质，让自己的皮肤变好一些，当他抬起头，整张脸果然亮光光的了，像是刷了一层糨糊，月光照在他的头发上，像是照在结着霜花的冻土上。他返身，将下巴贴向你，硬硬的胡须扎在你的肩上，你的肩膀打嗝似的抖动着，似乎忍受着什么，他的手像老鼠一样溜进被子，抓住你的肩胛骨，像捞着救命稻草，双手随着你的挣扎，幅度很大地摇摆起来。他抓住你的手，按向自己胸口，嘴里嘟哝着，声音含混而低沉，像一阵迷雾从沼泽地里升起。他紧张地绞住你，前胸贴着你的后背，长着汗毛的腿摩挲你的小腿肚，像一阵风深入庭院，并且恣意地吹拂起来。他睁着眼，像骑着一匹马，在黑暗中慌不择路地跑起来，跑过高山、旷野，越过河流、草地，冲入森林、沙漠，没命地一个劲儿跑啊跑。你鱼一般无助地甩动着尾巴，嘴巴挨着他手臂上的静脉，似乎被他皮肤上的烟草味，迷住了，大半张脸埋在荞麦枕里，嘴里的声音被枕头吸得一干二净，你的头发摩挲着他的脸，头上的纱布，像一片被风暴裹挟的雪花，飘落在奔跑的马鬃上。你们的马像是被看不见的鞭子抽打着，躲过树梢落下的雪块，跳过僵直而粗粝的野草、结着冰的陷阱和沟壑，逃过危机四伏的一切，没空关心一路的风景：金光灿灿的雪山和高原，羊群在覆着薄雪的草地上缓慢吃草，鸟儿跳过雪压的树枝，火狐狸拖着尾巴消失于旷野，一匹饥饿的狼在天尽头仰天长啸。毛竹竿四面挑起的布帐，着了魔一般颤动，融化的烛油滴在桌上，形成又小又圆的迹渍，慢慢由软变硬，枣红色的烛光，把你们移动的身影，映在布帐上，像演着一出没完没了的皮影戏。

3

矮脚，我的表哥，这位比我大五岁的人，具有射手座灵活有神的眼睛,自然卷曲的头发。哦,我们这两个肚皮突出、仿佛永远也吃不饱的人,是一对多么好的搭档呀。几乎不用开口,我们就知道对方在想什么,比对方肚皮里的蛔虫还灵验。为了吃的,我们经常翻脸不认人,很快又重修旧好,尽管他老是虐待老实巴交的妹妹大口,却从不会对我瞪一次眼。哦,我们一起享受过多少美味呀:清甜的蟑螂、嚼起来格外带劲的烤知了、糊着泥巴的麻雀、洒着石灰的花瓣、沾着盐水吃出鸡肉味的石榴、撒了盐巴的梧桐子。

我还记得我俩偷吃霜糖的事儿呢。我张开双臂,鼻尖贴着门缝,像电影中的儿童团员那样,机智地转动着眼珠子,打量着天井。天井里,静悄悄的,一只麻雀都没有。沿墙根的三脚架上,晾着一床花被单。手持拂尘的双胞胎,不露声色地立在窗棂上,身旁斜插着剑似的菖蒲和叉子似的艾草条。我胸口的宝物,是一面铜制的圆盘,跟烧饼差不多大,蓝底,侧身站着一位身穿双排扣大衣的小银人,胳肢窝里夹着半轮太阳,左手背在身后,右手笔直伸出,既像说:停止。又像说:前进。这件宝物是爸爸送给我的五岁生日礼物,它会在没月亮的夜晚发光,比手电筒还亮。

一个个头跟我差不多的身影,风一般掠过,脖子上的银项圈,亲吻着下巴,矮脚的动作,比廿四间曾经出过的武举人还灵敏,那样子就像是要展翅高飞似的。我摸了一遍门闩,掉头朝影子追去,只见矮脚头冲着地,头发倒悬在空气里,窗外透进来的光线,探照灯一样打在他的屁股上。我背着手,从床的这头,踱到那头,并且来回了几趟。矮脚的眼珠子,像钟表店里的猫头鹰一样追随我,像在问我胸前那位穿双排扣大衣的小银人:你确定吗?光线在屋子里轻轻抖动,我拍拍胸口,像是在说:有它在,你怕啥?话虽这么说,谁也难以保证,你保不定会突然出现在院子里,为保险起见,我再次跑到门口,把脸贴在窗上,在天井和长廊间之间,打量了好几遍,并且侧耳听了听周遭动静,除了穿堂风和微微飘动的床单,一切都在提醒我们:万事俱备,只欠东风。我奔回床边,对矮脚做了一个手势:亲,快动手吧!

我的好搭档,短身体朝前一折,双腿弯成螃蟹状,朝江水深处奋力地划啊划,在那儿,在床的深处,越过一块长长的搁鞋板、一只灰头土脸的小箱笼、一把切割火腿用的斧头、一小麻袋番薯、一堆杂七杂八的物什,一只乌黑发亮的小坛子,对我们发出亲切召唤,这是我俩捡玻璃弹子时发现的。忽然,游弋不定的阴影中,一声发自阁楼的呜咽,吓了我俩一大跳,这一切来得十分突然,有那么一瞬,我俩一动不动,好像黑夜里,被手电筒光猛地罩住的小兔子。哦,那的确是一声呜咽,从宁静的月夜款款而来,我的舅舅马坦,此刻正在阁楼上,运用一根擀面杖,为廿四间铺垫出一种苍茫色调。不用看,我也想象得出我舅舅的模样:劈腿、撅嘴、瞪眼,十根灵活异常的手指,打摆子一样,在音孔上盲目地飞掠,好像大雁南飞,飞了一群又一群。当第二声呜咽传来时,我俩镇静多了,默默昂着头,仿佛芦苇丛中,两只一门心思谛听天边滚雷的野鸭。舅舅用嘴巴弄出一串串的颤音,圆滑、清晰而饱满,像一个个肥皂泡。这首乐曲的大意,是一位被流放天涯的不幸者发出的悲鸣,它的意思,只有天上的流云,地上的羊群才懂,要是这首乐曲真有什么意思的话。我把手放在矮脚的屁股上,使劲推了一把,他原本松弛的身体,立刻变得僵硬,英勇的螃蟹再度出发,挥舞着不屈的利爪,一路推开沾满灰尘的鞋子、被老鼠咬烂的布头和碎纸片、纠缠不清的线团和大小不一的鞋楦头,扫荡,前进。前进,扫荡。胜利向我们招手,曙光在前头,矮脚的脑袋很快被海浪吞没,再是肩,再是大半个身子,蚊帐一阵乱抖,帐钩与床柱,叮当作响,就连深褐色凉席,也被拱得不停战栗起来。

舅舅的笛声持续不断地,碰撞着门板和天花板。啊,被流放的人儿,吞着毡,啮着雪,人在旅途洒泪时。真的吗?凉风轻拂,青草浮动,内心隐藏的情愫,依然月光一般清澈?多少个失眠之夜,我心中的黑暗,正怎样缓慢地一点点加深?螃蟹咬定了目标,钳住猎物,迅速撤向岸边,拱起的脊背,被潮水冲刷到堤旁。床底下,滚出一张汗涔涔的脸,搂着一只小坛子,那只诱人的小坛子,像新娘子一样,蒙着盖头,坛口上的红色塑料薄膜,至少蒙了两三层,扎着细麻绳,打了一个蝴蝶结。直觉告诉我们:这只坛子不简单。舅舅的思索和追问,一刻没有停止,他用舌头甩出一串颗粒绵密的颤音,甚至多次吐口水,发出离群大雁一般的叫唤:哦,没有尽头的天涯孤旅,掠过衣襟的风,是否从故乡吹来?我手中圣洁的旌节已掉光了毛,你温柔的面孔何时出现?那位孤光自照,肝胆冰雪之人,发出一声声追问:啊,附在灰尘之上的欲望!啊,悲催孤独的人间!寂寞肝胆两昆仑,我自横刀向天笑。听得出,那位脚力足够了得的节度使深沉含蓄的情感,就算用上等糯糊去粘,也是裂痕处处。悲怆的询问,渐渐微弱,最后舅舅运用腹部、指尖和嘴巴,发出一阵风沙拂过荒漠的长叹,终于让那位须发尽白的不幸者,重返家乡。并且一曲终了,江郎才尽。

我俩围着小坛子,惊喜地,你看看我,我看看你,彼此露出各自的牙。我俯身,抱住凉冰冰的小坛子,使劲吹了一口气,眼前登时灰尘弥漫。矮脚动手去解坛口的细麻绳,但这个笨手笨脚的家伙,把蝴蝶结弄成了死结,我正要发作,他一笑,回敬我两排龋齿。我们四手齐下,好不容易解开麻绳,掀去盖头,两颗脑袋同时凑向了坛口,一股金黄色的异香沁人心脾,满满一坛子细碎、松软、甜糯的好东西,出现在我俩眼前。这种好东西,我们这里叫霜糖,普通话也叫红糖。我们把红糖叫霜糖,把白糖叫糖霜。我俩先是面面相觑,然后轻声尖叫,接着用肩膀,你拱着我,我拱着你,咧开嘴,又赶紧闭拢,想大笑,却同时把手指竖在嘴边。我俩双双闭上眼,做了个深呼吸,同时睁开眼,把手伸进坛子里。我俩抽出手,把手里抓到的好东西,塞进嘴,紧紧抿住嘴。我的上颚,一碰到略微带着一点儿粗糙的霜糖,如同干燥的地表逢着了初雪,顿时被吸收得无影无踪,一阵迷人快感传遍全身。与此同时,一道细而清亮的小溪,穿透了春日薄雾,流入我俩深心。冰雪消融,鲜花盛开,味蕾起舞,灵魂绽放,舅舅这首《好春宵》与我俩当下的心情,不谋而合。啊,社姆山上的映山红开了,红的红,紫的紫,黄的黄,一簇簇,一丛丛,在山坡上,松林间,随风摇曳,吐露芬芳。我舔去手中甜糯的颗粒,推开矮脚,往坛子里抓了一把,仰起脖子,张大嘴,金黄细密的颗粒,落满衣襟,有许多洒在我胸口的大人物上。矮脚也抓了一大把,塞进嘴,闭上眼,连眼皮都快要粘住了,肩胛骨一耸一耸,口腔里不停地做着圆周动作,另一只手还伸在坛子里。我推他,他纹丝不动,我一挠他的胳肢窝,他嘴一咧,立刻变得软绵绵的。我俩推来搡去,欢快地吞咽着、咀嚼着、颤抖着,每一个味蕾,都像花儿一样绽放,令人陶醉的甜蜜感,从嗓子眼里滑下去,在五脏六腑漾开来,幸福的感觉令人浑身发抖。我们不知运用了多少定力,才没将小坛子吃个底朝天。

矮脚耸着肩,挺着身子,手捂腹部,一声不吭地跑在前面,别在裤腰上的弹弓,一颤一颤,口袋里发出哗啦哗啦的响声,那是他从溪滩捡来的子弹。矮脚扁扁的身影,投在封火墙上,银项圈很有节奏地,拍打着他的胸脯,这位肖兔的人跑得比兔子还快。你弓着腰,红着脸,擎一把鸡毛掸子,鸡毛掸子上的毛,全部朝空气后面倒飞。就在刚才,你把鸡毛掸子,倒攥手中,在床沿上,敲出啪啪的脆响,盘问我们哪个偷吃了霜糖。我的目光立刻流露出茫然,仰脸,眨巴着眼,嘴巴张成一个圆形,我还没来得及说出,是短尾鼠干的这句话,矮脚已暴露出属兔人软弱的个性,咧开嘴,冲你做了一个鬼脸,你将他按到床沿上,对准他的屁股,举起鸡毛掸子。矮脚轻松挣脱你,脚下像装了弹簧,嗖地一下窜出台门。

　　矮脚跑得心定气闲,不时扭头关心一下,身后的动静,有一阵他干脆放慢脚步,你几乎快要够着他的衣领,他立即灵活地,笑逐颜开地加快步伐,你手中的鸡毛掸子,脱了手,箭一样飞出,替矮脚温柔地掸了掸,衣服后的灰,矮脚一伸舌头,两手捂胸,朝天翻了个白眼,做了一个中弹姿势,口袋里的小石子,蹦出好几颗。他跑到井头沿,在那口体内长满绿苔的老井前,向左向右看看,没往市集方向跑,拐了个弯,杀入一条黄泥路。我记得,那会儿亦文亦农的有初伯,正敏捷地,蹲在自家香泡树树枝上,他的三个儿子站在树下,手里扯着床单角,绷成一个三角形,你们跑过时,有初伯在树上喊了声:摘来喔! 手中叉子插入果枝,一扭,一个黄澄澄的富有弹性的香泡,扑通落在床单上,跳了好几下。我还记得,当你们跑过妇女主任许半仙家门口,喜福正踩着摇摇晃晃的踏板,蹲在仅有一面围墙的茅厕里,当你们跑过的时候,喜福惊慌地提起裤子。

　　光线变得明亮,清澈的荷叶塘盛着满满一池阳光。照壁上,水影荡漾,几只鸭子泡在被太阳晒得恰到好处的池水里。当矮脚跑过我跟前时,我听到他急促的呼吸声,鞋子踢起的沙土咯喇作响,屁股后的弹弓还在,兜里的石头已洒得差不多了。别跑啦! 我冲矮脚喊,他冲我咧着嘴,看上去既像笑又像哭。你机械地摆动胳膊,呼吸急促,鸡毛掸子呼呼作响,头发朝后飞起,当你跑过我面前,我冲你喊,别跑啦! 你没有听见,或许听见了还想继续跑,或许是有一股看不见的力量,在推着你跑。奔跑的火圈,在流了近两百年的荷叶塘边燃烧,你渐渐放慢了脚步,一手撑腰,一手把鸡毛掸子,反手指向远处,气吁吁地喊:你不要跑! 矮脚回头朝你望望,池水的倒影掠过他发红的脸膛,矮脚气吁吁地喊:你不要追! 你又喊:那你不要跑啊! 矮脚又喊:那你不要追啊! 你们两个就这么彼此呼应着,脚步飞奔,像是给彼此加着油。我记得,当你们喊到第五十遍时,你换成了:你越跑我越追!矮脚换成了:你越追我越跑!

上宅村的基本群众,纷纷围聚荷叶塘边,担任了一场以跑步为主的农民运动会的啦啦队。亦文亦农的有初伯从香泡树上下来,喜福系好裤带迈出了茅厕,许半仙早已放下滴着水的棒槌,小脚的香娟奶奶离开藤椅,其他的人我就不一一交代了。这祖孙俩是在干吗呀?干吗呀?人们冲着眼前这两位,年龄悬殊的长跑运动员,神情热切地连连发问。水面突然荡起涟漪,朝四面八方扩散,几只体格良好的鸭子,惊慌地伸长了脖子,从池塘超低空掠过,展翅起飞,一只接着一只,腾空而起,灰褐色的鸭毛,一些落在水面,另一些晃晃悠悠飞上岸。

一整天,我们都在起劲地搞创作,用大人的话,也叫鬼画符。我的创作工具是一截木碳棒,矮脚是一小块化石,我们创作时专心致志,连流出来的口水都忘了吸回去。我们的画布是一堵灰白色的墙,由于太过勤奋,墙上已经涂满了,各种装饰性极强的图案:月亮、灯泡、绳子、鸭子、鸡仔、猪、牛、羊。一个用木碳棒勾勒的、拥有五短身材的小花脸,面部扭曲,眉毛惊讶向上挑起,嘴巴像石榴一样爆裂,露着牙,为了准确画出这些生病的牙齿,我十几次要求矮脚张开嘴巴。矮脚笔下的我,是一幅化石勾勒的正面肖像:圆脸、短发像通了电,根根竖起,圆肚皮上,嵌着一枚跟脑袋差不多大的像章,为节约笔墨,矮脚仅用一条短线,代替我的嘴。对这幅丑化我的作品,我进行了无情报复:在那个细脚伶仃的小丑裤裆间,用木炭棒加了条蚕宝宝,并在小花脸上,打了一个大叉。

塌鼻!——矮脚!——吃饭喽!——听到你的呼唤,我立即扔掉工具。我跑在矮脚前面,跑过厢廊时,差点碰落一只晒着九头芥的簸匾,经过一个稻草堆时,矮脚一心想超过我,我趁他快追上来时,屁股一歪,将他撞向稻草堆。我跑到脸盆架旁,把手浸入盛着清水的盆,然后迅速拿出,当矮脚拍着黏在头上的稻草,赶来洗手时,我已甩着湿漉漉的手,推开半掩的房门。我一眼看到大口,这个喜欢搓饭团的人,垂着两腿,已经在桌边坐得端端正正。我爬上长条凳,挺着腰,顺从地让你从背后,给我围上一块棉布围嘴,矮脚在一秒钟后驾到,他把屁股后的弹弓掏出,搁在桌上,三人伸着脖子,静候佳音。

一阵六谷糊的香气蹿入鼻腔,口水立即涨满我口腔,你同时端出三只红漆小木碗,黄澄澄的六谷糊里,掺着切得碎碎的火腿丁、老豆腐、青菜和荸荠,上面有一层亮汪汪的脂油。我捧住碗,嘴巴贴在那层厚笃笃、滑腻腻、暖洋洋的糊糊上,首先发动了,飞快地用筷子扒拉着碗中之物,嘴里发出一阵很响的吸溜声。大口几乎整个儿地,将自己那张爱哭泣的脸,罩在碗上,让人恨不得把她那张圆脸捏扁。矮脚呢,他吸溜几口玉米糊,吸溜一下鼻子,仿佛是在用这种方式为自己加油,我边吃边在桌下,用脚踹他,他皱紧眉头,嘴上功夫却丝毫不肯松懈。

矮脚不是我的对手,大口更不是,一会儿工夫,一碗绵软滑溜的六谷糊,滑落我的喉咙,我朝天拔拉着碗,没看任何人一眼,抱着碗,滑下凳子,鼻尖蘸着一坨颤巍巍的玉米糊,往灶头奔去。我踮着脚尖,伸长脖子,抓起发亮的铜瓢,铲啊铲,顾不得灶沿,把我的肋骨磕得生疼,一层焦黄的锅巴,被我铲得翻翘起来,我利索地把锅巴弄进碗,在脂油缸里又挖了一勺脂油。矮脚跳下凳,朝灶头奔来,紧跟着是大口,我听到一声嘶鸣,矮脚拎着铜瓢,敲着锅沿,一条短腿悔恨交加地,跺着地。对不起,宝哥哥,你来迟了。对不起,林妹妹,你也来迟了。我手捧木碗,心生欢喜,用牙齿吹着气,鼓动起了腮帮子。我的耳旁刮起一阵黑旋风,脖子后凉飕飕的,一只老鹰挥舞着铜瓢,朝我扑来,一看情况不妙,我抱着碗,在穿双排扣大衣的小银人庇护下,绕着八仙桌跑起来。老鹰手里的锅铲,差一点勾着我颈后围嘴的细

97

绳。大口,矮脚的亲妹妹,从另一侧包抄,危情时分,我弃桌而逃,朝我的守护神跑去,躲在母鸡身后,紧紧抓着她腰上的围裙裙带,对俯冲而至的老鹰,吐着舌头,并不时从母鸡腰间,探出头,把手里的木碗,亮一个相,立即缩回。

　　老鹰一手举空碗,一手举铜瓢,看上去气势汹汹,母鸡的嘴里发出低斥,哥哥怎么好同妹妹争食?老鹰张了张嘴,顿时眼泪汪汪。母鸡安慰道:矮脚不同塌鼻争食,塌鼻长大后,给矮脚当老婆喔。哐啷一声,老鹰手中的铜瓢,滚落在地,像是遭受了致命伤,举起十根短手指,紧紧捂住英俊的脸蛋。我不要这个想食猫!我不要这个厉害婆!我不要不要不要!老鹰嚎叫着,风一般窜出灶间。我扒拉着六谷糊,为替你省去刷碗的辛苦,举起碗,伸长了舌尖,先是采取横舔法,顺碗沿,边舔边慢慢转头,用舌尖自上而下,舔出一个螺旋状,再采用竖舔法上下扫荡碗壁残留的沟沟壑壑。我的吃相吸引了大口,她伸着舌头,情不自禁地咂吧着嘴。六谷糊在我的扫荡下,荡然无存,我用舌头清扫了嘴角残余物,灵活地清理了一下牙齿,打了一个响亮的饱嗝。外婆,塌鼻要生囡囡了!我心满意足冲你拍拍肚皮。塌鼻吃得肚拖地喽!你嗔怪道。外婆,大口还没有要生囡囡。大口说完这句,脑袋立刻绵软地靠在你的围裙上,脸上的表情发生变化:先是眼皮变红,接着泪水涌出,最后鼻子完全红了,演技绝对一流。我瞪了大口一眼,朝她挥着拳头。毛主席说过,不好打人的!大口指住我的小银人,带着哭腔喊,我挥出的手臂在空中停顿,像一个提线木偶。

4

　　我的妹妹长脖在想什么?盛夏的热浪对她似乎毫无影响,她仿佛依旧置身于,欧洲某个冰天雪地的国家,怕冷似的交叠双臂,目光越过冻红的鼻尖,打量着地面一束透过夹竹桃树的光线,一只蜻蜓从粉红色花上起飞,贴着她的头发飞了一会儿,翅膀像一片极薄的玻璃。长脖跟她的旅行箱,在你卧床第八天,到达了病房。她从巴黎戴高乐机场起飞,十二个小时后降落在热浪蒸腾的浦东机场,烫脸的空气充满发酵的气息,夹杂汽油和尘土味儿,她打了一辆出租,沿沪杭高速一路奔驰,赶到中医院已是下午,过道内很静,没一丝风,长脖热汗涔涔推门而入,用目光跟我和妈妈迅速打过招呼,两步走到你床头,伏下背着包的上身,低低喊了你一声。

　　长脖可真像一个守护天使,这位时差没倒过来的人,连着几天,坐在静得几乎听得清,输液管点滴声的病房里,一门心思瞧着你,像是非要从你的脸上瞧出点什么,你呼吸平缓,神态安然,仿佛随时都会醒来,你的梦显得漫长无比。那个安静的午后,在空调声与知了声里,你的呻吟在绝迹几天后,再次出现,监控仪器上的曲线,牵动了长脖的希望,有那么一刻她相信奇迹即将出现。被急忙请入病房的白大褂,对长脖的激动显得意外和尴尬,职业素质令白大褂对长脖,进行冷静而耐心地解说。白大褂说,这位老太太的内脏已经衰竭。她会醒来一会儿么?她会说点儿什么吗?长脖咽了一下口水,似乎想继续同白大褂还个价,白大褂站得比输液架还直,望着你单薄瘦小的身体,垂着眼皮和双臂,面露羞涩,像修理匠望着一台送上门的零散破碎的机器,无声而坚定地摇了摇头。她已坚持了快十天,已是一个奇迹。修理师的话,久久回荡在长脖耳边。

　　7月17号下午2点差10分,午后的热浪拍打着所有会呼吸的生物,使它们进入昏沉的睡眠,你选择这一刻作为告别。透过窗户射进来的日光,用尽全力睁开眼,黝黑的潭水深不可测,被长脖急忙叫醒的舅妈,起身,默默瞅了你一眼,径直走向储物柜,打开门,取出一只早已准备好的包裹。里面是一床粉红色真丝被面、两束五色线、一套月白色衬衣衬裤、一套黑色棉衣裤,所有的衣服都没有扣子,最上面是顶黑色蚌壳绒帽,这是你出门的行头。一群白大褂涌入病房,七手八脚地拆除导管,拔去输液针,揭下监控贴。几日来,人们无所寄存的能量,一下子找到各自的出口,舅妈手脚麻利地,替你穿上里三层外三层衣服,动作之快仿佛火烧眉毛,你像一个被拆线的木偶,听任摆布,没有人留意长脖,扭曲涨红的脸。殡仪馆的车还没到,你已被一床丝绸被面裹住,像一个粉红色的邮件等待寄送。

这一次,你真的睡着了,就算两个穿蓝色风衣的人,推着小车,穿过哭声回荡的楼道,来到一辆改装过的中巴车旁,比消防员还迅速地,翻开车盖,将你送入,车盖啪哒一声关上。大伙儿刚坐上车,车就开了,二十多分钟之后,你被重新推出,你那副倔强的身子骨,依然一声不吭。你真的睡着了,就算大伙儿俯身,挨个地亲吻你的额,跟你依依道别,你也没有醒来。就算你被穿蓝色风衣的人,推进一个冷气四溢的巨大金属箱,你这位懂礼数的人,也没有欠起身,对大伙儿朗声叮咛:你们宽心一些。

三月三日,一个踏青的好日子,我们轻盈的脚步,擦落野花上的露珠,清脆的歌声,惊起桃林里的蜂蝶。矮脚拎着一只上大下小的杭州篮,走在田埂上,腰间束一条宽皮带,很有小头头风范。篮子里,坐着一口砂锅,砂锅上,盖着一块蓝印花布,不用掀开锅盖,我们也知道,里面躺着一只香气扑鼻、颤颤巍巍的猪蹄膀,这是你炖给柳荫婶婶吃的。柳荫婶婶是长脖的奶妈,你把替人家做鞋换来的钱,给柳荫婶婶弄过多少好东西呀:炖得黄澄澄的鸡汤、鲜得眉毛都要掉下来的鲫鱼汤、夹着火腿片炖得咪咪酥的甲鱼。你告诉我们,柳荫婶婶吃了这些,奶水就会多起来,长脖就有口福了。

漾塘村边上,有座山,山上开满映山红。我们拐入村中,跳过一块块高低不平的石头,一直跳到一幢泥灰剥落的房屋前。矮脚敲门,屋里传出狗叫,接着是女人故意拉长的声音——谁呀?柳荫婶婶好,我们是矮脚塌鼻和大口。矮脚冲着门缝,礼貌地鞠了一躬。一个光头小男孩开了门,身后跟着一条露齿黑狗,柳荫婶婶坐在院内,叉着腿,腿里夹一块搓衣板,在洗衣服。一个光屁股小男孩坐在地上,捏一把锅铲,敲打脸盆。一个面色黯淡的男人,躺在椅子里晒太阳,他是柳荫婶婶的老公。矮脚把篮子搁在桌上,光屁股小男孩哭了起来,柳荫婶婶擦干手,像一个迫不及待要洗澡的人,边走边解开自己宽大的、腋下有一排绊扣的大布衫,抱起男孩,像消防员一样,将水龙头对准燃烧的房子。我的手碰到口袋里的青蛙,想起长脖。长脖在睡觉呢。柳荫婶婶头也没抬地吩咐,冬瓜,你带他们去看看吧。

黑狗在前,我们跟着冬瓜,腿脚灵活地跨出屋子,七兜八拐,来到一间光线暗淡的房间,角落里,有一只散发臊气的杉木尿桶,黑狗停下,冲地上的圆晒箕,吠了一声,四肢一弯,蹲下。借着昏暗光线,我们看到了一个纸糊样的小人儿,身上搭着一条成人长裤,边上有一只塑料空奶瓶。我们围成一个圆圈,两手撑腿,弯成九十度,对着圆晒箕上的小人儿,一个劲地瞧啊瞧。嘿,她可真像个稻草人,一动不动,这个感情丰富的小人儿,五官紧凑,额上有一排疹痱,睡梦中翕动着鼻翼,蝉翼般薄透的、合拢的单眼皮上,跳着头发丝一样细的青筋。她的嘴巴变成一条横线,抖了抖浅眉毛,睁开眼,她的眼型十分独特,眼角上翘,眼尾斜着延伸至太阳穴,像是舞台上的妙人儿,连一级画师也无法准确描摹,那会儿长脖就是那样转动着细长有神的眼睛,用乌龟一般的耐心把我们挨个儿瞧了个遍。她开始不停地眨着两只惊恐万状的吊梢眼,仿佛揉进沙子,或是有什么细腻真切的悲伤涌上心头,咧开嘴,发出小猫一样的嘤嘤哭声,微弱却相当卖力。哦,长脖一定是认出了我。我拿出橡皮青蛙,冲她挤了一下,橡皮青蛙粗声粗气叫起来,长脖哭得更响了。她一定是吓着了。矮脚说。不,她一定是尿湿了。大口说。我们七手八脚,解开褥子,发现尿布干干的,小人儿奋力地踢蹬着细腿,喉咙口发出吹哨子似的刺耳声。

　　我有办法。冬瓜飞身上前,朝长脖腋下一拎,将她那到处都很平坦的轻盈身体,整个儿倒过来,老练地往肩上一甩,长脖就像一只半瘪的口袋,挂在男孩的肩膀上。冬瓜驮着长脖,心急火燎地在屋里走了几圈,似乎想用脚步去追赶长脖的哭声,长脖的脸上产生了令人欣慰的红晕,哭声转化成阵阵惹人发笑的颤音。冬瓜停下,改用手掌拍打她的背脊,试图将她的哭声一并打掉,长脖的喉咙里发出阵阵诙谐有趣的嗡嗡颤音。让我来吧。我伸出圆胳膊,接过长脖,哦,她可真轻呀,肋骨突出,手感极差。我以为长脖会在我怀里,安静下来,谁知她丝毫不顾姐妹亲情。大口只用了一秒钟,就把长脖逗得像是快要咽了气。矮脚击鼓传花一般接过长脖,一只手老练地托着长脖的后脑勺,走到院子里,屋外的新鲜空气,降低了长脖的哭声,但仅仅维持了五分钟。我们谁都抱过她了,长脖还哭,矮脚说,她一定是饿了。我们抱着长脖去找柳荫婶婶,柳荫婶婶正用一根铁钎,刺耳地捅着炉膛里的煤渣,小男孩已吃饱奶睡着了。柳荫婶婶放下铁钎,接过长脖,解开衣襟,长脖一下子就变得无声无息,全身僵滞,只有嘴巴在动,看上去好像不是用嘴巴在吮吸,而是用两颊在吮吸。啊呀,只要长脖一哭啊,我的奶水就浦起浦倒。柳荫婶婶微笑着,露出一颗金色的上门牙。

　　我们欢喜而安静地盯着柳荫婶婶的胸脯,打算用目光让柳荫婶婶分泌出更多奶水,甘甜的乳汁流过长脖的嘴巴、喉咙和五脏六腑,把她的小肚皮撑得圆溜溜的。我们全身心地被这样的幸福之情包围着、浸润着、欣喜着,看到长脖卖力的吮吸,也不由自主地咽起了口水,没有理会黑狗一个劲儿地蹭着我们的裤角。长脖这是怎么啦,她满头大汗,一扭黄毛头,两片对现实强烈不满的嘴唇,瘪了瘪,很快就哭出发亮的面庞和红肿的鼻子。连柳荫婶婶的奶水都不要吃,长脖是想做神仙吗?我们愤愤地盯着这个不懂事的小丫头。柳荫婶婶把另一只奶头,塞进长脖的嘴巴,长脖立即一声不吭劳动起来,但这回她只吃了半分钟,就吐出奶头,咧开嘴,像被人在屁股上狠狠拧了一把,啼哭起来,我们甚至看得到,她哭泣的没有一颗牙的口腔深处,那条拼命颤动的粉红色小舌头。柳荫婶婶放弃努力,嘴里发出一声低斥,对怀里的小人儿投去谴责的目光,面色通红地关上了大布衫。

外婆外婆,柳荫婶婶没有奶了!一到家,我就向你告状。

外婆外婆,柳荫婶婶有奶,只不过没有奶水了!大口纠正我。

外婆外婆,柳荫婶婶有奶水,只不过都给她的小儿子吃光了!矮脚纠正大口。

哼!柳荫婶婶骗我们家炖的酥酥烂的猪蹄膀吃!我眼含热泪地说。

哼!柳荫婶婶骗我们家炖得黄澄澄的芦花鸡吃!大口眼含热泪地说。

哼!柳荫婶婶骗我们家炖得牛奶一样雪雪白的鲫鱼汤吃!矮脚眼含热泪地说。

哼!柳荫婶婶骗我们家的甲鱼老鸭还有黑鲤头吃!我们异口同声地喊起来,差一点儿放声大哭。

哎呀呀,矮脚啊!塌鼻啊!大口啊!哎呀呀!怎么会这样的呢?柳荫每次都说,她的奶水同水漫金山一样,多得两个麻痘鬼根本吃不完呢!哎,柳荫怎么会没有奶水的呢?哎呀,没有奶水,她也应该告诉我呀,否则我家长脖不是活饿了么……你叹了口气,唉,柳荫没有奶水或许不假,老公是个疯瘫,又要养两个囝,她也不容易啊,塌鼻啊,你不要把这事告诉爸爸妈妈。

　　第二天,你把长脖从漾塘村抱了回来。那个阳光温暖的午后,钢精锅里的米汤散发出清香,你在天井里给长脖洗澡,我们三个站在鸡棚油毛毡旁。长脖洗过的头发,还是湿漉漉的,你腿上垫着一块毛巾,长脖仰天躺在上面,轻松地蹬着腿,露出惬意样儿。你用一条蘸着温水的小毛巾,替长脖擦着颈部、腋下和腹股沟,动作轻柔,像是擦拭一只毛茸茸的小鸡雏。啊哦,我长脖生得真像样哦,看看这瓜子脸、柳叶眉、樱桃嘴、丹凤眼,哎哟喂,比戏台上的樊梨花还好看!啊哦,亲囡囡,乖囡囡,比你姆妈小时候都好看,比塌鼻好看一百倍……你伸出手指头,勾勾长脖发红的鼻尖,长脖笑起来,眼角翘成一弯细月亮。

　　长脖一定感受到你那发自肺腑的爱,鼻子里哼哧着,皱眉蹬腿哭起来,像一挂被点燃的炮仗。啊哦,囡囡是饿了吧?你抱着长脖,原地转着圈。不要哭不要哭,阿婆这就给你去弄好吃的。你把长脖交给我们,走到灶头,滗出米汤水,装进一只玻璃奶瓶,从一只小玻璃瓶里,舀了一点蜂蜜,用力摇晃了几下,把带着橡胶奶嘴的奶瓶,塞到长脖嘴里。长脖叼着奶瓶,喝了一口,两只吊梢眼瞪得直直的,似乎被嘴里的美味惊呆了。随即,她开始沉默地吞咽起了米汤水,心中的悲郁随着渐渐鼓起的肚皮慢慢平息。哄长脖入睡,你也很有一套,喉咙持续地发出一种嗡嗡的单调蜂鸣,基本音节是这样的:前面两节平声、拖长音,后面一节,突然下坠,像一架纸飞机,一个跟头栽向地面。你的声音像一只柔软沙包,击中了那个身着红袄裤,宛如一截哭泣的红蜡烛的小丫头,她搭拉下细脖子,躺在蓝印花布的被窝里,伸手伸脚睡着了。

　　放学回家,我看到客厅的小板凳上,坐着个小人儿,狭窄的胸腔上，支着一根细脖子，脖子上，顶着一颗稻草头，乍看上去，分不清男女，手里攥着一只橡皮青蛙，穿一条我穿不下的白底黑点百褶裙。我拍了拍她的肩，她仰起头，耸着淡眉毛，睁着相当明亮的吊梢眼，嘴角闪过一丝羞涩，一只手拉直裙摆，盖住双膝，抚弄上面的细褶子，仿佛打算用手指将百褶裙熨平。我打开碗柜，从一只青霉素注射纸盒里，取出冷饮券，撕了一张，顶着太阳跑到服务社，从一位吊儿郎当的士兵手里，接过一支有点发软的棒冰。自从我手举奶油棒冰进门那刻起，长脖灵活的眼珠子，就没离开过我。她接过棒冰，笑笑，用探询的目光望望我，牙齿咬着嘴唇，似乎幸福来得太突然了。她摩挲了几遍棒冰，开始用指甲，小心地剥着，不知过于心切，还是被冻得一激灵，棒冰掉到裙子上。她眨巴着眼，鼻梁上的青筋抽搐着，抬起尖下巴，冲我抱歉似的笑笑。她重新逮住它，这回，她干脆将这个调皮的小东西，横着搁在膝盖上，以幼儿园阿姨为小朋友换尿布的耐心，除去蜡纸，亮出一座晶莹剔透的保俶塔。她举着塔，目不转睛打量着，仿佛想弄明白，眼前这一切是否真实。然后，小心翼翼地伸出粉红色舌尖，灵活地舔去纸上的黏稠物，心满意足地阖上眼睛和嘴巴。

当她面带微笑地睁开眼，保俶塔上，已是冰雪消融，乳白色的液体，顺着塔尖往下淌，有一两滴，干脆越过包装纸，直接落在裙子上。她大惊失色，头也不抬地，开始一个劲儿地舔食、吸溜，像一只小白兔专注地啃着一截白萝卜。越来越多乳白色液体，顺塔身淌下，情急之下，她深吸一口气，猛地张大了嘴巴，鼓张的鼻翼和胸腔里，吸满八月燥热的空气，将手中的保俶塔，整个儿地塞进嘴巴，只露一截木棍。她的嘴里，发出唏——的一声漫长摩擦音，听上去像是一艘伤痕累累的泥驳船，被一群半裸的纤夫，拖入深不可测的泥浆地，她的两颊登时凹陷了下去，吊梢眼惊讶地圆睁着。接着，她的嘴里，又发出一声漫长摩擦音——嘘，半裸的纤夫艰难地，将泥驳船重新拖出泥淖，两颊如同青蛙一般鼓胀起来。她坐在小板凳上,一门心思地唏嘘着,嘴巴四周沾满了乳白色液体,将那艘令人难以忍受的泥驳船,在泥浆地卖力地拖进、拖出、再拖进、再拖出。她用新长出来的门牙,咬下一大块珍贵塔砖,那块塔砖显然十分烫嘴,她不得不立即张开嘴,用舌尖顶着塔砖,连连抽动着呵气,直到它在嘴里化为乌有,手中只剩一根黏糊糊的小棍。

无论刮风下雨,长脖都像一只带着身世之谜的流浪猫,独个儿长时间地在军区大院,彷徨又彷徨。她佝偻着腰,两臂垂在胯边,一颗卷毛头,似乎总被一只看不见的手按着,一味地运用那根辅助她的细而灵活的脖子,东寻寻西找找,黑魆魆的脸蛋上,带着木刻版画里人物的神韵。对这位水瓶座的女孩来说,人生就是一场无尽探索,拉开我们家鸡舍旁的那张绿色小木桌的移门,能够充分暴露她的艺术取向:图案斑驳的西湖十景空火柴盒、富有装饰意味的玻璃糖纸、用牛皮筋整摞捆扎一起的棒冰棍、五颜六色的腊笔头铅笔头、各色变硬的橡皮泥、大小不一的算盘珠,光是形状和长短不一的钉子,就有满满一纸盒:水泥钉、螺纹钉、汽钉、图画钉、钉书钉和几十枚大头针。除此以外,还包括写不出的圆珠笔、变形的钥匙圈、生锈的酒瓶盖,被人咬过的大闸蟹钳子、各种颜色的旧毛线和坏掉的钩针。

这个幼儿园红十字成员,还有一个医护箱,里面待着半支氯毒素眼药膏、几粒黄连素、半盒清凉油、一支针筒、几块纱布,还有一台只有一根橡皮管的听诊器。她噙着泪,抢救过千疮百孔的毛线小熊、钩针编织的被烧过的小鸭、断腿的橡皮娃娃、失去尾巴的粉色小猴、露出内脏的长毛绒猪八戒。她为不幸的伤残者们,做各种内外科手术:用听诊器聆听患者的神秘心跳,往伤残者的身体里塞棉花,用一根针戳入它们的身体,缝好它们的眼睛、鼻子或嘴巴,并洒上消炎粉,抹上紫药水,嘴里发出一声声悠长又寂寥的叹息,为患者打针时,她会用一只手轻挠它们的臀部,以减轻痛感。她很快有了自己的孩子,一个面颊红润丰满的小天使,黑卷发,长睫毛,一按橡皮肚子还会嗲声嗲气叫妈妈,她爱怜地用鼻尖贴着她,用交织着小母亲的语调呢喃低语,夜深人静时,她会从床上欠起身,下巴支在手上,呆呆凝视枕边的孩子,直到因困倦而睡去。她很快弄来一顶红色小尖帽,用布头缝制了一条下摆弄出木耳边的裙子、一件睡衣,尺寸正好够刚出生的小猴子穿戴,她替她的小天使,穿上又脱下。为了使她的孩子喝上自来水做的牛奶,她在洋娃娃嘴上,用针戳了个小洞,喝完后,再将牛奶从嘴里挤出。她弄来小铁皮做的厨房用品:一口炒锅,一个煤炉和一把火柴棍大小的菜刀,替她的孩子做饭,用菜刀刮下墙壁灰当面粉,捏成小球,用细沙子作馅,做成汤圆,红墨水里滚一下,就是杨梅粿,往她孩子的嘴里喂,嘴里发出呷哺呷哺的吃食声。为了给她的小天使换口味,除了做包子、馄饨,她也拉几根蚯蚓似的面条,忙得鼻尖冒汗,这几手都是她从你那儿学来的。

5

现在,我得让天气变冷,让呼呼的西北风在光秃秃的枝丫、干枯的草叶间,来来回回地,奔窜忙碌。让尚未冻僵的小溪,哗哗流淌,水面浮着盘根错节的杂草。我得让村庄交织起阵阵鸡鸣、牛哞、羊啼、狗叫和猪的哼哼声,让市集油腻腻的各种摊头上,飘起的油煎果、麦角、烤玉米、烘番薯和煮苞米的香味儿,让卖白切羊肉、红烧牛肉的吆喝声,如同戏台上紧迫的锣鼓,一阵紧似一阵。我脚踩一双米黄色高帮套鞋,手握一段两三节被捅穿了的毛竹筒,骑在硬邦邦的树杈上,眼睛以下部分,埋在妈妈给我织的一截粉红色围脖里。风花着大力气吹着台上的幕布,幕布里像是钻入一只蜘蛛精,风大得几乎要把我刮到锦溪里去。我身边的树枝上,挂着一只春天的破风筝,被风吹得哗啦直响,我眯起一只眼,通过手中的毛竹筒望出去,上宅市集正月十五的情况,基本上一目了然。一个戏台,说是戏台,不过是个简易台,台下堆着水缸、鸟笼和门板,四根杉木柱,挑起一面灰蒙蒙的积满灰尘和油垢的竹笠,像一顶大大的油布伞。台前,挂着两盏褪了色的红灯笼。台下,摆放着五花八门的长条凳、竹椅、小板凳、高脚凳,包括两把不知哪位孝顺后代,搁在前面的笨重的太师椅。我用毛竹筒逮住了你,你坐在人群里,看护着我们家的长条凳,你有长时间凝视戏台的本事,背挺得很直,像一枚淡青色的磁石,被戏台巨大的磁场所吸引,又好像你是一个磁场,将戏台深深吸引,磁石碰到磁场,那种互相吸引互相作用的力量可想而知。

太阳升起,照在我的半边脸上,把我的脸照得一半热一半冷。有人开始不耐烦地开始跺脚,扬起灰尘,有人开始呕呕怪叫,青年男女借机打情骂俏。锣鼓敲了半天,一阵高过一阵,台上却没什么动静。我觉得手有点酸,停止了工作,从罩在棉袄外的倒背衫口袋里,费劲地掏出一块三角形的冻米糖,我的嘴巴立刻变得又甜又香。当我吃到第三块冻米糖时,发现矮脚猫着腰,手里勾着一只铁圈滚滚而来,屁股灵活地左挪右闪,像是躲避着什么看不见的东西,后面跟着大口。我在树上发出一阵布谷鸟叫,矮脚仰头一望,带着铁圈上了树,在我边上一根树杈上骑稳当,接过毛竹筒,视察远方。舞台上,已是风生水起,锣鼓喧天。出来个小花脸,蹲在台上,背着两手,青蛙似的腾挪,不知他是否伤风了,一笑,鼻孔里窜出两个大泡泡,这一切,不用毛竹筒也看得一清二楚。我和矮脚立刻笑起来,我们笑得树都抖了起来,丝毫感觉不到西北风,小刀似的剐着结了霜的脸。矮脚的妹妹大口,这个胆小鬼焦急地,在树下朝我们张望。接着,台上出来一个蓝衣服穿着的书生,头戴方巾,神情抑郁,口一开,嗓子沙哑得像磨刀石,台下嘈杂的人声,登时低了下去。第一碗白鲞红炖天堂肉,第二碗油煎鱼儿扑鼻香,第三碗香芹蘑菇炖豆腐,第四碗白菜香干炒千张……当书生唠叨到第五碗时,我的肚皮咕咕叫起来,只要一想起小馄饨,我的肚皮就会咕咕叫。

我和矮脚会心地对视了一下,约好似的从树上滑下来,顺便把毛竹筒和铁圈,塞给大口。我们像两条机敏的小鱼,在大人们的大腿和裤裆间,钻来钻去,不一会儿就游到你面前。我朝你摊开一只手掌,你心领神会地撩起衣襟,在腹部摸索起来,嘴里嘟哝着,哎,碰上一个硬讨饭,没办法。你取出荷包,一层层打开,往我手心里放了几枚硬币。我正准备离开,肩上突然被搭上一双手,一抬头,我的嘴巴立即挤成圆形。不明真相的人,一定以为我撞见了鬼,没错,我见到一位串珠挂脑的女鬼,上穿花棉袄,下穿黑棉裤,腰肢粗得像水桶,屁股大得像麦磨,手拎一只塑料袋,装着半袋葵花瓜子。她就是前塘村的方斤美,一个口舌头大、走到哪儿都不得清静的人,上牙床像探测器似的,一天到晚突在嘴唇外,只要有人走近,她就会抓住那个人的肩,把嘴巴凑近那个人的耳朵边,告诉人家一些奇出古怪的事。

哎呀,塌鼻都长这么高了嗳!来,让阿婶亲亲。方斤美伸出留着长指甲的手,把我搂向她那两只、被地心引力扯向地面的大乳房,并用一张蒜味很浓的嘴,在我脸上啄了一下。我想闪开已经来不及,方斤美用同样的方式,问候了矮脚,就把屁股放在我们家的那条四尺凳上。我和矮脚游到福清跷脚的馄饨摊前,大口已守在小桌旁,我们三个人分食了一碗馄饨,既没争也没吵,吃完分道扬镳。当我回到你身边,台上出现一个花旦,胸前插着两根狐狸尾巴,脑后飘两根野鸡毛,似乎不堪重负,方斤美一边嗑着瓜子,一边跟你嘀咕着,为了听清楚你们讲的话,我坐到你们中间,尽量小心地避免着,从方斤美嘴里飞出来的唾沫和瓜子壳。我听到你们谈论了一会棉鞋的衬里,方斤美边说着话,嘴里边吐瓜子壳,脑袋像拨浪鼓一样,转东转西,当方斤美磕到第一千零一颗瓜子时,大屁股猛然离开长凳,她的动作是那么突然,长条凳像跷跷板一样突然翘了起来,要不是我反应快,两脚跂住地,差一点被掀翻。

方斤美飞快地坐下,拉了拉你的衣摆,朝自己后脑勺那儿,一个劲地努着自己突出的牙床,尽管她的嗓门压到很低,声音还是钻进我的耳朵,金川嫂,喏,就是那个白头毛,你快转回头去看看嗳。我和你同时把头转过去,立刻又转回来,顺着方斤美的指点,我看到左侧后方,坐着一个面无表情、头发花白的妇人,她的身边有一个后生。方斤美兴奋地、以惯用的表情贴着你的耳朵,开始说啊说,你微侧着头,似乎倾听了一会儿舞台上的动静,然后用一种平静的声音说,我是不会相信的,我家金川的眼光没这么差。方斤美冲着你翻了个白眼,语调热切地说,哎呀呀,金川嫂,你不信也得信嗳!那个白头毛,年轻时卖麦角,长得还像样,人称麦角西施,当然喽,像样勿像样,吹掉灯还不是一个样!金川跟她的事,在你嫁来上宅前。有一回,金川上海回来,经过麦角摊,吃了麦角西施两只豆腐萝卜丝馅儿的麦角,哦,不对不对,是两只藕丝馅儿的麦角,两个人就好上了,这事儿四方乡邻,没一个不晓得的嗳。听说这个麦角西施,是个有名的趁侬婆,下面那个东西,比抽水机还厉害!南马有个砍柴佬,路过她家门口,被她弄到床上,裤裆里的东西就烂了嗳。

一个穿红衣服的戏子,翻着筋斗,他翻得快极了,双手双脚连成一个滚动的火圈,火圈在戏台中心,停住,摆了一个造型,台下爆发出一阵炒豆般的掌声。你目不转睛地盯着戏台,面孔看上去有些微微发红,没拍巴掌也没叫好。麦角西施后来嫁了人,老公是毛蓬村的算命先生毛盲眼,毛盲眼会算别人的命,却算不出自家的命,他有个儿子,四方乡邻都晓得,那个儿子不是毛盲眼的种,光看眼睛就晓得不是,毛盲眼的眼睛咪咪小,只有两道缝,但那个孩子,却有一对大眼睛,还带着双眼皮儿嗳。毛盲眼闲话听得耳朵起茧,回家一盘问,想不到麦角西施倒是挺干脆,干脆认了个兜底朝天,对毛盲眼说,我跟了你三年,你也没让我怀上,就算我怀上了,孩子生下来像你,这份人家怎么撑得起?不如干脆同长得像样点的男人生一个,孩子总归好看一点喽。毛盲眼一听,气得眼睛出血,把麦角西施结结棍棍打一顿,稻草绳往腰上一扎,一跺脚,离家出走了。听说毛盲眼一路走一路唱道情,一走走到杭州城,在城隍山的大华书场里面说大书嗳。

很显然台上的动静无法吸引方斤美,她停止嗑瓜子。金川嫂,你真不晓得,你家金川当年可是神一般的人物嗳,只要一回家,方圆几百里的女人,哪个不疯了似的找上门?哎呀呀,比赶围场还热闹嗳!那些女人名头上,来找他做衣裳,实际上,还不是想让你家金川,摸摸自己奶子有多大,量量自己屁股有多翘嗳?为了避免啃冬米糖的声音,干扰听觉,我停止吃糖,入迷地听着你们的谈话。我听到你用轻得几乎听不到的声音说,对金川的行当,我不想多说什么,人家爱怎么说,由他们说去罢,我只晓得金川心里只有我。方斤美哼了一声,金川嫂啊金川嫂,男人靠得住,猪都会爬树!何况你家金川,当年也不是一盏省油的灯嗳,他可是一个在女人堆里混的人嗳,听说他的相好,比虮都多!他的那些相好,要是坐在一起吃饭,两张圆台面都放不下,要是坐在一起开会,至少占满前三排,要是组成一个游击队,起码是一个加强连嗳!

雪粒子在风的吹送下,朝四面八方飞舞,落在村庄的枯叶屋瓦和看戏的人群上。这会儿,你已停止打量舞台,翻看起自己的手掌心。你以特有的方式,沉思默想了一会儿,头也不抬地问,要是他在外面真有人,还不老早同我离婚了?你话音刚落,方斤美沾着瓜子壳的嘴,就夸张地咧开了。哎呀呀,我的金川嫂,你可真是聪明面孔笨脑瓜!常言道,不叫的狗最凶,他没同你离,不是跟你还有多少交情,也不是德行有多高,还不是摸熟了你的脾气?只要你一不响二不闹,第三假装不知道,他知道自己在外边再怎么倒腾,也平安无事,万事大吉,在祖宗牌位前,众人嘴巴里,还能落个不离不弃的好名誉嗳!对男人家来说,老婆是窝窝头,外面的女人,那才是美味鱼肉,有大鱼大肉吃,他是断不会碰窝窝头的,他傻啊?但是呢,大鱼大肉,他也不能保证顿顿有得吃嗳,所以啊,男人也就不会傻到,扔掉家里那只窝窝头了嗳——手中有粮,心中不慌嘛。听说麦角西施找过金川,金川东躲西藏,不肯相见,原来你们都快成亲了,麦角西施打落牙齿只好吞落肚。这世上,男人家造了孽,都是回得去的,因为他们是用裤裆思考的动物,一提上裤子,就翻脸不认人。女人家造了孽,可就回不去喽!当然喽,也有回得去的女人家,那是她们天生会做戏,同台上戏子差不多。现如今,你家金川岁数也不小了,他还同你离什么?他若同你离,谁肯伺候他那么个糟老头子嗳?金川嫂,你看我分析得是对还是不对嗳?

铅灰色的天空,飘起粉末状的雪粒子,飘到眼睛里,凉凉的,舒服极了。台上的红衣戏子不见了,手中的冻米糖,被我攥得又黏又硬。你坐在椅子上,似乎权衡着什么,犹豫着什么,但是缺乏明确的目的和结果。我听到你声音颤抖地说,谢谢你,这些年他的事,我听得也不算少,今天被你这么一说,我心里就像镜子一样亮堂了。方斤美摆了摆手,哎呀呀,金川嫂,一家人不用说两家话,同我你千万不用客气嗳。或许方斤美觉得可以把来意说出来了,她扬起眉毛,意味深长地一努嘴,金川嫂,有件事,大家一直觉得你是大人大量呢,你看看白头毛边上,那个模样俊俏的后生,跟你家金川,是不是像印脱版一样嗳?

方斤美说完这句话,将目光转向了舞台,像是不想因为说出这件显而易见的事,让你感到难堪。

一阵喧天锣鼓响了起来,你浑身一震,目光从观众的头顶上望了过去。台上,一个悲悲切切的花旦,带着一双哭哭啼啼的儿女,一个黑脸膛大人,正怒目而吼。方斤美两手朝大腿上一拍,用嘴唇盖住门牙,掸起身上的瓜子壳,从胸口一直掸到脚背,看得出她认为已没必要再啰嗦下去了。这一回我早有准备,趁她还没抬屁股,立即手扶凳子,两脚撑地。方斤美站在原地,不停抖动着身子,像是掸去一堆在身上产卵的虱子,她连招呼也没打,夹着腿,挤过人群,神色慌张地离开了。她的步子迈得很急,黑色的裤脚管像一把锋利的剪刀,咔嚓咔嚓,无情而迅速地剪着结了冰的空气,她的圆身子很快消失在乡场尽头。你的嘴唇略略发黄,外面一圈毫无血色,慢慢站起,像刚刚学会直立行走的蓝田人。当我们穿过观众席时,我记得香娟奶奶扬着眉毛,尖声尖气地问,金川嫂,今朝还用做午饭么?你也没有回答。雪粒子纷纷坠落,凝成朵朵雪花,台下的人,有的戴起了笠帽,有的打起了伞。你走得很慢,腿上像是缚着砖头,风不住翻起你棉袄罩衫的衣角,要不是你裤脚管里藏着的那两块砖头,我担心你随时可能被风刮跑。

我预感到有什么事将要发生,因此没有安排外公出门,尽管不久前,他在南塘沿钓起过一只土鳖。当你头黏雪花,手扶门框,吃力地出现在廿四间透着隐约晦气的台门口,一阵咿咿呀呀的戏曲声,钻入耳膜,我的外公赵金川头戴棉帽,围着灰围脖,坐在刮痕累累的小方桌旁,边听着半导体,边读着一张过期的《浙江日报》,半导体播放着黄梅戏《女驸马》。听到台门声,他抬起头,用平常那样随便而快活的目光,饶有兴致地看看我们,你立在门口,像一个死里逃生送鸡毛信的放羊倌,一朵很大的雪花,飞临你的眼皮,你的睫毛颤动一下,闭了闭眼。当你睁开眼,气场重新获得了凝聚。你们互相注视着对方,看上去算不上仇恨,却也并非深情,让我想起一首流行歌曲里的唱词:我们最后一次收割对方,从此仇深似海。

根据我的日常观察,平心而论,你们的关系还是不错的。我见过他的手腕上缠着棉线,顺从地张开双臂,你捏着红漆斑驳的缠线板,坐在对面,偶尔他对你笑笑,偶尔你对他笑笑。我见过你做鞋时,他念报纸上的新闻给你听,尽管那些垃圾根本不值一听。我见过他像一个孩子似的,把手或脚递给你,让你替他剪指甲。直至今日,我依然千万次追问自己,当你们准备对过去一切,一笔勾销,用那样的眼光互相打量时,究竟需要怎样的勇气和定力?我想一个箭步冲上去,横在你们中间,求你们别这么干。但是,一种恐惧和好奇交织的感觉,顺着我的脊柱,爬上大脑,命令我必须冷静地,密切关注事态的进展。

雪花在天井的腊梅树和鸡舍的油毛毡上,覆了薄薄一层,他首先被你那种少见多怪的目光弄恼了,搁下报,关掉半导体,头也不抬地摸了摸胸口,掏出烟壳,抽出一支,用拇指和食指撸了撸,又搁在烟壳上弹了两下,塞进自己很少出声的薄嘴唇。这会儿你已快速穿过走廊,绕过柱子,大义凛然地站在他对面。他重新在椅子上坐下,跷着二郎腿,噘起嘴,若无其事地朝头顶吐了个烟圈。他此时的意思十分明显:什么事?你就说吧。

你手扶着桌,目光直追对方瞳孔,嘴唇翕动着,仿佛正在进行掂量和斟酌。伴随着市集里,隐约传来的阵阵锣鼓声,在瑞雪飞舞的廿四间,令人难忘的一幕开场了。

你(语调尽量平静地):你看天公都落雪了,我们也该把话说白了。

他(一缕故作镇静的烟,从鼻孔和嘴里飘出,脸上带着诡异的笑):有什么事,请说吧。

你(毫无意义地扯了扯自己的衣角):今天我看了一本好戏。

他(盯着你,仿佛想从你的表情里找到一些信息,但一无所获,把后背靠在椅子上):噢?什么戏?

你(声音突然提响,目光极具穿透力,继续旁敲侧击):你的戏。

他(好奇地,鹦鹉学舌一般的):我的戏?你就别绕弯子了。

你(顿了顿,毫不掩饰脸上的轻蔑,重新抬高声音):还用得着装?你自己做的戏,心里应该蛮有数。

他(毕竟抵挡不住内心的怯弱):你能不能把话说清楚一点?

你(重新抬高声音,义正词严地):我问你,那个孩子是你的么?

他(鹦鹉学舌般地,低沉地问):……孩子?……哪个孩子?

他交织着困惑的眼光,转到我身上,我十分清楚,你所指的孩子并非是我,我狠狠瞪了他一眼,予以迎头痛击。

他(连吸两口烟,口气嘲笑一般的):哦,我真的很想听听,究竟是怎么一回事。

老实说,你们这种曲里拐弯的对话,让我一直都受不了,(我猛地向前跨出一步,手比划成一把木壳枪,瞄准他,从嘴巴里噼里啪啦发射了一串连珠炮):哼,你就别"猪鼻子插葱——装象"了!我们早就"哑巴吃饺子——心中有数"了!刚才在乡场上,我们都看到你跟麦角西施生的儿子了,跟你活脱活像的!

我一口气说出这番话,丝毫不顾你不断地,用惊愕的目光制止我,话一出口,感觉浑身舒坦极了。

他从椅子上蹦了起来,像是被火烫着屁股,那双曾经对我流露过无限善意和温情的眼睛里,像活见鬼似的。

他(面色发青,嘴唇发紫,目光凶残地):疯了!你们一定是疯了!

是谁这么胡说八道的?

我(昂首挺胸、理直气壮地):是方斤美阿婶告诉我们的,她还说你的相好比虱都多!

他(气急败坏地站起来,又坐下,屁股和椅子间,像安着一个看不见的弹簧):那个烂娘嘴!那个长舌妇!她的话你们也信?

一朵朵充满诗意的雪花,慢悠悠落下,在天井的青石板边缘,覆上一层松软的白。雪花坠地的温柔声中,你双目似箭,几乎将他射得千疮百孔,廿四间陷入一种难堪的寂静,我这里无法用笔墨形容。

他(猛吸几口烟,朝前一喷,瓮声瓮气地):好吧,今天干脆让好戏连台吧!我们也来谈一谈雕花匠,谈一谈书记官吧!

你的嘴巴闭得紧紧的,眼中含着深深的痛楚。

他(怒目瞪着你,阴阳怪气的声调突然上扬):你以为我不晓得你的戏文?你跟一个短命鬼,生过一个儿子,还跟一个瘪三,闹过私奔!你的这些风流事让我耳根清净过么?我看你就算跳进东阳江也洗不清!

他将手中没吸完的烟,掷在地上,用胶鞋掌踩灭,并使劲碾压着,像是要把刚才提到的那两位,碾得粉渣沫碎。

你(声音颤抖):有人爱嚼口舌头,就由他们嚼去吧。

他(怪异冷笑一声,冷漠的眉毛飞扬着):呵呵!答得倒是轻巧!你这些败门风的事,你娘家人当初竟然全瞒着老子,娶了你这等货色,老子真他妈是前世造孽!

老实说,我很想听你们继续理论下去,听你们说出那些,显然已经不是小葱拌豆腐——一清二白的历史,但是接下来发生的事,不容我在这里好好编排和设计,就发生了。我的外公赵金川,这位方圆百里之内出了名的裁缝,话音刚落,冲你扬起了巴掌。然而这一回,不等我挺身而出,奇迹发生了,是的,我一点儿没有看走眼——总而言之,言而总之,我亲眼目睹了你,一位火腿世家的女后裔,犹如复仇女神一般高高地扬起胳膊,在此之前丝毫没有任何迹象,表明你具备这个潜质,这么多年来,你一贯低眉顺眼,忍气吞声,彼时彼地,你竟张开自己无敌通关掌,携着呼啸的西北风,在空中划出一道优美弧线,干脆利落地,降临在那张胡子刮得干干净净的脸颊上。廿四间落了雪的门堂里,响起一个奇怪的声音,听上去就像一匹布被猛地撕开,又像一条足够分量的鲫鱼鱼鳔,被一双千层布鞋底猛然踩碎的闷响,千真万确,如假包换。一顶灰棉帽,晃晃悠悠飞起,一头栽在鸡舍旁,像一只折了翅的蝙蝠。

倘若采用那些俗不可耐的先锋派导演的惯用伎俩,这个镜头切换的画面不外乎是:你不可征服的脸部特写;你挥起正义之掌;嘶嘶作响呼啸而过的气流;空中炸响的裂帛;外公惊愕的面部特写。那个导演将整个画面快速连贯起来就是:一闪而过的耳光响亮声后骚动顿时平息。在此,我也顺便模仿一下,那些俗不可耐的先锋派作家的惯用伎俩,他们节约标点符号的文字描述通常是:他的身体僵硬在空气里仿佛一截被浪头冲刷到岸边的废弃的木桩,猛然地他像牙疼病突然发作一般伸出自己专属于裁缝所有的细腻修长的手指紧紧捂住自己那张干巴巴的略显吃惊的脸庞好像捂住一块不慎剪裁坏了的灰布料,他的体内仿佛有什么东西违背了他的意愿脱口而出如同冬天的寒号鸟拍打着荒凉的羽翼在午夜的雪地上哀嚎不已,那个闻所未闻的从一个男人嘴里发出来的悲鸣仿佛一个人猛地把脸埋在荞麦枕头里面发出的沉闷呜咽,又仿佛长亭外古道边芳草碧连天西湖夕照山下净慈寺的晚钟发出来的压抑悲鸣将阴沉寒冷的廿四间笼罩在一种黄昏般灿烂而绝望的辉光里。他的面孔涨成猪肝色,神情错愕地打量着你,仿佛乌龟认子一般,我敢打赌,当年到上蒋相亲,他也没像今天这般,将你瞧得细致入微。你拱着背脊,盯着自己那只因过分激动而颤抖的手,仿佛惊愕于它竟然乘你不备,突然生出了翅膀,直接飞到他的脸上。你举着手,瞧啊瞧,像是要给自己好好算上一回命。

我撑着油布伞,走在雪地上,伞很重,散发一股桐油味儿。为了走得快一些,我捡了两截路旁的稻草绳,绑在套鞋的前脚掌上。你们两个都没打伞,脚步坚定,慌慌张张,在风和雪花的作用下,像两片树叶,走得身影歪斜,都是一副头也不回地样子。有时他超过你,有时你超过他,有时你们几乎并肩而行,像两只急着赶到某个窝中下蛋的母鸡,好像生怕慢一步,哪一方就会吃亏似的。经过井头沿一道结了冰的沟坎时,我看到你身子一歪,他伸出手,随即又缩回来,幸亏你已站立稳当。彼时彼刻,我不知道你们两个之间,是否还有爱,尽管在那张发黄的结婚照上,你们像一对天造地设的璧人,想必拍那张照片时,你们压根儿不会想到,三十多年后,会在一个雪花纷飞的阴暗午后,穿越泥泞雪地,去找村妇女主任许半仙离婚。

我抄了条近路,一口气跑到许半仙家,门对开着,灶头雾气腾腾,热腾腾的锅内坐着屉笼,蔑筛里码着一排排冒着热气的杨梅粿。我的面色一定很差,否则许半仙不会把蘸着红颜色的手,搁在我头上,大概还摸了一下。她用筷子,夹起一颗杨梅粿,我发着抖,张嘴接住,嘴里发出扑哧一声,滚烫的红糖和芝麻馅,登时填满整个口腔。徐半仙张开她那张略微凸起的嘴巴问,塌鼻,你怎么了?离婚,要离婚了!我哆嗦着,口齿含混地说。哎呀塌鼻,大过年的,你这张乌鸦嘴瞎说什么?许半仙生气地把我领到客厅,按在一张带蓝色棉垫的方凳上,往我的怀里,塞了一只发烫的篾壳火笼。过了一会,她端着一个杯口蘸白糖的玻璃杯,边用一根筷子搅拌着边冲我弯下腰,眨巴着眼,像是在问:究竟是怎么一回事?我把篾壳火笼夹在大腿中间,接过玻璃杯。外公和外婆要离婚了!一想到你们一旦离婚,我保不定立即会被送回杭州,关进雷峰塔下的幼儿园,登时心乱如麻,泪水夺眶而出。

许半仙惊讶地发出"啊"的一声,她的口头禅是,夫妻吵架是常事,布帐一放便和事。遇到谁家夫妻闹纠纷,她立即上门,和颜悦色地询问双方当事人:想想,结婚那天晚上,你们在做啥?啊?许半仙的这个习惯性语气词的字音,往往发得很有力量,既像是反问,又像是诘问,总之提醒双方当事人,作为一名妇女主任,她比对方更清楚结婚那天晚上他们究竟干了什么。茶还没喝到一半,你们就双双出现在门口,板着冻得发红的脸,头上和肩上顶着雪,像一对闷闷不乐的圣诞老人。许半仙低唤你们两声,解下围裙,边掸着你们身上的雪,边将你们拉进屋,搬过一张方凳,又拖来另一张,把你们按在凳子上。我的外公今天是怎么回事?这么冷的天居然也会出汗?他不自在地坐在凳子上,腿一直在抖,上嘴唇沾着汗珠子,下巴颏儿陷在灰围脖内,脸上残留着五根红彤彤的手指,看得出那个铁砂掌还在发挥神效。你打量着墙上一面镜框,上面有四个烫金大字:一帆风顺。

许半仙惊愕地望着你们,她既没来得及说出:夫妻吵架是常事,布帐一放便和事。也没来得及暗示:结婚那天晚上,你们在做啥?我的外公已经异常激动地,从凳子上翘起屁股,两腿一弯,跪在了地上,嘴唇嗫嚅着,半仙同志,求求你,让我们离婚吧!我的外公还没把话说完,肩膀就被许半仙抓住了,金川叔,到底是怎么一回事?你和金川嫂的感情不是挺好的嘛!啊?再说了,自家人口臭不嫌臭,自屙不嫌臭!啊?我外公的眼中充满泪水,看上去就像一个委屈的孩子。她……她打了我一记耳光。许半仙的嗓子眼里,发出一声惊呼,脑袋吃惊地别向你,似乎在问:金川嫂,这真的是你干的么?啊?

没错,今天我总算教训了这个货。你挺着腰,搁下杯,眼含热泪地说,他在外面生了野孩子,我教训他一回都不该?说完,你把目光投向许半仙家年久失修的房梁。金川嫂,你怎么好打人呢?啊?你什么时候学会了打人呢？啊？许半仙用批评的口吻问完你，又用央求的口气对我的外公说：金川叔，有啥话站起来说嘛，啊？我的外公磨磨蹭蹭地从地上爬起，许半仙一边摇着头，一边冲我的外公说：雄鸡相争头对头，夫妻相争不记仇。又调转头，冲我的外婆说：夫妻吵架，莫言离婚。接着又冲我的外公说：日里看别人田稻好，夜里看别人老婆好，人心不要不知足哇。接着又冲我的外婆说：生姜越老越辣，糖梗越老越甜哇。许半仙刚一闭上嘴，你们两个就异口同声地说：半仙！半仙！求求你，批准我们离婚吧！许半仙涨红着脸，哭笑不得地说：金川叔！金川嫂！你们都这把年纪了，不怕子孙后代笑话么？再说了，我一个妇女主任，也没权利批准你们离婚啊，你们真要离，就去找公社民政助理黑炭头吧。许半仙话音刚落，你们两个看也没看我一眼，起身，拔脚，在大黄狗的叫声中跨出门槛。

　　空中好像有一只看不见的手，不停地抖动着一只大口袋，村庄落满一层白色的糖霜。我料定你们会弄出更大的名堂，无论再冷的天，再大的风，因此我也得盯牢你们。一路上，你们走得深一脚浅一脚，他不时地扶扶帽子，扯一下围脖遮住嘴，你跟在后面，仿佛担心迟到了似的，几只麻雀被你们的脚步惊起，擦过光秃秃的树梢。地面，有水洼的地方已结了冰，上下坡的地方，留下车辙碾过的印迹。这时，对面出现一轮独轮车，许半仙的老公喜福，推着他心爱的独轮车，出现在我们的视线里，他双手扶着车把，被自己的独轮车拽着，喝醉了似的往下跑。喜福刚从县城卖完鸭子，对襟棉袄腰间扎着粗布带，他的目光很快逮住我们这支小分队，身体大幅度后仰，在我们面前刹住车，用突出的门牙，略带羞怯地询问你们打算去哪里，要不要坐他的车。没等喜福问完，外公就朝他摆摆手，头也不回地往前走。你似乎不忍心让喜福失望，正迟疑着，我闪到你身边，替你答应下，于是我们一边一个，坐上独轮车。喜福紧握车把，屈身下蹲，独轮车摇晃着发出吱扭声,喜福的声声鼻息,吹拂着我的后脑勺。独轮车经过一片覆着薄雪的冻土,一个烧砖场和一根高大的烟囱,一座屋顶像饺子一样两头尖尖的房子,就出现在我的视线里,屋脊上,嘴对嘴地趴着两条龙,龙身已被积雪描成了白色。喜福把车停在一堵墙前,墙上画着一个脖子缠白毛巾挥着锄头的人,还有一些褪了色的黑体字:高山荒地变样了,往左一看水库好,往右一看果园好,今后生活更加甜。

我跳下车,比你们快两分钟跑进了公社,在数不清的厢房里,发现一个燃着炭盆的房间,屋里挺暖和,炭火在盆里噼里啪拉响,爆出一颗颗小火星,公社民政助理黑炭头,摊着两手,两腿交叉搁在桌上,身子歪在一把破椅子里,脸上盖着一张《人民日报》,日期是1973年2月9日。我跑过去,摇了摇黑炭头的胳膊,他揭起报纸,瞇充懵懂地斜了我一眼,没好气地说,你舅舅在值班。我是来找你的。找我干吗?离婚。黑炭头把报纸猛地一甩,取下腿,恼火地瞪着我,这会儿你已在喜福陪伴下,面有难色地走进来,喜福取下帽子,拍着自己身上的雪,头上像蒸笼一样冒着热气。我的外公后脚跟进,一只手按在帽子上,像是担心一阵风吹来,把他的帽子刮跑。

请问三位有何贵干?在散发着炭火味儿的屋子里,黑炭头端起桌上一只积满茶垢的搪瓷杯,却没有喝一口,侧着耳朵,像看西洋镜似的看着你们。你们两个抿着嘴,互相不看对方的眼睛。喜福呢,他极其不自然地四下张望着,看得出他准备随时帮忙,但一时半会儿,恐怕也帮不上什么,并且对自己用独轮车运来的当事人,似乎深怀歉疚。无事不登三宝殿,黑炭头,我们是来找你离婚的。我的外公首先开了腔,他一说完,就低下头,把僵直的手指伸进胸前口袋里,结果什么也没找到。没错,黑炭头,请你批准我们离婚吧。我的外婆紧跟着表了态。黑炭头没有吱声,眼珠子在你们身上转来转去,看得出他对你们的说法保留自己的观点,直到你们重申了一遍各自的主张,喜福一边摆弄着帽子,一边走出了屋。黑炭头站起来,两手插进裤兜,离开桌子,踱起一种思考时才有的步子,时而侧头朝你们望望,显得若有所思,他走到桌边,立定,双脚在原地打了个旋儿,手搭桌上,五个手指弹钢琴似的在桌上依次弹了一遍,一板一眼地说:不行,绝对不行。

我不想再听你们讲废话,出门,跑过咯吱作响的雪地,跨入一间平房,在弥漫着饲料气息的吭哧进食的猪栏中,找到舅舅,我望着舅舅,上气不接下气,说不出半句话,他冲我弯下腰,深情的双眸交织疑惑的光,像一位面对绝症病人的良医。塌鼻,你怎么了,看看你的嘴唇都紫了。我二话不说,拉起他就往公社跑。你们依然冲着黑炭头,自说自话。一个说,一家不知一家事,尼姑不知和尚寺,我俩的夫妻关系早破裂了。另一个说,我俩同床不同被,同被不同头,早已分居多年。你们每说一句,黑炭头就用手挠一下后脖颈,像那儿有只蚊子不停叮着他。黑炭头一见舅舅,像遇着救兵,双手一摊,十分洋气地耸了耸肩。舅舅立在门口,神色犹豫而激动,看得出这一回,他不是以公社养猪状元身份,赶来发表意见的。舅舅从门槛上一跃而过,一手一个,拉着你们往门外拽,冲着黑炭头,一迭连声地说,对不起对不起,他们是闹着玩儿的。你俩愣在原地,眼神产生片刻呆滞。

他们不是闹着玩的!我张开双臂,拦住你们,大声抗议,他们是真心来离婚的!我刚喊完这句,嘴巴和鼻子被舅舅砂皮一样的手掌闷住了,他的动作实在太猛,差点让我背过气去,等我反应过来,已经被舅舅扛在了肩上,你们也被舅舅连推带拖地弄出屋子。昏暗的天光中,全是急急的空降兵,天和地像是被雪花连接成一体,我一路上踢蹬着舅舅,嗷嗷乱叫,他一直走到一大群哼哼唧唧的猪栏前,才把我放下,看得出此时刻,他心中的压力已明显减轻。你们昂着头,声声质问舅舅,像两只不依不饶的斗鸡。

公鸡一再盘问:为什么?为什么把我们拉回来?

母鸡口口声声:为什么?为什么不让我们离婚?

公鸡义愤填膺:今天不跟她离,我就不姓赵!

母鸡不依不饶:今天不跟他离,我就不姓蒋!

舅舅望着你们,帅气的脸上挂着苦恼人的笑,压低着嗓门。阿爸!姆妈!俗话说穷配穷,有配有,扫帚配畚斗,破草鞋也要凑成双,你们都过了大半辈子了,还闹什么离婚?她打了我一记耳光。公鸡悲愤道。舅舅惊讶的目光转向母鸡。母鸡忽地拉起裤管,露出腿上的淤痕。你看看,这是他用火钳打的。你声音颤抖地说,当舅舅把头凑上来,你利用这个机会,迫不及待抓住亲生儿子的一只手,用力按在你头上某个部位。你再摸摸,这是他用拐杖打的,都凹下去一块。母鸡泪光闪烁地质问,他打我是家常便饭,我就不能教训他一回?

——姆妈呀,就算阿爸打了你,你也不该动手打阿爸啊!舅舅用不无谴责的口吻说。

哦,在这个肮脏的、臭烘烘的屋里,我是继续听公鸡、母鸡和他们的儿子,没完没了说下去么?连舅舅这种受过高等教育的人,都说得出这种不讲理的话,真乃是可忍孰不可忍,叔可忍嫂不可忍也。

——放狗屁!我大喝一声,声震猪舍,指着胸口那位穿双排扣大衣的小银人。伟大领袖毛主席教导我们,人不犯我,我不犯人,人若犯我,我必犯人!外公打外婆,外婆就要打回来!外公白天欺负外婆,晚上也欺负外婆,连外婆陪嫁来的那张花眠床,都快被外公欺负得散架啦!

争吵声戛然而止,屋里陷入沉寂,公鸡和母鸡像是被我的话,震到了,颧骨浮起一层焦红。舅舅的脸,涨得像一块熟猪肝,他像是发现了新大陆,眼睛一亮,一拍桌子,塌鼻!你不要一粒疹痱当背痈,小题大做!你这是要闹哪样?原来都是你唆使外公外婆闹离婚啊!我气得目瞪口呆,七窍生烟,哇地一声哭起来,身子一歪,倒地打起了滚。

屋里的炭盆，散发着暖融融的气息，盆上，罩着一面铁丝网，网上，烘着一顶毡帽、一条灰围脖。他垂着眼，头发凌乱，脸上的巴掌印，已经不见了。穿一件泛黄的白色亚麻线衫，衣服不像平常那样，收在裤子里，而是拖在屁股后，显得很大，背部皱巴巴的。他一声不响地走向你，自打进屋，他就没怎么说过话，你抱着靠枕，神情古怪地缩在角落，一动不动，像是动一动，就会出现什么可怕事。他伸手穿过你的脖颈，把自己那张烟味很浓的嘴，凑向你，那副样子，好像要用嘴巴杀了你。你从台桌上，反手抓起一把扁扁的，平时刮鞋面糨糊用的竹签，看也没看，就朝他肩上扎去，他触电似的缩身，并且捂住嘴，一抹鲜红透过手指缝隙，顺着他的下巴颏儿往下淌，你的唇上也沾着一抹红，你们看上去，活像两只红嘴相思鸟，这种美丽的小鸟，我曾在杭州动物园飞禽区见到过。

你怒视着他，抬起手背，擦拭嘴唇，像是狠狠擦去一块腌臜印记。他像是中了邪，青色下巴上的胡子茬抖动着，活像一头眼睛会喷火的怪兽，他把你抵在墙上，撕扯你的衣裳，你眼里鄙视的火，针锥一般刺向眼前这个龇牙咧嘴的男人，指甲在他背后的线衫上，弄出许多印痕。他拖在身后的线衫，像犯了痢疾似的抖动起来，大量灰土从房顶和墙壁上落下，他像是一门心思打算把你钉到墙壁里去。你的视线像是被湿漉漉的雾气蒙住，渐渐绵软无力，像一头羚羊被饥渴的狮子咬断脖颈，听任摆布。他好像觉得这样还没完，或者说不想让我们家房梁断裂，引发房屋倒塌，伸出肌肉紧绷的双臂，拔萝卜似的，将你连根拔起，你的脚尖不由自主勾着他的腰，他托着你往床沿走，汗津津的手臂坚持着坚定。

你们像一对连体儿，倒在细条纹床单上，他把你的胳膊举过头顶，凸出的膝盖骨撞击床沿，这一回，他弄出的动静更大。你的脚丫子,像两截移植到他肩上的枝丫,鱼肚似的胸口,如同被暴雨击中的湖水。屋里响起一片奇怪声息,像月光鱼在水中扑喇,胶鞋接连不断踩在泥地,这些声息不断地,被从你们嘴里发出的,极不均匀的喘息声淹没。烟雾弥漫,苍山如海。长空飞雁,马蹄声碎。屋外,大雪纷飞而落,屋内,鱼儿搅动河水。昏暗中,你的身体像尘埃一样熠熠发光,又像被狂风拂过的田野,此刻,所有的谷物都朝床里倾斜。他像一头贪婪的熊,带着盲目的深度,在草丛裹挟的潭里饮水,弯曲的脊背像一座黑魆魆大山。他不得不时常停下,抓着你,朝外一拉,把你重新钉在床沿上。吱吱作响的床板,你半闭的眼神,无心地抓在手里的凌乱的床单,渗透出一股撩人的温柔。他神情严峻,仿佛正经受一场严刑拷打,线衫像被大风刮过似的紧贴背脊,汗水不时滴在你身上,沉甸甸的声息,像月夜时分荷叶上滚落的露珠,屋檐下的冰凌被暖洋洋的太阳融化,又像滚烫的烙铁猛地投入了水中。他忽然浑身一颤,喉咙滚出一串古怪低音,像是被一颗不知从哪儿打来的子弹,击中后背,脖颈上的青筋比蚯蚓还粗,抽搐着从衣领口钻出来,爬进了头发根。他的每一根头发,好像都要渗出油来了。

自鸣钟响起,雪夜里,钟声显得既远又近,清楚又朦胧,像是带着重量,使得炭盆里的火,渐渐暗了下去。这是江南初春的雪夜,世界异常静谧,越来越多的雪,正在看不见的时空中落下。我蜷缩在雪夜里,谛听着钟声,像一粒尘埃,降落在原野之上,又像一粒种子,嵌入纯净的泥土,期待在春天发芽。

6

那时,我家住在清波门,沿南山路往长桥公园一路走,左手边有一座岗亭,门楼上,嵌着一颗发灰的五角星,门口站两个解放军。经岗亭,向左拐,穿过一条狭长水泥路,迈上一个很陡的台阶,就能望到一根大烟囱,我家就傍着大烟囱,这幢三层楼的楼房,叫铁冶路四号,前边是军人服务室,后边有一溜当仓库的平房。背后那根大烟囱,据说是林彪造的。我们家不大,两室一厅,客厅里并排放着爸爸打制的一对布艺沙发,黄底小白圆点的沙发套,是妈妈用缝纫机踩出来的。爸爸妈妈的卧室,有一个五斗橱,橱上摆着一台收音机,收音机上,盖着一块白色的钩针勾出来的小方巾,墙上贴着一幅彩色宣传画,一个头戴大盖帽,身穿深蓝色工作服,脸涂油彩的男人,拎着一盏灯。紧挨着五斗橱的,是一个四层书架,最下面排列着《辞源》、《辞海》、《新华字典》和一叠《红旗》杂志。书架对过,有一个长着许多枝杈的衣帽架,顶上挂着一顶军帽、一把套着褐色皮套的驳壳枪。

　　傍晚,我等你洗好碗,漱好口,替菜园里的南瓜、丝瓜、辣椒、青菜和小葱浇好水,我们手牵手,去礼堂看戏。我们经过一片草坪,固定着单杠和双杠,中间留出的一大块水泥地上,搭着篮球架,石头砌起的高高看台上,空无一人。几个战士正在赤膊打篮球,一个小战士撑着两臂,从双杠上跃起。我们经过门诊部、传达室,走到岗亭,一个鼻子周围长满雀斑的士兵,冲我做了个老鹰抓小鸡的动作。你停下,用麦秆扇亲热地跟他打招呼,吃过了么?你冲着雀斑,来了句口头禅,你的额头光溜溜的,像个小海豹。雀斑冲你敬了一个礼。哎呀,这么热的天,连把扇子都不带。你嗔怪着,冲雀斑用力扇了几下,雀斑左躲右闪,像是被铁扇公主的芭蕉扇,给煽晕乎了。我拉起你,拔脚出了大门。我们踩着发软的柏油路,迈上大礼堂高高的台阶,观众席呈半环形排列,灯光泉水一样倾泻在观众席上。

　　空气里散发着热烘烘的汗味,我发现前排有几张熟面孔,食堂炊事员。每天,我都得去食堂打开水、买馒头,这是爸爸给我下达的命令,因为妈妈给我剪了个瓦爿头,无论从哪个角度看,我都像个小男孩,那些食堂炊事员,时常取笑我,他们取笑我时,脖子上的东西像滑轮一样,滚上滚下。虽然我的四肢看上去,依然像婴儿般肥壮,脸上的表情像六月的天空般变幻莫测,不得不承认,我开始对周遭事物,变得敏感,一群弯腰弓背的人,迈入乐池,咿咿呀呀试起了音。铃声响过,灯亮起,舞台上,走出一个浓妆艳抹的女人,边走边侧着头,朝台下微笑,活像一条比目鱼。比目鱼游到台中央,转身,立定,挺胸,敬了一个礼,咧嘴一笑,又变成一条包头鱼。四周响起一阵爆炒豆子声。你忽然莫名其妙地笑起来,掩着嘴,百雀羚的气息飘进我的鼻子。

看看她那两只布袋奶,晃来晃去的,啧啧!你把麦秆扇搁在膝盖上,双手比划了一个圈。包头鱼被掌声冲昏了头,站成小丁字步,张开鱼一样的嘴,开始用假嗓子报幕:尊敬的首长们,亲爱的同志们,大家晚上好!在纪念伟大的中国人民解放军建军五十五周年的日子里,特邀南京前线文工团,为大家表演大型革命舞剧《红色娘子军》,敬请首长和同志们指正!又一阵爆炒豆子声,比刚才那阵响多了。坐在前排一位耳后有痣的炊事员,鼓得耳后的痣都抖起来。风骚包头鱼朝台下,敬了个礼,转身,重新化作一条比目鱼,消失于茫茫大幕内。

灯光熄灭,一阵巨大的轰鸣滚滚而来,天像是要塌下来。暗潮汹涌中,大幕开启,一个手捏小棍的男人,站在乐池里,张牙舞爪,像一只掉进背篓的螃蟹。潮水退却,四周忽然无声无息,一缕游魂般的光,捕捉住了舞台上,一个胸部扁平身材苗条的光脚女子,拖着两根辫子,一条红裤子,破破烂烂的,一看就是穷人家的孩子。红裤子踮着脚尖,张开双臂,眼睛像一泓清泉,在台上流来淌去。两条腿不好好走路,像麻雀一样跳来跳去做啥?你的嗓门儿可真不小。音乐令人吃惊地转变了情绪,变得迟疑而恐怖。漆黑的椰林,暗淡的光线,几个手持皮鞭绳索、面孔像生了黄疸性肝炎一样的人,耀武扬威地上场,一个绸缎胖子,提起手杖,朝红裤子,轻轻一点,红裤子就像喝醉了似的,跌倒在台上。你惊呼一声,我用手托住发热的脸,在你大腿上掐了一把。

曙光照进椰林,梦想照进现实,舞台深处,蹦出一个目光炯炯、手握斗笠的小白脸,像一只交配期的公鸡,往空中一跳老高,又一跳老高,沉着机智地,一手叉腰,一手搭在额前,眼珠子像孙悟空那样,滴溜溜地转来转去。哎,这个后生跟你外公年轻时,真当是活脱活像哎!你亲热地朝我俯过身来,用麻酥糖一般的嗓音赞叹着。小白脸救醒红裤子,红裤子流露出急于投怀送抱的神情。二人尽情地旋转着、跳跃着,即使春天的小鸟,也不可能有他们的能耐。呵呵,这两个货,真般配!你眼睛发亮地夸赞。红裤子高高跃起,上身后仰,两条长腿,空中一字劈开,后脑勺几乎触着了脚后跟。小白脸挥手,指向前方,红裤子踮着左脚,左手握拳,弯在胸前,右腿伸得比箭还要直。

向前进!向前进!战士的责任重,妇女的怨仇深。一轮红日从东方升起,晴空万里,白云朵朵,彩旗飘扬,一伙杀气腾腾的短发女人,扛着枪,绑着腿,横眉竖目,像被一条看不见的绳子牵引着,整齐划一地握拳、挺胸、瞪眼、敬礼,整齐划一地舒展着白生生的大腿。大姑娘家的,穿一条裤衩,真没名节!有一阵子,你几乎没发出什么声音,这会儿禁不住又自言自语。小白脸迈着矫健步伐上场,这一回,他鸟枪换了炮,军装笔挺,帽子有棱有角,五角星一闪一烁。他挥舞着大刀,快活地旋转,畅快地跳跃,充满信心地腾挪,冲着红裤子,一连劈了好几个腿。红裤子双眼迸射出仇恨的火星,从小白脸的手里,接过了一杆木壳枪,跟着那伙短发女人,一起甩起了大腿。大幕合拢,你亮晶晶的目光,溜回到我身上,黑暗中,亲热地跟我十指相扣。阿婆小辰光,宗祠里做戏文,都是嵊县来的戏班子,做也做得好,唱也唱得好,扮也扮得好,光光一副花旦的头面点翠,是用真的翠鸟毛,一根根黏到银簪子上,看完马上死了埋掉都值得!我听梁山伯唱:贤妹,你可知,为了你,我这一路上,奔得是汗淋如雨……我只有五岁,豆粒大的人,听了心都快要碎掉!我跟着戏班子跑出十几里地,被阿爸拖了回去。

我的心情像一堆乱糟糟的稻草,耳根处像是有火在炙烤,暗暗发誓不管你啰唆什么,一概不予理睬。南霸天后院里,乌云低压,黯淡阴森,一棵大榕树,一柱擎天,小白脸圆睁怒目,以泰山压顶式之势,逼得面呈菜色的群匪,步步退缩,浑身打战。塌鼻,你还记得上宅戏台上做的那本梁山伯么?你用胳膊肘,快活地,捅了我一下。书房门前一枝梅,树上鸟儿对打对,喜鹊满树喳喳叫,向你梁兄报喜来。你哑着嗓子连哼了几句,咳,阿婆老了,没有喉了,唱起来不好听了……十八相送,路过观音堂,英台要请观音大士来做媒,与梁兄拜堂,可是那个死呆,还要责怪英台——贤弟越说越荒唐,两个男子怎拜堂?那个梁山伯,真是一个呆!头!鹅!——你翘起兰花指,模仿那个花旦,往我脑门上一戳,一字一顿道。

一阵让人耳膜儿乎震破的掌声,淹没你的笑,我的脑袋嗡嗡作响,心里拼命诅咒那些害人不浅的乡下草台班子,为达到吸引观众的目的,它们经常干一些添油加醋、乱改剧情的事儿。你瞅了一眼台上被俘的小白脸,对我的冷淡毫不介意。说来好笑哦,有天夜里,那个死呆坐在台桌边读书,读得打磕充了,要拉英台去困觉,人家英台是个女红妆,员外家的大小姐,怎好同他一道困觉呢?但是那个死呆,硬要来拉——贤弟,困觉要紧,贤弟,困觉要紧……你抓住我的手,嘿嘿干笑着,轻轻拉扯着,我啪的一声,拍蚊子一样击落你的手。还有一次,英台身上来了,不小心弄到眠床上,被那个死呆看到了,他就跑去问英台——说到这儿,你忽然变腔变调地,来了一句道白——贤弟,你的眠床上,怎么会有鼻头红?你睁着亮晶晶的眼,兴致勃勃地问——你晓得英台怎么答?——梁兄啊,我读书读得火气重呀……你模仿着那位机智的花旦,又嗲声嗲气地跟了句。

观众席中,有人发出窃笑,有人低声责备着,我从座位上站起,又立即坐下,恨不得钻到座位底下去。哦,有什么打断了你的满腹柔情,只见小白脸背依青松,脚踩烈火,在《国际歌》中,高举右臂,张大嘴巴,你伸长脖颈,心思总算回到舞台上。哎,跳得这么好,烧烧死,可惜哦。小白脸一死,你的声音又沙沙地聒噪我的耳膜。红旗招展,军号震天,主力部队以排山倒海之势,势如破竹,列队上蹿下跳,似离弦之箭,如惊弓之鸟。霞光驱散乌云,红日照亮中国,红裤子连发两枪,击毙绸缎胖子,在一阵号角齐鸣般的乐声中,她接过小白脸的公文包,迎着朝阳,追随大部队,一路劈叉前进。天鹅绒大幕徐徐拉拢,又欲盖弥彰地拉开,红裤子和死而复生的小白脸,兴高采烈地站成一排,拍着巴掌。一位眼袋和肚皮同样下垂的首长,吃力地走上台,握着红裤子的手,连捏带摇,一遍又一遍,抚摸红裤子的手背。

我扭头朝外走,我的脑袋晕乎乎的,像是喝了端午节的雄黄酒,走得深一脚浅一脚。你在后面喊我,我也不回头,像个又聋又瞎的人。我跑进大门,拐上小路,一队士兵粗声粗气地唱着歌,从我们身边跑过,你在桂花树旁,追上我,你来抓我的手,我泥鳅似的闪开,一只又大又圆的月亮,探出云层。跳来跳去,一声勿唱,真当没有老戏好看哩……你向我张开热情洋溢的双臂,自言自语。整个晚上,我都在忍受这个沙喉咙,此刻已忍无可忍。你给我闭嘴!我大喝一声,脱下一只带绊的塑料凉鞋,朝你一扬手,你惊慌地将麦秆扇抵挡了一下,我握紧双拳,像红裤子逼视绸缎胖子那样,向你步步逼近。塌鼻,毛主席说过的,不好打人的呵……你僵立在路中间,沙哑的嗓音依然快活。去你的大头鬼!满腔怒火像打摆子一样,掠过我的全身,我冲你挥出拳头,感觉却像打在一块木板上,手指骨那儿一阵窝火的痛。——乡巴佬,滚回乡下去!我用小白脸牺牲前的嗓门呼喊着,记不清冲你挥出的每记拳头,落在哪个部位,只知每一拳都十分有力道。我一边打一边把那两个化作蝴蝶、阴魂不散的男女,用老家粗话骂了一遍。有好几次,你试图抓住我的手,我碰到你手上一块突出的关节,那是小时候,你替我把尿抱不住,磕到地上弄骨折的,那块突出的骨关节,并没有唤起我半丝怜悯。你徒劳招架着,喃喃着,听上去像一个犯了错的孩子,塌鼻,阿婆看不懂新戏,让你厌烦了。你越解释,眼泪从我眼里流得越多,并且很快变成油,点燃心头的火。我朝你扁肚皮上来了一记老拳,你朝后一仰,张着嘴,像梁山伯惊闻祝英台嫁到马家噩耗那样,愕然地接连倒退几步,不倒翁似的摇晃了几下,直挺挺地倒在桂花树上,你倒下去的声音,听上去像是千万条蚕宝宝猛然吃起桑叶,又突然止住了嘴巴。不许动,举起手来!一道雪白的手电筒光罩住我,雀斑天兵天降一般出现,他迅速发现敌情,扶起你,焦急地呼唤你。你纸一样白的脸上挂着泪。我顾不上捡鞋,撒腿就跑,跑过篮球场,绕过单杠、双杠,爬上很陡的看台,围着我们家那幢楼,又转了好几圈,才敲响了门。

爸爸穿一件背后有好几个小洞的汗背心为我开了门,这位优秀的政治思想工作者,眼神古怪地盯着我,长时间沉默着。爸爸喜欢用这样的方式,给对手造成一种不安和难堪。爸爸做事像钟表一般准确,语气像锤子一般坚定,内心像发丝一般细致,发火时,则像炸了的高压锅一般暴戾。他曾用关禁闭治好了我的哭泣,用大头皮鞋治好了我的驴打滚。我觉得口干舌燥,没有看他一眼,像一个七老八十的人,缓慢走向厨房,拧开厨房的水龙头,双手接着水,慎重地洗起了脸,我洗得很慢,仿佛进行着一种从远古传下来的仪式。当我洗好脸,爸爸已在客厅沙发上坐好,两道剑眉拧在一块儿,背直挺挺的。你讲啊。爸爸用一种异常冷静的语气说,洞察一切的目光注视我,像是询问着:你干了什么对人民有益的事?又像是:你到底对人民干了什么事?爸爸纹丝不动地看着我,眼神比 X 光还要厉害,无论坏人好人,只要被他看上一眼,都会魂飞魄散。外婆打我。我的声音明显带着哭腔。这会儿,我听到一阵轻微的敲门声,急忙冲进厕所,把门反锁住。我听到爸爸拖着鞋子急促地走到门口的声音。开门声。爸爸压底嗓门的询问声。你沉闷的哽咽和拖着脚走路的声音。然后,我就从厕所百叶栅栏的缝隙里,见到你那双沾着泥巴和青草的风凉鞋,还有一截沾着泥浆斑点的裤脚管。你没有吭声,但是一定在流泪,否则爸爸不会一迭连声地,发出急不耐烦的追问。到底是怎么回事?妈,你说啊,出什么事了?你快说啊。

是杭州发生了十二级地震?还是紧闭的白色栅栏门发生坍塌?我这么惊惶猜测的时候,厕所门又被猛踹一脚,紧接着是一声虎啸,挟带着山谷的回音。为了不使我们家的厕所门,在下一次余震中整个儿脱落,我拉开插销,没有等爸爸过来拎我的后衣领,一溜烟往卧室跑去,在那个拎一盏灯身穿深蓝色工作服的男人注视下,自动下跪,膝盖跟地板发出咚的一声,这是我挨罚的老地方。妈妈跟了进来,她像往常那样忧愁地看看我,黯然走出,妈妈知道我最讨厌罚跪时被人围观。你竟敢打外婆!还学会了恶人先告状!爸爸甩上门,眉峰下的双眼像两颗燃烧的煤球,跟灵隐寺大雄宝殿里四大金刚中的任何一尊,都有得一拼。他绕着我,转了一圈又一圈,我的眼前浮现不屈不挠的红裤子,英勇就义的小白脸,尽量挺直了脊背,冲爸爸轻蔑一笑。看得出这个微笑,并非对他的敬畏和讨饶,更不是对挂在衣帽架上,那把套着褐色皮套的小手枪的恐惧。爸爸的眼睛瞪得像铜铃,他没有料到眼前这个头发浓密的倔强女孩,未来的女诗人,在大难临头之际,竟会目光冰冷地对他发出冷笑。一阵预料中的狂风拂过我的脸颊,力道之大几乎将我连根拔起,听上去像一只喝饱了血的蚊子,被直接拍死脸颊上。我的脸朝相反方向别转过来,眼前星光闪烁,我摇晃一下抬起头,冲着爸爸又是微微一笑。又一只蚊子在我的右脸暴毙,我的膝盖差一点被钉进地板,一道温热黏稠的液体,涌出鼻腔,在嘴边迟疑逗留一会,纵身一跃,落上我的短袖衫。我擦了擦嘴角,还没来得及完成三笑,模模糊糊地听到门,被一枚青色流弹击中,巨大的气流携着一个瘦小身影飞进,若不是为了避开跪在地上的孩子,流弹所引发的冲击波险些将执法者撞向窗户。

你怎么可以对孩子下手这么重?你勉强立在那儿,面色通红,张开双臂,挡住我,像一头被激怒的母狮,为保卫幼崽随时准备扑向比自己强劲几倍的对手。你的情况看上去很糟,头发凌乱不堪,锁骨处一粒纽扣也不知去了哪里。爸爸被突如其来的局势镇住,疑惑地望着你,一言不发掉头离去。妈妈冲进来,像一位训练有素的战场救护兵,把一小团棉花,敏捷地塞进我的鼻孔。你弓着背,张开僵硬手臂,像一片深秋阔大的落叶飘向我,你把我的头按在你胸口,你体内飞速的马达像要跳出身体。你一遍遍摩挲我的背脊,试图打算用小时候的方式哄我,嘴里咕哝着,听上去像是嚼着木头渣子令人乏味。刹那之间,我的心头涌上一股很酸的液体,开始很不情愿地抽噎起来。渐渐地,我的抽泣从呜咽的东阳江水,发展成汹涌的钱江潮,最后干脆放声号啕起来,自从来到杭州,我已经很久没这么痛痛快快哭过了。房门再次被狂风吹开,我搂紧你,哭泣声顷刻吞入喉咙。只见眼前一道白光闪过,一把带着洋葱气息的菜刀,直愣愣劈在桌角上,大半截刀刃嵌入书桌,雪亮的刀身在空气中微微震战。下次你再敢打外婆,老子就把你的爪子剁了去!爸爸的怒吼在我耳边久久回荡。

7

  远远的,一望到上蒋村口那棵枫香树,你的眼睛禁不住湿润了。你的胸口拴着麻线,包着三角头巾,埋了喜元,回到家,你和小弟都发起高烧,三天后,当你从高烧中醒来,小弟已没了气息,崔氏破天荒地,主动提出让你回娘家,休养一些时日。树下,趴着一条狗,听到你的脚步,恹恹地,连眼睛也懒得睁。一路上没什么人,经过月牙塘,一个小媳妇正敲打着木槌,手中撒出去的被单,在水面鼓起一个包,那一刻,你觉得自己像一盆被泼出去的水,不禁低头加快步伐。离开上蒋的这些年,一切仿佛都没什么变化,院子里的香泡树,高了许多,树干也粗了,树叶在夏风里转青变绿。读私塾的弟弟放学回家,拉着你的手,目光流露出过早的成熟,他的个头,已经比你高了。看着弟弟,你的眼泪就禁不住流下,弟弟慌了神,阿姐是欢喜呢。你抹着泪轻声说。晚饭,全家人为你接风,谁也没提不高兴的事,阿爸姆妈老往你碗里夹菜。天黑前,姆妈端进一对蜡烛,你们聊了一会儿。夜里,从河埠头传来的流水声,渗进门窗,一直渗进你的梦里,像是在一遍遍地安慰你:不管发生了什么,一切都过去了。

  三个姐姐都出嫁了,大姐嫁在泗庭芳,二姐嫁在白坦,三姐嫁在怀鲁,但三姐小米带着女儿,常住娘家。四姐妹中,小米个头最矮,左眉角上的一道疤,是跟弟弟抢吃的,在桌角上磕的,小米的老公做泥水,常出门,她便干脆常年待在娘家,吃吃嬉嬉,人也像面团一样发起来。自你一回家,小米脸上便像罩上一层阴霾,她认定你掠走了父母原本对她的爱。比如,吃饭时,蒋坤苏会说:小娥,坐到阿爸边上来。从杭州回来,给你带回过一块玫红色缎子面料,小米却什么也没有。

小米像个幽灵,在你的房间里,走来走去,旁若无人地一会儿搬动椅子,一会儿弄乱被褥,翻看着每个角落。呵,这是什么玩意? 她哼着小曲,拿起一个树根雕琢的木头人。你抢回木头人,藏到背后,一丝泪光闪过眼眸。一块破木头,有啥稀奇! 小米用一种半是轻蔑半是讥讽的声调说。回娘家后,你承揽全部家务,除了做家务,就一门心思地做鞋、绣花。因为只要一歇下来,便会觉得自己的心,像刚生完孩子的肚皮空空荡荡。

那天吃了晚饭,小米用一只胳膊撑着门,挡住道。你晓得我小姐妹,为啥不肯上门来了? 小米怪里怪气地问,你低头匆匆走过。她们是担心沾上晦气。小米的声音像锅铲刮着锅,直追你的脊背。你发现,从前,只要一想到娘家,心里会有一种安慰和期盼,如今这种感觉已经不再。你开始听到一些闲言碎语,那些话,有些是跟你一道绣花的小姐妹告诉你的,有些是你亲耳听到的。夜深人静时,你躲在被子里,偷偷流泪,流完泪后,又像没事人一样,继续平日的一切。小米不断做一些手脚,比如,趁你做菜时,偷偷往锅里多撒盐,引起阿爸姆妈咳嗽,还经常跑到姆妈跟前弄事。她克死了老公和儿子,会把霉运带进我们家的。小米瞥一眼蒋氏,将一块软绵绵的麻糍,丢入嘴。你又在胡说什么? 蒋氏皱着眉,压低嗓音,你妹妹从小被换了生世,我们能有弟弟,她是功臣,你还说这种没良心的话,我真是不想听! 但蒋氏又是个迷信且耳朵根很软的人,小米的话听多了,陷入一种自相矛盾的心理:明知小米是错的,却又无法全然不顾忌。后来,只要小米一提起你,蒋氏的心就往下沉,脸也挂了下去。崔氏到上蒋,借过两次钱,只要赌博一输了钱,她就变卖家里的东西,或四处借钱。对崔氏,蒋坤苏一直深怀不满,更痛恨她不该草率定了自己女儿的终身,落得如今这般田地。蒋坤苏把三十两银子,交给崔氏,阴着脸说:亲家母,从今后,桥归桥,路归路。小娥的人家,归我们挑,嫁也归我们嫁,聘金归你接,走动还是归你走动。崔氏接过钱,手里掂了掂,鼻孔哼了声,屁股一扭一扭走了。

六月初,你跟阿爸去了一趟杭州,下了水路,换乘一辆黄包车。当黄包车穿过墙头长满野草的城门洞,太阳正好照在鼓角的楼檐上,沉闷的钟声像一群鸽子,从头顶飞掠。入了城门洞,一股凉意迎面扑来,赶路的人、驶过门洞的小车,像是都为了留恋这难得的凉意,放慢了速度,长方形的石壁上,湿漉漉的,清凉水珠顺着青苔淌下,你好奇地探手一摸,比腊月里的铁片还要冰凉。阿爸告诉你,这是伍公山上的水,沿着城墙化作的水滴,每年春天,到杭州踏青的香客们,背着黄袋儿,袋儿里装着香烛和纸钱,都要从这里进城去吴山上香。

你坐在黄包车的白布椅垫上,左顾右盼,这是一个到处有着鱼鳞般屋瓦、弥漫着湿润水汽的城市,无论到哪里都听得到流水声,看得到数不清的河埠头,来来往往的人,在数不清的石拱桥上,走过来走过去,有的从河里上岸,有的从岸上下船,起起落落的脚步将石阶,磨得薄而光洁。有的河,长不过千米,却有十多座桥,临水人家的院墙,掩在葱茏之中。中河上,有一座高大的水门城墙,岸边垂着柳,小船从城墙下划过,桨橹溅起透明的水花。杭州除了河多、桥多,巷子也多,那些小巷,比蜘蛛网还要绵密。巷内,有着数不清的店铺,张小泉剪刀店、朱养心膏药室、王老娘木梳店、保大参行、胡庆余堂……这些名号,你老早就听阿爸说起过了。

蒋坤苏下巴刮得光光的,看上去十分精神。黄包车忽而跑过宽宽窄窄的河道,忽而跑过弯弯曲曲的小巷,来到望仙桥,对面有一条铺着双排青石板的小巷,巷口蹲着一只石头元宝,巷内有口井,绿而厚的叶墙上,蔷薇像是绿底老土布上织出的斑斓,静静地开着,这条小巷,仅一轿稍宽,隔十余米,两旁的围墙,就会留出停一乘轿子的空当。经过东头一座巨大白墙的邸宅门前时,蒋坤苏低声说,此处即胡雪岩故居,那一刻,你仿佛感觉高墙内,房间里的琉璃灯和花盆中的牡丹,一晃而过,心头莫名地涌起一种神秘和奇异。黄包车拐了个弯,转入大井巷,空气里满是中药香,出了大井巷,就是河坊街,空气里顿时混合着热油、小吃、新鲜水果蔬菜和香料味,茶楼里,头戴蓝帽的小伙计,手持一柄壶嘴很长的茶壶,往客人杯里注入沸水,眼前腾起烟雾。巷口,有家保和堂药铺,门口飘着一面小蓝旗,阿爸告诉你,遇到白娘子前,许仙就是这家店的伙计。河坊街上,卖什么的都有,西湖藕粉、定胜糕、龙须酥、棉花糖、姑嫂饼,也有各种变戏法、卖梨膏糖、拍洋片、唱小热昏的。到了四拐角,这里本是河坊街最宽畅处,游人依然使街道显得促狭,你们的黄包车不时被对面过来的另一辆黄包车,挡了去路,于是干脆弃车步行。孔凤春香粉店门口,买鹅蛋粉、生发油的队伍,一直排到另一条巷口,人们不是一盒盒地买,而是整箱整箱买,跟不要钱似的。你们在羊汤饭店,吃了两客羊肉烧卖、两碗羊杂碎汤。穿过卖龙井茶和绫罗绸缎的店铺,来到一幢石库门前,朝东开的门敞开着,方青石条搭起的门框上,挂着招牌:东阳腿业公司。橱窗内,挂着一排色泽红润的火腿,门牌号码是杭州城隍牌楼第67号。一间灯火通明的大花厅内,上蒋雪舫原记、厚记各路人马,正在此集结商议。晚上,一行人马在天香楼会餐。

清晨,鼓楼下的小巷内,回荡着各种叫卖声,卖小钵头甜酒酿、磨剪刀、卖鱼的,菱角和螺蛳,水淋淋地装在木脚盆里,看到有人走近,就问:螺蛳青要么,菱角要么,蛮便宜。你穿过一座教堂,走过一个巷口,有段上坡路,路口有个庙,匾额上题着吴山第一庙。沿着碎石铺成的山道往上走,像是慢慢进入一个绿色峡谷,头上只剩一线蓝天,石阶旁,青苔覆地,泉水淙淙。

吴山顶上，很是热闹，拜佛的、喝茶的、说书的、看牙的、耍猴的、练功的、吊嗓的、搓麻将的，应有尽有，有人提着鸟笼遛鸟，有人专心练着倒走。站在山头，除了鸟鸣，听得到钱塘江上，传来的低沉汽笛。往山下望去，大片鱼鳞似的灰黑色屋瓦，层层叠叠，一眼望不到头。一阵吹拉弹唱刮入你的耳朵，凉亭内，一个男人在拉着胡琴，两个女人对唱着，粗大的亭柱上，漆着红漆，看得出刚刚修缮过。

西湖山水还依旧
憔悴难对满眼秋
山边枫叶红似染
不堪回首忆旧游……

你依着一株树干沧黑的广玉兰，听了一会儿，听着听着，想起喜元和小弟。还没听那两人唱到"看断桥未断寸肠断，一片深情付东流"，已是泪水涟涟。

清波门的半壁城墙，袒露着内里灰黄的泥，知了在柳树上，叫得高一声，低一声。出了清波门，便是涌金门，这一带除了山道，便是水路，沿途有一块块黄绿相间的田野、窄窄的路。一汪青碧碧的湖水将你吸引，湖面上，是几乎不动的小船和隐约小岛，几只伶仃水鸟停在湖中央的淤泥上。

六月的西湖，风吹在脸上滑溜溜的，像大姑娘手腕上的丝帕。整个西湖像一个大会场，弥漫着过节的气氛，你发现走在湖边的人，都很好看，女人穿着轻薄的洋装，或是短袖旗袍，撑着白洋纱遮阳伞，男人修了面，身着轻薄纺绸长衫或夏布洋服，走在西湖边，像是走在一本戏文里。眼前出现一座石拱桥，桥边，柳树的影子，像是浓了许多，附近的荷叶，也要比别处多。桥上簇拥着许多人，这座桥，你从小便从戏文里熟知,桥身和桥上的人影,被湖水一照,变成了双份,小舟白篷,绣花针一般,缓缓穿过古老的桥洞。一个女子一只手,拖在水中,将水花撩到对面男人身上。湖边,围着一大群人,两个卖梨膏糖的,正唱着小热昏:

  西湖呀景致呀实梗仔个好;
  杭州呀市面呀实梗仔个闹;
  苏公堤呀六吊桥,桃花开得火能仔个烧;
  白沙堤连同锦带桥,孤山路接西泠桥,西泠桥呀葬个苏小小;
  三面的青山,把中山公园来围抱,
  如今新兴的博览会,葛岭、孤山,地面占得真不小;
  八个馆,两个所,征品多得浑淘淘;
  大礼堂先将新戏瞧;
  影戏场的滑稽片,看得大家都发笑;
  跳舞厅的建筑真高妙,
  一队队的舞女呀,美姿容,天仙娇,舞腰儿,杨柳袅;
  跑驴场的驴子像狗跳;
  迷魂阵的游人装鬼叫;
  跑冰场,冰鞋儿防滑倒;
  百艺园百样技艺都献到;
  音乐亭,螺蛳壳里号鼓吹又敲;
  电信处、邮务处廉价办法真真巧;
  有奖游券赛似无价宝;
  坐车白相务必再破钞;
  但见人山人海四面八方都来到;
  长一长见识呀,免得旁人笑;

劝君趁早些,往佛国天堂走一遭;

错过光阴懊悔了,错过光阴懊悔了!

初夏的空气夹杂着草腥味、树木味和湖水味,呈现出一种明亮活跃的气象,沿湖兜了大半圈,走上招贤寺对过的一座九曲桥。一阵荷香迎面飘来,越往前走香气越浓,俏皮细长的荷梗,从桥的木板缝隙底下探出头,茎上托着粉色或粉白的荷,走在木桥上,像是飘忽在天河中。你在大亭子内,歇了歇脚,满眼都是铺田盖地的绿,荷叶像撑开的绸伞,一阵风过,荷香扑鼻,荷和叶都摇曳起来,每一片花瓣,像是被太阳照成透明一般。想起跟喜元顶着荷叶,在雨中奔跑的情景,仿佛近在眼前,泪水不禁迷蒙了眼睛。

西湖博览会上,上蒋团队大大地出了一回风头,尽管参赛腿商众多,光杭州一地,就有万隆、正大、隆昌等实力雄厚的品牌,此外,还有胡恒昌的金华蒋腿、遂安泰源腿庄,然而,仅仅东阳上蒋一个村,由蒋坤苏等人制作的雪舫蒋腿,一举囊括六个特等奖、一个一等奖。村里,摆起长长的酒席,请来舞龙队,庆祝了三天三夜。

处暑后,便觉出秋凉,泡桐叶落了一地。姆妈,明天我回一趟施家庄,该割稻了。你跟蒋氏商量。傻囡,她好雇人的啊。求人不如求己,还是我去吧,我一割好稻就回来。你坚持道。唉,你真是一个劳碌命啊。虽然有点不太高兴,蒋氏却也不便再说什么。

落鹤山下,一片片成熟的稻子,在热浪中弯了腰,风一吹,便像金子一样翻滚起来。田里透着无边的酷热和沉寂,日头很毒,你挥舞着镰刀,汗珠子从额头滚进眼里,不一会儿,就已经浑身湿透,稻穗在手背和手臂上,划出伤痕,汗一流,皮肤又痒又痛。不到晌午,稻子已收割了大半,你直起腰,用舌头舔了舔干燥起皮的唇,拎着胸前衣服煽了会儿风,剩下那垄估摸半个时辰就可以割完了。太阳射下一束束金光,燠热的空气,使树叶全部耷拉着。你倚着一棵树,掀开饭篮罩巾,取出茶缸,喝了几口水,刚咽下两口冷饭,一双从树后伸过来的手,卡住你的脖子,没等喊出声,嘴里又被塞进一块布头,双手也被反剪绑住,一只带着土腥气的麻袋,携着风声劈头盖脸扣到你头上,你就感觉自己像一袋番薯,被人横架在肩上奔跑起来。隔着麻袋,你也能听到耳边呼呼掠过的风,以及驮着你的那个人,嘴里发出的阵阵粗重喘息,根据一连串惊慌杂乱的脚步,你判断这是两个人,你猛烈地反抗着、蹬踢着,但是你的反抗和蹬踢,却使那两人跑得更快。他们踩过收割后的高低不平的稻田,跑上一块平地,又很快跑上一段上坡路,你被从一个人的肩头,换到另一个人的肩上,长时间的挣扎使你变得虚弱,嘴里发出含混不清的嗡嗡声。

一阵沙沙声息传入耳朵,袋口的绳索被解开了,你的眼前有两张脸,一老一少,歪着头,老头看上去有五十多岁,驼背,瘌痢头油光可鉴,小男孩十三四岁模样,长着一对斗鸡眼。老头眯着眼,背着手,围着你转了好几圈,停下脚步,像是被太阳照得睁不开眼。啊哈,眼睛睁开了!小男孩惊喜地喊。啊哈,眼睛又闭上了!男孩又喊。土豆,快,去拿碗水来!一个苍老的声音下达命令,并替你拿掉嘴里的布头。男孩风一般消失,又出现了。老头把一只碗递到你嘴边,你觉得喉咙干得几乎要冒烟,一口气把碗里的水,喝了个底朝天,才总算回过神来,但双手还被绑着,唯一能做的只有眨眼睛。

这会儿你的眼睛,已大致适应屋内,屋里乱糟糟的,桌上有一堆没洗的碗,苍蝇嗡嗡飞,空气里散发着汗酸味、脏衣服的臭味和饭菜的馊味,从透进窗子的光线判断,已是傍晚时分。这是哪儿?你定了定神,望着眼前这个又矮又锉的人问,你是谁?老头穿一条裤脚肥大的灰色团团裤,脚上的布鞋算在内,大约一米六上下。小娘子,此地是巍山,在下姓吴,名庆旺……老头话音刚落,一口唾沫,落上鼻梁。呸!谁是你的小娘子!你这个强盗呸!不用照镜子,你也清楚自己眼中喷出的怒火,烫着了对方。哎呀呀,小娘子,不!不!姑娘姑娘!误会、误会了啊!是陈二狗他们把你扔到我家里的啊!这个叫吴庆旺的小老头,青蛙似的一蹦老远,立在阴影里,委屈地辩解。陈二狗是谁?他是怀鲁有名的泼皮,大号陈汇丰,他跟陈大兴两个人,跑到我家,把麻袋往地上一扔,说帮我讨了一个天仙似的老婆,我问麻袋里面是哪个?他们说是施家庄崔氏的囡,崔氏输了两百大洋,把囡给卖了,那两个货,抢走我两百大洋,就……就跑了……吴庆旺瞪着眼珠,一口气结结巴巴说出这番话,下巴上的几根胡须,滑稽地抖动着。

想到自己一个老早,赶到施家庄替崔氏割稻,却被崔氏给卖了,你不禁浑身作痛,像有成千上万把小铁锤敲打,双臂更像脱臼似的疼。你觉得我跟你般配么?你强忍疼痛,打量着眼前可怜兮兮的小老头。唉唉,我儿子都跟你差不多大,我就是替你端洗脚水都不配呢……这个叫吴庆旺的老头,挥手打了自己一记耳光,翕动着唇,仿佛你的话让他感到忧郁,为表明诚意上前替你解去了绳索。你头脑飞快地思索着,巍山你并不陌生,当地开鼎丰腿行的赵福鑫,是阿爸的朋友,每年都要从阿爸手里进火腿,小时候阿爸曾带你,坐着轿子,去过福鑫伯家,你记得大院门罩上,有一百匹青砖雕刻的马,没一匹一样的。你记起一个叫香玲的小姐妹,上月嫁在巍山,香玲出嫁时,帐子和布幔上的花,是请你绣的。我有个小姐妹叫香玲,卖给了蔑匠钱大升,你把香玲去给我叫来。你抓起桌上一把剪刀,抵住胸,语气平静地说,否则我就死在这里。使不得,使不得!我马上去叫,马上去叫!吴庆旺大惊失色,掉头出了门。过了半晌,领回一个鼻孔朝天的胖少妇。香玲一见你,吃了一惊,因为你的形象的确不敢恭维,头发凌乱,一张因愤怒而扭曲苍白的脸。香玲陪你宿了一夜,她老公正巧出门,去了磐安。香玲说,吴庆旺外号吴癞痢,老婆生阴毒死了,留下个斗鸡眼儿子。次日一早,你用商量的口吻,对吴庆旺说,我被强盗抢得来,连换洗衣裳都没,方便的话,你借我几个铜钿,我好去布店扯块布,做身衣裳。倘若有缘,我们做夫妻,倘若无缘,铜钿也会还你。吴庆旺眨巴着眼,同意了,拿出二两银子,让香玲陪你一道去布店。你和香玲来到市集,走进裕生布店,挑挑拣拣了一番,你挑了块细花布,付了钱,把包好的布交给香玲。

  我去隔壁解个手。你对香玲匆匆说道,转身跨出布店。你神情淡定,脚步急促地穿过豆浆摊、油条摊、面条摊,走到一个巷口,不顾一个银发老太惊讶的目光,迈开双腿,沿着笔笔直的弄堂奔跑起来,你踩着踏咸菜一般的步子,幅度很大地摆动着双臂,或许你担心胖而灵活的香玲,会从布店里跑出来追你。出了小弄,是一片空旷的乡场,一个晒谷子的村民,举着竹耙呆呆地望着你,你左右张望一下,一口气跑到后山脚一小坂茶园里,才收住脚步,弯腰贴住一丛圆茶篷,喘着气察看着地形。你一直记得,那个早晨你是如何逃跑的,山风很响地掀动你的衣裳和头发,麻雀从树枝惊起在你的头上盘旋,像是在为你加油鼓劲。你的脚步惊落沿途的庄稼和草丛前一夜落下的露珠,除了脚步声你什么都听不到。你有时跑上山丘,有时跑下山丘,碰到有水坑的地方,就使劲跳过去,每次大步越过的时候,觉得脚后跟那儿很痛,你一边跑一边对自己说,快,我得去给自己报个信。你头上冒着热气,脚步飞扬,经过一面湖塘,湖面有白鸟翩飞,你没空停下来观赏,一口气拐进一条岔路,这是通向赵家大院的一条近路。一座有着高高马头墙的房子很快出现在你面前。你跑上平坦的青石板路,没有留意门口那对光滑的方形浮雕石鼓,冲到一扇厚重大门前,猛烈地敲打发亮的铜环,在开门的佣人惊讶神色中,你像一个喝醉酒的人,闪身而入,没有来得及清点门罩上,那些密密麻麻的马群,那儿

143

的确有一个微型养马场。由于跑得太急,差点跟一个手执托盘的女佣,撞了一个满怀。你一脚跨进客堂,只见一个穿黑色过膝长衫的中年人,正打着算盘,茶几上,一盆金黄色的佛手,展着观音似的手指。你收住脚步,压低嗓子,冲那个打算盘的人喊了一声,顷刻间泪水像断了线的珍珠。

东阳法院距南街两百多米,原本是一个宗祠,辛亥革命后,成为法院办公地。可能是围墙的缘故,即使有太阳的日子,也显得有些暗沉。礼拜天,门庭清寂,特地来东阳调查一桩斗殴事件的方世雄,正在屋里练字,听到外面一阵喧哗,并且越来越响亮。他快步走到门口,只见一个脸上长痣的门卫,正跟两个人激烈理论。不是说过了?今朝不开庭。门卫不耐烦地说。此案今日不审,会出人命!一个穿白色长衫的瘦高个,怒气冲冲道。这个案子不能过夜!另一个穿黑衫的,看上去比穿白衫的还急。方世雄定睛一看,几乎不敢相信,眼前的瘦高个,不正是杭州见到的中年人?伯父,你怎么在这里?方世雄疾步上前。蒋坤苏一见眼前之人,不由也是一愣。唉!我女儿替养母割稻,养母却把她卖给巍山的吴癞痢,我们是为这事儿来打官司的!蒋坤苏边说边向眼前的年轻人,作揖施礼,扭头对穿黑衫的说,他救过我女儿的命。

令爱现在何处?方世雄一听,声音一低,面色顿时滞重起来。哎呀呀,她现在正在地头割稻呢!蒋坤苏抹着额头的汗,懊丧地说,我接信连夜赶到巍山,让女儿一早同来告状,她却说割稻要紧,稻子割好就来。我说你养母都把你卖了,你还有心思替她割稻?你晓得我那个痴癫女儿怎么说?她说,稻是我种的,不能烂在地里头,崔氏有罪,稻子又没罪。哎呀呀,我那个女儿啊,谁都拿她没办法!天底下,再也没比这更荒唐的事了!穿黑衣的巍山大地主赵福鑫,把头摇得像拨浪鼓补充道,一听姑娘去割稻,吴癞痢也跟去啦!

两名卫兵赶着马车,从县城出发,车轮滚滚,来到落鹤山下,在一片基本光秃秃的稻田里,发现两个移动的目标。收割后的田野,袒露着筋脉,东一撮西一撮地,堆起了一个个锥形稻草垛,你麻利地将最后一束稻草秸,捆扎完毕,你身边那个老头,衣衫也已被汗水湿得不成样子,卫兵押着两个割完稻的人,直接上了马车。方世雄端坐于大堂之上,一度觉得光阴十分漫长。当卫兵押着两个人,快步走入,他的目光立即捉住了她,眼中不由地涌起一阵明亮水汽。是她!眼前这个姑娘,还是他思念的模样,却完全是另外一副打扮,面容疲倦,满脸汗水,头发不是披在肩上,而是挽在头顶,这个简单变化使你看上去成熟了一些。一个手持镰刀的老头,卷着裤腿,一副下河摸鱼的架势,肩部以下晒得跟熟虾似的。吴庆旺,你知罪么?方世雄挺直身体,厉声喝道。长官,冤……冤枉呀!吴癞痢头上冒着热气,像是蒸笼里刚蒸出来,两腿一软,啪嗒跪地,两只鞋子上全是泥巴。是陈二狗和陈大兴干的啊,那两个泼皮,把这位姑娘,往我家一扔,抢走我两百大洋,就跑了!我真的是冤枉的啊!吴癞痢一副急于把事情讲清楚的模样。

你揉着劳累酸痛的手腕,抬头望向他,当他发现你也以全部的本能,盯着他时,心开始狂跳,只管失了神似的,用热切的目光直刺你的瞳仁,你肩膀的圆弧,宁静的目光,几乎消失在他的思念之中,他的心不禁一阵抽紧。方世雄收敛神情,拉回目光。你有没有做什么伤天害理的事?我问你,有——还是——没有?方世雄浓眉紧缩,拳头在桌上猛地一砸。没……没有啊,长官!别说我,就是连一只雄苍蝇,都没飞进过她们房间,不信的话,你可以问她和她的小姐妹,她们可以作证的!长官,我说的句句是实话,天地良心,天地良心啊!吴癞痢痛苦不堪地喊起来。

他不是坏人,还替我割了稻,真正的元凶,是我的养母崔氏。你望着他,开始神态镇静地陈述整桩事件,清晰而喑哑的嗓音,在庭上回响。当说到自己的遭遇,也娓娓道来,不像一个柔弱女子所能承受,他带着亲昵的神情,周身打量你,点头飞快记录你讲的每句话,尽量做到一字不漏。因为是礼拜天,法官和书记员全由他一人担纲,很快,二男一女被押解到,三个人都被五花大绑着,绳索从脖颈一直绕到身后,像三堆烂泥瘫在地上,六只眼睛透着惊恐。女人骨瘦如柴,披头散发,脸色青紫,浑身发抖。陈汇丰的一张脸,红彤彤的,像猴子屁股,痤疮从面颊长到了脖子。陈大兴白着一张脸,一只脚上套着一只豁嘴鞋,另一只光着。

长官!长官!崔氏欠我们两百大洋,说卖囡抵债,昨天她囡正好回来割稻,我们就把她从田间抢走,送……送到吴瘌痢家,因为我们晓得,吴瘌痢死了老婆,想再讨一个小老婆……那两百大洋被我们输、输掉了……陈汇丰和陈大兴,战战兢兢,叩头如捣蒜。方世雄的目光一掉向崔氏,崔氏就幅度很大地哆嗦起来,打战的牙齿,把嘴唇也咬破了。此时此刻,方世雄的内心,只有一个声音:谁向这位善良的姑娘扔石头,谁就不配活在这个世上。长官!我是一时糊涂啊,看在老天的分上,饶了我吧!崔氏磕着头,半边脸露着讪笑。来人!把崔氏给我拉出去毙了!方世雄的声音震得天顶嗡嗡响,他一时忘了自己的身份。地上爆发一阵鬼哭狼嚎,崔氏一个劲地用头磕着地,一直磕得嘴唇黑紫,额头鲜血淋漓。方世雄厌恶地从牙缝里,挤出这几个字,把他们带下去!三个五花大绑的人,被架走了。长官!长官!您真是青天大老爷!九州十八府,数您最英明!吴瘌痢蜡黄的脸上,现出两团红晕,一迭连声说着恭维话。铜钿还你,回去好好讨个老婆吧。蒋坤苏摸出两百大洋,以及二两买布银子,还给了吴瘌痢,吴瘌痢手捧银两,躬差一点鞠到地上。两年后,崔氏从牢监释放,家里早已被小偷偷了个精光,不到半年,崔氏就死了。当你从父母嘴里听到崔氏的死讯,还为崔氏流了很多泪。

8

在你那些浩如烟海的往事里,我十分希望听到一些,关于你的爱情故事,因为在一部几十万字的长篇里,若是没有爱情,无论对作者还是读者来说,都是一件极其枯燥且不人道的事儿。外婆,书记官是怎么一回事?说说你们是怎么认识的吧!我央求。你沉默着,在摇椅里前仰后合,笑而不答。他帅么?我问。嗯……他的眼睛很亮,瞳仁里带一点儿深黑色,穿一身军服,下巴刮得光光的,哎,这个货,六十多年过去了,一想起来,我的心跳还是会加快……你漫不经心地絮叨着。不要停下来,不要停!我掏出 SAYO 采访机,搁在你面前,按下录音键,你却自顾自在摇椅里前仰后合,再次不为所动。在我的死缠烂打下,才终于对我松了口。那年六月,阿爸带我到杭州开博览会,我们上蒋的火腿,获了七个奖,我阿爸的奖品我见到过,是一只巴掌大的纯金打制的小火腿。我同那个人,是在西湖上遇到的,他是奉化人,一个军人,这个神经病老是盯着我看,嗯,看得我都生气了,心跳得不行,没办法,我只好把面孔一板,总算把他吓跑。第二天晚上,西湖上放焰火,我跑出去看,人太多,一个不当心,被挤落进西湖里,又是那个人救了我,唉,可能这就是缘分吧,躲也躲不掉的哦。后来,我回施家庄割稻,养母派人把我从地头抢走,卖给巍山一个老头,我阿爸去告官,又遇上那个人,嗨,真是见鬼了!为我这个案子,他又当法官又当书记官,替我主持了公道。后来他来上蒋提亲,还带了聘礼,那是一台自鸣钟,南京造的,他说,表示一见钟情,还说这个牌子的钟,跟雪舫蒋腿一样有名,1915年在巴拿马国际博览会上获过奖。哎呀,可是我阿爸姆妈,没有同意,因为已把我许配给了你外公,他们回赠给了那位功臣,一只我亲手制作的火腿,唉,我们那时的婚姻,都是爷娘做主的呀!你叹着气。你爱他么?我问。嗨,我们那个时候,怎么说得出"爱"这个字呢?哪里像现在电视上的人,动不动就说我爱你你爱我的?不过呢,我知道他喜欢我,直到今天我都感觉得到,嗯,一个人喜不喜欢你,另一个人是能感觉得到,而且会一辈子记着的。那你们当初为啥不私奔?我反问。唉,谁说不是呢,原本约好是要一道走的,可他一直没有来,咳咳……你神情黯淡地说到这里,以一阵咳嗽结束了这段并不愉快的回忆。

东白山被柔和的天幕,切割出生硬的线条,天上飘着橘红色的云,几缕草木灰烧剩的烟,像是给初降的暮色,抹上更深的一笔。当一轮圆月,像一位娴静女子的明眸在半空升起,你脚步匆促地穿过灌木丛,来到长满芦苇的野渡边。整个下午,你都在空寂的房间里走动,像一阵恍惚而疲惫的风,当你对着镜子呆呆打量,大姐把一个打好的包裹递给你。溪滩上传来鸟儿沉闷的鸣叫,桂花的香气像是被湍急的溪水浮泛,包围了过来,你觉得自己的一颗心,像夏日蜻蜓的翅膀一般颤动不已。

你走到那块跟他坐过的溪石边,想起第一次见到他的情景,那座荷香簇拥的木桥上,他望着你,嘴角上扬,白色的棉质衬衫使你不得不眯起眼睛,在此之前,你们像天空中的两颗星,从不认识。你想,倘若仅仅是桥上的邂逅,或许并不会乱了心绪,当你在工业馆人群缝隙里,再度遇上他的目光,捏着绣针的指尖不由颤抖了一下,他的肩很宽,胳膊那儿的肌肉有着优美弧线,在喧闹的人声中像一块礁石。要是他向前再移动半步,我就瞪他,你当时就是这么想来着,他却像是听到召唤,不管不顾地穿过展厅朝你大踏步走来。你记得焰火之夜,被欢乐的人群不慎挤落入湖,他的呼喊声,他托住你时,掌心硬硬的茧子绝望中带给你的震动:别怕,有我!你终于有些明白,你们的相遇就像鱼儿和水一样自然而然。当你在法庭上再度见到他,发现他正以同样惊喜和热切的目光注视你,庭审结束,他快步走到你面前,眼里的湖水几乎将你整个儿吞没。你记得他来上蒋那次,无论你什么时候抬眼望他,他都在看你,忘不了被阿爸姆妈婉拒后,他脸上难以掩饰的失落和悲伤。你记得那场大雨,他穿着宽大的军雨衣,浑身湿透地跟大姐在门口说话,尽管你听不清他们在说什么,又仿佛什么都听清了。那个桂香迷离的夜晚,他身上某种说不出的男人味,一下子缓释了你体内的紧张。你慢慢回想着,止不住周身的血液朝心里涌来。长久以来,你的内心有一种与生俱来的悲观,他的热烈追求反而加深你内心的黯淡,然而就在那一刻,你发觉自己其实早已爱上他。许多个夜晚,你趴在自鸣钟前聆听那台钟走动的声音,每一声滴答仿佛都是他的呼唤。当你捧着大姐转交给的信,一股不可抗拒的力量驱使你如约而来,在你的人生信念中,你是断不能辜负一个倾心爱着自己的人的。

暮霭从山脚涌起,浮在半空的萤火虫,如同心头闪烁的热望。树林被暮色淹没,溪水闪着青铜色的光,远处的渔火,分不清是在天上,还是水里。从月亮升起,到月上中天,灌木丛里的每一种声息,都像他的脚步踏在你的神经上。你瞪大双眼,望着渐渐暗下去的溪水,丝毫感受不到露水侵袭衣袂。等待是多么的漫长而揪心,此刻,他豪迈的步伐,挺拔的身材,比以往任何时候,都让你有一种更为迫切的思念。他一定会来的,月上中天的时候,他就会来的。就算月上中天的时候,没有来,待他处理好手头的事,他就会匆匆赶来的。你凝神屏气地倾听着,像是听到他的马蹄声,你朝着声音奔去,又被自己顿然的醒悟牵绊脚步。此时,你浑身血液沸腾地想要见到他,并且深信终究能够见到他。你在孤寂中度过的每一秒,都盛满期待,他很快就会出现,像一阵最迅猛的风将你裹挟入怀。

月亮像一只慈悲的眼,凝望大地,微弱的水色飘成一道看不见的灰烬。夜色像一块深色披肩,盖住你的肩。你不由地想起,出门前大姐问你的话:有的爱,是爱一阵子,有的爱,是爱一辈子,你确定他是哪一种?几声微弱犬吠湮没于夜色,东白山已整个儿看不见了。两行泪水毫无先兆地从你眼里滑落,让冰冷的脸颊,有了些许温暖接触。那个你刚刚开始爱上的男人,他嘴角的微笑,美好的风度,神采奕奕的眼睛,此刻都开始伤害到你,包括送入呼吸的桂香。世上最大的冒险,就是爱上或相信一个人。爱上了,就卑微。相信了,就失望。那个闯入你生命中的男人,像一辆脱轨的火车重返轨道。你拼命想放弃这些模糊而强烈的念头,但是这些试图执意减去的部分,像一股激流加速返回深心,你像一枚被溪水冲刷的浮萍,在困顿中打转。

恍惚中,你梦见抵达一个仙境。时近日暮,太阳在天边成为一轮橙色的圆,倒映在河水里,河水呈现玫瑰色。空气里,弥漫草木的气息,一双温暖的手牵起你,你不由自主地跟着他奔跑起来。风在后面猛烈推着你们,像是在为你们传送阵阵幸福的能量,你们跑过冰封的河流,寂静的山丘,来到一片青青原野。这里湖面一片澄清,空气充满宁静,斑斓鲜花开遍大地,柳枝在绽芽,桃花在吐蕊,山坡长满月桂,溪畔开遍水仙,古老的藤蔓你缠着我,我缠着你,难以分清彼此。你们气喘吁吁,收住脚步,看到一座庙,四周长满大树,每棵树都是五颜六色的,你细细打量,发现树身、树枝和树叶上,泊满密密麻麻、各式各样的蝴蝶,那些蝴蝶的翅膀,比天空还蓝,比火焰还红,比金子还亮,比世界上最珍贵的宝石,还要璀璨夺目。一阵风拂过,整个山谷里的彩蝶,都煽动起了翅膀,像一条条彩色河流,又像一朵朵缤纷的彩云。千万只蝴蝶煽动着轻盈的翅膀,脱离了树枝,在天地间翩翩飞舞,大的如喜鹊,小的如蜻蜓,遮住了天,挡住了地,掩去了山峦与河流,草木和湖泊。你们双双仰面躺在一片芳草地上,看着一大片蝴蝶织成的色彩斑斓的彩云,你觉得自己也好像其中一只,脱离红尘,飞向空中,即将化作彩云逐梦去。天色突然暗下来,吹起一阵强风,他不见了,只剩你孤零零一个。你害怕极了,大声呼喊,以为他躲在某个树的后面。那些由蝴蝶编织而成的彩云,瞬息被风吹散,山谷中所有的树木都变成光秃秃的。天空下起了灰白色的雪,仿佛世间饱胀的悲哀,被挤破了,面粉口袋一样朝着大地,抖出大量太息似的白,在空中弥漫,笼罩大地上所有呼吸着的一切,阔大冰冷的世界里,只剩一些探向天空的光秃秃的树枝,这些静止的黑色的树枝,比任何时候都要真实。

第三部

咏叹

1

倘若大家以为热烈的蝉鸣和洒水车的问候,会让海狮作出爽快回应提前开门,不免过于天真。海狮的确是等到九点开的门,他立在大门边,像一名宾馆大堂经理,却没有面带职业性微笑,或是做一个欢迎手势,既没有说:请进。也没有说:仪式现在开始。只是一声不吭地,抬手推了一下门,门,就无声打开了,轻快得几乎令人失望。一股冷气从室内涌出,贴着地面飘向外边,很快被地气吸得一干二净。两台立式小天鹅空调机,像严重的哮喘病人发出持续喘息,潜伏在天花板上的排风扇发出嗡嗡声。海狮身手敏捷地按下一个音键,扭头冲着舅舅所在的方向,打了个响指,仿佛一名资深的春晚总导演。没有人来得及对你的一生作总结性发言,音乐响起,不是《宝玉哭灵》,也不是《十八相送》,一列患有严重抑郁症的国产闷罐车出发了,海狮为它拉响了汽笛。

舅舅迈开脚步,他似乎被谁绊了一跤,荷花篮不失时机地,啄了一口他的裤脚管,他弯起食指,从额头上甩下一串汗珠,重新摆好了出发的姿势,像个不谙水性的弄潮儿,朝你游来,到达太空舱前,双脚并拢,身体缓缓地,以垂直角度朝向地面,伸出一只手掌,用力摸了下自己的脸,匆匆而过。接着,传来一阵孤山的空谷传声,金黄色的梧

155

桐叶纷纷而落，舅妈压根儿不想掩饰自己的感情，还没等到鞠躬，就从喉咙口发出一声呜咽，此时此刻，的确需要一个专业带头人。人群像一阵暗潮，涌上台阶，朝入口处涌动，队伍中间的每个生物，都变化了位置，后面的人，盯着前面那人的后脑勺，一个接一个，像一群热带鱼，穿过冷暖交汇的海洋临界点，海洋生物们以顺时针方向，环绕水晶宫涌动着、循环着，因气流或水温之故，游速有所节制，除了鱼类，还包括每年十月下旬，飞到西湖过冬的鸳鸯、野鸭和绿头鸭。游过来一群小鱼，瞪着好奇的亮眼睛，口水染深了胸前衣服，憨态可掬地，凑向水晶宫，试图唤醒里面的沉睡之人。

　　身世坎坷的闷罐车，在叹息中前进、前进中叹息，愈是前进愈是叹息，总归没有停下来的意思，或者说，是漫长单调的铁轨不允许它那么干。这个倒霉的铁疙瘩，一门心思地沉思着、忏悔着，所到之处无不令人扼腕：被天外飞石猛烈撞击的冻土层，剧烈耸动皲裂成云片糕的地壳，胡杨林骸骨遍野的荒漠，食人鲨出没的海洋，泥石流泛滥的峡谷，阴霾弥漫、地下水污染严重的城市，地铁施工现场发生的坍塌事故，总而言之，这个倒霉的铁疙瘩，传递出国际年度最佳图片奖获奖作品一心追求的意境：强烈的明暗对比、灾难的现场、生死之际的温情。所有的人几乎心碎，内心的沧桑不请自来。一声早春旷野深沉的牛哞，呼应着孤山上空的回声，舅妈的声音很快被另一个声音覆盖，那个声音便是从村妇女主任许半仙的嗓子眼儿里发出的，许半仙凭借自己独特的嗓音条件，将气氛再次提升，连续发出一连串揪人肺腑的颤音，这门功夫对她来说小菜一碟。蒋老师在离你四五米远的地方，怕冷似的搓着手，这位跟你共用一个爷爷的人，挺着上身，像一把九十度弯曲的折尺，朝你鞠了一躬，以你为圆心，准确地绕了个圆弧。紧跟着亮相的是有初伯，他敲着拐棍与你擦身而过，很快又被同村人、许半仙的老公喜福给带了回来，在你面前重新站好，一手支着拐棍,一手将草帽按在胸口,对你进行一番估计、揣摩和沉思后,就从容不迫走了过去。脖子挂毛巾的喜福,迟疑地望望你,再望望相框,当他确定二者为同一人,才双手合十,一边挠着后脑勺一边走开,看得出他那个地方,被香娟奶奶喉咙里放飞的黄蜂蛰得不轻。香娟奶奶扶着墙,吃力地朝你挪过来,她逮住了你,把自己那张爱抱怨的脸对准你,开始喃喃自语,我比你还大两个月呢,你捉急什么呢?这下子我找哪个丢铜板呀?大概因为悲伤过度,这位月里嫦娥对自己的容貌不再过分矜持,咧开嘴,露出口腔内尚存的三颗智齿,伸展手臂,像拍打廿四间台门一样,拍打了几下太空舱。

　　人群转弯抹角地挪动着,有的哑然失声,有的静默无语,队伍自动回到入口,酝酿新一轮的暗潮。空调制造出的冷气,很快被人群稀释,大厅像渐渐烧热的砖窑,二氧化碳严重超标,PM2.5 指数起码在300以上。坏脾气的火车一意孤行地行进着,越过命中注定的风暴,无可避免的困境,它始终被命运主宰着,追逐光明又被黑暗笼罩,向往温暖又被寒冷封杀,仿佛恋爱一生的独身主义者。不难听出这个倒霉的铁疙瘩,也曾遇到鸟语花香,莺歌燕舞,并且几度风雨,邂逅多道飞流直下的瀑布,那些瀑布水急、量大,每道至少在三叠或四叠以上,纵身跃下,深陷于一潭无声无息的墨绿。有时遭遇一头卧轨的藏羚羊,不得不采取了紧急刹车,强烈制动产生的巨大惯速和气流,挟带着乘客狂乱颠簸,几乎一头扎进地壳深处,全凭足智多谋的驾驶员化险为夷。这个倒霉的铁疙瘩,最后汇成一条泛滥的东阳江或一团火什么的,制造出一种强烈的悲怆与迟暮感,好像什么都没指望了。是我们的悲痛感动了老天爷?还是你从太空舱内坐了起来?不等我们这支队伍多转上几圈,火车戛然而止,像一个信口开河说到兴头上的人,冷不丁被掐住脖子。四周顿时安静下来,人们无声而紧张地互相打量着,有的待在原处,有的识相地走到一边,稀稀拉拉的呜咽还在持续。我看到海狮对着一扇边门,抬起手掌,他让自己侧着的手掌,像一片没有着落的树叶那样飘了几下,两个戴白手套穿蓝色风衣的人,从门内跑了出来,匆匆步伐带动长长的衣摆朝后扬起,他们一个麻利地挪开花篮,一个敏捷地支起梯子,一个将相框刚交给舅舅,另一个已经打开了太空舱。

停顿的呜咽再次响起,海底的鱼族和西湖的飞禽,朝着水晶宫汹涌而来,弄出来的声音,比八月十五的钱江潮还大。穿蓝色风衣的人,一首一尾,用脚熟练地打开床下固定的金属轮,原地把铁架床倒了个转向,舅舅朝你俯下身,把一只手放在你的额头,似乎打算替你测试一下体温。妈妈捂着嘴,像是担心把你吵醒,爸爸用胳膊揽着妈妈的肩膀。铁架床突破人群,朝着边门无声地滑去,我垂下胳膊,抓住相机,闪身插到矮脚的背后,一边跑一边攥住向前滑行的栏杆,我没有留意指关节那儿是否攥得发白,也没有留意膝盖跟铁架床发生的剧烈碰撞。你躺在那儿,仍是一副胸有成竹的老样子,对于室内的泪水、呜咽和嘈杂,对于室外的阳光、蝉鸣和炙热,一副不闻不问的老样子,对于各种推搡和凌乱,各种手忙和脚乱,对于一阵不知从哪儿吹来的冷飕飕的风,仍旧不闻不问。我一溜小跑着,拽着迅速撤退的冰冷的床栏杆,把自己湿漉漉的脸贴向你。哦,你快点儿醒来吧,要是你现在醒得来,一切没准还来得及。我杂乱不堪的脚步,剧烈撞击着铁架床,使你产生一阵阵的哆嗦。我触到了你的脸,你的脸冰凉而柔软。有人在我耳边低声劝告,有人在拍我的肩膀,有人开始掰我的手指,哦,你快点儿醒来吧,否则我们真的再也见不着了。你知道么?这是你第一次躺着跟我告别呢,从前无论我们在哪儿告别,暮色时分的村口、尘土弥漫的站台、秋虫唧唧的田埂,你总是像一支藏青色的铅笔,立在那儿,朝我频频挥手。哦,你快点儿醒来吧,这是我们最后一次分手了,要知道你向来是个懂礼数的人。铁架床被推进,门迅速合拢,像一个关上的盒子,一个压抑的声音从我的喉咙里飞出,你在离我而去的瞬间,用一绺飘拂的灰发,匆匆亲吻了一下我的手指。

2

曾经的世界在我的眼里,像一只蒙着滤片的镜头,泛着斑驳影调,又像是河底的石子,无论时间如何流逝,终有一天水落石出。此刻,在蝉鸣和热浪之中,回忆并描绘出那个麦浪滚滚的秋天,并非易事。时至今日,你的形象依然保留在我脑海里,你站在廿四间那堵烟白色墙壁前,穿着修补过的蓝色浅口松紧鞋,脚旁开着几簇鸡冠花,戴一顶上尖下圆的笠帽,斜背的巾包袋的末端,系一条打着活结的条纹毛巾。很有必要介绍一下横在你面前的担子,看上去活像一副鸡毛换糖人的好行头:两头系着尼龙网兜,一床裹着塑料薄膜的红色绸缎面被子,被子里还夹着一只绣着鸳鸯的枕头,它们被一根麻绳捆扎妥当。斜刺出网兜的还有几卷长方形卫生纸、一只画着小熊的铁壳饼干盒,里面盛着香糕、五香瓜子、话梅糖、果丹皮和橘子粉。另一个网兜底部,坐着一只橘红色塑料脸盆,盆里坐着一只纸板箱和一只瓶身微微发热的军用水壶,纸板箱里的东西五花八门,一只棉绳收口的灰米袋、一只装着鸡蛋铺着米糠的小饭篮、一瓶褐色的蜂花洗发精、一瓶淡黄色的蜂花护发素、一块船牌檀香皂、一只绿瓶铁皮盖的雅霜。正中间,坐着一只白色搪瓷茶缸,杯盖和杯身被两根粗大的皮筋,五花大绑固定,里面装着霉干菜蒸肉,杯子底部是红漆标示的字母:XX。这是我名字的拼音缩写,由于被反复蒸煮,字母有一点掉漆,杯底有些暗黄。

你挺着脊柱,眼睛发亮地等了我好一会儿,不时抬头望望天,像一只对天气充满担心的麻雀。此前,我刚刚咽下一碗索面、一对埋伏在碗底的光着身子的鸡蛋,外公抖开汽车时刻表,眼珠子惊惶地从老花镜上方望过来,说手里的汽车时刻表过期了,夏时制从九月中旬第一个星期日已经结束,换句话说,通往学校的那辆风尘仆仆的公交车,已在一个小时前从县城呼啸而来,在我们村的站牌前来了个急刹车,肚子里掉出几颗土豆,放了一个屁,丝毫没有体谅一名外地求学者的心情,就像一个黑风怪朝东南方逃命而去。可恶的夏时制,耽误了一名外地插班生按时赴校报到,我狠狠踢了一脚网兜,摔上门,跳水似的扑到床上生闷气,我上学坐哪趟车历来由外公操心。我听到你进屋,立在床边,你那副样子让我愈加心烦,我把头埋进被子。听到一阵洋锹和锄头的碰撞声,翻身一看,你正捏着抹布擦拭一根两头翘起的扁担,用一种讨好的口吻说,阿婆送你去学校吧。我可不想走路去学校,要知道从上宅到学校,有十里路呢,我讨厌乡村公路,这可不是在西湖边溜达,不但丝毫没诗意可寻,山风还会把我暑假里好不容易在杭州养白一点的皮肤,重新变黑,可恶的灰尘更会败坏人的心情,任何一辆呼啸而过的车辆,都会把我洗得干干净净的头发和衣服弄得面目全非,瞬间成为一个风尘女子,可是你顺手递给我一个草帽,转身出了门。

你挑着担,我空着手,你戴着笠帽,我戴着草帽,我们告别外公,穿过集市一溜儿排开的店铺,穿过通向车站的剃头店、箬帽店、行灯店、卫生院、粮管所和一个制作手推车的车行,你把我引向公路边一条松软的田间路,当年跟外公吵架离家出走,我们走的也是这条路。尽管夏令时已过,风吹在身上依然热乎乎的,田野里泛起厚重的土腥味和草木味,水塘里的蚊蝇发出嗡嗡声,阳光辣得温柔,白云像静止的大白兔。我们一会儿穿过一大片飘着流苏状花穗的玉米地,一会儿穿过一大片翠绿的甘蔗地,偶尔经过几座刷着白灰的坟包,那些坟包有的像太师椅,有的像屋檐。一路上我们的影子,有时连在一起,有时分开,过了一会儿又连在一起。我挥着一根树枝,抽打探向田埂的豆荚,让它们爆出灰白色豆子,或者抬起鞋尖把挡道的松果踢飞,当我发现快跟不上你时,就紧跑几步。你肩上的扁担,一路神气活现地吱吱作响,两条麻秆腿迈得挺稳,看得出挑担子你是一把好手,直到今天,我依然听得到松脆的泥巴,在你鞋子旁边碰来碰去的声音,你不时回头望望我,像是爱上了自己的影子。有几次,我甩掉树枝,跑到你面前,试图夺下扁担,你并没有停下脚步,嘟起嘴,芦柴棒似的手臂蛮横而笔直地,从胸前伸出、竖起,叉开五指,示意我靠边儿站。我记得,在经过一片插着稻草人的稻田时,总算从你的肩头拽下扁担,我提起一口真气走起来,很快就走得像一个喝醉酒的人。你的笑声从背后追上来,我提着气又走了差不多十几步,扁担几乎勒进我的肉里,把我的肩胛骨磕得生疼,我摇晃着把担子撂下。你解下巾包袋上的毛巾,笑着为我擦汗,我懊丧地跟在你身后,揪着沟渠边的狗尾巴草,将泥块随时踢进沟渠。

空气变得滋润,充满了江水味,我们来到东阳江边,江面停着蚊虫似的竹排,岸边的卵石和细沙闪闪发光。秋天的风,像一只粗糙而温暖的手,摩挲着大地上的万物,又像一只万花筒,在水面变幻出各种色彩。调皮的江风一直跟你做着怪,把那顶用棕丝、油纸和箬叶编织的笠帽,吹得像要破掉一般,两只吊起的裤脚管,紧贴着你没什么肉的臀部和大腿,仿佛猎猎作响的战旗。风灌入你的衣领,使你走路的样子显得迟疑不决,你抓着扁担,像是跟风进行着搏斗,网兜两头的东西发出凌乱的叮当声,你低着头,像一只逆风而上的蓝鸟,尽管我们这里并无这种鸟类品种。一粒沙子借着肆无忌惮的风,钻进我的眼睛,我停下脚步,紧闭双眼。你回到我身边,把自己那张皮包骨头的脸对着我,眯缝着眼,用两根长着老茧却出奇柔软的手指,小心

161

地扒开我战栗的眼皮,撅起嘴,鼓着鼻翼,从你那两片被江风吹得几乎干裂的唇间,小心地吹送出一阵均匀气息,帮我赶走眼里的沙子。我们在凉亭歇了一会脚。你的模样儿真令人担心,撑着腿,盯着地,像是要把那儿瞧出一个窟窿来,脊背像一扇抖动的门板,衣领完全被汗水濡湿,你把手伸进衣衫,却怎么也取不下那枚别在内衣口袋上的粗大别针,你用疲于奔命的眼神望着我,我替你掏出喷雾器,拔去瓶盖。你张嘴闭眼,摁了一下,第一次没摁出,又连摁两下,一股刺鼻的气息窜入嘴巴,你立即闭住嘴,脸上显出一种难以言喻的复杂模样。

学校门口,拉着迎接新生的横幅,校园里,铺着被风刮下来的树叶,过了一个暑假,操场边的狗尾巴草和蒿草,已长得很高,几个学生正拔着草,一些用过晚餐的学生,在操场和池塘边散步,陆续有几个人,挑着扁担兔子一样窜进校门。假如我们在那段通往寝室的灰白色水泥路上,没有遇见蒋老师,假如你跟蒋老师从来没什么交情,那么我这里就毫无涉笔之必要。远远地你就用放大了好几倍的声音,热情招呼你的老亲戚,蒋老师用吃惊的目光望着你,弯下腰,把手中的热水瓶搁在路边上,手臂伸成两条平行直线,直挺挺地朝你疾步走过来,你们在一棵叶子变黄的榆树下汇合,他协助你放下担子,你们握住对方的手,反复地互相问候,身体前倾,构成一个不等边三角形,又像两棵下面各自生长、到了上面连成一块儿的合欢树。你终于松开手,像记起什么似的,解开网兜,亮出装着鸡蛋的小饭篮。没有必要啊,老姐姐。蒋老师连连摇头。但是他这话你根本不爱听,你一向知道人家对你的蛋是怎么评价的。你摊开巴掌,摸了摸圆滚滚的鸡蛋,把小饭篮递给蒋老师:别大惊小怪的,时晖。

女生宿舍里,充斥着风油精、肥皂、洗衣粉和常年累积的古怪气味,我没能劝阻你操起扫帚,把寝室包括门后死角,全部打扫了一遍,也没能劝阻你握着抹布,踩着踏脚栏杆,抖抖索索爬到上铺,把床板和席子擦拭干净,为我铺好床,并且拍软了枕头。下楼时,我们再次遇到蒋老师,于是再一次深刻的告别,再一次紧紧握住对方的手,然后一问一答。老姐姐,今朝还回上宅么?不回啦,去泗庭坊阿姐家宿一夜。夜饭吃了再去吧。不吃啦,去阿姐家吃呢。你们就我的伙食问题聊了一会,又就我在学校的表现作了现场问答。塌鼻要是读书不当心,你打她一顿都没关系的。说这句话时,你特意伸出巴掌朝空中比划了一下。你要多多保重啊,我的老姐姐。你也要多保重啊,我的好弟弟。我记不清你们站在那儿说了多久,从口袋里掏出一截粉笔头,画着白球鞋的鞋尖。终于,你们的双手再次握在一起,彼此放开,各自挥起一只手,你朝我挥了挥,转身朝后门走去。我记得蒋老师用他那特有的、探询数学奥秘的目光盯住我,口气严厉地说,还不快去送送?我拔脚追向学校后门,在一块已经收割了的芥菜地旁追上你。已是白露,空气里有了寒意,我们在田埂上走了一段,然后相互告别,但是似乎都在依靠眼睛,向对方寻求离开的支持。你终于迈开腿,走了好几步,我也开始往回走,为了让你放心,我头也不回地一直走到校门口。当我的目光再次捕捉到你,看到你依然立在原地,在深秋暮色四涌的田埂上,朝我挥着通关手,像一盏微弱而颤抖的灯,又像一滴苍墨融入天际。

　　一到礼拜四,你就开始忙碌,打扫屋子、晒被褥、把七个圆口玻璃瓶装满好吃的。你用铁皮水桶,打上井水,盛入一只暗红色半人高的腰子形木桶,把木桶提前浸泡。一到礼拜五,你就像一名临战的士兵,坚守在灶头,煮茶叶蛋芋艿番薯六谷棒,烧洗澡水是你的必修课。若是冬天,光靠泥风炉烧水不够,得动用柴灶,你爬上咯吱作响的楼梯,在布满蛛网的旮旯里长久地发出窸窣声,用一根拴着木钩的绳子,从阁楼自动地、缓缓地垂下一捆稻草,下楼,把稻草从钩子上解开,抱到灶旁。你坐在蒲垫上,时而抽出一些稻草,顺手一扭,把打好的稻草结,塞进发烫的炉膛,用铁铲一直捅到锅灶下,时而拿起一根粗大的空心毛竹,鼓着腮帮子,对着火苗吹上一阵,浓烟使你咳起来,不知是烟火味使你咳嗽加剧,还是你的咳嗽煽旺了火苗,总之它们互相依存相持不下。

我顶着湿漉漉的头发,吹着口哨,用脚关上门,屋中央,挂着一顶淡蓝色锥子形的塑料浴罩,它的顶点是房梁上一个木钩。一只四十瓦的赤膊罗口灯泡,在一根灰布条的牵引下,开在我的床头。有必要介绍一下我的床,它由一对靠墙摆放的铜钿橱组成,这种铜钿橱也叫床橱,平时贮藏棉被或粮食,翻盖盖拢,就像桌面,两张一拼,正好当床。这张床经常让我怪梦连连,翻开被褥就可以发现,这两只铜钿橱遭过罪,四十年前,它的铜锁眼被日本鬼子用枪托砸掉了,代之以两根打结的土布条,即便隔着厚厚的垫被,我也会比豌豆公主还要敏感地,觉察到那两根土布条的存在。我的床上埋伏着七个小矮人,沿墙根排成一溜,不多不少,一共七个,这些肚皮扁圆的玻璃瓶,原本装糖水菠萝、糖水琵琶、糖水黄桃,如今旧瓶装新酒,盛着冰糖、饼干、地瓜干、麻酥糖、葱管糖等各种零食。这七个小矮人,像忠实的士兵日夜守护着我,只要躺在床上,无论何时,我都能摸到它们,脚丫子轻轻一勾,就可以熟门熟路地,把某只瓶子勾进被窝,并将它一路顶到被窝口,打开盖得很紧的铁皮小盖,闭着眼,津津有味地吃起来。想勾哪种口味的玻璃瓶,全凭个人当时心境。

吃饱喝足后的大部分时间,我都像僵尸一样躺在我的床上,千万千万不要一提起床或被窝,就产生什么不洁联想,要知道被窝也是言情明志的好地方。我在被窝里写过作文,记过周记,创作过诗歌,吃过玉米棒、芋艿、糖氽蛋。我的处女作就是在寒冷的冬天早晨,在被窝里创作出来的,那是一首讴歌对越自卫反击战中牺牲的小战士的诗,题目叫《永别了,战争》,这首一百多行的诗,使我在学校一炮走红,并刊登在县文联的一张小报上。门响了一下,你低眉顺眼地走进来,掀开浴罩轻飘飘的一角,一把发亮的铜勺伸进烟雾缭绕的提桶,往浴桶里加了些热水,把手探入试了试,水蒸气让你眯起了眼。你垂着眼皮,提醒我把门反锁好。在我紧闭门窗洗土耳其浴之前,外公早已自动出门溜达,你坐在门口替我放风,不是捏着一把带柄鞋刷,蘸着肥皂水打理我的白球鞋,就是蹲在地上,用溪里弄来的细沙,掺上明矾粉,十分用功地收拾着一根猪大肠,霉干菜蒸大肠是我的最爱。

我褪下滑雪衫、羊毛衫、棉毛衣裤,扔在床上,无衣一身轻地走到那面,左上角有一道裂纹的全身镜前。这面镜子尽管历经抗日战争、解放战争、"土改"和"文革",任何人只要往它跟前一站,从头到脚,依然发现自己自上而下,完好无损。镜子里,映出一个桀骜不驯的女孩儿,四肢匀称,曲线流畅,有着富有弹性的、浑身上下很难找到瑕疵的小麦色皮肤,严格地说,颜色介于刚灌浆的玉米和促进睡眠的天然槐花蜜之间。一头有点儿潮的、茂盛得几乎显得呆板的长直黑发,这点既来自外公的遗传,也因我妈妈怀我时,在诸暨吃了不少香榧之故——它们披散在圆润肩胛上,遮住一个逐渐发育成熟的胸脯。一对黑白分明、开合灵活的眼睛,瞳孔比一般人大一点。两道天然迷人的、像是被好心情的画师用碳笔精心描绘的眉毛,无比忠诚地守护着我的双眼皮,准确地说何止双眼皮?上眼睑皮肤所集结的优美浅沟,至少有五层,称得上五加皮,这一优点毫无疑问来自我的父系遗传。一个翘起的、侧面看上去略显滑稽的鼻子,这一点尚未找到家族相关成员,尚待考证。轮廓分明的嘴唇,人中清晰,且下唇比上唇略厚,据说有这种嘴唇的人,不但心存孝道,而且未来成就颇高,更是生育优良后代的上上相。总体而言,这面镜子还没有老糊涂,较为客观地反映出一位冷静灵敏、交织着 AB 型人自相矛盾谦虚劲的女孩儿的全貌。我对着镜子,摆了一个严肃的表情,又摆了一个轻松的表情,掀起浴罩,朝热乎乎的浴桶,探入脚。我戴着浴帽,坐在澡盆里,从四面八方包围我的,是暖烘烘的、有点儿烫皮肤的水。此刻,宇宙安详静谧,时间尚未开启,盘古未开天地,女娲还没造人,大地将醒未醒,冷漠的世界被挡在外面。我浸泡在温暖的水里,头顶淡蓝色的浴罩,面色红润,心情舒畅,朦朦胧胧地,感觉到一种睡眠般的惬意,仿佛一个胎儿重返母腹。没错,一名高考生有权享受片刻放松,至少此时,她可躲进澡盆成一统,管他春夏与秋冬。

  腌笃鲜的气息飘入窗棂,使得我的整个沐浴过程,笼罩一层油脂的芬芳。灶旁那只忠实的泥风炉,是多么忙碌呀,烧好洗澡水,立即坐上一口小砂锅,每隔一个月,砂锅里就卧着一只黄澄澄的草鸡,飘着油汪汪的老姜、肉骨头,这道菜我们这儿叫百步香。霉干菜蒸肉,是你每周的拿手戏,九头芥是外公种的,洗净后,晾在圆篾匾上,晒干切碎,腌在坛子里,吃时,洗一洗,加上五花肉,用猪油旺炒,盛入搪瓷杯,隔水蒸得乌黑发亮。芝麻核桃肉,是你为我特制的补脑益智圣品,你攥着锤子,把砧板上的核桃,一颗颗砸开,把肉装入斗箕,戴上老花镜,捏着鞋锥,把卡在壳里的肉,剔出,再将它们全部弄到砧板上,用刀背碾碎,用擀面杖磨成细小颗粒,放进锅里炒一会儿,弄得满屋子香喷喷的,再将黑芝麻炒熟、碾碎,加入混合,冷却后用白糖混合,盛入圆口玻璃瓶,把铁皮盖子旋紧,叮嘱我每天早晚空腹食用。一回到廿四间,我的嘴巴就忙个不停:豆腐包、六谷饼、油煎果、麻花、藕圆子、山粉羹、粽子、麦角,你可谓戏法变足,被你伺候真是一件惬意事儿,你总是什么都为对方考虑到了,并且从不知足,也不抱怨,仿佛天经地义。塌鼻,这次做的鸡蛋饼咸淡如何?对自己的工作,你总是摆出一副毫不满足、不依不饶的态度。还想吃点儿什么?塌鼻,你再好好想一想。你鼻尖冒汗表情柔和地问。今天的油煎果,同前一次比,样子的确难看了一点。你面带歉疚地说。凭良心说,你真是个活到老学到老的人。

此刻,在夏日骄阳照耀之处,往事如同一堆被打碎的瓷器,当我努力捕捉那些细节,它们就像星星和露珠一样难以修复或串联,只剩一些毫无用处的残缺影像,杂草一样充斥着荒凉记忆。我得描述一下我的母校,在大地上堆出一个二十多年前的乡村小镇,那里有白墙黑瓦的老屋,曲里拐弯的巷陌和裸露着红砖、造了一半的水泥楼。穿过汽车站对面那条工字形卵石路,经过一个绿漆斑驳的绿邮筒,沿着操场的煤渣路前行,一幢三层教学楼便映入了眼帘,教学楼的每一层,都分布着许多嗡嗡作响的教室,走廊和教室张贴着名人名言,有外国的也有中国的,大部分是去世的。教学楼东边一幢灰扑扑的坡顶平房,是教工宿舍,西边两幢两层大开间木结构平房,是学生宿舍。

尽管我读高中那会儿,早已不搞上山下乡那一套,我的爸爸妈妈依然认为,广阔天地,大有作为。初中毕业,我没有考上重点杭四中,爸爸妈妈决定把我弄回老家借读,因为那里号称教授之乡,高考升学率历年名列前茅。对于正值青春期的我,成为一个离开城市去农村求学的高中生,并非难事,不用整天待在爸爸妈妈眼皮底下,也不用做家务,正合我意。那个金秋,妈妈陪我从杭州坐火车到义乌,从义乌坐汽车到县城,从县城坐汽车到上宅,稍事休息,我们坐上一辆摇摇晃晃的公交车,来到位于六石镇的学校。当晚,我就躺在一间嗡嗡作响的集体宿舍里了,心情就像风一样自由。

有必要介绍一下我的同学们,这些了不起的男男女女,是虔诚的素食主义者,一天三餐,配饭的都是霉干菜。他们皮肤黝黑,身材苗条,脚踩大地,胸怀理想,既耐寒又耐热,永远精神抖擞。他们数学好得惊人,英语差得要死,上课讲普通话,下课讲东阳话,在校笔耕,回家务农。他们早熟而快活,老成而持重,不但能将算数、几何生吞活剥,更熟悉簸箕、扁担、锄头、谷箩、谷桶和镰刀,使唤起牛轭和犁头,也是驾轻就熟。他们会打篮球、排球、羽毛球、乒乓球,也懂诗歌和戏剧,谈论尼采、黑格尔和肖邦,也是小菜一碟。无论是否考试,他们都待在教室,教室熄灯后,就待在昏暗的厕所和寝室走道上,直到生活老师手中超强的手电筒,探照灯似的射过来。他们挤出睡觉之前的一丁点时间,在栖居着五十几号人的寝室里,热烈探讨生活、理想和爱情,青年人的职责和义务,发出三千只麻雀同时发出的叽叽喳喳声。熄灯后,拧亮自备的手电筒,待在令人发痒的被窝里,看书、写字、背诵英文单词和数学公式。每个周末,他们背着空荡荡的米袋和菜缸,徒步回家,周日傍晚,挑着扁担,面色红润地快乐返校。他们能将宋濂的《送东阳马生序》倒背如流,更在我心目中塑造起一个个,栩栩如生的马生形象。他们热心地,为班级学农田、插秧、除草、施肥、割稻、脱谷,老练地使用独轮车。乡村里,停电是家常便饭,他们淡定地翻开抽屉,点燃早已备好的蜡烛、煤油灯,在黑咕隆咚中,亮起星星之火,映亮面孔下半截,神态平静,如同圣灵降临,这种时候,整幢教学楼比平时安静,闪烁着一轮轮烟熏火燎的求学神光,班主任大队支书一样披着外套,走进教室,在黑板上写下两个大字:慎独。我的同学们让我既爱又怕,既喜又愁,我相信他们上学的目的之一,就是为了证明给我看,他们有着多么优秀,如同健美的海豚,向乌龟炫耀自己无可比拟的体型与速度,尽管我曾无数次梦见自己,成为他们中的一员。

我很快发现自己来的不是地方,尽管在这儿,人人对我客客气气,我知道在他们眼里,我不过是个局外人、一名插班生或一个异类。我不但数学差得要命,生活中更是屡屡犯错,蒸饭忘记放水,走路掉下田埂,跑步总是掉队,挑土方磕破脑门,抬粪桶倒数第一,手榴扔到后背,投标枪紧急刹车,我让手中的标枪,蓄势不发,因为我十分担心标枪会直接扎到什么人的脑门上。除了语文好一点、拥有一本贴满明星贴纸的手抄歌本,我在班级里从未显露过分野心。我像一只离群的鸬鹚,常常是独个儿的,没错,我瞧不起扎堆的人,但话虽这么说,时间一长,落单的滋味也不十分好受。散步是我课余调节身心的唯一方式,我有一条固定散步路线,只要不下雨,晚饭后,我在脸上涂好面油,一种能使皮肤变白的膏状面霜,冲心爱的小圆镜照照,含着一颗话梅糖,穿过发暗的走廊和煤渣道,出后门,直接走上田塍路,那里有一大片的甘蔗林,风一吹,青翠的青糖梗像芦苇一样摇晃。每当我在傍晚的田埂上漫无目的地游荡,校广播里,经常传来一位嗓音甜糯的女孩演唱的歌,歌名叫《那年我十七岁》。每当旋律响起,我就会百感交集地,蹲在田埂或水渠边,任凭多愁善感的泪水打湿衣襟,因为那一年,我正好十七岁。

在那所寄宿制学校,一到冬季,除了低低的永不消散的雾霭,除了竹林和鸟雀孤独的鸣叫,就以冬季长跑闻名了。每天清晨,我们花一分钟刷牙洗脸,睡眼惺忪来到操场,按年级四人一列,排着队,像一道黑压压的烟雾,分成东西两支散开,窜出校门。天真冷,冷得让人简直迈不开腿,我们跑过校门口空荡荡的台球桌、小吃摊、杂货店,跑过依然沉睡中的村庄、挑着早担的农人。天边露出鱼肚白,确切地说,就是大雨过后,西湖里泛起的草鱼肚皮那种颜色(楼外楼做西湖醋鱼用的就是这种鱼),我们已经直接跑上一个个黑魆魆的丘陵。我们跑上丘陵,跑下丘陵,跑过深入田畈的机耕路,收割后的稻田、玉米地,再跑回镇上,跑过长街短巷、升起炊烟的农家,从学校后门直接跑入教室。这会儿我们已经非常热乎,头冒蒸汽,仿佛一客客刚出炉的知味观小笼包,扯开嗓门,开始热烈的晨读,仿佛一种竞技或炫耀,此起彼伏的求学热情,很快烘干湿漉漉的内衣。

除了冬季长跑,春季学农劳动,也是一大特色。到处都是苍翠欲滴的绿,没来得及散尽的雾气就像薄薄的丝绸,阳光把每片叶子上的雨滴变成了珍珠,我和周卫红走在软而湿润的田埂上,若不是我俩中间横着的那只半人高的气味复杂的便桶,我的脑海中定然会浮现"浴于沂,风乎雩,咏而归"这样的诗情画意,或哼上一曲《乡间小路》这样的校园歌曲。我的同桌周卫红紧紧跟在我的身后,这个身材健美的人,穿一条紧绷绷的七分裤,一件短得不能再短的蓝色长袖衫,有一张笑口常开的大脸盘,两条细辫子,周卫红说她喜欢我,是因为我的上眼皮比她多三层。我们抬着便桶,从学校化粪池出发,一路上我已歇了十七八次,越走越是感到肩上担子不轻,若不是得赶去班级学农田插秧,我相信周卫红会一个箭步,用她的光脚踩下我的白球鞋鞋跟。周卫红不但是数学课代表,还是校广播员,除了在晨跑、课间操和眼保健操期间,播放音乐,她还有另外三次常规播音。当铃声响起,大家结束了昏头昏脑的晨读,涌出教室,以百米冲刺的速度奔向食堂,在一块水泥地上伸长脖子寻寻觅觅,从冒着蒸汽的大铁笼里找寻到自己的饭盒,在教室里、池塘边、楼梯口,吃着白米饭就霉干菜早餐时,周卫红通常会念上一段清新优美的散文或诗歌,有时是冰心的,有时是艾青的,有时不知什么鸟人的。当铃声响起,大家结束一上午课程,涌向食堂,大海捞针一般再次找到饭盒,吃着白米饭就霉干菜的午餐时,我的同桌周卫红开始午间播音,念一段好人好事,然后放一首男声独唱歌曲《一条路》,据说唱这首歌的男歌手因流氓罪不幸入狱。当夕阳西下,大家第三次涌向食堂,找到饭盒,兴致勃勃地吞咽百吃不厌的白米饭就霉干菜的晚餐,或者胡乱填饱肚皮,像流浪狗或流浪猫一样,在夕阳映衬的操场或池塘边百无聊赖地散步时,我的同桌周卫红会为大家换换口味,播放《霍元甲》主题曲或《我的中国心》,有时一个软绵绵的女声演唱的《小城故事》。

  汗水粘住我额前的头发,也粘住我身上那件外婆帮我收窄了腰身的女式军装,石磨牛仔裤铁皮一样黏在身上,鼻尖上的墨镜老是不听话地往下滑,我不得不经常伸手将它扶正。我两眼盯着泥路,不敢开一点儿小差,肩膀火辣辣的,像是搽了一层辣椒水,不得不张着嘴在田埂上留下一连串不规律的喘息。我很奇怪周卫红怎么可以走得这么无声无息,有一阵子我甚至觉得好像只有我一个人在走,但周卫红如果不走,便桶不会自动前行,便桶在移,周卫红就一定在走,只不过她走得从容自在,有若闲庭信步。远处的田野上,晃动着人影,渐渐地越来越清晰,我的同学们挥舞着洋锹、锄头、秧苗、粪勺正忙碌不停,只要一跨过那道长着一棵古樟的小丘,就可以看见他们喘着气,淌着汗,在太阳下东摇西晃的模样了。我看到我们的语文老师杨先进站在樟树下,矮墩墩的身影在空旷的田野上收缩成一只沉思的乌鸦,即使还有吃一根棒冰的距离,杨老师那副领头羊的派头依然让人轻易认出。我和周卫红加快步伐,一直把便桶抬到杨老师跟前。哦,杨老师用他那机智而低调的嗓音传授过我们多少知识呀——作家和他们的作品往往成反比,这点我再清楚不过了——请注意,绝对不要迷信任何一个作家,更不能对真实生活中的本人抱有幻想——全是一些乌合之众。杨老师眯着眼,把闪闪发光的圆镜片呈向下四十五度角的射在我身上,仿佛要借助眼镜片和太阳光把我盯得冒出青烟。杨老师看不起城里人,尽管我的语文成绩一向不赖,我用舌头舔舔干燥的嘴唇,迅速而沉默地脱掉球鞋,是的,既然来了,我就不会跑,我将证明自己。我把袜子装入球鞋,把球鞋搁在一只空畚箕内,把树皮一样硬邦邦的牛仔裤腿,迅速卷到卷不动的位置,走到田埂边,弯腰抓起两小捆中间束着稻草的秧苗,闭上眼,深吸一口气,睁开眼,扑通一下跨入水田。

一股热乎乎软绵绵的泥腥气,直冲入我的鼻孔,脚下的淤泥泥鳅一般滑溜溜地钻出脚趾缝,我的心中一颤,脑子里顿时充满了水蛇、蚯蚓、蚂蟥,这些令人头皮发麻的腻腥东西。杨老师叉着腿,抓起长长的粪勺,伸入便桶,卖力地舀起一勺,抬起胳膊肘,将勺把子顶在肚子上,双手平举,面带嘲讽地望着我,仿佛电影《英雄儿女》里手持爆破筒的男主人公。我心里一凛,拔脚往田中央逃窜,杨老师手中的粪勺已像天女散花般地洒下,一道蕴含着赤橙黄绿青蓝紫的激流自天而降,在阳光下划出一个优美的弧形,瞬间热情洋溢地包围了我。我手抓秧苗,陶醉般摇晃了一下,仿佛一位身残志坚的好青年,粪水溅上我的脸,嘴里也有一点咸味,一大团偏暖色调的液体和固体,在我身边划出一圈圈逐渐扩大的,风吹稻浪般的波纹。我忍住恶臭,用脚指头摸索着前进,弯下腰,迅速梳理出一小把秧苗,把手伸进水田,戳戳点点,寻找秧苗赖以生存的温床。我不断地弯下腰,又欠起身,阳光照在我面前那几排开始歪歪扭扭,之后挺直腰身的秧苗上,不知谁又扔给我两捆秧苗,水花溅湿了我的牛仔裤,杨老师又挥洒出第二勺粪水,仿佛一位老练的书法家在空气中笔走龙蛇,他全神贯注地泼洒着,任凭拴在镜腿上的,小鸡肚肠般的细绳富有节奏地拍打脸颊。突然,我的膝盖窝被什么东西碰了一下,我闪腿躲开,几乎昏厥,几团骤然跃起的凫水的蛤蟆,溅起一朵朵混浊水花,冲我鼓动着双下巴,发出阵阵令人窒息的欢叫。

3

屋外,蛙鸣声声,屋内,月光如银,照在你那张依然清秀的面庞上。外婆,年轻时你好看么?我望着你明知故问。你侧转头,把那只尚且灵敏的右耳对着我,平静地打量自己的足尖,一阵难挨的沉默后,你一跺脚,一嘟嘴,这个还用问？你望望我,仿佛素不相识,喉咙里面一阵干咳,不知是激动还是气愤,别看现在,阿婆已经老得不能看了,但是年轻的辰光啊,啧啧啧！你收住声,模仿着戏台上的花旦,冲我伸出手臂,羞答答地竖起半截大拇指,做了个自我赞许的动作,还来了一句洋泾浜的杭州话——阿婆年轻格辰光,真当是一朵花哩！

只要一回想起当年的俊俏,你就像一个没落财主,炫耀着当年的资产,尽管这笔资产如今已所剩无几。阿婆当年哦,身材笔笔直,皮肤雪雪白,眼睛乌溜溜,头发墨墨黑,细腰肢儿长辫子,青莲衫子穿穿,红头绳儿扎扎,绣花鞋儿套套,真是同画中人儿一样呢。虽说一年到头,一日到晚,我都有忙不完的生活,做不完的事体,干完粗活干细活,不是在太阳下暴晒,就是在寒风中发抖,不是在冷雨中哆嗦,就是在飞雪中打战,但是我的皮肤,雪白粉嫩,怎么晒也晒不黑。记得四岁时,我被挑去坐台阁,八月十三,胡公大帝生日,东阳县里迎胡相公,看热闹的人多死了！永康、义乌、磐安、龙游,四面八方都赶了来,房前屋后,树上树下,到处是人,连房顶上也坐满了。胡相公的像,供在神亭里,八抬大轿抬着,前边香灯引路,吹鼓手开道,后面秋车台阁、十字莲花、三十六行、十八蝴蝶,跑着大纸马、高跷队,还有郭宅大蜡烛、玉山大旗,再后头是花灯阵,琉璃灯、木雕灯、竹丝灯、珠串灯、羊皮灯、绫罗灯、剪灯纸,随便什么灯都有。坐台阁的小孩,都是各村堂选出来的,坐在小凳上,小凳装在铁架上,固定在八仙桌上,八仙桌由八个壮汉扛着。小孩子衣服外边,套着宽宽大大的戏服,装扮成故事里的人物,我扮的是樊梨花,额头一点美人痣,背后两尾雉鸡毛,一手大刀,一手宝剑,胭脂水粉搭搭,凤冠角雉戴戴,坐在高高的台阁上,一路上,队伍缓缓往前行,台阁一颤一抖,好似船儿行在江面上。锣鼓声像雨点一样砸下来,坐在台阁上的小孩子,毕竟年纪小嘛,铁拐李吓得哇哇哭，汉钟离吓得尿裤子，扮何仙姑的小姑娘，一大早被打扮起来，也是哈欠连连。只有我，樊梨花，一朵花，花一朵，笑眯眯，从头到尾，宛如一尊俊俏快活的小菩萨。我在黑压压的人群里，看到头发全白的太公和太婆，看到阿爸和姆妈，看到阿姐和叔嫂，大声呼唤着我的名字，我听到街坊乡邻们，发出的一声声百灵鸟般的惊叹，啊！樊梨花！樊梨花！啊！这不是坤苏家的四姑娘么？!这不是坤苏家的四姑娘么？!

十八岁那年，我被阿爸拿了回来。你喜欢用"拿"这个字眼，好像你是一只饭篮、米筛或茶缸盖什么的。上门说媒的人，多哦！我阿爸姆妈，东挑西挑，好挑不挑，最后挑上了你阿公，这事儿还是我二阿叔做的媒。我二阿叔叫品苏，大女儿嫁在城里，大女儿的阿公开布店，跟金川的阿爸是朋友。我二阿叔同我阿爸姆妈讲，我有个后生，要人才有人才，要文采有文采，全东阳打着灯笼找不出第二个。我二阿叔还说，阿叔做大媒，生平头一回。

你知道你阿公来探我时的打扮么？你微笑着问。谁不知道啊？穿一件白色夏布长衫，戴一顶深灰色的帽子！这个相亲故事，我已听了不下一百遍。你会心地笑起来，笑容像阳光下荡漾的湖水。嗯，那是一个蔷薇盛开的季节，我看到客堂间里坐着一个后生，穿一件白色夏布长衫，戴着一顶十分洋气的深灰色帽子，那种帽子，我们这里很少见，边缘一圈朝上卷起，像一只倒扣的脸盆，他的眼睛从帽檐底下望过来，一望到我，就像被糨糊糊住一样，不会动了。说到这儿，你停顿一下，脸颊泛起一层少女般的红晕。为什么，难道你不自信吗？我冲你挤眉弄眼。他的眼光，活像戏文里的浪荡公子，简直令我透不过气，我只是有点反感罢了。你垂下布满细绒毛的脸庞，沉吟片刻，神态看上去孩子般纯洁。

喏，他的眼光是这样子的——你抬头，绷着脸，拍了一记我的肩，把我的下巴毫不留情地扳向你,强迫我与你对视,并把我的肩胛骨顺手朝后一推,像是要帮我治疗因伏案写作愈来愈严重的肩周炎。你模仿那个多情的后生,用一种自认为的浪荡公子色迷迷的眼神,打量我,为我展示外公向你目送秋波的模样。从你的眼神里,我看到当年外公那双傲气十足的眼睛,在某个瞬间像是突然溶入了多情的山泉,透出一种说不清道不明的东西。我被你打量得很不自在,只好垂下眼皮,耳朵继续聆听你的絮叨。他立起身,抬起胳膊,张开五根手指,手掌扣在帽顶上,好像取什么重东西,又像在想着什么要紧事,然后,用两根手指,动作很慢地拈起帽子,额前几绺头发有点儿瘪塌塌的。他拈起帽子,却并不急于搁在茶几上,而是让那顶帽子,在空气里悬浮了一会儿,总归之,他的这套动作非常慢,神态无拘无束,像是对屋子里的每一个人说:看吧,请看得清楚一些吧。之后,他把帽子十分老到地,微笑着扣在胸口,冲我行了礼,露出头势十分清爽的中分发型,这才缓缓落了座,那顶深灰色礼帽搁在茶几上的声音,低沉而且微微发颤。我在阿爸姆妈示意下,迎着他的目光为他添茶,他弯着手指,从容不迫地磕了磕茶几,目光始终粘在我的身上,像要把我整个儿吞到肚皮里去。

我做新娘子时穿的旗袍,是我金川给我做的。从你嘴里呼出的温暖得意的气息,至今飘在我耳边。你对外人介绍我时,通常说,这是我塌鼻,我一直把你嘴里"我××"这个称谓,当作我的专利,因此,当你称外公"我金川"时,我不能不感到一丝强烈醋意。我金川做的旗袍,好看哦,天底下都找不出第二件!你的脖子孔雀一样仰着,双眸闪着光,仿佛从一面看不见的镜子里,瞧见自己当年的美好模样。我阿爸请了东阳最好的木匠师傅,定制了十里红妆。关于你出嫁的排场,我早已听得耳朵生茧,你掰着手指,用唱歌似的语调,不厌其烦地对我描绘过你的嫁妆。尽管你当年的陪嫁之物,早已所剩无几,除了几件笨重旧家具,一提起它们,你从来不肯歇力。我五岁时,你就当着矮脚的面,表示可以把那口暗红色的大花橱,给我做嫁妆,你觉得表兄妹结婚天经地义。你也对我表示过,那张橱前凳和一只生铁镬,也是我可以考虑的对象,当你听到我把它们称为"一堆破烂",说"只有傻瓜才会要"时,你也并不气馁,你自信的神态像是在说:现在你不喜欢,以后就会喜欢的。

那天,大姐手指弯弯如佛手,一根红线细又短,一头扯在手,一头咬在嘴,像一根紧绷的琴弦,在我的脸上滚来滚去,为我开了脸。锣鼓敲起来,唢呐吹起来,鞭炮放起来,红烛点起来,迎亲的架子一担担,一杠杠,一路望去,好像一条披着红袍的金龙。我嫁得多好呀!大厨箱柜,八仙台桌。皮箱琴凳,水桶饭桶。抽屉台桌,床前琴桌。一字交椅,四尺板凳。暖筒脚桶,米桶腐桶。铜罐铜勺,高台花瓶。茶壶酒壶,碗盏盘碟。竹箱蒸笼,洋花酒杯。衣服鞋履,线板纺锤。帽筒镜箱,茶具灯台。红缎大衣,布衫绸裙。葛布洋布,棉被布帐,这些东西,摆满了两间屋。我那张千工床多少好!床榻归床榻,花板归花板,上有卷篷顶,下有踏脚板,前有绣花帐,后有倚檐罩,四脚像虎足,左右来对称,四面贴着金,柱栏雕着花,花帐花罩都是我自己绣的。我那只朱漆花橱多少好!又重又坚实,柜门里,镶一面西洋镜,顶上面,飞着两只凤凰,底层有个长方体的斗状大橱肚。我那面梳妆台多少好!台面像一把扇子,三个小抽屉,中间一个大,两边两个小,坐在这面镜子前描眉,我怎么都看不够自己。铜器啊、银器啊,都是上等的好货色,无论用了多么久,一擦,照样金光铮亮,能把人的眉毛胡子照出来,手指一叩,嗡的一声,回音老长老长。酒壶、茶壶、茶叶罐、莲花蜡烛台,全套都是请永康的锡匠,上门打制的。

别人送进来的也多啊,有亲眷邻舍送的,也有我给人家做鞋头袜脚结的缘,礼篮摆得满起满倒:有高的、有低的,有圆的、有扁的,统统印着大红喜字,用花袱裹着,红带系着,扁担挑着来。椭圆形的拎篮里,盛着索粉和牵面。带盖头的小饭篮,装着杨梅和鸡子。底方口圆的市篮,盛着金针和木耳,还有各种同饭篮、金华篮、龙游篮、青枣篮、黑枣篮、红枣篮,光光送进来的花生就装了几蕾箩。还有一捆捆的布匹呀,一匝匝的彩带呀,有我亲手织的,也有小娘婆送的,光光杜震和的荷花被就有十几条,这种棉被,盖在身上又轻又暖,同没有盖一样。床单、被单和枕巾,都是一匝匝的陈裕丰土布,蜡染的青底上,白点点染着麒麟送子、鸳鸯戏水,看得人眼睛都花掉。我嫁得这么好,三阿姐小米嫉妒了,对着我阿爸流眼泪,怪阿爸没给她置办这么好的嫁妆。你晓得我阿爸怎么说? 我阿爸说:小娥的嫁妆是她自己做出来的。

　　卖到上宅不到半年,我就怀孕了,受的罪可真不轻!每天眼睛一挖开,就想吐,吃什么吐什么,人瘦得像个鬼,为肚皮里的孩子,我尽量咬牙吃一点。肚子慢慢大起来,腿也肿起来,跟大脚疯一样,鞋也穿不下,到后来,肚皮大得连自己脚尖也看不到,去井头沿洗衣,腰弯不下。一次,我卖完鞋,经过一排木器铺,一枚钉在木板上的钉子,扎进了脚后跟,我蹲下身,想把钉子拔出,可是中间横着个大肚皮,弯不下腰,侧着身弄了大半天才拔出钉子,一路淌着血走到家。夜里睏觉更难受,朝左朝右都不舒服,朝天睡更觉得五脏六腑被压住了,气也喘不过来。临产时,阿婆跐着小脚,到南塘沿去请接生婆玉关,玉关婆让我坐在一张四角朝天的骨牌凳上,下面铺着稻草和衣服,一个小猫一样的娃娃,好不容易落在稻草上,奇怪的是,这个男孩不哭也不闹。玉关婆往外扯胎盘时,又扯出一个小猫大的娃娃,第二个男孩子一落在稻草上,玉关婆用长指甲,划破胞衣,他立刻哭起来,他一哭,躺在边上那个,才一道哭起来!呵呵,这两兄弟,心连着心,要哭也是一起哭。我这才真正相信,我生了一对双生子!怪不得整个孕期,从头到尾都这么难挨啊,这两个小把戏,差点把我折腾死!我生了双子,金川从上海赶回来,挑着报生酒上我娘家报喜,我阿爸姆妈快活啊,担着红鸡蛋、红花生、糖霜、核桃和子酒,到上宅来探我。我阿爸左手抱着马坦,右手抱着牛坦,快活得合不拢嘴,我姆妈给孩子们的小手腕上,系上一条带金锁的小红绳。

正是割稻时节,家家户户忙着在割稻。

"小娥,你们怎么不割稻?"我姆妈问。

"姆妈,我们不用割。"

"雇人割么?"

"不用雇。"

"自己不割,又不雇人?"我姆妈奇怪了。

"姆妈,我们又没田喽……"我垂下头。

"什么……没有田? 没有田你们吃什么?"我姆妈吓了一大跳。

"我会做鞋、会绣花,还会做小工,办法总会有的。"

"原来你家没有田,这事我怎么从没听你讲过。"我姆妈禁不住哭出了声。

"我的人家是你和阿爸挑的,你女儿多,我讲了会被阿姐们看轻。穷么我自己穷,再说我有两只手,也不会一生世穷下去。"

后来,我姆妈时常托人带来米呀谷呀的救济我。马坦和牛坦,胃口真是大,给它们喂奶时,我坐在藤椅里,一手一个,他们一人叼一只奶头,咕咚咕咚吃得欢。我的奶水很好的,同钱江潮一样浦起浦倒,兄弟俩也算是有口福。不管去哪里,我都带着他们,要么一个绑在背上,一个缚在胸前,要么肩上横一根扁担,两边垂一个筐,一头挑一个。他们两人,哭一起哭,笑一起笑,就连吃奶和便溺,都是一个时辰。睡觉时,四条小胖腿,搁在我的肚子上,我觉得自己真是天下最幸福的娘。后来呢? 往下讲呀,我提醒道,什么都不要漏掉! 后来……日本佬打进来了,我的这点毛福,也没了。你神情黯淡地说。

4

你时常弄火腿菜给我吃,火腿蒸冬笋啊,火腿蒸鸡蛋啊,火腿冬瓜汤啊,鲜得眉毛都要掉下来。你捣鼓起火腿很有一套,定期用菜籽油,涂擦它的表面,像是精心侍弄一件艺术品,吃时,从墙上取下,放到厚砧板上,一大块琵琶状的火腿,通常只剩半壁江山,火腿皮依然留在腿上,像一张硬邦邦的马粪纸,你左手握刀,右手握锤,对准要切部位,在菜刀背一下一下砸,左右开弓地弄下一块腿肉,再把褐色发酵层用刀撇掉。有时,我也帮你砸锤子,但是我的锤子砸得不是偏离了方位,就是把刀柄打歪。

我还记得,当我们吃好晚饭,手牵着手,站在桥头乘风凉,或是头碰着头,躺在麻布帐里说闲话,你总是习惯性地攥着我的手,像是要给我号脉。你把我的手臂,举起,一直举到双方可以平视的高度,抚摸着我的手背,把我的手指全部弯拢、再弯拢,状似一只标准的火腿蹄壳。塌鼻,你晓得一只好火腿,是什么样的?你眼睛发亮地问。爪细、皮黄、瘦肉多,摸上去硬邦邦的。我听得多了,张口就答。真聪明!你满意地拍拍我的手背,还得有三签香!打签的部分,是定规定板的,第一签打在肌骨与胫骨缝这儿,你指了指自己的腰椎骨。第二签打在股骨和髋骨缝儿里,偏腿背侧。你对我比划着,仿佛打算将这个独门绝技,一点儿不落地传授我。第三签,打在髋骨凹进去的地方,好的火腿,三签打下去,每一签都香喷喷!关于火腿,你这位瘦小精干的老太太,一向说来话长。火腿嘛,我是修也修得来,割也割得来,腌也腌得来,褪毛啊、割油啊、炝肉啊、修剪啊、腌制啊、洗晒啊、没一样做不来。当年我和弟弟,跟着阿爸做火腿,学会了雪舫蒋腿全套本事,我阿姐她们都做不来。哎呀,可惜我这套手艺,眼看也要失传了,马坦、翔儿都不肯学,你姆妈更不会学了。俗话说,三年出得了一个状元,但是三年出不了一只好火腿,做火腿同绣花,是一个道理的。当年很多财主人家,把钱盛在蕃萝里,挑到我娘家,点名要货,不管多少忙,我们也讲究做一件,像一件,做两件,像一双,不急不慢,不温不火,没办法啊!这是老祖宗传下来的手艺,马虎不来的,只有工夫花下去,做出来的东西才正宗,因为这里面,有我们老祖宗的气息!现在的火腿,颜色、味道,跟以前都大不同了,识货的人,上年纪的人,一看一闻就知道。你一心一意地跟我唠叨着,仿佛这并非你一个人的故事,称得上是一段即将消失的历史。尽管你放弃让我学习做火腿的意图,却没有放弃对我灌输一些跟火腿相关的道理:

——好东西是熬出来的。

——只要一门心思做好自己的事,没有皇帝也能过日子。

——思想一定要集中,要仔细再仔细,老底子我们做火腿,就是把这个道理当命宝。

那个燠热的夜晚,一股难以形容的恶臭,顶开砖头和混凝土,成群结队地,穿过房屋、湖塘和廿四间,钻入我的被窝和鼻腔,令我根本无法入睡。我爬起来,打着手电,仿佛受一种隐秘力量驱使,朝臭气发源地寻去,在一弯冷月指引下,来到村外一幢废弃的平房前。我努力翕动着鼻子,肯定臭气就是从里面发出的。一辆小货车快速驶来,停在门口,一个嚼口香糖的男人,坐在驾驶室内,拿着小本子,低头计算什么。平房里,走出两个戴着口罩几乎一丝不挂的人,只穿一条裤衩,合力把四五个白色泡沫箱,从车上抬下,将另外四五个白色泡沫箱,从屋里抬上车,小货车很快消失在夜幕中。我猫腰溜入了虚掩的门,摸进砖砌的小院,闪身躲在沿墙根的一排空泡沫箱后。

一个戴帽子的黑影,拎着两只塑料瓶走出屋,折过墙角,往后院而去。我尾随黑影,躲在后院墙角的一蓬乱竹后头。灯光昏暗,搭着简易棚,中间,有两口半人高的水缸,浸泡着一堆渐渐膨胀的猪腿,泛着颜色复杂的泡沫,几只塑料空瓶,滚落缸旁,塑料瓶旁,有着几只死去的苍蝇。地上堆着木脚桶、泡沫箱和黑乎乎的塑料编织袋,袋子上扔着斧头、尖刀和锯子。一批颜色发暗的猪腿,连腿上撒着的颗粒粗大的盐粒,都是黑的,停着绿头苍蝇。沿墙根,杵着一排铁钉,一根软沓沓的橡胶水管,从靠墙水龙头里接出,管口跌落在坑坑洼洼的地面,一个赤膊男人用洋锹把泡沫箱里的盐,铲进木脚桶,另一个打开水笼头,举着橡胶管,冲洗着地上的猪腿。黑影脚上的高帮套鞋,一路轻快地踩过发黑的猪腿,走到水缸旁,把塑料瓶里的液体缓缓倒入缸内,一层悄无声息的轻烟,好像春节联欢晚会上释放的烟雾,朝四面八方弥漫,释放出足以致人昏厥的气息。借着月光,我认出眼前的黑影是长脚春民,不禁打了一个寒战,这个外来户的眉骨像山顶洞人一样突出,围一件油迹斑斑的油布裙,卷着袖子的手臂,好像没有处理妥当的火腿半成品。是不是应该介绍一下长脚春民这个人?只要是赚钱买卖,他没有不干的,服装加工、食品腌制,今年春天又办火腿厂,他的火腿专门卖到绍兴一带,据说那一带的人,对臭的东西不感冒。长脚春民倒完液体,把瓶子一扔,抬起胶靴帮,挑起地上的一条猪腿,扔进缸,操起一把洋锹,用力翻搅起来。难闻的肉臭混杂着古怪液体,令我泪水直淌,快要抵挡不住这近距离的蒸熏。又一瓶无色透明的液体,被倒入另一口缸,液体流得又快又机灵,月光一般发狂地流淌四周。

我的肩膀猛地被一双手按住了,一阵压抑的喘息从背后传来,你站在我背后,蓝色短袖衫发着幽光,宛如一位年迈的月光女神。长脚春民没有察觉到,你穿过肮脏过道,蹒跚着来到他身边,月光把你的身影,投在地上,使你看上去高大许多。嗬!金川阿婆,这么晚了还没歇?对于你的出现,长脚春民表示出明显的惊讶,不太自然地把塑料瓶藏到了背后。我从竹丛后跳出,捡起一只塑料瓶,上面写着:O,O-二甲基-O-(2.2-二氧乙烯基)磷酸酯。你们竟然用敌敌畏浸泡猪腿!我失声尖叫起来。嗬!大学生也来啦!长脚春明抬起他那张乌漆墨黑的脸,看上去似乎十分开心。你的眼睛不再有平日的克制,失了血色的嘴唇翕动着,显得比过去更窄,你一把夺过我手中的塑料瓶,长时间打量,从你的眼神看得出,要读懂上面的字并非易事。半晌,你上牙和下牙完全分开了,瓶落在地上,你发出一声惊呼:造孽啊!你们这些缺德鬼,怎么好用敌敌畏做火腿啊!你掀起围裙,擦拭着眯成一条缝儿的红肿眼睛,打战的假牙发出夏季里,冰雹落在瓦片上的声音,哦,你把声音弄得够大的。

长脚春民并不回避,也不否认,抬起胳膊肘,潇洒地把帽子朝后一顶。他把戴着长橡胶袖套的胳膊伸进咕噜冒泡的大缸里,把几条又湿又滑、沾着蠕动蛆虫的猪腿,拽过来拽过去,边拽边说,金川阿婆,夏天制腿容易么?搞不好就要生虫啊,不用药怎么行啊?都什么朝代了,再用老一套,我们还不得喝西北风去啊!长脚春民嘴巴贼老地争辩道。你们这样做,会把我们老祖宗辛辛苦苦做起来的金字招牌,全给毁了啊!你哆嗦着嘴,抬起干巴巴的脸,将目光移向天空,好像乞求观音菩萨的饶恕,一下接一下地拍打着大腿,假牙沙沙作响,好像风把锦溪里的泥沙,全部吹进了你的嘴。对于你的悲伤,长脚春民觉得有点儿莫名其妙,他提起刀,无所事事一般对着月光,刮起手背上的汗毛,看得出他巴不得我们快一点离开这儿。你们这么做是犯法的!我捏着喉咙,义正词严地指出,此时此刻,我的脑海里上演着一部纪实风格的警匪剧:手电筒晃动的光束,猥琐的非法制作反季节腿小贩的面孔,阴影里的交易,呼啸而至的警车,激烈的擒拿和撕扯。

嗨嗨,秀才!想不到你的法律意识挺强嘛!将来没准是一块当法官的好料咧。长脚春民冷笑一声。你们制作毒火腿,是要判刑坐牢监的!我驳斥道。长脚春民割去胸口一根毛,神情愉悦地说,坐牢监?恐怕还轮不着我吧?又不光光我一个人在做喽!告诉你,现在的法官,可一点儿不比我的猪肉干净,知法犯法,两头通吃,那种吃干饭的货有个卵子用,将来你当什么都可以,千万别当他娘的什么法官啊!刺鼻的气息熏得我头晕眼花,五脏六腑翻江倒海。有相当长一段时间,你钉在地上,嘴里发出鼓风机般持续的轰鸣,似乎想借助这个声音获得自身的动力。金川阿婆,别大惊小怪啦,帮帮忙,你就理解万岁吧!长脚春民咧着嘴,牙齿像狼一样在黑暗中闪烁,嘲笑着眼前这个不合时宜的老人……理解?你口齿不清地喃喃着,泪水从瘦脸颊上无声淌下,扁胸脯起伏不已。好好!做完这批就不做了,行了吧?秀才,天色不早了,你快带你外婆回家洗洗睡吧!长脚春民对我使了个眼神,摆出一副好心的态度,一边说一边脱去橡胶袖套,拉起我们走到门口,就从里面把门给锁上了。结果,你的这些话,都是冲着那道门缝说的:老天爷!你快睁眼看看吧,金华火腿的名誉,就要毁在这些末代手里了!你的脊背战栗着,像挨了一阵看不见的冰雹,喉咙口发出的轰鸣,直到今天我都听得见。我扶着你,梦游似的往家走,你走得歪歪扭扭,腿像被钉子刺穿一样,整个晚上我都听到你的咳嗽声。

5

那是高考前夕一个春寒料峭的日子,我顶着童花头,穿着炭灰色马海毛蝙蝠袖套头衫,坐在教室里,我的位置在最后一排,挨着窗,低调而纵览全局。我们每人都有一张特制课桌,桌沿的两个木头支脚,可以竖起,使课桌板保持平整,也可以放下,使课桌板呈十五度朝下倾斜。坐在我前面的利荣,大腿夹着一只火炉,利荣有一张令人吃惊的赤豆棒冰一样的脸,他往火炉里,丢了几颗带壳花生和一只完整的蟑螂。我将手从腮帮子上拿开,伸进课桌板下的抽屉,越过作业本、米袋、书本和讲义夹,准确无误地摸到一只搪瓷缸,移去盖子,翘着兰花指,叼出一撮霉干菜,伏下脸,把霉干菜塞进嘴,鼓动着腮帮子。我得让一幅《清明上河图》在我的笔下恢复,那是一个洋溢着世俗快乐的日子,我们这里也叫赶围场,四面八方的人,挑着自家的菜蔬、物品,牵着、赶着猪啊牛啊羊啊,出现在跟学校一墙之隔的集市上。

一阵揪心的上课铃声后,便是死一样的平静,利荣压低嗓门,香烟洋火桂花糖!我的双腮立即停止嚼动,走廊上,传来一阵轻微的布鞋底声,蒋老师胳肢窝夹一把直尺、一把三角尺,手中平举一个天蓝色的讲义夹,出现在教室门口,讲义夹上习惯性地,立着一支粉笔盒和一支粉笔擦。蒋老师有着蒋家人世袭的高个儿,这位看似冷酷的人,多年来一直为我袒露内心的仁慈,每天中午和傍晚,他都弓着背,一手提两把空篾壳热水瓶,一手叮叮当当地端着几只搪瓷碗,穿过教学楼、水塘、操场,向食堂走去,在教工食堂用好餐,替我打菜,这是我的外婆赋予他的神圣职责。他把装着菜的碗,搁在宿舍水泥窗台上,上面扣着另一只相同规格的搪瓷碗。一下课,我就像一个地下工作者,走到蒋老师的窗台边,不动声色取走碗,吃好后把碗洗净,搁回原处。傍晚时,我再次如期到达窗台边,取走我的菜,晚上的菜跟中午已经变换了花样,晚饭后,我将碗洗净,搁回老地方。蒋老师的窗台上,永远有两只搪瓷碗,无论春夏秋冬,打雷下雨,除了周末和寒暑假,这一幕从未改变。

一阵煨花生的噼卜焦香味在教室里散开来,蒋老师侧转身,安详地把手搁在讲台上,眼皮也没抬,一扬粉笔擦,粉笔擦在空中画了个抛物线,富有弹性地落在利荣的脑袋上,小火炉应声而落,蒋老师摸着鼻子,目光直视利荣,仿佛要把利荣盯到跟地上那块掉出小火炉的木炭头差不多大。他并没让利荣站起来,也没让他出去,一转身,继续手中的板书。我翘起椅子腿,把数学课本竖在桌前,从作业本下抽出一本绿塑料簿,这是我的毕业留言册,第一页是我的同桌周卫红写的,这位爱穿黑色紧身裤的三好生,用与自己外形不太般配的娇小字迹,送给我一首励志诗:不久,你将化作一只雄鹰,远走高飞,寻找你的归宿/人说杭州西湖美,但杭州的人更美/专一是你的性格,真诚是你的灵魂,文明是你的化身/希望九月,你迈着轻快的步伐,摇着鲜花,带着幸福的微笑,朝我奔来!我的好朋友许生娇,在留言册中也没有吝啬感情,尽管这篇题为《微笑的思念》的诗,读着更像墓志铭:是你,微笑着慢慢向我走来/是你,如今又含笑离去,令人心碎,难以抑制/三年同窗,多么难忘/此刻,离愁已充满我心扉/你去了,我只有低垂眼皮,目送你,噙着泪珠……利荣的留言紧随着许生娇,一阵气势磅礴的硬笔书法扑面而来,占据整整两大页:敬赠张小行友——你不是一艘游艇,只在浅水中嬉游。你是一艘军舰,要去劈波斩浪。你要用刀一样的意志,铁一般的勇气,把汪洋大海,劈成一道道白线。再见了,亲爱的同学!再见了!亲爱的老乡!我把头埋进胳膊肘,连翻好几页,目光停在一行天蓝色钢笔字上,这是隔壁班体育委员杨文革写的:读你千遍也不厌倦,读你的感觉像三月,你的眉目之间,锁着我的哀怜,你的唇齿之间,留着我的誓言,你的一切移动,左右我的视线,你是我的诗篇,读你千遍也不厌倦。

　　我是散步时跟杨文革结下的革命友谊。杨文革戴一顶日本学生帽,嘴角衔着一根火柴棍,脖子上拴一条跟《上海滩》里的男主角那样的白围巾,目光从挂在额前的头发里,子弹一样打过来。那个傍晚,我蹲在田埂上,观察一只纵身跳过田塍的蚱蜢,一辆自行车在我面前停住。杨文革刹车的模样超帅,膝盖像婴儿换尿布似的,朝外撇着,不停地一上一下,自行车保持纹丝不动,杨文革邀请我坐他的自行车兜兜风,为彰显大气,我表示了同意。杨文革带着我,从甘蔗林骑到豆荚地,又从小麦地骑到绿溪的竹林旁,他的长围巾拍打着我的脸颊,他身上的气息飘进我的鼻子,我不由地搂住他的腰,把脸贴在他的后背上。自行车以飞驰的速度驶进校门,穿过操场附近清洗饭盒的水塘,穿过铺着煤渣的运动场,沿着坑坑洼洼的沙坑、篮球架,穿过洒着白石灰的有如行星轨道一般循环的跑道,绕场一周,我们的这一趟骑行,吸引了所有目光,打篮球的停止投篮,跳远的不再助跑,塘边淘米的人停下手。我们没有注意到蒋老师拎着篾壳热水瓶,他的眼镜片闪闪发亮,嘴巴张成一个圆。

我没有留意蒋老师走到桌上,弯下腰,伸出两根手指,捏起盖在几何课本上的留言册,把我的留言册贴到鼻子前,一手扶眼镜,蠕动着唇,似乎在无声地朗诵,看得出他被眼前的奇异诗句完全迷住了,他慢慢揉搓着自己的耳垂,似乎还想通过耳朵来分享留言册上的深情厚谊。他垂下手,摇摇头,用一种我几乎听不到的腼腆声音说:中饭后,请来一趟教研室。操场光秃秃的煤渣路上,冒出许多不拘一格的人,卷着裤腿,挑着空簸箩,草鞋或胶鞋底上沾满尘土和泥浆,接连不断地涌进校门,经过掉了漆的篮球架、飘着一面无精打采红旗的看台,从操场上又夹带了不少白石灰和煤渣,越走越近,像一道洪流进入教学楼,上了楼梯,汇聚在各个楼层狭小的楼道口,像树林里的麻雀叽叽喳喳,一个时辰之前,他们还在集市上讨论价钱,或因秤上不公而起口角,你骂我一句娘,我回你一句娘,你又骂一句,我再回一句。我们这里骂娘的口气,跟其他任何地方差别不大。

我记得利荣面孔发亮地别转头,像小老鼠那样吱吱冲我说:小行！小行！你外婆来啦。我朝窗户望去,尽管窗台较高,依然看到你出现在灌满穿堂风的走廊上,挨着时间就是金钱那句标语,身子挺得笔笔直,土里土气的罩衫,像是为那句口号加了一枚青色的感叹号。下课铃一响,我让屁股下的凳子,发出一声呻吟,风一般朝门口跑去,利荣跑在我前面,他用肩膀撞开那些比我还急的人,替我开辟出一条道路。整个楼道里,充满着教室里跑出来的学生,像一个个急于跟卵子结合的精子,急着跟等在外面的那些冒冒失失的家长们汇合。精子和卵子顺利结合,受精卵们在走廊上、教室外、楼梯口,汇聚着、簇动着、交流着。利荣那位过早发胖的母亲,操着集市上跟人讨价还价的尖嗓门,将满满一尼龙袋生苞米和番薯,交到儿子手里。你提着网兜袋,微斜着肩,黑色人造革包背带勒在胸口,挨个儿地在教室门口张望,一开始,你塌鼻塌鼻地叫了一会,或许你觉得这么叫不灵光,又改口张小行张小行地叫。我蹦到你跟前,你瞪着眼,擦拭着眼睛,连连说,哎呀,你看看阿婆这眼神！我拽着你,穿过有回声的走廊,进教室,按在我的座位上,用我的杯子给你倒了一杯水,然后,我在《一条路》的歌声中,奔到厨房,找到饭盒,跑到蒋老师的窗台边,取来一盆热乎乎的萝卜炖骨头。等我回到教室,你正在夸赞周卫红额前的刘海,从网兜袋里,取出一个塑料袋,摸出一个散发着尿骚味的褐色鸡蛋,递给周卫红,这种蛋叫童便蛋,是我们这儿每年春季独有的怯弱强身圣品。我将饭盒递给你,你摆摆手,说早上吃得很饱。你替我剥了一个童便蛋,又变戏法似的,取出一个盛满芝麻核桃肉的圆口玻璃瓶、一瓶颜色暗沉的沉甸甸的补脑汁。

我昏头昏脑地吃好饭,往数学教研组走去,你慌慌张张跟着我,迈入一间试卷和作业本堆积如山的办公室,时至今日,我依然清楚地记得,一进门你就大声问候蒋老师,却发现气氛有点不太对劲,你的老亲戚坐在一摞皱巴巴的作业簿后,虚弱地朝你微笑着,蒋老师为你泡了一杯茶,挺着身子,从桌后绕到我的跟前,盯着我的绿皮笔记本,仿佛有一道很难的数学题,需要他在短时间内解出答案。要学好数学,这里有一个主观和客观的关系,也就是你自己要,还是不要。蒋老师轻轻地说,尽管那些传闻有些过分,但是看来也并非捕风捉影。说完这些,蒋老师轻轻摇了摇头,似乎一切都是他的过错。你迟疑地伸出手,抓过绿皮塑料本,翻得哗哗响,脸上的笑容麦芽糖一般凝固。蒋老师停顿了一会,用一根手指顶了顶眼镜,语气平静地说,一个人若想有所作为,一定要控制自己的情感。他把一只手搭上我的肩头,用一种长笛般轻柔而充满希望的声音说,希望你今后,不要再写来写去了,考上大学才是亲人对你的期望。

当我们经过教学楼狭窄的楼道时,不再有人吹口哨,或是恶作剧地伸出腿,挡住去路,也不再有人发出孔雀一样刺耳的叫声,空气像水冲过一样干干净净,所有人自动为我们留出一条路。这些人里面,包括利荣、白皮肤、性子温吞吞的许生娇、微胖、爱穿一条黑色紧身踏脚裤的周卫红,杨文革嚼着泡泡糖,一只脚抵着栏杆。你走到利荣跟前打听着什么,扭头,用充满困惑的眼光,盯住杨文革,转身摇晃着朝他走去,你的一条腿看上去,像是比另一条腿短了几公分。你打量着杨文革,一手拿着簿子,一手举在额前,眉头紧缩,沉吟不语,像一位老道的火腿行家,审视一只火腿。杨文革咧开嘴,吐了个泡泡,泡泡糖噗一声破了,黏在鼻尖上,他用青蛙一般灵活的舌头,卷进嘴巴。教室门口,走廊里,探出无数颗好奇的脑袋,兴奋地议论着,在我们身边,围成一个扇子似的半圆。

那首流氓诗是你写的么?在一阵漫长的、几乎令人透不过气来的安静中,你开了腔,你说话的模样儿真叫人难过。杨文革停止咀嚼,眉头紧锁,目光下垂,像一位便秘的艺术家。你看看,你都写了什么乱七八糟的?你的唇齿之间,留着我的誓言,我问你,你到底留了什么誓言？今天你要给我说清楚！你抖着簿子,几乎要举到杨文革鼻子下。阿婆,不……不是我写的,这不过是一首歌的歌词。杨文革抓下帽子,手指插进长发,故作潇洒地梳理着,摆出一副神马都是浮云的拽样儿。不是你写的？你咬牙切齿重复道,此时此刻,我必须从记忆的储存卡里,挑出那个要紧画面,谁也没料到,你这个七十多岁的老太太,会一把攥住杨文革的脖子:我家塌鼻是个忠厚人,你哆嗦着嘴,要是你再敢纠缠她,我就把你的小鸡鸡割了去！人群中有人发出窃笑,有人嗡嗡地起着哄,杨文革的脸涨成茄子色,眉毛中了邪一般抽动。哦,太阳还在当空照吗？风还在这所学校里追逐吗？阳光还温暖着大地吗？我觉得所有的目光都集中在我身上,我被这些目光的力量推搡着、逼迫着,我奋力拨开人群,冲下楼,一直跑到了阳光下。哦,是谁脚步慌张在池塘边追上我,人造革包拍打着扁屁股,你拉住我,仿佛要解释什么。我甩开你,穿过操场和一排灰头土脸的冬青树,时至今日,我依然记得,你低着头,情绪低落地紧跟着我,在尘土飞扬的大路上,一溜小跑。是我不好,伤你面子了。你边跑边不停地诉说着、恳求着,声音嘶哑,喉咙发出卡喇喇的难听声。泪水登时充满我的眼眶,我的每个毛孔,都被懊丧和莫名的烦躁填满了,我一直跑到候车亭,才停下脚步,远处的砖瓦厂的烟囱里,吐着黑烟。你站在我边上,额头沁汗,情绪低落,惴惴不安,像是为刚才的行为悔恨不已,有很长一段时间,看得出你很想开口,却想不出要紧事,有生以来,你似乎第一次感到为难。不要生我的气,塌鼻,不要生我的气。你低声下气地恳求着,你要是不好好学习,我怎么向你爸爸妈妈交代？你要是考不上大学怎么办？就算现在恋爱谈得再好,将来也是枉然啊。再说了,我不就是吓唬他一下嘛？那个后生,面孔白白净净的,就是头发长一点,我其实也是蛮欢喜,怎么舍得把他的小鸡鸡割了去？你冲我微笑着,脸上挤出几道明显的皱纹,伸手试图替我擦拭泪水,被我挥手挡开。

　　一辆浑身作响的汽车尖叫着驶进站台,一个戴头巾的女售票员,探出车窗,用铁皮票夹使劲拍打着车身。汽车吐出全部人员,连门也懒得关,兜了个圈,调好头,新的人群在门边涌动着。你看着我,尽管我耷拉着眼皮,我也能发现你看着我,并朝我挥挥手,转身走向汽车。你以吃力的动作抓住扶手,整个身体呈九十度弯曲,费力地朝汽车踏板抬起了一条腿,尖尖的臀部向外突出,与车门构成一个奇怪角度。售票员又按了一遍铃,汽车抖动了一下,宣告不耐烦。你刚挤上车,门就沉重地关上,人造革包被夹在门外,车门咣当一声打开,包被一股力量迅速拉了进去。我看到你努力地站立着,鼻尖贴着窗,揪着衣领,像是要把蹦出喉咙的心脏塞回去。你露着牙,突然想起什么似的,冲着窄窄的橡胶门缝喊,外公要你好好读书!——汽车发出夺命一般的尖利呼啸,扬长而去,带起一阵很大的尘土,翻过一道山丘,不复存在。

6

　　一想起那些高考落榜的日子,我的脑子就像被蝗虫啃过的庄稼地,充满孤寂和绝望,尽管如此,我仍然得追忆那个秋风飒飒的倒霉的秋天。当我坐着长途车重返上宅,已是黄昏,我把两筒苏式月饼、一听麦乳精、水果糖和感冒冲剂,搁在桌上,这些是爸爸妈妈带给你和外公的。桌上,多了一只鞋篓,里面盛着许多五颜六色的娃娃鞋,像一只只元宝,一只粉红色鞋底上,还戳着一枚粗大的拖着五彩丝线的针。塌鼻,你瘦了,不过好了,你终于回来了。一见面,一向讲求实际的你,首先想到的是我的肚皮问题。你像过去一样,满怀深情地待我,似乎比高考前还要高兴,似乎我的回来你等待已久。廿四间的一切,跟三个月前离开时,并无二致。家具原封不动,从天花板上吊下来的、那只光秃秃的四十瓦的赤膊罗口灯泡,没变。我的床依然是暖烘烘的,晒过的被褥散发出蓬松的气息。沿墙根一溜摆放着七个圆溜溜的玻璃瓶,没变,盛着我爱吃的各种零食,一切都对我这个无人理睬的高考落榜生,发出热切欢呼:欢迎阁下大驾归来。是的,这儿的确是我的最佳避难所,在杭州,爸爸妈妈的唠叨和责难,让我喘不过气来。

话虽这么说,事实上,连我搁在角落头的行李,包括所有用旧了的课本,都散发着自卑和沮丧的气息。有一阵子,无论说话还是做事,你们两个都变得小心翼翼,仿佛屋子里多了一个脆弱不堪的物体,如同八仙桌上那只蓝瓷花瓶,你们越是把一切做得自自然然,好像努力保持原来那种气氛的样子,越是让我觉得烦躁、消沉和委屈。你们的好脾气以及比以往更多的关爱,越是让我难过、厌烦和生气。我变得沉默不语,或是突然烦躁不安,不吃你做的饭菜,摔门而出,沿着弯而长的小巷,往村外的田塍路独自一路狂奔,全然不顾你在背后的呼喊。

高复班位于离六石镇两里地远的寀卢村,这幢灰扑扑的旧式平房,曾被用做粮仓,四周是大片收割后的田野,有如荒凉海面上的一座孤岛。在那间四面透风的教室里,我开始重新体会人生。秋风像树梢吹落的麻雀,发出哀鸣,钻入吱吱作响的教室门,扑打课桌上杂乱的书本,嗞嗞作响的日光灯,在头顶上发出整夜惊悚的寒光。高复班的老师大多兼职,偶尔光顾,留下一堆作业和唠叨,许多时候我们都在自学,像一群田鼠加紧贮藏着过冬的粮食。多年来,我们被时间催逼着,被豢养、填食,养大就得经历一场看不见的杀戮。我们不容自己喘息,仰着头,目光涣散,脑袋一片空白,像一群引颈待斩的家禽,命运早已为我们准备了种种不幸:痛苦、羞惭、悲哀、忧郁、疯狂甚至死亡。除了最后一搏,我们别无选择。

冬雨开始洗涤乡村,在窗上变幻出诡异图画,坐在教室里似乎也能感觉到雨丝,从瓦片的缝隙里飘落。江南的冬天,阴冷得令人得忧郁症,天真冷,连钢笔也冻住了,田野上奔腾而来的风,发出阵阵呜咽,把玻璃窗上的塑料薄膜,吹得胀鼓鼓的。我缩着脖子,坐在课桌前,脑袋像一盆糨糊,脚上的高帮套鞋,像两个冰砣子。时至今日,我依然能够清晰地记得那个寒冷的冬季,那种冷,我的炭灰色马海毛衣根本无法抵挡,我的紫红色滑雪衣也不行,那种冷并非迎面而来,也不是从背后吹来,而是从脚下慢慢渗上来,穿透脚上的橡胶底和鞋毡,如同千万根冰冷的钢针,直插肠胃,深入骨髓,侵入灵魂。那种冷,只有一个高考落榜生,才能够真正体会。时至今日,只要一回想起,那种寒冷依然让我簌簌发抖,再次听到自己的牙床和膝关节,发出的格格声音,这种声音,不单单是我一个人发出的,而是全班五十六个人一齐发出的,如同五十六匹啃着老玉米的小毛驴,又像五十六台正确凿无疑地工作中的打稻机。除了簌簌发抖,我们别无选择。

农忙停课,教室里空空荡荡的,零星几个剩下的学生,仿佛收割后的田野上觅食的麻雀。教室外,从早到晚回响着机器轰鸣声,当地老乡忙着榨干蔗,一捆捆青翠的甘蔗,被送进滚动的轴轮,从机器里吐出清澈汁水,成为制作红糖的原料。农忙一过,村里请来戏班子,戏台就搭在教室外,锣鼓喧天连唱了好几天,弄得我们看书根本没心思。晚饭后,我胳肢窝夹一本书,脖子上围一块带流苏的淡黄色开司米围巾,围巾两只角甩在背后,露出眼睛,像一只道行很深的流浪猫,将孤独的影子,投射在村庄的角角落落。田野里,一个稻草人,头朝下插在竹竿上。我飘过家家户户门前,望到门窗后亮起的橘红色的灯光,闻到门缝里飘出来的饭菜的香气,心中萌发了乡愁,我在日记本上,写满落榜后的自责和羞惭,也写满对杭州的思念,我的痛苦只有天上的星星和月亮、地上的蚂蚱和田鼠才知,我十分清楚,要是再考不上大学,流落荒野便是最后下场。

天上飘着雪,地上滑溜溜的。那天,我比平常提前回上宅。下了车,没走几步路,看到你在公路边,膝盖搁一只鞋匾,匾里躺着好几双娃娃鞋,正用赞叹的口气,向一个包头巾的小媳妇推销。看看吧,多好看的小鞋子呀……你温柔地招徕着,边说边惬意地抚摸着自己的膝盖。小媳妇拿起小鞋子,搁在掌心,左看右看,啧啧夸赞。我都做了一辈子鞋了,没人做得比我更好了,买一双吧,呵呵!你用自豪而充满期待的口吻恳求着。汽车一辆接一辆开过,掀起尘土,雪落下来,你的双眼不时地睁睁闭闭。我低头朝你走去,脚步飞快,以至于撞上了卖玉米的货摊,弄得玉米来回滚动,还差点撞翻一篓青菜。或许我的突然出现,把你吓到了,你喊了我一声,有点儿不好意思地笑笑,不到两秒钟目光又放到小媳妇身上。快跟我回去!我把嘴凑到你戴着黑色绒线帽的软骨耳朵边,低声怒吼,或许你并没有意识到,当众摆摊对我是一种羞辱。塌鼻,霉干菜蒸大肠,已在泥风炉上,炖得咪咪酥了,卖掉这两双,阿婆再去买一条鲈鱼,给你补一补。你忸怩着说道。又围过来一个大嫂,抓起鞋匾上的小鞋,问东问西。我像一名粗暴的城管队员,胡乱地收拾起你的东西,扔回小媳妇的钞票,抢回大嫂手中的鞋,拽着你的胳膊,气急败坏往家的方向走。你抱歉似的朝小媳妇笑笑,又讪讪地冲大嫂挥挥手,拍打着身上的雪,不情愿地蹒跚迈开了腿。

我的肩膀挨了一枪,利荣用橘子皮做的子弹击中了我,枪身是用完墨水的圆珠笔芯做的,他交给我两封信和一包书。我把乱七八糟的作业本,朝旁边推了推,首先拆开一个牛皮纸信封。这是我那位爱

在饭桌上训斥人的爸爸写给我的信,用的是红横条线的部队专用信笺,爸爸深蓝色的钢笔圆体字,龙飞凤舞,十分遒劲有力:

  读了你的第一封信,我和你妈妈一致认为,你的"危险期"似乎过去了——噩梦醒来是早晨,这是一个良好开端。一个人应该有高尚的道德情操和思想品格,不去想不该想的问题,不去做不该做的事情……在家里,我们是对你恨铁不成钢,把自己美好的前途、理想轻易丢弃!你只有充分地认识昨天,把握今天,才能够展望明天……

  宝剑锋从磨砺出,梅花香自苦寒来!希望你向越王勾践学习,卧薪尝胆,发奋雪耻!

信末,我的爸爸还送给我一句口号:

祝你
学习、学习、再学习!!!

  爸爸在口号的每个字底下,专门加了一行连贯的、大小十分匀称的小圆圈,像是给这行字,穿了一双滑轮鞋,三个惊叹号紧跟其后,一个比一个大,最后一个几乎力透纸背。我把爸爸的信按原状折好,装回信封,掏出小圆镜,调整了一下心情,小圆镜忠实地反映出,一位神情忧郁的求学者的尊容,并且看得出镜中之人,正处在毫无退路的绝壁。

  我拿起一只乳白色信封,右上角,并排贴着两张四分钱邮票,邮票上画着江苏民居。一看字迹,就知道是长脖的信。长脖是一个懂礼貌的好孩子,行文喜欢称呼"您",让收件人不免有点儿受宠若惊。

"亲爱的姐姐:您身体好吗?"第一行长脖是用绿色圆珠笔写的,看得出写字人的执著和认真劲儿。

"如果您告诉我,一切都好的话,那真是太好了。"这一行用的是红色。

"另外,我想对您说,我们都很好。"这一行的颜色,跟上两行都不一样,是黄色的。

"一直没空给您写信的原因,是因为我一直很忙,忙极了。每天放学后,除了做作业,还要做家务。"第四行字迹的颜色,回到了第一行。真受不了长脖,写信一行行轮流写,跟写诗似的,还弄得五颜六色。

"要知道这些家务活,原本都是您的,可是现在您走了,这多少给我带来了一些麻烦,因为弟弟他什么也不干,我要开始学会适应没有您的岁月了。"这段文字的颜色,与第二行保持一致。长脖的信,字迹颜色变幻莫测,以下不再赘述,不少地方还被她细心涂改过。

亲爱的姐姐,您知道我有多么想您吗?好几回我都梦到我们睡在一个被窝里,尽管您的睡相很差,半夜里,您只要轻轻一拉,被子就全跑您那儿去了,让我找都找不到,而且您一不高兴,还会把被子卷起来,让我冻得发抖。亲爱的姐姐,您知道为这事我流过多少泪水吗?但现在,我一定不会再伤心流泪了……礼拜天,爸爸又把家具换了朝向,妈妈还在西安读书,爸爸叫我和弟弟录了音,给妈妈寄去,我们在录音机里唱歌和说话。告诉你一个不幸的消息,我们床头那只小乌龟,因为喝多了弟弟给的米汤水,前天不幸去世了。您什么时候放假?您在学校有朋友吗?您吃饭和睡觉方面都好吗?您一定要多和同学说说话,不要整天鳖(憋)在心里。今天我在传达室,取到一封您的信,记得暑假时,您规定为您取信的人,可以得到每封信五毛钱的报酬,如果您记性还好的话,回杭州时记得把钱付给我,这样的话,我会十分高兴的。

您最爱的妹妹和最爱您的妹妹

小亚

1986 年 12 月 23 日于杭州家中

我擦了把眼睛,打开随信附夹的一只淡黄色的信封,这是一封分手信。寄信人是考上杭州大学体育系的杨文革。

路边有一棵树,经历了三个月的寒风,倒了。记住,不论到什么地方,我都在默默祝福你。当有一阵风吹得你沙沙作响,那就是我。当有一阵雨淋湿你的发梢,那也是我。圣诞快乐,元旦快乐,永远快乐,别了!YWG

一吃好饭,我就像个标准的十八岁落榜生那样,心事重重地躺在床上,门响了,接着是踢踢踏踏的脚步声,我把脸朝向墙。我感觉你的身子,在床边移动了几下,你挨着我,手肘支着床,在昏暗中幽幽地打开话匣子。你声音听上去既像是宽慰我,又像是在自言自语,绵绵不断的话语,像含在雾气里的雨丝,又像月光映照下的青苔,这一切依然离我那么近,我甚至闻得到屋里陈年家具散发的气息。塌鼻呵,牛吃青草鸭吃谷,各人自有各人福。人这一生世,总归得吃一些苦头,你看阿婆这一生世,什么苦没吃过呀?但是一个人,只要有两只手,办法总归会有的,阿婆这一生世,靠的就是这两只手。我多会做呀,腌火腿、裹馄饨、做鞋、绣花、织带、插秧、割麦、筛沙、递砖头、敲石子、挑土方、翻屋瓦……不论粗活细活,男活女活,我都做得来,东阳县哪个村堂,我没去做过生活?说到这儿,你顿了顿,扳着手指,用唱歌一般的音调絮叨,怀鲁、西宅、樟村、楼西宅、吴良、白坦、六石口、陈宅、姿村、洋溪、后溪、腺塘、华店、下宅……你真不晓得,四面八方我都去做过来!我一生世给人家做鞋,单鞋、棉鞋、绣花鞋、虎头鞋,随便什么鞋,我都做得来!我做的鞋,穿起来,透气又舒服,永远不会生脚汗。我那时多吃香呀,忙起来,鞋底堆了大半张床!李宅有户财主人家,要嫁囡,请我做了一百双鞋。我绣花也有名的,老底子接亲嫁囡,枕头、帐沿和布幔上面,都要绣花的,这种生活不大有人会做,很费工夫的。我绣的花儿,好看得香气都溢出来。我绣的鱼虾,一碰着水,就会游起来。我绣的小猫,眼睛亮得像要流出来。你只要画得出,我就绣得出,现在我都做得来,就是眼力不大好了,头颈骨有一点痛,现在的花线,也没老底子的好了。我花绣得来,带也织得好啊,一棱头、工字带、紫花带、红继丝带,什么带我都织得来,婴孩的肚脐带、鞋袜带、背小孩用的背人带、红绿丝带,出嫁的时候,我织了好几捆。嫁到上宅后,全家人的鞋头袜脚,也靠我一双手做出来。廿四间的孙关姨婆她们,很会弄事的,但也不敢欺待我,因为她们随便哪个,都要用到我的东西,哪一家用不着?她们都做不来的。

每当聊起一些并不令人愉快的往事,你从不怨天尤人,也不像祥林嫂那样,一把鼻涕一把泪,你语气平淡,娓娓道来,像是在讲述别人的故事。阿婆一生世,阎罗殿外都转了好几圈。解放了,本以为日子会好过点,其实哩——屁!金川成了资方,又当过保长,三天两头挨批斗,我这个伪保长老婆,走在路上都有人朝我吐口水、扔石头。那年春天,东阳县遭大旱,溪滩里的鱼成了鱼干,虾成了虾干,泥鳅成了泥鳅干,我踩了三天三夜水车,脚上长了一个疔,痛得要死。金川请来郎中,帮我挑脚疔,不小心挑破一根脉,血流得像开渠。金川从屋后,搬来一坨黄泥,来泗地上的血,一大坨黄泥墩子,染成个大红疙瘩。阿婆上山,扯了几把野草,煎了汤药,才算保牢我的一条命。肚皮吃不饱,我去卖坛子,一个女人家,用独轮车推着,推到义乌火车站,一车有两百多斤,早上两点动手准备,上宅到东阳县城十里路,县城到义乌十八里路,来去五十五里路,每趟挣两块一角,手上脚上磨得全是泡。我到处打零工,在矿上找了个敲石头的活,鸡一叫,爬起来,煮一锅番薯藤粥去上工,把山上整块的大石头,敲得粉渣沫碎,堆成一个个小梯形,算工分。大冬天穿一件单衣,一天做下来,衣服都变成湿漉漉的黑衣,眼睛又红又痛,手酸得抬不起,十个手指头墨乌,手掌纹里的黑,怎么都洗不掉,这样做一天,一角工钿。

"土改"后,成立了高级社,一高级,很多东西也变了。比方说,社姆山上的树,都被砍了,都是宽口粗的松木哦,好端端的山,变成了癞痢头。市集里那棵榆树,活了都不晓得多少朝代了,这下子也活到了头,被七八个后生,用斧头劈、锯子锯,硬生生地砍倒,拿去烧了小高炉,只留下一个圆台面那么大的根。那天,廿四间来了几个人,为首的是黑炭头,戴着红袖章,敲着脸盆进台门。黑炭头这个阴官[①],是有初的小儿子,我们两家当年贴隔壁。黑炭头小时,拿棉花点火玩,烧着自家房子,烧到我们家,我陪嫁来的亲手织的一匹匹布、一捆捆带,全部烧了个精光。火烧后,我们没让黑炭头爷娘赔,话说回来,他们也赔不起。我还做棉鞋给仨哥弟穿,送棉被给他们盖,没想到黑炭头长大后,这么没名节,喊着口号冲到六经堂破四旧,拆了匾额,砸了牛腿当柴禾烧。

黑炭头身后,跟着一个小平头,两个抬箩筐的人。黑炭头直奔灶头,连个招呼都没打,就开始卸灶上的锅,那口铁锅是我的陪嫁,值一条火腿价钱呢。黑炭头,你给我住手!我一个箭步拦住黑炭头。黑

[①] 东阳话里,阴阳怪气的人叫"阴官"。——作者注

炭头两手叉在腰上,很威风地说,金川嫂,上面来精神了,各家各户,铁锅铁铲,都要砸了拿去炼钢铁,土灶也得拆了,拿去积土肥。我朝地上啐了一口,呸,什么来了精神?我看是发了神经!砸了锅,拆了灶,还让我们活不活?黑炭头一瞪眼,正想发作,小平头制止了他,抬了抬帽檐,大嫂,都合作化了,大家都是一家人了,还分什么你的我的?大炼钢铁,炼的不只是钢铁,而是人的觉悟。一口锅算什么?隔壁勤丰村和尚庄的织布机,全砸了拿去炼了钢铁了呢。县里的白云塔、保国塔,也都拆了,塔砖拿去盖房,塔底翻出来的几百斤封资修的破铜烂铁,也全卖给供销社炼了钢铁呢。听说杭州西湖边的铁链子,也要拆去炼钢铁了呢!这个小平头,一会儿东阳话讲讲,一会儿普通话讲讲,一看就是公家人,后来我才晓得,他是上面新派来的乡干部,大号邱华西。

拆了西湖边的铁链子,人不掉西湖里了么?我将信将疑地问。大嫂啊大嫂,你就是欠教育!眼下革命形势一片大好,全中国人民大炼钢铁都来不及,谁还有心思跑西湖边瞎晃荡?那可是资产阶级生活作风,就算掉西湖里,那也是活该,是罪有应得,死得其所!我们必须跟资产阶级作风划清界限啊!哎呀,这些道理,一时半会儿跟你也说不清,时候不早了,大嫂,请你配合我们执行任务吧!邱华西话音刚落,黑炭头朝脑后一挥手,那两个抬箩筐的直扑灶头,抬起大铁锅,搬到门堂里,举起铁锤,噼里啪啦砸成碎片,把碎片哗啦啦装进箩筐里。黑炭头闪入屋内,又翻出一只电熨斗和一口四角包铜边的皮箱,这两件物什是金川上海带回来的,那口皮箱,里外都是真皮,很值铜钿的,也被搜走。黑炭头又搜走菜刀、火钳、铜罐和一只铜香炉,连一对莲花烛台也没放过。哎呀呀,多好的一对烛呵,纯铜的,上下两层,像两座宝塔,每层都雕着花纹,一擦就金灿灿发亮,一吹就嗡嗡嗡直响。闹日本时,隔壁邱店一个叫须凤的女人,敲着脸盆上门,说日本佬要打来喽,家里值铜钿的东西,趁早换成铜钿,我都没被须凤那个骚货骗了去,我把烛台和一些值钱物什,用蜡纸包好,埋到屋后保下来,没想到,这下也完了。那台自鸣钟幸好没被搜走,我把它用一只旧枕头套,包起来,藏到房梁上。临走,邱华西扔下一句话,大嫂,我们得把这些封建糟粕,投到革命火炉里,好好儿炼一炼!

锅砸了,灶拆了,家没了,大家响应号召,都去公社食堂吃饭了。公社食堂设在六经堂,戏台下支起一口锅,台柱上贴着红标语:鼓足干劲生产,放开肚皮吃饭。那口锅大啊,煮得下一头小牛,煮饭做菜时,两个壮劳力站到台上,抡着洋锹,往锅里搅,一天搅下来,手都搅伤筋。地也不种了,刚刚抽穗的六谷,好端端地被拔掉,拿去喂猪,六谷杆埋了,说是养地,为了密植,好早点种麦,提高麦子产量。没被拔掉的六谷,扔在地里也没人要,反正人民公社,有大锅饭吃。什么东西都是公家的,人也是公家的了,搞行动军事化,生活集体化,村里的壮劳力,都被抽去炼钢铁,大兵团一天到晚,开到东开到西。到处是小高炉,从早到晚冒着烟。听说大溪滩沙子里面含铁,可用来炼钢,男女老少被发动起来,挑着箩筐,端着畚箕,到溪滩里面,没日没夜淘沙,淘出来的沙,用人力车推,肩膀挑,弄到土高炉里炼,炼出来的黑疙瘩,每天秤分量、贴喜报。

一开始,公社食堂还有干的,到后来只剩稀的,再后来,稀的都紧缺,番薯藤都要凭票,家里没有一粒米,我到山上挖葛根,磨成粉,做窝窝头,这种东西吃多了,解不出手,大人小孩难受得直哭。夏天没到,草根就被挖光了,树皮也被剥得精光,田里看不到人影,村里走着一个比一个瘦的人,耷着头,光青着脸,同活鬼一样,年纪大的人饿得头颈老老长,小孩子饿得精精瘦,大家都在背后骂娘,干部特殊捞稠稠,社员吃得稀溜溜。一些人想退出公共食堂,黑炭头就召集开会,谁退出食堂,不但口粮取消,还要挨批斗,那些想退出的人,只好歇。

谁去种地,就是搞资本主义,就要整风、挨批斗。那时节,整个上宅只剩三头猪娘,饿得眼花绿花的人,争着去横锦修水库,因为修水库,有玉米馒头吃,可又没力气,只好站在大坝旁磨洋工,一经发现,就被揪出批斗。横塘坎有位潘阿婶,罪过哦,平时一个人住在社姆山后背的娘娘庙,潘阿婶年轻时,也蛮像样,瓜子脸蛋柳叶眉,老公在国民党里开飞机,打落过日本佬三架飞机,解放后被抓去劳改,在牢监里生怪病倒了,一个独养儿做了强盗,"土改"时在东中地场吃了花生米,潘阿婶日哭夜哭,哭成盲眼。每天早上,潘阿婶胳膊套一只破饭篮,篮里搁一只搪瓷杯,拄着打狗棍,翻一道山丘,到六经堂来排队,盛一杯粥或满是清水的豆腐脑,吃好以后,翻过山丘,回到庙里,潘阿婶一天忙到晚,就忙这两顿饭,逢着刮风落雨,浑身像在泥浆地滚过。有一天,食堂干部发现,潘阿婶好些天没有来,就派人出去寻,在半山腰上,发现一只破饭篮,潘阿婶倒在草丛里,已经没气了。

炼钢的生活,同被秦始皇征去修长城差不多,吃的是番薯藤、南瓜秧,住么,就在地上挖个坑,坑里铺片麻袋布,头顶拉一面屁股大的棚,一阵风就能把棚刮跑。炼钢的人,个个饿得面色青光,腿肚子发虚,有腌菜过饭配,就像过年了。许多人还生起怪病,裤裆里的东西发了霉,两三个月下来,钢没炼出,人却折腾废了,炼钢队有纪律,谁溜回家就要受处分。肚皮饿瘪的人们,边劳动边跟着领唱的黑炭头,稀稀拉拉地唱,共产党好啰,嗨嚛!……发号召啰,嗨嚛!……炼钢铁啰,嗨嚛!……修高炉啰,嗨嚛!……洗砂子啰,嗨嚛!……炼好钢啰,嗨嚛!……好歇歇啰!嗨嚛!

汤家阫有个叫邹燎原的司炉长,本是一个箍桶匠,炼钢时腿被钢水,烫了个碗大的伤口,发了炎,又黑又红,淌着脓水,痛得没法下地。一个晚上,燎原趁大家睡着,一瘸一拐逃回家,他老婆听到门窗响,一开门,差点没被吓个半死,因为燎原看起来像是刚从泥塘里爬出来的鬼。她老婆替他擦了身、换了药,刚刚换下浑身的酸臭衣服,就被拖住了,现在看来,责任主要在燎原的老婆,没把自己捂严实一些,也没给老公烧碗点心垫垫饥,灶头吃剩的公社食堂的豆腐渣团,热一热,端给浑身发软的男人吃下去也不迟。总之,燎原两公婆那副样子,根本不像是夫妻。这下,他们摊上大事儿了,燎原突然脸色煞白,倒在女人的肚皮上,命根子还保持着向上的姿势。据说是心脏病发作。燎原一死,他老婆跟着倒了霉,被戴上一顶破坏"大跃进"的帽子,批斗斗死了。

肚皮吃不饱,鞋子总归还是要穿的,那时节,平原上种地的人,地没得种了,只得挨饿,还是山里人,靠山吃山,日子好过一些,平原上的人,时常拿着破衣服,跟山里人换山芋。条件好一点的山里人家,请我去做鞋,包吃住,一双鞋换两节索粉干,我鞋底纳到天公发白,不过那时候,我的眼睛也好啊,我从东做到西,从南做到北,一个村堂一个村堂做过去,一直做到岭北周,那个鬼地方,都快到诸暨了。出门做生活,翻山越岭,一去就是十天半个月,阿婆心疼,不肯让我出去做,可是我不出去做生活,一家人吃啥?要不是穷,我一个女人家,怎会跑那么远的地方讨生活?去岭北周,都是大山,没有路,茅草把小腿肚上,犁出一道道血,一路有很多坟窟窿。那次,我挑着做鞋换来的索粉和番薯,沿着山路走,脚上突然碰到一个冰冰凉的东西,连忙把脚缩回来,一看,哎哟喂,是一条绿肚皮的大花蛇,吓得寒毛直竖,三魂吓掉了二魂半。还有一次,我走得肚皮咕咕叫,听到柴篷窝里,稀里哗啦一阵响,以为金川接我来了,金川担心我挑不动,每次都接得很远,我以为金川故意躲起来吓我,就喊,金川,你不要作精怪,我晓得是你。话音未落,呼隆一下响,柴草蓬里窜出一头野猪,擦着我的扁担逃上了山,我吓得腿一软,魂都不在身上了。有一次我在一片林子里,转来转去,找不到路,像是被鬼迷住了,天黑下来,起了雾,林子里发出各种声音,我吓得金川金川拼命喊,以为这次真要被阎罗王召去了。迷迷糊糊中,听到金川和马坦的喊声,一看到金川和马坦,汗出喷天地出现在眼面前,我一下瘫在地上了。

饭都吃不饱,我却又怀上了,气得直骂金川这个鬼,金川却说,女人猪娘命,不生便变病。那时节,金川在城里站柜台,平时住在布店楼上,那个布店,是金川解放前,跟几个人合资开的,公私合营时,金川成了资方,时常被人扣着尖帽子、胸口挂着木牌,在城里游街。我捡来甘蔗皮,拌上番薯藤,掺上一点米,熬成粥给全家人喝。晚上,喝完粥的一家人,躺在床上,耳朵里听到的不是鸡啼,也不是狗叫,而是肠子发出的叽里咕噜声。翠儿和翔儿,饿得直叫唤,我劝他们不要动,也不要叫,因为一动一叫,肚子会愈加饿。我躺在床上,一边轻声地,给翠儿和翔儿讲大话。

"老底子,姆妈娘家做火腿,一年到头,肉多得吃不完,过年过节,菜蔬办得富庶哦……五花肉、里脊肉、旗凤冠,堆成满满一碗尖尖,比县政府后面的白云塔,还要高咧,体面哦!"

"当年,姆妈娘家做的六谷糊,好吃哦,金灿灿、香喷喷、厚嘟嘟,上面飘一层油汪汪的香脂油,别人家的六谷糊,都是稀薄稀薄的,好当镜子照了,姆妈娘家的六谷糊啊,厚得厚得,筷子都跺得牢咧,富足哦!"

"小辰光,姆妈跟着阿爸,去杭州玩,河坊街上,好吃的东西数不清:定胜糕、龙须酥、棉花糖、姑嫂饼、麦芽糖……定胜糕刚刚做好时,最好吃了,热乎乎、软绵绵、甜滋滋。西湖藕粉,又香又糯,还洒着糖桂花,调羹一放进嘴里,那藕粉,呼噜一下就滑到喉咙里去了,停都停不住!"

"姆妈,翠儿越听越肚饥了!"翠儿哑吧着嘴,哭沥沥地说。

"姆妈,翔儿也越听越肚饥了!"翔儿哑吧着嘴,也哭沥沥地说。

"好了好了,乖翠儿,乖翔儿,快点困觉吧,饿怕困,困着了,就不饿了。"我只好这样哄哄他们。

阿惠生下来了,白皮肤,圆脸蛋,下巴上有个小涡涡,跟年画里抱红鲤鱼的娃娃一个样。奇了奇了真奇了,尽管我的一张脸,瘦得像铲锹,奶水却很多,胸前的衣裳总是湿淋淋的,阿惠每天吃了睡,睡了吃,真是造化他呢。礼拜天,我抱着阿惠去城里看金川,顺便在十字街卖几双小鞋,一个年纪很轻的女人,抱着一个毛毛头,从县政府大院里面走出来,她的颈上系着一条浅蓝色尼龙围巾。女人走到我面前,拿起虎头鞋,眼睛却盯牢我的胸,那会儿我正给阿惠喂奶。我一看女人怀里的毛毛头,像只小猫。嫂子,这些鞋都是你做的吗?女人怯生生地问,听口音不像是本地人。我说,是啊,我做鞋子是有名的呢。阿惠停止吃奶,像是在听我们说话。嫂子,你的手真巧啊。女人夸赞着,支支吾吾又说,嫂子,你能给我家宝儿,喂几口奶么?

都是做女人的,怎么会不肯?我接过那个叫宝儿的毛毛头,敞开衣襟,把另一只奶给宝儿。宝儿一挨到我,像是生下来就没尝过奶水味,吃得又急又猛,那个猴急样,跟当年牛坦跟马坦争奶吃,一式一样,一想起牛坦,我的眼泪差点滚落来,轻轻拍着宝儿的背,劝他慢慢吃。宝儿终于吃饱了,含着奶头,嘴角挂着奶汁,心满意足睡着了。我掩上衣服,把宝儿递还女人。那个女人接过孩子,扑通一记跪在我面前。我吓了一大跳,连忙去扶她。这位小娘,你快起来,我又不是观音菩萨喽。嫂子,你的鞋我全要了,求求你,请你给我家宝儿当亲娘吧。女人红肿着两眼央求道。我们这里,管奶妈叫亲娘,这个女人是想让我给她儿子当奶妈?这可怎么行?我抱着阿惠直摇头。嫂子,你家儿子买奶粉、荷花糕的钱,我出,求求你给我家宝儿当亲娘!女人解开宝儿的肚兜,只见宝儿的肚脐眼爆出一大截,一摁发出咕噜声。我家宝儿一生下,我就没奶水,宝儿日哭夜哭,肚脐眼都哭得突出来,郎中说,只有吃人奶才救得活。女人哽咽道。边上围上来一些人,一个卖烧饼说,虱大的崽,哪里养得大,活不长的。一个卖霜糖的说,不要乱讲,她老公是县长。哦,原来她是县长太太,我真想不通,她贵为县长太太,有吃有喝,怎会没奶水?我一个穷苦人,缺吃少喝,奶水却浦进浦出,想想真是难过哦。嫂子,你若不答应,我就跪在这里不起来。女人跪在地上哀求着,把缎子似的脸都哭湿了。为宽慰她,我只好说,我回去同老公商量一下。她破涕为笑,买下蓑匾里的鞋,叮嘱我等她一下,就脚步轻快地走了。她拎着一个小纸板箱,很快出现,这是送给亲娘的见面礼。这位叫巧珍的女人,眼里闪着感激的泪花。回家打开纸板箱一看,里面装着大半箱索粉、一包六谷粉、一小袋米和一袋奶粉。我跟金川盘来算去,想了一整夜,一想到马坦眼看快初中毕业,翠儿翔儿也该读书了,靠金川那点工资,根本不管用,思前想后,不如还是去试试。金川说翠儿和翔儿归他来带,阿惠交给阿婆带。

我天早五更爬起身,烧了两碗索粉,让阿婆和马坦吃饱,把米和奶粉交给阿婆,又倒出一些六谷粉,揉成面团,烙了一叠六谷饼,给马坦当一礼拜的口粮。临走时,我给阿惠喂了奶,阿惠扯着我的衣襟,吃得很慢,我拨拨他下巴上的小涡涡,阿惠乖,姆妈出门挣铜钿,阿惠要听阿婆的话。阿惠像是听懂了我的话,停住吃奶,眼睛盯牢我,小嘴巴一扁一扁的,显出委屈模样。阿婆拄着拐杖送我,马坦牵着我的衣角,一路不吭声,走到村口我劝他们不要送。我走了几步,听到马坦在后面喊,扭头一看,马坦追上来,阿婆抱着阿惠,拐杖敲地警告马坦。我对马坦说,你要懂事,不要欺负弟弟,姆妈去城里挣铜钿,供你和弟弟妹妹读书啊。我好说歹说,才把马坦劝回去。过邱店、下宅,走到了麻车头,江面上有座小木桥,摇摇晃晃的。我听到后面有声响,扭头一看,马坦躲在一棵树后面,这孩子,不声不响跟我走了一大半的路,我想想心里发酸,挥手让他快点回。马坦到底是个听话的孩子,掉转屁股往回走,我走了一段路,发现这个不争气的儿子,又跟上来了,我真当火了,操起路边一根树枝,赶回去抽他。马坦是个犟脾气,站在那里随我打,我手一软,树枝一掼,跌坐地上哭起来,包袱滚落草棵里。我一哭,马坦就怕了,他捡起包袱往我怀里一搁,撒腿往回跑,一边跑一边擦眼睛。我拾起包袱,头也不回往前走,边走边对自己说,小娥小娥,亲生骨肉你不顾,去给别人家孩子当奶妈,小娥小娥,你一定是昏了头啦。我一路走一路哭,走到县政府大院门口,两只眼睛已经像水蜜桃了。

县长是个南下干部,缙云人,姓刘,头发中空,只剩脑袋边上一溜,穿一件灰色中山装,胸口插一支钢笔,打电话时一只手叉在腰上。县长家有定粮供应,巧珍待我也不薄,吃饭共一张桌,巧珍总说她胃口小,把饭朝我碗里划,还买来鲫鱼,让我剖了,炖汤喝下去,说鱼汤喝下去我的奶水才会多起来。不是吹,我这个人是有一双佛手的,随便什么样的毛毛头,交到我手里肯定带得好。宝儿胖起来,肚脐眼也缩了回去,还出了一颗下门牙。一吃饱,我把宝儿竖在腿上,轻轻拍他的背脊,他就会打个饱嗝,宝儿打嗝时,总要愣一愣,像是被自己的嗝吓了一大跳。睡觉时宝儿也爱抓着我,咿咿呀呀地,同亲生的一样。巧珍有时想找宝儿亲热一下,宝儿也不肯,两只手钳牢我的头颈,拼命哭。夜晚,借着窗外透进的路灯,望着宝儿熟睡的模样,我就会想阿惠,一想到阿惠,就睡不踏实,不知道阿惠他们好不好,我做梦都梦到他们。我只要对巧珍开口流露不想干的念头,巧珍就会眼圈发红,弄得我就说不下去了。我只好想,想东想西也没用,挣钱养家最要紧。我成天闷头带孩子、做生活,抽空去看看翠儿和翔儿,替金川和孩子们洗洗衣服。巧珍时常送我一些不穿的衣服,我把一件蓝色工装,给马坦改了件两用衫。

发工钱的日子到了,我在柴市街买了两斤小米、一斤鸡子和荷花糕,剩下的铜钿,用手绢包好,往上宅赶。那天下午日头很猛,天像烧透了的砖窑,一路上没人影,走到麻车头桥墩旁,我发现地上躺着一个亮晶晶的东西,是个油腻腻的塑料包,打开来一看,竟是一大沓钞票,一数正好二百五。我吓了一大跳,啊呀,哪个粗心鬼丢了这么多钞票?一想到丢包的人,我就走不动了,决定站在原地等失主。我摘下笠帽煽风,风煽起来,也是热烘烘的,一直等到太阳快落山时,一个腰系草绳、肩背褡裢的人,歪着头,推着独轮车,摇摇晃晃走来。他走一走,停一停,过了桥,围着滚烫的桥墩,转了一圈又一圈,还冲着桥下的流水,望了很长时间,像被抽了筋似的,两腿一软,蹲在路边,像一团被烘干的黄泥块。男儿有泪不轻弹,这位阿叔,你为啥哭?我上前问道。他抬起头,望望我,活动着嘴,却说不出话,脸上和头上汗津津的,脖颈和手臂的颜色,像腌熟的火腿。我又问了一遍,他扯下草帽,露出一颗光溜溜的葫芦头,咧着嘴,眼泪水扑通扑通,掉进灰尘里,砸出一个个小坑,前言不搭后语地告诉我,他叫邱老二,邱店人,一早去城里卖仔猪,快到家才发现,褡裢里的钱包不见了,邱老二边说,边将手里的褡裢,揉成一团,一会儿又拽开。是这个么?我取出攥得发烫的钱包,在手上,得地敲了一下。啊!就是它、就是它啊!我寻得眼睛乌珠都快弹出了!邱老二两眼一亮,伸手来抢。等等,我怎么晓得是你的呢?我利索地,把钱包藏到背后。大嫂,这真是我的钱包哇!我向毛主席保证,骗你天打五雷轰!你若不信,可以点一点,里头的钞票是二百五十元哇!邱老二叫喊起来,汗水增添了他的可怜相。我一听邱老二报的数目,同钱包里一样,心里一块石头落了地,把钱包还给他,邱老二千恩万谢,收好钱包,束了束裤腰带,硬要拉我去他家吃饭,邱店跟上宅贴隔壁。我哪里肯去呢?我说,我从中午等到太阳落,篮子里的鸡子,都快孵出小鸡了,我还急着赶回家呢。邱老二含着泪,一口气冲我鞠了十几个躬,才同我依依话别。

  我往上宅紧赶慢赶,快到村口,看到马坦背着阿惠,在大路上晃荡,我的步子就走不稳了。马坦看到我,弯着腰,喊了一声,两只胳膊托在背后,朝我奔来,脚下的泥块都被他踢得飞起来。阿惠的细头颈,从马坦胳膊底下,探出来,一颠一颠的,嘴里咿呀欢叫着,两只小手,使劲拍着哥哥的肩,这一幕直到今天,还清清楚楚在我眼面前。我像老酒喝醉一样,跑了一段路,干脆不跑了,张开胳膊,马坦扑进我怀里,这俩兄弟,呵呵,差一点把我撞个仰天跤。我抹了一把眼睛,解开马坦绑在胸口的背带结,抱过阿惠,走到一棵歪脖树下,给阿惠喂奶,一边从包袱里摸出一只芝麻饼,递给马坦,马坦抓到手里吃起来。我一看这俩兄弟的脸蛋,同小花猫一样。阿惠裹着暗绿色的肚袂,吃奶吃得很用功,捏着拳头,肩胛骨一缩一缩,像是要把我掏空。我发现阿惠耳朵流脓水,马坦说,阿惠躺在床上,饿得哭,眼泪倒流进耳朵孔里了。我们三个,又哭又笑走到家,屋里没有声息,钢筋锅上,盖着一张破报纸,盛着葛根糊。墙角,有堆拆了一半的麻袋布,阿婆躺在草席上,脸肿得像只白馒头,她拉住我的手,按在她脸上,脸颊上出现一个指印窝,很久都消不下。浮着呢。阿婆轻声告诉我,公社食堂已经很久没发米了,只发米糠,吃了手脚都肿了。我烧了锅小米粥,蒸了一碗水蒸蛋,把水蒸蛋端到阿婆床头,阿婆划了一半给马坦。马坦呼噜呼噜,一口气喝了两碗粥。我让马坦试一试改好的罩衫,衣服太大了,马坦套在身上,好像苍蝇套豆壳。

  早上,村头响起锣鼓声,黑炭头心急慌张跑进廿四间,身后跟着一个小平头。我一看,嗬,这不是上次来砸锅的那个末代么?背个军挎包,脚踩塑料底的布片鞋。小娥同志,请你跟我们走一趟!小平头一个箭步,攥住我的手。我这个人,一不偷,二不盗,半夜不怕鬼敲门,天皇老子那里也敢去。我一捋头发,掸了掸衣服,说,走就走。我跟着黑炭头和小平头,一走走到了六经堂,喔唷喂,六经堂里热闹哦,喇叭吹,锣鼓敲,人欢闹,这阵势,只有日本佬投降那时见到过,还没进门,五脏六腑都快被锣鼓声震出来了。一个葫芦头一闪,冲我喊,大嫂大嫂!我一看,这不是邱老二么?我张张嘴,正想同他搭话,小平头往我头颈上,套了一朵绸缎做的大红花,对邱老二说:爹,我们得上台了。我这才晓得,原来邱老二是小平头邱华西的爹。

邱家父子,一边一个,站在我左右,我没想到会有这阵势,吓得脸上的肉儿,都差点儿僵掉,我双膝并拢,站得笔笔挺。邱华西昂着头,双手交叠在裤裆那儿,他望望戏台上的天,干咳了几声,冲台下的人大声说,社员同志们!毛主席教导我们,要斗私批修!今天——我们——在这里——召开一个——表彰大会——表扬——一位——拾金不昧的——好村民——她——就是上宅村——四份豆的——蒋小娥同志!一阵阵头雨,打在悬空铁皮上的掌声,响起。邱华西摆摆手,雨止。邱华西把头转向他亲爹。现在——我们请——失主——邱老二同志——发言。说完,把一只手按在邱老二的肩上,似乎害怕他的亲爹会腾空而起。邱老二红着脸,无力地朝大家笑笑,发言的时候,两只手一直插在裤兜里,好像还紧紧捏着钱包。邱老二结结巴巴地,提到了仔猪,提到了大日头,提到了麻车头和桥墩,提到了我和他的钱包。当他好不容易,说完最后一个字,才把手从裤兜里取出来。邱华西挺着胸,反手叉着腰,让自己的声音响彻六经堂的四面八方。社员们同志们!毛主席教导我们,一不怕苦,二不怕死!下面,让我们热烈欢迎——蒋小娥同志——发言——谈谈拾金不昧的——心得体会!话音刚落,又一阵阵头雨,打在悬空铁皮上的掌声响起。

我上前一步,在台中央,摆了个小丁字步,冲着台下,清了清嗓子,大方开了腔。各位父老乡亲——同志朋友——姑娘嫂——爷叔伯,大家白天好!我这一生世,统共上过两回台,第一回,是坐台——坐台阁,这一回,是站台——站戏台,两次出台,都觉得很光荣!不过呢,哎呀,我有什么好介绍的?我实在是没有什么可以介绍的啊,捡到邱老二的钱包,站在大日头底下等他,主动把钱包还给他,这是我应该做的。我这个人,穷归穷,骨头却很硬,一个人只要骨头一硬,眼睛孔自然不会浅。我爷娘教育我,树要根好,人要心好,正直做人,一世牢靠。我爷娘还教育我,打铁还需自身硬,绣花还得有善心。我穷不穷?穷啊。我苦不苦,苦啊。但是人可以穷,心却不可以穷,虽说每个人的八字,都是定好的,但是只要本分做人,人家照样可以撑起来,因为铜钿是死的,人是活的啊!谢谢大家,我的言发完了。说到这儿,我朝台下鞠了一躬。我看到有人擦着眼睛,有人竖起大拇指,又一阵像打在悬空铁皮上的阵头雨般的掌声响起,这一回的雨点来得更大更猛,停都停不下。看到大家拼命鼓掌,我也鼓,鼓得两只手掌火辣辣的,痛了好几天呢。

冬雨不停地落下来,像是天上挂下来的一股股破麻绳。雨一停,风就开始作怪,把县府大院树上的叶子,吹得一片不剩。我把巧珍送我的一件旧夹袄,翻上新棉花,给阿婆翻了一件棉袄,抽空又做了两双虎头棉鞋,一双宝儿的,一双阿惠的,两只小老虎的眼珠子,是用黑色小扣子缝上去的。一个周末,县长两公婆回缙云,中午,我背着宝儿,拎着一把小白菜,从菜场回来,走到大门口,听到门卫在盘问一个小孩。

"麻痘鬼,你找哪个?"

"我找我娘。"

"你娘是哪个?"

"我娘是县长儿子的亲娘。"

我一看,这不是马坦么?只见他一脸煤灰,只有两只眼睛乌珠是白的,鼻子和嘴巴冻得彤彤红,脸上全是被霜风吹出来的小裂纹。我又惊又喜,上前拉住他,唉,我这个儿子,从小就是倔脾气,叫他不要一个人出门,偏偏一个人出门,一点不肯听话。一段时间没见,马坦高了许多,光着脚,变短的罩衫和裤子,挂在毛竹竿一样细长的身上。

回到家,我给宝儿喂好奶,放进小竹车,把马坦的小花脸洗干净,找来两块深颜色的布,给马坦的裤脚接了五寸。忙完这些,我前脚刚进屋,就听到宝儿的哭声,连忙跑出去。小浑蛋!把我弟弟的奶都吃光了,我让你再吃!马坦杵在小竹车旁,往宝儿屁股上,又狠狠拧了一把,宝儿大哭着,蹬着腿,吃下去的奶,都哭得吐了出来。我气得两眼冒火,抬手给了马坦一巴掌,你敢再动宝儿一根毫毛,我就把你脑壳拧下来!马坦捂着脸,抽抽搭搭哭起来,你对我们,都没对宝儿这么好……我晓得马坦是眼红宝儿,可一想到他,一个十四岁的人,赤双两脚,走了十几里地,来城里找姆妈,他姆妈却给了他一巴掌,望着亲生儿子脸上五个清清楚楚的手指印,我心如刀割。傻儿子,笨儿子,我是你姆妈,不宠也是宠啊。我提起袖子管,替马坦擦泪,他别转头不理我。我到厨房,给马坦糊了一个麦糊烧,端出来,一开始,他还不肯接,手背在身后,跟我赌气,我一走开,他马上抓起来,背过身,低下头,先是慢慢撕着边吃,接着干脆把整个麦糊烧,塞进嘴,因为吞得急,差点儿噎住。我连忙倒来一碗水,含泪劝他慢慢吃,这一幕到今天我都忘不了。

那天傍晚,一阵雷声滚过,下起阵头雨,金川慌慌张张跑来找我,他的整个人像是刚从水里捞起来。阿惠怕是不行了,他哆嗦着说。我的头嗡地一响,来不及跟巧珍多说什么,抓起斗笠就往门外走。我和金川一脚高一脚低,在雨中赶路,天晓得是怎么飞到家的。进了屋,只见阿婆像个泥塑似的,坐在床沿,我叫了她一声,她笨重地转身,怀里抱着阿惠,阿惠垂着胳膊。今早到六经堂排队,轮到我时,公社干部说,领葛根渣的票发完了,没得领了。我去地上拔玉米渣,回到家,发现阿惠不行了。阿婆的嘴,一个劲哆嗦着。

  阿惠像一张小纸片,飘入我怀,我扯开衣裳,把奶头塞进阿惠半张着的小嘴。一道道白色奶汁,从胀痛欲裂的胸口,溅入阿惠的嘴。阿惠,姆妈回来了,姆妈再也不会离开你了。我知道我的阿惠,一吃饱就会咧嘴笑,他的笑模样,比年画里抱鲤鱼的娃娃还好看。一股股热辣辣的奶汁,溅入阿惠的嘴,他像是来不及吞咽,从嘴角滑落,顺着脸往下淌,濡湿的脖颈和脏兮兮的小布衫领。阿惠这是怎么了,他的嘴唇比夏天的葡萄还要紫,身体比冬天的树枝还要冷。阿惠,你快点儿吃呀,姆妈回来了。我一个劲儿地摇着阿惠。金川扳住我,瓮声瓮气地说,神经啊,难道你还想把他摇活么?我身子一歪,昏了过去。

  金川用一件旧棉袄,把阿惠包好,放进一口垫着稻草的小木箱,我给阿惠穿上新棉鞋。金川挑着小木箱,走在前面,我提着行灯,跟在后头。社姆山上,积满落叶和松针,踩上去软绵绵的,一路上,我的胸口涨得难受,衣衫湿嗒嗒地贴在胸口上,我的奶水这么好,阿惠却饿死了,我的心像碎掉一样。金川走到半山腰,在一棵掉光叶子的乌桕树旁,停下来。树下,落着一些细长树叶,还有几颗干瘪的果子,旁边有个覆着枯草的小土包。金川清理了小土包周围的杂草,朝手掌里,吐了一下唾沫,用锄头在小土包边,挖了个小坑。挖好坑,他跳下,把碎石和草叶都拣出来,铺上一张小篾席。然后,他就蹲在坑旁,一声不吭抽着烟。我打开小木箱,看了一眼阿惠,阿惠像睡着一样。旧坟包边上,很快多了一个新坟包,我对着两座小坟包说:牛坦,阿惠,你们俩兄弟,不要吵架啊。

  夜里,风呜呜地响,一想到阿惠独个儿待在山上,我的心里阵阵发紧,泪水湿透大半个枕头。我睡不着,悄悄起身,带着锄头,往社姆山一路摸去。一弯月亮,挂在山顶,听得到露水滴在树叶上的声音。我在半山腰找到那棵乌桕树,挥起锄头挖土,小木箱露出来,我扔掉锄头,改用手刨,手指甲刨脱一个,都不晓得。我抱出小木箱,掸去上面的浮土和沙砾,打开来,终于又见到了我的阿惠,他的小脸像是罩了一层霜。阿惠,姆妈舍不下你,再来看看你,你千万不要怪姆妈啊。我抱着阿惠,哭了又哭,直到天光放亮,才把小木箱埋回去。我跪在两座小坟包前,血肉模糊的手,揿进又硬又冷的土。老天爷!我的这双手,生下来就没有闲过,我的这双脚,生下来就没有歇过。老天爷!你让我吃多少苦,受多少罪,我都心甘情愿,但你为啥不肯保牢我孩子们的性命呢? 不知何时,天边,飞来一只绿颜色的小鸟,围着我转圈,它的嘴巴和脚爪,都是红的,只有羽毛翠绿。它一边飞,一边冲我喳喳地叫,边叫边飞一会,停一下,双脚蹦跶着,往小路上跳。一路上,它跳一跳,歇一歇,回头朝我望一望。我以为自己苦痛得眼花了,心里怦怦直跳,爬起来,跟着小鸟,走了好长一段路,直到它钻进一丛刺蓬不见了。后来我做梦的时候,老是梦到一只绿毛红嘴小鸟,围着我,迟迟不肯飞走,我晓得,那是我阿惠投胎变的。

阿惠走后,阿婆病倒了,整日躺在床上。

重阳那天,我去溪沟里,捉了两条小鱼,炖了汤,送到阿婆床头边。

"小娥,我头颈骨痛,怕是活不长了。"阿婆有气无力道。

"姆妈,汤喝下去,就会有力气的。"我劝阿婆。

"小娥,你喝吧,姆妈没胃口……"阿婆轻声说。

半夜三更,我记挂阿婆,对金川说我去看看姆妈。金川去义乌卖小猪,一百六十里路,当天走来回,吃力得睁不开眼。

"姆妈,你肚饥么? 我去烧碗饭汤给你吃。"我发现阿婆醒在那里。

"小娥,我不肚饥,我想解个手,你扶扶我去吧……"半晌,阿婆对我说。

我扶着阿婆,来到便桶边。

"观音蹲蹲坐,急急如律令,小娥,我要放金乌了……"

阿婆在便桶沿上坐端正,喃喃自语:

"丁乐蹦,放金乌,

保佑我金川平安发大财。

丁乐蹦,放金乌,

保佑我小娥盆满斗也满。

丁乐蹦,放金乌,

保佑我金川小娥下一代……"

"小娥,我好了……"阿婆轻声说道,粲然一笑。

我把阿婆扶回到床上,连忙叫金川快点爬起来,我们两个赶到阿婆床头边。

"……金川,小娥,我要走了……姆妈金乌给你们放过了,你们会有的……"阿婆伸出肿得可怕的手,拉着我们,脸上挤出了笑容。

"托你的金口,姆妈,我们一定会有的,你放心吧……"我流着泪说。

阿婆听了我的话,咯喇一记,两只眼睛才闭拢去。

我阿婆口信真当好,她是秀才的女儿,死都是要讲好话的啊。

阿婆走时,全身肿得像一个大气泡。

阿惠和阿婆都走了,我吃不下,睡不着,好像丢了魂。给宝儿缝衣裳,针掉地上,捡了几次都捡不起,巧珍帮我捡起来,我一捏住,又掉了。巧珍哭着说,嫂子,你给我家宝儿当亲娘,自己的亲生儿子却饿死了,下辈子我就是做牛做马也报答不了你。巧珍问我想不想去洗衣服,那时东阳县没有自来水,县政府和学堂里的人,洗衣服不方便。巧珍说,宝儿该断奶了,她自己能带了,马坦快读高中了,你去租一间屋,这样衣服有得洗,儿女也能照顾得上。我听了巧珍的话,跟金川在县纺织厂隔壁,租了一间屋。

天蒙蒙亮,南街上的店铺,还上着门板,我挑着空箩筐,翠儿和翔儿,一边一个,牵着我的衣角,跟我去收衣服。金川时常挨批斗,翔儿和翠儿只好跟着我洗衣服。翔儿穿一条胸前带口袋的背带裤,翠儿头扎羊角辫,背一只花书包,我这个人,穷归穷,穿衣服从来不邋遢,小孩子也尽量收拾清爽。我们来到宿舍楼,敲开门,翔儿和翠儿,就会有礼貌地对主人,鞠一个躬,甜甜道一声,阿叔早上好!阿婶早上好!翠儿从书包里,掏出一个巴掌大的小本子,歪着头,一笔一画记下门牌号,尽管还没上学,收来的床单、被单、外套、裤子,翠儿都记得清清楚楚,从没搞混过。收好衣服,再会时,翔儿和翠儿,十分有礼貌地,再对主人鞠一个躬,道一声,谢谢阿叔!谢谢阿婶!

县政府和学校里的干部和老师,都喜欢翔儿和翠儿,走的时候,有的往翔儿背带裤兜里,塞一把爆米花,有的塞几颗玻璃纸包的糖。中国中学有位李老师,面孔白白净净,教语文的,有一次,她看到翠儿的账本上,满是虱一样大的字,还有许多记号,跟天书一样,就好奇地问翠儿。翠儿就讲给那个李老师听,0代表床单,#代表外套,*是衬衣,*是裤子,%是赊账的标志,这样一记,乌龟王八鳖,一样都不会错。李老师一听,直夸翠儿是个人才,想教翠儿学写字,但翠儿这个死丫头,东逃西躲,宁愿帮我纳婴儿鞋底,也不肯跟李老师学,李老师还特意上门来做我的工作呢。后来,翠儿上小学,中饭和晚饭都在李老师那里搭伙,中国中学就是现在的东阳二中,矮脚就在那里当英文老师。

那几年,我蓝布大褂穿穿,花袖套戴戴,挑着两只箩筐,每天穿大街,过小巷,来到东阳中学后面,穿过一条长长的田塍路,一块六谷地旁,有一口池塘,水很清,日头好时,看得见池底的绿苔和小鱼,塘边有一块大石头,因为偏僻,来这里洗东西的人很少。我搁下担子,取出衣物、搓衣板、洗衣槌、板刷和肥皂,脱下鞋子和罩衫,把头发束高,裤腿也挽得高高的,做几个扩胸运动,这时太阳刚好升起来。我赤脚下了塘,池塘边缘的水,刚好淹到小腿肚,我在塘里哗哗地搅动着池水,水从腿肚子分开,又合拢,太阳升起来,红彤彤的,映在水里,我手一抖,水中的太阳就碎成许多个。漂好衣服,再拎起来,放到大石头上,用衣槌一下一下捶。再提起,将水绞了,再捶,一声接一声,每一声都很匀称,等捶得差不多了,再把衣服浸入塘水。翔儿最喜欢看我高高地,把被单朝池水中撒去,扣在水面,鼓起一个大包包,再一甩,被单就滋滋地吸着水。翠儿是个乖囡,她端个小盆,帮我搓一些手帕和袜子。

绞被单,我省不了马坦,上午第二堂课快下课时,翠儿和翔儿就会算好时间,朝东中后门风一样跑啊跑,一直跑到一栋朝北平房的窗台前,马坦的位子正好挨着窗。

"阿哥!——"翠儿两手抓住窗台,使劲朝窗口蹦一下,翠儿辫子上的蝴蝶结,风中飞扬。

"阿哥!——"翔儿两手抓住窗台,使劲朝窗口蹦一下,翔儿个子太矮,露出半个小脸蛋。

翠儿和翔儿,在教室窗外边,跳着高儿,一声一声地叫着阿哥,一直叫到下课铃响。马坦风一般跑出教室,朝学校后门跑,一跑出校门,马坦就把布鞋脱下来,拎在手里,沿着水塘沿跑,身后跟着翠儿和翔儿,三个人像比赛似的,又跑又叫。马坦把鞋子放在草蓬下,跟我每人抓住被单一头,把沉甸甸的被单,拧成一根大麻花,拧出来的被单水,滴滴答答,在干燥的泥地上,砸出一个个坑,流成一条河。马坦帮我绞完被单后,再风一般跑回去上课。

洗好衣服,太阳已升得老高,我掀开饭篮,跟翠儿和翔儿坐在塘边,就着霉干菜,把冷饭团三口两口吞下肚。吃好中饭,挑着箩筐,我们穿过红椿巷的牌楼,回到出租屋。出租屋隔壁,是县纺织厂,有一个大门堂,有半个篮球场那么大,纺织厂里的人心肠好,同意我在他们的门堂里晒衣裳。我搭起晒衣架,三根毛竹竿撑开,就是一个三脚架,面对面两个三脚架,搁一根擦得发亮的毛竹竿,每次起码要在门堂里,搭满十根毛竹竿。那些洗得清清爽爽的衣物,颜色以蓝色和白色为主,被风一吹,像一面面旗帜。

有次刚下过雨,我挑着一担脏衣服,还没走到塘边,跌了一跤,牙齿咬牢爬起来,一看右腿上的经脉漆乌,腿也肿了,痛得钻心钻肺,我拣了一根棍子当拐杖,一路跷到池塘边,继续洗衣服。晚上,腿肿得发亮,脚指头乌黑,骨裂了,一个月没法洗衣服,我心里急啊。有的时候,身上来了,本身没力气,站在凉水里洗了一个早上被单,头晕眼花,腰痛得直不起来。有的老师对我说:你这个小娘不要命了?我说,我儿女要读书的,家里一分地也没有,三个儿女要读书,我不拼命谁拼命?我不这样做,儿女的书读得出么?

每个行当,都是一门手艺,用心才能做得好。比方说搽肥皂,也有讲究的,不会搽的人,搽再多肥皂,衣服也洗不清爽,而且肥皂用得很快。我呢,一遍肥皂抹过,看上去蜻蜓点水一样,实际上,该抹到的地方,全抹到了,像领口、袖口这些地方,肥皂是必须到的。面料好一点、成色比较新的衣服,我从来不用棒槌,全靠一双手洗出来。那时候的人,不像现在的人衣服多,穿来穿去就是那么几身,时间一长,难免会破,要补。我白天洗衣服,晚上在油灯下织补,衣领挂了,袖口破了,纽扣掉了,我就用零碎布头,给人家补好,纽扣自己花钱去买来。我在油灯下缝袜底、补衣洞、钉纽扣,马坦和翠儿,坐在床边做作业,被褥和席子一卷,木板床沿当桌子。一次,马坦盯着我,看了大半天,我问,你看什么？马坦说,姆妈,你瘦得脸上骨头都突出来了。我对着镜子照了照,还真是的。我说,只要你们长大有出息,姆妈再苦都不算苦。马坦做完作业,就帮我叠衣服,一床的衣服堆得像小山那么高。翠儿呢,她在油灯下做账,翠儿这个囡,很聪明的,从小就有经济头脑,她记好账,把账本用小花手绢包好,搁在枕头下。现在翠儿当上了总会计师,还不是我从小培养得好啊！

我的名誉也是很好的。有一回,洗到一件衣服,上衣兜里有一沓叠得方方正正的钞票,那件衣服,是一位姓王的宣传干部的,眼镜戴戴的。我把钱取出来,也没有数,回家锁进抽屉。等衣服洗好、晒干、叠好,再把那沓钞票,原封不动放回去。当我把衣服交到王干部手里,那个书呆子还没发觉钞票的事呢,他那个感动啊,写了一封很长的表扬信,贴在大门口。我的名气传开去,衣服多得洗不完。县政府经常开会,有的会,一天开不完,开会的人,住招待所,我就去招待所楼下收衣服,收了衣服拿去洗。开会的干部们会餐时,县政府食堂里的人,等干部们吃完,就招呼我进去看看。我拿一只搪瓷盆,一张桌一张桌搜过去,看看干部们吃剩下的饭菜,有没有可以打包的,看到一些比较干净的饭菜,就倒在盆里,拿回家,热一热。翠儿现在还念叨第一次吃到,我从食堂里带回的炸带鱼,香死了。香玲这个人,也很有良心的,时常来看我,送我们米啊油啊的。

洗衣服也会洗出淘气事。中国中学有个美术老师,打着光混,姓褚,头发很长,披在肩上,像个半雌雄,穿一条屁股上有两个烧饼的裤子。这个褚老师的衣服,最脏了,不是沾着颜料,就是涂着油墨,洗起来很吃力,他宿舍里那个乱呀,像刚被小偷偷过一样。那次,我上门收衣服,前脚刚进,门后脚就被关上了,褚老师嘴里喷着酒气,朝我黏过来,一把箍牢我的腰,说,从见到你的第一眼起,我就想同你睡觉,你美得像夏娃。我定了定神,说,什么冬娃夏娃的,你别乱来,我可是有老公的。褚老师又说,哈,我就喜欢有老公的,来吧,让我成为你的亚当吧。我警告他,我老公脾气很躁的,你敢动手动脚,他会要了你的小命。那个褚老师又说,哈,一个破反革命,我还怕他?昨天还看到他在游大街呢!褚老师撅着嘴朝我凑来,我狠狠咬了他一口,把他的嘴巴咬得血赤乌拉,夺门逃了命。从此,再没给那个没名节的东西洗过衣服。

冬至后,池塘结起了冰,镜子一样,又滑又亮。洗衣服前,我举着一块大石头,砸冰层,直到水面,砸出一个窟窿眼,窟窿眼里,冒出来阵阵温暖水汽,像是掀开的蒸笼盖。一天洗下来,我的十根手指头肿得像胡萝卜,僵得连针线也拿不稳,手上的冻疮,也开裂了。那天,绞完被单,马坦磨磨蹭蹭不肯走。穷人的儿子早当家,娘的苦处儿最懂。马坦上了中学,吃的是商品粮,他舍不得吃饱肚子,偷偷把粮票攒起来,交给我给家里换米。有次,他好不容易攒下来的三斤粮票,放在教室里,却不晓得被谁偷了,苦痛了很长一段时间。一想到你在给人洗衣服,我上课就没心思。马坦盯着我肿得像馒头似的手背,支支吾吾地说。我一听,脸马上沉下来,姆妈洗衣服,还不是为了供你读书?你只有把书读出来,才算有出息。我催马坦快点回去上课。反正我不想读书,只想帮你洗衣服。马坦嘟哝着,立在那里,像一根木头桩子。我懊恼了,拎起洗衣槌,挥手朝他屁股打了一棒,为这件事,他还跟我做了好几天冤家。

那天中午,我洗好衣服,掏出烧饼填肚子,天冷,烧饼也冻住了,锅灶盖一样,贼骨铁硬,咬都咬不动。刚咽了几口烧饼,一个小男孩摇头晃脑跑来,慌慌张张冲我喊,马坦姆妈,不好了,马坦闯祸的!我一听,像腊月里被劈头浇了一盆冰水,跟着小男孩就往学校跑。跑到校门口,下起毛毛雨,喇叭里,一个女人尖着嗓门在唱《洪湖水浪打浪》。小男孩把我带到教务处,就跑走了,只见马坦立在墙角落,盯着鞋尖,教导主任顾老师的脸,绷得像牛皮筋一样紧,背着两只手,来回走动着,教导主任边上,坐着一个戴蓝色袖套的人。教导主任一见我,对着桌上一堆皱巴巴的报纸,弯起手指头,敲起了桌子,看看你儿子干的好事! 戴蓝色袖套的人解释,大嫂,我是县火腿厂保卫科的,这孩子偷火腿的时候,被我们抓住了。我把扁担和箩筐,往地上一卸,走到桌前,打开报纸,一包火腿下脚料散发着阵阵香气。我正想说,我家马坦不是这样的人,但话到嘴边,却一声也发不出,因为马坦连眼睛,都不敢朝我看。我僵硬地走到马坦面前,二话没说,脱了鞋,就朝他身上打。你这个不懂事的讨债鬼,我的门风都给你败光了! 我边打边骂。

马坦不躲也不闪,更没求饶,就那样挺着身子随我打,我更火了,下手也更重,顾老师和那个戴蓝色袖套的人,赶过来拉我都拉不住。马坦忽然扑通跪在地上,拼命抓着我的两只手,哭了起来,……姆妈,求求你,别打了,我错了! 你看你的冻疮,都流血了,我怕你打痛了手……你整天给人家洗衣服,冻疮都烂了,听说用火腿皮搽手,裂口会好得快一些,我就溜进火腿厂,偷了一点下脚料,呜呜呜……我手里的鞋,掉到地上,一把抱住马坦,马坦硬硬的粗头发,刺着我的下巴,眼泪鼻涕刮了我一身,我们哭成两个泪人儿。教导主任为难地四下张望着,戴蓝袖套的人站起来,拿起桌上那包下脚料,塞给我,咂了咂舌头,歉意地说,大嫂,这事我们不追究了,这包东西,就当送你们吧!

豆大的雨点,砸在泥土里,细而白的雨丝,在油布伞上,迸出一道道圆弧。一路上,马坦搂着那包火腿下脚料,经过红星南货店时,我给他买了一根葱管糖,我从来没给马坦买过零食。他接过葱管糖,放进口袋,脸都涨红了,插在口袋里那只手,再没拿出来过。回到家,马坦把葱管糖一分三段,跟翠儿和翔儿,分着吃了,三个人高兴了好一阵。哦,那包火腿下脚料,太富足了,我怎么舍得拿来擦手呢?我把它们洗净、风干,熬成猪油,全家人吃了一个冬天。我统共洗了四年衣服,机关、学堂、百货公司、食品公司,整个东阳县城都做遍,用坏了五根扁担,四只箩筐,二十多把板刷,六把洗衣槌。多年以后我走在南街上,还有人认出我来呢。那年重阳,马坦带我去吃酒,马坦已经是东阳百货公司经理了,一桌人全敬重我,要给我敬酒。我说我不吃酒的。他们说,马坦姆妈,你不吃酒,酒杯拿一下也好啊。那个教语文的李老师,老早退休了,同我开玩笑,马坦姆妈,现在你苦出头了,别再去给人家洗衣服了!我一瞪眼,说,现在我每天食食嬉嬉,享清福,还用得着去做?听了我的话,一桌人都笑了。哎呀,话虽是这么说,但现在的学校和县政府,比以前大了不知多少倍,衣服肯定多得洗不完啊,哎呀,要是再年轻几岁,我还真再想去做呢!塌鼻呵,不苦不难不成人,十苦九难方为人。人的一生就像腌咸菜,石头越压,咸菜越香。人的一生,也像手上的茧,磨厚了,就好使了。自己的路,只能靠自己去走,后头的路,不管好走难走,总归也是横在前头。总有一天,阿婆会为你骄傲的。黑暗中,你赞许地说完,脸上挂着鼓励的笑,长吁一口气,不再吭声,回复到原先的静默,宛如阔大时空中,一只静静盘桓着的蜘蛛。

7

你有肺气肿,老是喘不过气来的样子,在不犯气喘的时候,你比任何人都健谈,像一台孜孜不倦的老式留声机,嘎嘎播放着陈年往事。我记得,就在廿四间门堂前的那块平地上,你躺在那把老式眠交椅里,对我谈起过你弟弟……你问我一共生过几个孩子？塌鼻,让我算算看哦……一个、两个、三个、四个……哎,阿婆老了,记性差了……你眯缝着眼,掰着手指头,用豆沙一般沙哑的嗓音,慢慢地说,我的第一个孩子,叫小弟,才三个月大,出天花死了,小弟是我同喜元生的,喜元是个雕花匠,塌鼻,你的眼睛不要瞪得像铜铃,我后面会同你慢慢讲……跟金川结婚后,我生了一对双生子,多讨人喜爱的一对双生哦,马坦、牛坦,人人都夸我有福气,但是日本佬打进来了,我跟公婆躲在阁楼上,牛坦被活活闷倒了。后来,我生了翠儿,我只有这么一个囡,后来又生了翔儿。肚皮吃不饱的年代,我又生了阿惠,多像样的一个男孩哦,为了养家糊口,我去给县长儿子当亲娘,阿惠饿倒了……"文化大革命"时,我弟弟受了冤枉,被造反派关进牢监,我怀着身孕,大冬天下水塘,捞泥鳅给弟弟治病,结果小产,掉下来的胎儿,我给弟弟做了药引子,可是,也没能够救活弟弟……啊呀,只要一说起我弟弟,我的心里面,就痛去痛去！

我弟弟大名时协,小名兆荣,"文化大革命"时,被造反派弄倒了。他有两个儿子,一个女儿,两个儿子,现在一个在龙游,一个在上蒋,弟弟倒了以后,我弟媳妇做了寡妇,把三个孩子拉扯大。这么多姐妹里,弟弟同我最亲了,他时常对我说,阿姐,我长大了一定要好好报答你。我说,阿姐不要你报答。弟弟还说：阿姐,你老了的时候,我会养你的。哎,一想起弟弟这些话,我的嗓子就堵得慌。

我五岁过继给了别人家,十八岁时,我被阿爸拿回来,夜里时常做针线到深夜,弟弟总是陪着我,夜深肚子饿了,我炒索粉给他吃,弟弟最喜欢吃我做的炒索粉了。

立冬一过,我和弟弟整日待在作坊里,跟着阿爸腌火腿。那天,门堂积着厚厚一层雪,整个天井,都被雪盖住了,姆妈慌慌张张,跑进作坊,把我叫出去,因为走得急,我围裙都没来得及脱,弟弟手里的剔刀都来不及放下,我们跟着姆妈来到客堂,阿爸坐在太师椅上,脸绷得紧紧的。小米坐在那里,她的怀里搂着一个铜火笼,脚下烘着一个篾火笼,穿一件立领雪青色绸袄,脚上穿着一双我给她做的紫红色蚌壳棉鞋。我的一块零头布不见了!小米尖着嗓子,哭沥沥地说,我做完夹袄,明明还剩一块零头布的!那块雪青色的纺绸,是阿爸杭州买来的,放在姆妈房间,那次,我给弟弟做棉鞋,正缺一块鞋面,我见那块纺绸还剩一点零头布,做鞋面正合适,就拿去做了鞋面。一块零头布,用得着这么大惊小怪吗?阿爸阴沉着脸,我阿爸是个十分讨厌过年过节听到哭声的人。小米两手抄在绸夹袄里,盯住我,她一回来,家里就老是少东西!我返身跑回房间,等我抱着棉鞋,走到客堂外,听到小米的嘶喊,我会说错吗?肯定是她偷出去,送给野男人了!我听到弟弟发出咆哮,你嘴巴干净一点好不好?

　　我举着棉鞋,对小米说,我就这么一个弟弟,你也就一个弟弟,我用零头布,给弟弟做棉鞋,你用得着大哭大闹吗?如果给弟弟做了一双棉鞋,也要被人污蔑,我愿立即去死!我一把夺过弟弟手里的剔刀,横在脖子上。你去死好了!小米尖叫一声,踢了一脚篾火笼,篾火铳打翻了,蹦出许多火炭头。弟弟疯了似的,冲上来,夺下我手里的剔刀,铁青着脸,两只拳头嘎嘎响,冲着小米当胸就是一拳头,小米怀里的铜火铳,滚落天井,小米倒在地上,半天爬不起,新绸袄被火笼蹦出的炭火,烫了好几个窟窿。痴癫婆,你给我闭嘴!阿爸浑身发着抖,为什么你的心眼,只有针眼那么一点大?小娥一日忙到晚!你呢!你吃吃嬉嬉,像条蛀米虫,赖在娘家不肯走,还要整天弄事体!阿爸砰的一声,把瓷茶碗摔在地上,你这是自掇石头自压脚啊,你给我滚!滚!——姆妈想替小米说句话,刚一张嘴,阿爸勃然大怒,你给我念佛去吧!小米带着女儿,哭着回了婆家,从此再没敢住回娘家。多年以后,大姐儿子结婚,我带着翠儿去泗庭坊吃喜酒,那次,翠儿给新娘子当伴娘。翠儿后来告诉我,喜酒吃好时,小米把她拉到门外。你晓得你姆妈从前的事体么?小米压低嗓门,神秘兮兮地问。翠儿摇摇头,她觉得小米姑婆,今天的眼神儿很古怪。告诉你,你姆妈是嫁过的人哦。小米轻蔑笑道。就算我姆妈杀了人,她也是我姆妈!小翠大声说。

弟弟娶了东楼一个姑娘,成亲时,我做了全套鞋头袜脚、床铺细软。我弟媳妇人生得俏,样样生活也做得来。解放后,龙游火腿厂请我弟弟去当顾问,弟弟去了龙游,后来搞起了运动,火腿不做了,弟弟被打成"反动学术权威"。那天,一家人还在睡梦中,门被叫开,五六支手电筒光,长枪一样把我弟弟照牢,几个臂缠红袖章的工人阶级代表,带走了他,说是要隔离审查。弟弟在哪里隔离审查,连我阿爸姆妈都不晓得,后来才知他关在龙游十里坪劳改农场,在里面吃了很多苦头,因为我弟弟这个人,脾气硬,不肯低头。弟弟在牢里,关了大半年,放出来时,人瘦得像知了壳,郎中说,我弟弟得了肺痨。寒冬腊月,风吹在脸上像小刀割,我怀着身孕下水塘,想捞几根泥鳅,给弟弟补一补,结果着了凉,小产了。我曾听人说,用胎儿入药,可以治肺痨,那次就把身上掉下来的胎儿,做了药引子。我手脚发软地,把胎儿放在铜火铳上,那个胎儿,软绵绵的,都有三、四月了吧,有头有手有脚。铜火铳底下,生着炭火,我的脑子里像是翻天到地,却又空空荡荡,眼泪水一滴一滴,落在铜火铳上,像放鞭炮一样。铜火铳上的小肉团,慢慢从粉红变成灰褐,散发出一种异香。我颤抖着手,用铲子将那块自己身上掉下来的肉,翻了一个个儿,说,宝贝啊,对不起,姆妈都不晓得,你是囡还是囝,你一定要帮帮姆妈啊,你要保佑姆妈救活弟弟啊。我把烘烤好的胎儿,磨成细粉,装进一只小玻璃瓶,用蜡封住,托金川送去了上蒋。

那个晚上,没有星月,天很黑,比一般的天都要黑。我做了个梦,弟弟站在家门口,面色蜡黄,棉鞋上全是灰。好弟弟,你怎么瘦得像一片纸?我含泪问。弟弟拉住我的手,吃力地笑笑,他的嘴巴一开一合,身影飘忽不定。阿姐,我想吃你做的炒索粉。我听到弟弟说。阿姐这就去做,你等一歇啊。我对弟弟说。弟弟拉着我的手,眼角挂着泪,阿姐,我欠你太多,我担心死了怎么报答你。我开始骂他,你这个呆大,不许说这种话,你这么年轻,这么有本事,怎么会死?阿姐还要靠你养老呢!弟弟听了我的话,点点头,又摇摇头,脸上亮光光的。阿姐,我这辈子欠你的,只好下辈子还了。弟弟顿了顿,又说,阿姐,你要答应我一句话,不管发生什么事,都要活下去。弟弟说完这句话,就不见了。那个晚上,我睡得很不安耽,半夜哭醒过来。一个月后,金川才用伤风一样的声音告诉我,兆荣走了。原来,弟弟走后,所有人都瞒着我,一点口风都没露,后来,我算了一算,兆荣走的那天,跟他托梦给我正好是同一天。弟弟走后,我日哭夜哭,头发一把把地掉,人差一点疯掉。后来,龙游火腿厂给弟弟平了反,把弟弟的大儿子,招进了火腿厂,说要补偿我们,可是,就算他们把整个火腿厂都赔给我们,又有什么用呢?人没处来了啊……说到这儿,你像一个中场休息的老旦,尽管意犹未尽,却早已显出疲惫。最后一缕阳光像一片枯萎的花瓣,落在地上,发出金属一样的脆响,你仰靠在眠交椅内,一动不动,在斜阳的微光里,你咧开的嘴,像一扇废弃的门。

8

舅舅去了哪里?我在服务厅找到了他,他叉着腿,鼻尖紧贴玻璃柜台,伸着脖子,像欣赏拉洋片一样,打量着柜子里的东西。柜台后,站着一个眼球突出的文眼线女人,穿一身上黄下白的中式衣裤,仿佛西湖边晨练的腰鼓队员,她的身后有几幅标语:让逝者变得安详,让生者得到安慰。美的陶瓷,伴你安然,供你独享。舅舅从胸口摸出一副折叠式老花镜,打开,架上鼻梁,伸出一根食指,戳了戳玻璃台面。腰鼓队员拉开移门,取出了一个,雕龙饰凤小木盒子。这是一座微型宫殿,双层,有花窗、露台和一对玉石雕刻的小狮,精致的屋檐下,有一行微雕:天堂楼。舅舅满意地抚摸着盒子,问,多少?八百八。腰鼓队员漫不经心地答。舅舅没有挪动目光,耸着肩,把手伸向紧绷的臀部,摸出一沓钱。一寸照,腰鼓队员又说。舅舅把手再次伸向屁股,这回他没有如愿以偿,只好自我解嘲地笑笑,转过头,目光从老花镜底下,朝我望过来。我心领神会地,掏出我的小皮夹,从皮夹缝里取出一张五寸照,你坐在一张长椅上,这张照片是我们在南山路红泥饭店吃好饭后,在沿湖的草坪上拍的。舅舅接过照片,拿起柜台上一把系着绳子的剪刀,把照片剪成一寸大小,嵌入宫殿中央的预留位置,把你交给蹲在宫殿门口的两头小狮看管。

  记得在那间充斥消毒药水味儿的房间里,舅舅总是坐在你身边,我劝他回去睡一觉,他像是没听见。走廊上,传来细碎的脚步声,药盒轻微的碰撞声,一个两手插兜、胳肢窝夹一本铁皮病历的白大褂,走了进来,身后跟着两名护士,她们像三只白鹭,停在你床边。白大褂隔着口罩,向舅舅询问你的情况,并且用深思熟虑的目光,观察了一会儿铁架上的输液袋,弯起两根手指,弹了弹输液管,显而易见,你这副模样让她觉得并无必要大惊小怪。一只白鹭一直走到你边上,拧开手电筒,翻起你的眼皮,照了照眼球,并察看了你微红的舌苔。另一只白鹭,从铝制消毒盒内,取出一支体温计,甩了两下,塞入你不怕痒的胳肢窝。白大褂开始用一种富有经验的声音,依次对舅舅提到了你的心、肺、肝、肾以及大脑,舅舅都报以赞同地点头,当白大褂评价你是一位跟病魔抗争的佘太君,舅舅也并无异议。白大褂说,只要亲属有要求,院方不仅可以割开患者气管,安上呼吸机,紧要关头,还可以采用通电仪器,照着患者的心脏,来上那么几下子。说到这里,她指着暗红色的尿袋亮出底牌,尽管用了止血剂,但你的肾、肝功能已严重衰竭,目前最好的治疗办法,就是在你的颈部,埋个小管子,当然实施这个手术,必须由亲属签字。白大褂说完,吐出一口长气,两臂抱在胸口,冷静地观察着舅舅。

屋里静得出奇,除了空调声,只有过道上传来的洗净的试管和器皿的撞击声,还有不知什么人匆匆走过的脚步声,这些声音此刻好像只为舅舅一个人设计的。舅舅的脸上浮现一种茫然,这位笛子演奏家表现出一种明显的困惑,他步履僵硬地走到你跟前,眼睛为难地四下张望,我从来没见过他这副样子,难道他是在寻找笛子,还是在头脑里搜索《三五七》或《鹧鸪飞》的调门?他似乎不忍心再向你打探什么,转头看了看显示仪,显而易见,那条闪烁的生命线也在向他施加压力,舅舅的嘴唇急剧活动着,像是在练习笛子的发音,而眼前净是模糊不清的曲谱。必须承认下述事实,在县中医院的那个炎热下午,我的舅舅陷入巨大的矛盾之中,我听到他嘀咕了一句,只有他自己听得清的话,扑通一下跪在你面前。他捧着你的头,似乎担心枕头把你硌疼了。姆妈,医生说要给你把气管切开,你说要不要切啊,姆妈……他喃喃地询问着,并且叉开五指,替你梳理头发,又把头埋在你胸前,似乎想从那儿听到什么回答。

作为一本写外婆的书,我对笛子演奏家、我的舅舅赵马坦,进行过必要采访,提起过去,这位当年的养猪状元,是这么同我说的。1962年,我从浙江大学外语系毕业,分配到东阳中学,中共中央下了文件,要从教师队伍,抽调大中专毕业生,到基层锻炼,我被分配到公社食品购销站,负责毛猪收购,之后开始养猪。一开始我情绪挺大的,堂堂大学生,怎能与猪为伍? 谁知我姆妈一听,用猪食瓢指着我的鼻尖说,养猪有什么不好的? 我娘家世世代代同猪打交道。我阿爸说,人在屋檐下,怎能不低头,大学生当养猪倌,全国第一人。我娘舅对我说,马坦,你跟猪打交道,我们就是同行啦。于是我想通了,精心挑了一批猪仔,这些猪仔,中间白,两头黑,背部凹,后腿高,鼻梁直,皮毛光亮,气质非凡。我给每头猪,都取了个洋名,显得高端大气上档次,要知道,现如今,只有外企或从事服务性行业的人,才有洋名,比如Romeo 和 Juliet,有文化的人,一听就知道它们是一对儿。还有 Othello 和 Desdemona,这是莎士比亚笔下的悲剧人物,后者更是一位妒火中烧的丈夫。

  我在猪舍里,铺上谷壳、锯木屑、秸秆、花生壳,让猪们享受透气、温暖的环境。天冷时,我把火盆烧旺,让猪们躺在热乎乎的窝里做美梦。每天,我都给猪们安排了户外活动时间,让它们在竹林里散步,泥土里刨食,花朵间徜徉,晒晒太阳,在大自然里,自由自在撒撒欢,做一做有氧运动。千人千面,千猪千样,世上有什么样的人,就有什么样的猪,有的猪脾气温顺,有的猪性格暴烈,有的猪天生一副媚相,有的猪桀骜不驯。只需瞄上一眼,我就知道哪头猪刚吃过食,哪头猪刚拉完屎,哪头猪刚交过配,哪头猪何时该阉割。我只要伸出两根手指,往猪蹄猪背或是猪肚子上,那么一搭,就能八九不离十地,知道哪头猪患有低血糖,哪头猪有轻微糖尿病,哪头猪胃下垂,哪头猪有抑郁症。我还能根据每头猪身上的气味,分辨出喂养的猪食,比如吃过鱼粉、蚕蛹的猪,就会有一股鱼腥味,喝过泔水的猪就散发着一股酸水气,吃过艾叶、松针粉的猪,肉里有一种好闻的植物香气。

  谁说猪笨不通人性? 说这种话的人,真是比猪还要蠢三分。一进猪舍,猪们就会屁颠跑来,众星拱月一般围着我,发出亲昵声,尤其是 Steven 和 Seven,忘了介绍,这是一对小公猪,额上有块小黑斑,这两头好学的小公猪,时常瞪着明亮的小猪眼,嘴巴一动一动,跟我学发音。每天,我都要给我的猪们,念一段报纸上的新闻,上午、下午和傍晚,给它们吹上一阵笛子。我一拿起笛子,它们就会立即跑到猪圈边,竖着嘴,舔我的衣角,兴奋得嗷嗷叫,比喂食还高兴。只要我开始演奏,猪们就会安静下来,齐刷刷地仰着圆脑袋,小眼炯炯有神,Steven 和 Seven,扒着猪栏,伸出前爪,有劲地打起了拍子,它俩身后,排着两支齐刷刷的队伍,庄严阵势像静候乐队指挥入场。我挥挥手,Steven 和 Seven 一声低吼,群猪刷地席地而坐,使劲地拉直了脖子——众所周知,猪脖子太短,无法抬头,只有坐下来,它们才能欣赏到我的演奏。个别缺乏艺术细胞的猪,听着听着打起瞌睡,Steven 和 Seven 就会捅一捅那头猪的夹吱窝,把它搞醒。我改编过小提琴《梁山伯与祝英台》,"哭灵投坟"一段中,让笛子发出阵阵哀号,猪们听得眼泪汪汪。在"化蝶"部分,我再现了两只蝴蝶,在花间交合的场面,让我亲爱的猪们转忧为喜。

以下是我舅舅的部分工作笔记:

1. 听音乐两天,Monica、Vivian、Elizabeth 吓一跳的现象,基本没了,Robinson、Andrew 开始进食。

2. 听完《小放牛》或《江南春》,再清理粪便(或修理猪栏),猪就不会追咬我的裤脚管。

3. 吹奏《乡村来了售货员》,Austin 停止吃食,竖起耳朵。Wendy 摇尾巴。吹《茉莉花》时,Tom、Andrew 尾巴翘着不动,Marka 摇头晃脑,Romeo 和 Juliet 有发情举动。

4. 听音乐一月有余,猪们眼睛有神,皮毛顺溜,看上去和光同尘,猪与猪之间的相处,也和谐多了。

5. 今天傍晚,芳芳来到了猪圈,她亲昵地摸摸 Monica 的脖颈,拍拍 Austin 的屁股,猪们对她俯首帖耳,不是蹭裤腿,就是哼叽撒娇,看到芳芳跟猪这么有缘,我心里真是美滋滋的。

6. 今天,桂兰同志来打疫苗,我继续吹笛,桂兰同志趁猪不备,快速注射,猪们的反应完全没有以前那么激烈了。

7. 最近饲料紧张,虽没什么吃的,但猪的长势不错。精神食粮比物质食粮,更要紧,诚然。

8. 夏,多雷雨,母猪花花曾因打雷受惊流产,自听笛声,又怀孕了,且安胎。爱相互攻击的 Othello,醋意也没以前大,看来可提前一周出栏。

9. 今天我终于跟芳芳,在小竹林里,结下了革命友谊(第一次亲嘴的滋味,真是难以描述啊!)。

10. 今天是个悲伤的日子,William、Kevin、Austin、Romeo、Othello 被送去了屠宰场,它们离开公社时,我吹奏了一曲《列车奔向北京城》,没有出现死拽活拉场面。

为了说明问题,我的舅舅特意爬上阁楼,翻箱倒柜找出一张发黄的《浙江日报》,日期是:1965 年 10 月 4 日,头版有一篇文章,题目是《昔日英语高材生,今日快乐养猪倌——用毛泽东思想指导养猪》,并且配发了一张照片。因年代久远,尽管照片比较模糊,依然看得出照片上我的舅舅,年轻得令人吃惊,胸戴大红花,正从一位干部模样的人手里,接过一匹垂着流苏的锦旗,锦旗上有四个大字:养猪能手。他俩身边,簇拥着一群猪,个个仰着头,面露喜气。照片说明是:县领导曹大壮(右),为大学生猪倌赵马坦颁发锦旗。见了这张照片的人,没有一个人不觉得惊奇,这么英俊潇洒的读书人,怎么会养猪?从尊重历史的角度出发,我觉得有必要,在这里全文援引一下这篇通讯:

本报讯(记者 郝星云)春意浓,猪欢叫。上宅镇上宅村西北坡,有一间整洁的平房,在这间不起眼的平房内,每天都会飘起阵阵笛音,优美的乐声与平房外金黄的油菜花,交相映衬,令人如入仙境。

"要不是猪叫,您若是闭着眼睛走进来,肯定想不到这儿是养猪场吧?"当记者走进平房,一位叫赵马坦的大学生,乐呵呵地跟记者打起招呼,记者这才发现平房里面住着的,是一群快乐的猪八戒,它们个个膘肥体壮,生活得十分轻松愉快。据悉,赵马坦毕业于浙江大学英语系,是学习毛著积极分子,为响应"广阔天地,大有作为"伟大号召,他回到家乡养猪。一开始,四方相邻都不理解,觉得赵马坦傻,赵马坦却认为,自己本是农家子弟,回乡养猪,同样有出息。

灿烂思想之花,结出丰硕之果,一年下来,赵马坦不仅掌握了养猪技术,还把猪养出了水平和境界,他把乡亲们认为不可能的事,给做到了。把乡亲们认为办不到的事,给办到了。赵马坦靠的是什么?靠的就是毛泽东思想的伟大威力!赵马坦满怀深情地告诉记者,只有用毛泽东思想指导养猪,才养得好猪,如果说自己有点儿聪明的话,是毛泽东思想给了他聪明。如果说自己有点儿智慧的话,是毛泽东思想给了他智慧。如果说自己有点儿勇敢的话,是毛泽东思想给了他战无不胜、攻无不克的胆略,而这,恰恰正是知识人养猪的不同寻常之处。

赵马坦还自创音乐养猪法,给养殖对象以艺术熏陶。记者发现,赵马坦经常给他可爱的猪们,吹奏《毛主席著作像太阳》、《读毛主席的书》、《北京的金山上》、《红星照我去战斗》等脍炙猪口的曲子。一开始,乡亲们对他这种行为,议论也颇多。有的说:对猪吹笛子,不比对牛弹琴更荒唐?有的说:猪能听懂笛子,我就能用头走路。事实证明,用毛泽东思想武装起来的大学生,创造了奇迹,赵马坦养的猪,不但健康茁壮,而且口感上佳,这样一来,着实羡煞了当地老农。如今,上宅村的父老乡亲,只要一提起赵马坦,个个竖起大拇指,一个劲儿地夸赞:在旧社会,我们一辈子都学不到的本事,马坦这孩子,不到一年就学到了!马坦这个大学生啊,硬猛!硬猛![①]

[①] 东阳话里,厉害叫"猛"。——作者注

第四部

宣叙

1

记不清有多少次，我们一边喝着热乎乎的红曲酒，一边聊着天，对一名高考落榜生来说，喝酒不失为一种鼓舞士气的好办法。我们的下酒菜，要么是一碟油炸花生米，要么是一碟扑克牌大小、两面发黄的烤豆腐，运气好一点，是一盘烤糯米肠或一小碟酱好的猪耳朵，运气更好一点，是一块荷叶包裹、香气四溢的白切羊肉。外公穿着深灰色对襟棉袄罩衫，用筷子夹起一块羊肉，酱油碟里蘸蘸，鼓动着腮帮子，拎起壶，倒上酒，用三根手指头，掂起一只倒三角形的小酒杯，微笑望着我，像是在说，亲爱的塌鼻，莫要唉声，莫要叹气，莫要怨天，莫要尤人，更莫要委屈了自己，来，吃吧！来，喝吧！来来来，吃喝才是硬道理。我夹起一块白花花的羊油，蘸了蘸酱油，放进嘴，我们这儿的羊油吃起来，有菱角肉一般沙沙的质感，一点儿也不肥腻。嗨！亲爱的塌鼻，让外公考考你，上宅的羊肉为什么这么 OK？外公端着小酒盅，语调轻快地问。没等我回答，又快嘴快舌地说：必须是出生三个月以内的小羊羔，敲断脚骨前，必须用稻草绳绑住，皮不能压破，否则羊脂羊膏一流出，肉就不好吃了。煮也是一门手艺，必须先用大火，再用文火，出锅时动作要快要准，总之，这些都是必需的！他自问自答完毕，端起小酒盅，快活地一仰脖。每当我们喝酒时，你总是不声不响坐在一旁,手里一刻不歇,要么聚精会神地,对付一只鞋底,要么膝盖搁一面筷箩,捏一把发亮的锥子,捋着一颗老玉米,玉米粒掉进筷箩,发出竹筒倒豆子的哗啦声,好像在为外公的话鼓着掌,对于他的言论,你极少表态,也不会抗议,顶多只是笑笑,好像是在感谢他的吹牛,因为你一向认为他不过在说大头天话罢了。

对于外公的身份,我一直难以准确描述:吃货?酒鬼?资方?钓鱼高手?四类分子?封建买办的糟粕?在1945年到1976年期间,东阳县无论哪个乡或村的无论哪一名乡干部或村干部,只要一听到赵金川这个名字,就会神色诡异,面露困惑,挠耳摸腮,不置可否。这不仅仅因为,我的外公是同泰布店的合伙人,一个资方,在特定年代他还当过一年伪保长。曾经有人举报,这个身份扑朔迷离的裁缝,是蒋介石为反攻大陆安置在上宅的一枚定时炸弹。令我深感困惑的是,外公打探的究竟是什么?是向蒋家王朝,定期报告各鱼塘鱼虾繁衍交配情况么?他们之间又是如何联络的呢?如果外公是一枚定时炸弹,当初土改工作队,为啥没将他直接引爆呢?在我的眼里,外公至少是方圆几百里内,对社会,对人生,唯一持有清醒认识的人。大到国内国际政治时势,小到前门屋后萝卜青菜,他都无所不知,无所不晓。他的气质既有历史学者的深邃、内敛,也有金融学家的精明、严谨,更有诗人的率真、激情,总之,道行不是一般的深。凭良心说,我的外公是一位很有魅力的人,身上带着不少机密或者说风流韵事,且不说他那一头,不知是否真的通过乱搞男女关系,常年保持黑亮的乌发,据我观察,以下现象至少确凿无疑:他常常习惯性地、非常洋气地称呼我"亲爱的塌鼻";他能说一口流利的、带点儿东阳北乡口音普通话;他的嘴里,时不时地,会像金鱼吐泡泡似的,蹦出一些洋文,比如,也斯!奥夫拷死!稍瑞稍瑞!瑞士(米饭)、路灯(面条)、古得猫宁(早上好)、三块肉扔给你妈吃(谢谢)等等,不一而足,而这些,通常是上海人爱掼的派头。他曾对我透露,若非淞沪抗战爆发,老早在外滩某跨国银行做事了,此事的幕后推手,正是某位神秘大人物。从挂在我们家八仙桌上,那张摄于王开照相馆的黑白照上,也可一睹外公当年风采,头发像缎子一样光亮,集潇洒、精干于一体,腔调不是一般的足。他提起壶,倒了一杯酒,把嘴贴在杯边,仰脖,伸脖。再倒,再仰脖,伸脖,这样来来回回,差不多有三四遍,酒过三巡,情绪就像棉花糖一样饱满起来。亲爱的塌鼻,喝酒有没有菜,无所谓,有好的酒搭子,才要紧!有了好的酒搭子,喝下去的酒,才会像冬天的炉火,熊熊燃烧,痛快淋漓,才会掏人的心窝子,你说是不是?他撂下杯,用魔法师一般飘忽的眼神,几乎感人地冲我微笑着,我向外公敬酒,我们让手里的小酒盅,持续发出声声脆响,对我这个酒搭子,他一向比较满意,前一阵子,还对我显摆他的工作证,不无骄傲地告诉我,说他已摘了资方的帽子,是一名百货公司的正式退休职工了。

一梦醒来,我都快八十岁了!他妈的!这时间过得真是太快了,想当年,每顿我能喝两斤酒,现在不敢了,人一老,胆子就变小,就会变得很怕死,哈哈!你说奇怪不奇怪?外公端起酒盅,语调轻快地朗声道。想当年,我什么酒没喝过?啤酒、香槟,只能算毛毛雨,一喝嘴里淡出个鸟来。朗姆、威士忌、伏特加、杜松子酒,底端、粗俗、没品位,像个浑身长毛、体味很重的鬼佬儿。哦,还有葡萄酒,据说象征什么爱情,中国人的脾胃,哪儿消受得了那些破玩意?呵呵,去它娘的吧!酒的王国里,只有我们老家的红曲酒,才称得上倾国倾城的美人儿,让游子一辈子做着单相思的梦!他快嘴快舌地说完,端起酒盅,快活地一仰脖,心满意足咂吧着嘴,慢慢舒展开了额头。宋朝有个诗人,叫陆游,就是写"红酥手,黄藤酒"这个人,这个人是个酒鬼,每天清早眼睛一挖开,就喝酒,酒一喝,诗才冒出来,所以这个陆大诗人的诗,特别多,比李白、杜甫还多,光光为东阳酒,他就写了好几首诗,比如这首《东阳郭希吕、吕子益送酒》,就是陆大诗人老酒吃饱的情况下写的,让我来背给你听一听:山庵寻香得早梅,园丁又报水仙开。独醒坐看儿孙醉,虚负东阳酒担来。外公摇头晃脑地背诵着,听上去不容我有丝毫打断。我鼓掌完毕,双手举杯,敬了他一杯,然后开始习惯性地,打探一些历史钩沉。他爽快地一扬眉毛,亲爱的塌鼻,你想了解什么?北伐军?国民党?还是共产党?哦,我只能说,它们其实差不多。历史就像一块破布头,可以裁了又缝,缝了又裁,可以披挂,可以遮羞,可以染色,更可以他妈的付之一炬!

也斯,奥夫考死!老子的一生就像是活见鬼!解放前,我入了两百大洋股钱,跟毛有福、陶乐涛,在如今的解放路口,开了同泰布店,也就是现在东阳百货公司前身,解放后公私合营,我成了资方,戴着高帽子,被造反派押着游街。也斯!老子当过保长,那是国共合作的沦陷期,那个清明节,东阳维持会会长宋有财,一个脸上没皮的狗汉奸,召集村里人,在庆余堂前的空地上开会。宋有财绸衫穿穿,手里女人似的,捏着一块手帕,这个狗皮生毛的家伙,经常向村民要鸡要蛋,还把华店村一个漂亮媳妇,送上炮台,给日本矮子队长取乐。那次,矮子队长亲自坐镇,矮子队长走到上一届保长、民合南货店掌柜陈之涛跟前,用扇子点牢陈之涛额角头,哇啦哇啦说了一通。翻译官对陈之涛说,你收缴维持费不力,皇军很生气,命令陈之涛站在一只空洋油箱上,两腿岔开,两手平举,一个日本兵端起枪,朝洋油箱和陈之涛裤裆下连连放枪,陈之涛吓得一个跟头栽到地上,尿湿裤子。矮子队长跟宋有财嘀咕一阵,宋有财对上宅小学教师邹森林说,皇军让你当保长。邹森林一听直摇头,矮子队长一瞪眼,脱去军装,只穿了件白衬衫,大喝一声,抡起短胳膊,把邹森林猛地扛到背上,再甩到地上。矮子队长把邹森林,像条黑鲤头似的,嘭嘭嘭,一共甩了三七二十一下,这就是有名的"乌鲤甩",甩完后,抽出指挥刀,用刀背在邹森林背脊上,又笃笃笃敲了十几下,邹森林就像壁虎似的,趴在地上一动不动了。矮子队长下巴直掉汗,两只红眼珠子一对牢我,我立即觉得浑身发凉。宋有财指着我问,皇军问你,刚才看到没?我说,看到了。宋有财说,你若不听话,皇军说,往你鼻子里灌烧酒。两个日本兵围住我,一个用刺刀对准我的脑门,一个对准我的咽喉,汗水湿透我的内衣裤,我就这样当上了保长。上宅是个穷山区,老百姓饭都吃不饱,还要抽米抽谷,交维持费,好比麻雀脚骨刮肉,难上加难,为维持费的事,我找宋有财说情,没想到宋有财这个狗骨头,一转身跑去东街法院日本宪兵司令部,报告了日本人。我被侦缉队抓去,关进人和庙,我被抓进去的第三天,我阿爸受惊吓死了。我姆妈花了一大笔钱,求人把我保了出去。

那个深秋的傍晚,西风飒飒,黄叶绕地,我挨完批斗,返回上宅,路过麻车头,望着桥下的滔滔江水,我走不动了。我想,我干过什么坏事么?入股那些钱,都是我辛辛苦苦挣来的血汗钱。解放前,我去嵊县挑过盐,去浦江挑过石灰。解放后,去背过竹篾、卖过小猪。没错,我是当过一年保长,但没干过一件坏事,也没拿一分钱工资,当乡长才有工资拿。我没有欺侮过老百姓,还为了老百姓,被日本人抓去差点儿丢了命。没错,我是有点儿粗暴,出来后,我打断宋有财两根肋骨,但宋有财不是老百姓,他连个人都算不上,是汉奸走狗卖国贼。那次我在东阳江边,坐了大半天,硬是没往江里跳。因为老子想,东阳江流了这么多年,什么冤屈没见过?当年老子在日本人手里都没死,现在若是投了东阳江,老子连个屁都不如!那一刻,老子的心跟明镜似的亮堂了,老子打定主意,无论如何都要活下去。老子扯下黑袖章,扔进东阳江,拜托东阳江水,把老子的历史漂漂白!

八十年代末,县里曾派人请外公出山做旗袍,外公推托自己眼睛

花了,没法做了。尽管我从未见过外公做旗袍,却常听他谈论旗袍,至今我仍记得,他用机智低调的嗓音,对我传授的金玉良言:

  一个女人卖相好不好,要看她穿上旗袍的样子!
  如果说,狐狸精是勾引痴呆书生的,那么,旗袍就是勾引狐狸精的!

  对女人的身材和衣着,我的外公有着非同一般的鉴赏力。那次,电视里正举行俏江南旗袍模特大赛,美女如云,美腿如林,一个面无表情、浓妆艳抹的女人,甩腿而来,盛气凌人,身上那件大红色旗袍的岔儿,从脚踝几乎开到腰际,十分风凉,她扭到台前,叉腰、俯身,露出胸口的蒲瓜,摆了一个呆若木鸡的造型。外公嘭的一声,撂下酒盅,鼓起的眼睛里,几乎冒出火来。OMG! 开什么国际玩笑! 老底子,上海滩操皮肉生意的,都穿不成介种样子! T台深处,蹦出个嫩模,圆脸、长发,瓷娃娃一般的肌肤,穿中式粉色雪纺绸无袖短衣,腰缠同色系齐B小短裙,贴着亮珠片的肚脐眼儿,若隐若现,一边撩着头发,一边蹦跶而来。这种破烂也叫旗袍? 他妈的,设计师是吃屎的吧? 咳咳! 他指着电视机,喉咙口一阵翻滚,少顷,将一口带着呼啸的浓痰,落在凤仙花下。你纳着鞋底,不时用中指上的金属顶子,顶一下针尾,或是抬起胳膊,把针拿到头皮上,擦一下,似乎打算从那儿,获得继续听下去的勇气。没听古人说过吗? 犹抱琵琶半遮面! 旗袍的好处,就在于遮蔽,看上去严严实实,密不透风,实际上销魂蚀骨,勾人心魄! 这个道理都不懂,还做什么旗袍? 嗯哼? 还欣赏什么旗袍? 嗯哼? 还举办什么鸟赛? 嗯哼? 要是女人家,自己脱了个精光,往床上一躺,你说,还有什么意思? 嗯哼? 还有什么好白相的? 嗯哼? 外公睁着眼,鼻子哼哼着,冲着我连连反问,手中的筷子,像啄木鸟似的,敲击桌面。我一时语塞,不知如何作答。要死了!对孩子讲这种没脸没皮的话作甚!你搁下鞋底,扬起眉毛,愤怒与谴责的目光,直逼外公。你用手中的鞋底,梆梆敲打着簸箕沿,对抗着外公用筷子发出笃笃声。OK!OK!同你们讲这些,完全是鸡同鸭讲,对牛弹琴!他做了一个讨饶的手势,洋洋得意地,抿了一口酒,放缓了态度。

一个瘦骨嶙峋的女人,迈着猫步,没好气地从T台深处扭来。外公摇着头,刚刚平复下去的心情,又翻滚起来,这一回,他批评起穿旗袍的人。这种货,哪是穿旗袍的料?鬼干一样!要胸没胸,要腰没腰,要屁股没屁股,真是糟蹋了衣裳。旗袍可不是随便什么人,都好穿的,穿旗袍,那可得有资本,肩要溜,腰要细,屁股要丰满,脖子要细长,胳膊要紧致,胸脯呢,不能大也不能小,个头呢,不能高也不能矮……外公外公,你快看,她是穿旗袍的料么?我连忙指着屏幕上,一个穿青色旗袍,妆容精致、款款而来的女人发问。NO!NO!NO!他把头摇得像小贩手中的拨浪鼓。这个女人的眼神不配套!我一眼就看穿了,一个目光充满贪婪、攫取的女人,永远也穿不出旗袍的精髓!他端起酒杯,意味深长地说。哎呀,外公呀,什么样的女人,才是穿旗袍的料呢?我怏怏不乐地问。唉唉!莫有了,亲爱的塌鼻,真的莫有了,现在的女人,统统不是穿旗袍的料了!这年头穿旗袍的,不是迎宾,就是小姐,就算既不是迎宾,也不是小姐,总归也带着一股子的风尘相,没法看了,真的没法看了啊,唉……他失望地长吁短叹着,搁下杯,眼珠子滴溜溜转到你身上。嗯,凭良心说,你外婆年轻时候应该算一个。他嘴角带笑、语气肯定地说。听了他的话,你头都没抬一下,针尖从鞋这面扎进,白白的棉线从鞋的反面,噗噗地不断扯出来。我见过你穿旗袍的模样,在那张发黄的结婚照上,你的目光柔和,一件剪裁合体、质地轻柔的旗袍,裹着你苗条的身材。不过话说回来,你外婆虽有穿旗袍的身,却没穿旗袍的命。他呷了一口酒,慢条斯理地说。

可不是？这辈子我只有跟你受苦遭罪的命！你抬起头,轻蔑地接了一句口令。对于你的回答,他显得无所谓,并且微笑着,饶有兴致地,点了根烟,在我们之间升起一阵烟雾。亲爱的塌鼻,想当年,你外公我可是上海滩响当当的一把金剪刀！我给中国最有魅力的女人,做过一件旗袍,还给她的老公,做过一件马甲,西安事变时,她老公身上穿的马甲,就是我的手艺！那位迷人的女士,她的三围,我也一清二楚,身材尺寸同你外婆差不多！啊呀,那位迷人的女士,啧啧啧,闭上眼睛,我都历历在目。他压低嗓门,眉飞色舞地说道,并把一大堆溢美之词,用到"那位迷人的女士"身上,什么"令人惊艳"、"一见倾心"、"世间少有"等等,听上去仿佛发生在昨天。呸！吹牛也不打草稿,你就自个儿慢慢吹吧。你把鞋底朝簸箕一扔,豁然起身,他的话,只有鬼才信！去准备晚饭前,你扭头,愤愤扔下一句话。噢,外公,我要听整个儿的、原原本本的故事！我迫不及待央求道。也斯,奥夫考死！亲爱的塌鼻,外公的秘密,只同你分享！哦,那可真是一桩意外之事,称得上是天方夜谭,或是一部小说素材,真是不可思议、无与伦比、令人心旷神怡、浮想联翩啊,咳咳咳！他吐出一连串烟圈,又干咳了一阵,开始对我讲述那段前尘往事,脸上泛出一层油脂一般的光,像是灵魂出窍。的确,这个故事想象奇特,颇具传奇色彩,甚至有着不可告人的细节,怪不得多年来,他一直守口如瓶。现在,我尽量按照外公口述,把它一字不漏地记下来。

2

哦,上海,一个有腔调的城市,它像一个巨大而神秘的花园,那里有着比东白山还高的摩天楼,比东阳江还宽的柏油路,迷宫一样曲折和四通八达的街道,蛛网一样密密麻麻遍布的里弄短巷。霞飞路和外滩上的脚步,迈得比走马灯还要快,永远塞满大街的人群,比初夏时水面的蚊蝇还多,各种饭店、咖啡厅、时装店、珠宝行,比衣服上的针脚还要细密。那里有时尚的别墅和洋楼,开到凌晨的影院和戏院,闪闪发亮的霓虹灯,五花八门的广告牌,震耳欲聋的跳舞厅、跑马厅和跑狗场,窗户的玻璃,闪着水晶一样的光。那里有数不清的高楼和大厦,小洋楼和老虎窗,在那些高楼、大厦、小洋楼和老虎窗内,有人正在纸醉金迷,有人正在痛哭流涕,有人正在歌舞升平,有人正在流离失所,有人正在宽衣解带,有人正在举杯痛饮。在那里,华人和洋人共处,赌徒和瘪三齐飞,充满绅士和恶棍,暴发户和叫花子。那里有脑满肠肥的买办,多如牛毛的阿飞,西装革履的嫖客,狐假虎威的赤佬,男盗女娼的伪君子,他们的嘴里镶着金牙,眼里透着贪婪,牙缝里喷着烟圈,鼻梁上架着金丝眼镜,手里敲着文明棍、挥着屠刀或正在磨刀霍霍。在那个每天产生奇迹的地方,每个人都忙忙碌碌,不是忙着生,就是忙着死,不是忙着跳舞唱歌,就是忙着打牌设局,不是忙着养家糊口,挣钱度日,就是忙着掏糨糊、当老大、轧苗头。

　　那座城市,黄梅天潮兮兮,夏季里热燥燥,一到冬天,阴风追逐着阴霾,阴霾交织着阴风,令人产生一系列胸闷、头晕、心烦等噩梦般的联想,就算太阳公公重新露脸,心情也好不到哪里去,因为嘈杂和纷乱,很快接踵而至,甚至更糟。只要在上海待过,你就晓得,无论晨昏,那座城市时而雾霾茫茫,时而阴风嗖嗖。那雾霾,像一个弥天大谎,不晓得何时揭晓。那阴风,不晓得从哪吹来,从头颈或肚皮里灌进去,又从肚皮或头颈里面钻出来,即使阳光灿烂,依然让人冷彻心扉。只要阴风一吹,弄堂晾衣竿上,那些五花八门的衣物,就像吊死鬼一样拍打着空气,显得鬼气森森。每逢春秋季节,绵绵的雨水会把那座城市的墙壁颜色,弄得很深,好像一道道抹不去的伤痕。

在那座城市,男人的皮鞋,搽得镜子一般亮,女人的嘴唇,抹得鲜血一般红,他们的面孔,一律像是被熨斗压过似的,一副欠多还少模样。在那里,有钱就是爷,有奶便是娘,我是流氓我怕谁,女人搂着富豪,富豪搂着官员,官员搂着大亨,大亨搂着女明星。淞沪抗战爆发前,那里的一切:空气、人群、服饰、口音和饮食,都像是一锅煮沸的汤,充斥着暧昧不堪的气味。那里有舌尖上的美味,鼻尖上的香味,男人释放的烟草味,人跟动物的体味和唾沫味,谋生者和享乐者的汗酸味和腐败味,柏油路面升腾的沥青味,下水道弥漫的恶臭味,菜市场的臭鱼烂虾味,马路上的酒菜面饭味,汽车屁股后冒出的汽油味,黄包车和鞋子扬起的尘土味,以及四季风霜雨雪所形成的、难以分辨的各种气味。这些气味,常年阴魂不散地,盘旋在城市里,徘徊于大街小巷,在马路上追逐,空气里搏杀,彼此替换,相互厮打,循环往复,源远流长,使得那座城市,就像一个华丽而巨大的垃圾填埋场,集纳着各式各样的物事:打翻的酒杯、溅湿的罗裙、牌桌上的骰子、阴郁的石库门、臭烘烘的窨井盖、安了弹簧的跳舞厅地板、洋行门口的石狮。那座城市里,每个人都像苍蝇一样苟且偷生,豺狼一样算计日子,蚂蚁一样讨着生活。在那座城市里待着,闻着那样的气味,你轻易就能找到一种陌生的、空荡荡的感觉,好像一片枯叶飘浮海面之上。无论你在那座城市里,待了多少年,混了多么久,都像异乡人一般陌生。也斯,奥夫拷死!这就是上海,伟大的魔都,一个有腔调的城市,中国人说它最洋气,外国人赞它最东方,它既像是天堂,又像是地狱。

霓裳服装店位于霞飞路西段,对面是一家鞋帽铺,隔壁是一家咖啡店,门口,立着一棵歪脖子梧桐树,橱窗内,常年站着一个穿旗袍的模特儿。小得可怜的店堂内,铺着灰地毯,有一张沙发和几只软垫,墙壁上,挂着月份牌,每页都有一个身穿旗袍,嘟着樱桃小嘴的女人,有时坐,有时站,身上的旗袍,随季节变化。沙发对过,有个小试衣间,隔着一道四折木雕屏风,里面时常传来穿脱衣服的窸窣声、急促而惊喜的细语以及各种活跃的手势、漫长得仿佛没完没了的打量。里面,有一张高脚凳,墙上固定着一面全身镜,双层木架板上,搁着一只圆口铁丝小筐,插着好几把梳齿大小不一的梳子,此外,还包括大大小小的发夹、一盒镀金珐琅香粉盒、一支密丝佛陀牌子的口红,甚至包括一瓶淡黄色的伊丽莎白·雅顿香水,这些东西,都是从惠罗公司买来的。角落里,有个双层鞋柜,码放着好几双高跟鞋,质地有皮面的、绸缎面的,款式有圆头的、尖头的,这些都是供客人试穿旗袍用的。

一张长得仿佛要将整个房间,拦腰截断的工作台,靠墙而设。台子上,堆着花花绿绿的零碎料子、几摞有大有小的裁剪图纸,几把大小不一的张小泉剪刀,全部头朝内,插在一只木制剪刀架里。此外,还有一部电话机、一本黄页号码簿,霓裳服装店在第一千二百十七页上。一个首饰盒模样的木匣,抽板已不知去向,收纳着五颜六色的划衣粉、大小不一的缝衣针、颜色复杂的线团、挤作一团的纽扣与暗扣。边上,立着一只成色较深的紫檀木笔筒,里面插着红蓝铅笔和一杆深褐色的、摸上去又凉又光滑的尺子,尺子的尾端,刻着两个比蚂蚁还小的字:福珍。这是我父亲的名号。一次,我背脊上起了疹子,拿着这杆尺子当痒痒挠,我的父亲知道后,大发雷霆,罚我一天没饭吃。笔筒旁,随手搁着一本棕黄色牛皮面笔记本,里面用端正的小楷记录着一些要紧事:张太太,臀围六尺三,既要遮小肚子,又要好看,伤脑筋……白牡丹最近减肥,胸围和臀围,要再收一公分,作孽,这种肥还是不减为好……汪小姐的胸,多了五公分,不晓得怎么搞的?要劝劝伊,再大下去,穿旗袍就不好看了……Alice 礼拜三午饭吃过来量衣

245

裳……还包括一些鸡毛蒜皮、稀奇古怪的内容:周太太喜欢吃水煮蛋和豆浆,喜欢豆浆里头加蜂蜜。工作台后,有道边门,穿过地面凹陷的昏暗过道,是个天井,天井里,有一间搭出来的厨房,桌上铺着格子布,搁着几张方凳,边上有一道窄梯通向阁楼。我和王小毛的床挨着门,一上一下,双层木床,透过头顶一面小窗,可以随时仰望星空。一张发硬变白的牛皮折叠沙发,是我父亲的下榻处,他会在每天晚上,把沙发拉开,早上再折拢,把被褥塞进床屉。

每天,当东方既白,沉重的柚木店门就被无声推开,一位腰系围裙、身材瘦小的小老头,一手持鸡毛掸,一手拎铁皮水壶,踩着黑布鞋,脚步轻快地走到门口。我的父亲赵守义,看上去显得孱弱,鼻梁架一副圆框眼镜,颈上挂一根软尺,胸口飘一把胡须,胡须长度恰好与软尺两端齐平,他挥舞着短胳膊,十分勤快地将地面打湿,举起鸡毛掸,把招牌轻轻掸一遍,没有放过一块深棕色的小门牌:霞飞路517号。做完这些,我的父亲站在人行道上,用带着少许阴郁的目光,打量橱窗内那位细腰纤手的窈窕淑女,他打量物品的样子很有一套,目光并不通过两块模糊不清的圆镜片,而是从圆镜框上方直挺挺地射过去,胸口的胡须随着风向轻轻飘动。他盯着模特儿,有时弯起手指,冲玻璃窗敲几下,返屋,吃力地对模特儿动手动脚:变化一个姿势或换上另一套服装。然后,他向玄关上一尊手拉招财进宝横幅的鎏金财神爷报到,把三支点燃的印度香,插进铜香炉,用鸡毛掸拂拭各个角落:沙发、靠垫、茶几、细颈花瓶、沿墙根站立的衣帽架和头顶的灯罩。我的父亲热情高涨地爬上爬下,做完这些才在围裙上满意地擦擦手,掏出一只琥珀烟嘴,点上,露出焦黄的牙,背过身,目光深邃地眺望窗外。

我的父亲在完成黎明即起,清扫门面的古训后,就长时间地待在凌乱不堪的工作台前,一门心思从事着神圣的工作。我的父亲有一张十分能够取悦女性的嘴巴,这张嘴巴不仅会叼琥珀烟斗,说各种美妙动听的吹捧话,还会吹各式各样舒薄轻柔的面料:吹口哨似的撅着嘴,嘴唇紧贴在桌沿上,将一大片云彩般鲜艳、湖水般润泽的真丝雪纺纱香云纱或乔其纱,用发自肺腑缓缓吐出的匀称气息,将它们吹得平整异常,然后飞速下剪,神情轻快得仿佛剪着空气,一块料子剪下来,比机器割的还挺括。我们店很少宾客盈门,客人都遵循严密的预约制度。这些客人,不是有钱就是有闲,要不就是又有钱又有闲,她们心思缜密,花样繁多,服装、发型与行头,一年四季都有专人打理,按月份搭配着旗袍盘扣上的花形:春配兰,夏配荷,秋配菊,冬配梅,四季十二种花样轮着来。若是穿着白天的旗袍,参加晚上的派对,对她们来说,跟被人剥光了游街差不多,兴许更惨。即便"八一三"后,大上海已如临深渊,她们照例兴致勃勃出入各种晚宴和茶会,周旋各种牌局和舞厅,做着真真假假的游戏。只有在我父亲面前,这些高贵的客人,才会收起平日那副目中无人的表情,低声下气,摆出各种讨好的媚态,仿佛巴儿狗转世,渴望把自己整个儿地,交给一位双手四季绵软、略显腼腆的小老头,请求他为自己创造奇迹。她们任凭我父亲手中那根软尺,量遍周身沟沟壑壑,曲曲折折,面露惬意与满足,仿佛已经听到穿上新衣裳时,众人口中发出的惊叹与赞美。量完尺寸,还要拉住我的父亲,聊天、撒娇、发嗲或是送上香吻,唯恐我的父亲不重视。有的客人,一路打探而来,跳下小包车,冲进店堂,盯着店里不多的款式,两眼像接通了电源的灯泡,闪闪发光,攥着我父亲的手,从小坤包里,取出一本散发着油墨味儿的最新一期《良友》画报,眼泪汪汪地要求我的父亲,立即为她量体裁衣,好像我的父亲上辈子欠她似的。有的客人,挥舞着某部刚上映的电影海报,要求我的父亲,为她做一件跟女主角一式一样的旗袍,这种时候,我的父亲比电影明星还受欢迎,牙齿上做做样子似的,叼着烟斗,眯着眼,侧着耳,倾听客人的每一句话,像是要刺探出什么秘密。

工作台上那部盛气凌人的电话机铃声一响,我的父亲会拎起听筒,把听筒夹靠在脑袋和肩膀之间,手中的剪刀依然电锯一般,在衣料上一边推进,一边毫不耽误地,问候话筒里的那个人。我的父亲要么不开口,一开口,声音像娘们儿一样绵软。啊哈,张小姐呀,侬要去百乐门参加派对?好啊好啊,明朝我在,等侬啊!Alice呀,旗袍看看蛮简单,前头一片,后头一片,但是,做旗袍同女人家生小人一样,急勿得的,何况这件衣裳,是侬结婚穿的,推板不来的。Gigi呀,那件银灰色软缎旗袍上,我替侬多镶了一道真丝滚边,侬穿上肯定灵!……啊哈,用得着猜?我一听就听出来了,是吴太太喽!侬各广东上海闲话,我老早听习惯了,光光一个盘扣,我就三个夜头没困好,侬挑的兰花扣,同侬大富大贵的相貌,勿般配,我帮侬选了如意扣,花心思的哦。有时,他放下手中活计,稍微转侧一下,换个耳朵,蹦直双腿,靠在背椅上,开一些不荤不素的玩笑,刘太太,今朝哪能没去搓麻将?啊,侬勿是刘太太,是李太太?哦,对勿起对勿起,怪不得声音勿像哈!啊,勿是李太太?啊呀,交关难为情,对勿起对勿起哈,我听出来了,侬是林太太对勿对?当客人试好衣,从屏风后走出,惊奇或是出于严密地,瞪着镜子,眼中流露出抑制不住的激动,但是,在得到我的父亲评价之前,她们显得优柔寡断,嗓音发颤,热泪盈眶。这种时候,我的父亲就会放下剪刀、卷尺或划衣粉,子弹一样发射过去,单膝跪地,深情款款地,替客人扣上几颗不易觉察的嵌扣,或轻轻扯平衣角,嘴上的烟斗,冒着得意的烟,他评判起衣裳,显得无拘无束,令人如沐春风,如痴如醉——哎呀!刘小姐,侬真是比《天涯歌女》里的女主角,还要灵光一百倍!——天哪!丽莎!丽莎!你是想同全上海滩的女人别苗头么?

每个月总有几天,我的父亲显得比平常兴奋,整个人神秘兮兮的。他会提前三天禁食葱、姜、韭菜，不沾一丁点辣椒、胡椒，对洋葱、大蒜更是敬而远之，红薯、萝卜和汽水也不碰一下，提前让我打理他的出客服，一件半新不旧、浆得十分硬挺的烟灰色纺绸长衫。我摊开长衫，重新检查一遍，撸平衣服的每一寸，熨烫妥帖，系上薰衣草或玫瑰香袋，挂在衣橱旮旯里。到了特定日子，我的父亲洗漱完毕，脱下身上那件黑色龙头布工作服，换上出客服，对着镜子照了又照：梳理下巴胡须，聚精会神地拔去脸上，一根新长出来的杂毛，观察鼻尖上毛孔的大小，咧开嘴，检查齿缝，轻快地掸去肩上并不存在的头皮屑，用生发油压一下几根翘起的头发。处理完这些，他冲着镜中之人，略带苦恼地笑笑，吩咐我取下做好的成衣，用一块印着荷花的真丝缎面，仔细包好，装入一口皮色发亮的深棕色手提箱，揿下按钮，啪塔一声响。他拎着皮箱，跳上停在门口的小包车或黄包车，临行之前，他探出小而圆的脑袋，面孔看上去，像新铸的钱币一样闪闪发亮。

——我会女朋友去啦！我的父亲朝我挥挥手。

每当小包车或黄包车，穿过抹着白石灰的树干，拐弯，消失，这种时候，我心里总是空落落的。我的父亲通常在两三个时辰后回来，哼着家乡小调，从手提箱里取出一些料子，都是少见的上等货，还有的是贼骨挺硬的洋牌子，偶尔有一袭貂毛坎肩、一大坨重磅真丝，甚至一块包着牛皮纸的法国奶酪或一盒瑞士巧克力，这些东西，都是那些香气扑鼻的客户送他的。有的客人还把一件簇簇新的、最多只穿过一次的旗袍，让他带回来重新拆掉，给新衣服做里子，因为，对她们来说，再高档的旗袍，穿上一次或是看上一眼，就够了。

洗衣、煮饭、搞卫生，是我一开始做的生活，自从王小毛，一个四肢纤细的同村人，来店里后，我开始给父亲打下手：练毛笔字、学心算、打算盘，像一块上等海绵，尽力吸收着我的父亲传授给我的学问，并且很快显露天分,不但待人接物老到,账房事也顶得起,拨拉起算盘珠子,更是看得人眼花缭乱,一些简单的剪裁,比方盘扣啊滚边啊上线啊,也做得像模像样。我的父亲也时常对我和王小毛,传授一些做人的道理,比方说:一心学手艺,不准惹是非。佛要千年造化,人要时时修饰。还给我们定了各种规矩,比方说:爬楼梯要轻手轻脚,眠上床要不声不响。一不赌铜钿,二不嫖婊子,三不坐茶店。我的父亲只要一开心,还可以一连串这样说下去:吃饭时不要讲话好不好?挟菜挟面前好不好?不要用筷子敲碗盏好不好?不要把一根筷子插在饭碗里好不好?睡觉时关了灯说话好不好?

  我的另一项工作是知会,现在的话也叫迎宾,毕恭毕敬,立在门边,身上散发古龙水的气息,头发根根分明,看得出梳子滑过摩丝的痕迹,谁要是见了我这副头式,一定会从内心产生愉悦。我姿态优雅地替客人拉开门,送上一个标准九十度鞠躬,用不亢不卑的声音道一声:欢迎您的光临。尽管在上海和江浙一带,并不太习惯用您这个字,但从没人表示过反对,礼多人不怪嘛。问候完毕,抬头挺胸,面部肌肉微微上扬,恰到好处地,露出上下总共八颗牙齿,一颗不多,一颗不少。为做好知会,我专门跑到十三层楼学手艺。十三层楼是哪?就是锦江饭店啊,也叫华懋公寓,南京路上一问十三层楼,连叫花子都晓得。十三层楼那扇发亮的旋转小门里,进进出出扎台型的,都非等闲之辈,派头十足,都是上得了台面的,男人裤缝上的线,刀削一样笔笔直,女人裘皮大衣上的毛,至少二寸厚。十三层楼的迎宾,是一个印度阿三,叫史蒂文,黑胡子、红缠头,身上那股子咖喱味,三站电车外都闻得到。史蒂文的迎宾动作,不是一般的潇洒,他将盘在头上蟒蛇一般的胡子,取下来供客人欣赏,他的胡子摊开来,足有两米长。史蒂文并不是为每个人展示胡子,只有大人物到来时,他才那么干。那么,什么样的人才是大人物呢?全凭史蒂文那两颗布满红血丝的眼珠，还有一只嗅觉灵敏的狗鼻头判断。一次，我跟着一个西装革履的大肚皮，走向转门，那个大块头，剃了个光榔头，大热天穿一身燕尾服，胸口露一截白手绢，衣服领头硬纸板一样，贼骨铁硬朝上翘，一直顶到下巴颏，活像一只帝企鹅。史蒂文一见大块头，立马点头哈腰，取下头上的胡子，像拉面一样展开来，大块头看也没看，手里捏着两颗发亮的铁球，扬长而入。一见我，史蒂文立马收起胡子，凶巴巴盯牢我，还一个劲地翕动厚嘴唇。老子一下子就懊恼了，用同样的眼神回敬史蒂文，直到他垂下眼皮。老子想好了，史蒂文要是再有什么不礼貌，老子就对准他的骷榔头，来上一脚头，扯断他的鸡巴胡子，要知道这可是中国人的地盘儿，你老什么老？妈的。

来我们店的客人，人人光鲜体面，个个大富大贵，每一位都值得好生伺候，我为她们奉上茶水，有时是英式红茶，有时是西湖龙井，客人若想喝咖啡，我就跑到隔壁圣罗兰咖啡店买。圣罗兰咖啡店老板娘，叫玛利亚，一个睡眼惺忪的白俄女人，模子很大，有一张蜜桃色的脸，浑身弥漫着撩人恣意的放纵。玛利亚身体交关好，经常跟不同国籍的男人睡觉，并且动静弄得很大，即便我和王小毛已进入深度睡眠，玛利亚和她的小伙伴们，也会把我们搞醒，因为墙壁板实在太薄了。我和王小毛虽然修养好，但作为未婚者，听床并不是一件美差，我俩除了披衣而坐，心生闷气，恨得牙根痒痒，无计可施。堂堂中国人，半夜三更地，任由外国人在我们自己的领土上，操来操去，连个觉都睡不成，不生气那是假的。我俩夜不能寐，翻来覆去，王小毛起身，愤怒地以拳头杵墙，示威抗议，喂喂，力气省一省好伐？几点钟了，要不要人困觉了？隔壁那对活宝，发出一阵浪笑，顶多安耽五分钟，又开始闹腾。我不得不爬起来，到天井里，用凉水浇遍全身，好几次不慎感冒。

我曾替一位体型像一条鲳鳊鱼的客人，在玛利亚的咖啡店里，买过一种猫屎做的咖啡,那位客人不但赏我小费,还请我到城隍庙吃小笼包。那位客人吃小笼包,交关有派头,用筷子轻轻拎起,在包子上咬一个小口,把汤吸了,小笼包就不碰了。那位客人见我一口气,把两客小笼连汤带皮吃了个精光,嘎嘎大笑,脸上搽的厚厚的粉,都笑脱了一层。我的工作也遭遇过瓶颈。一次,我接待了一位头戴阔檐帽、脸颊有两块蝴蝶斑的客人,她怀里搂着一只小花狗,小花狗身穿花衣裳,嘴里噙一只橡皮奶奶头,简直快亮瞎我的眼。囡囡喔,姆妈量衣裳喔,姆妈量好衣裳,等一歇带囡囡去国际饭店吃西餐喔……那位客人让我帮她照看狗,一边让我的父亲为她量尺寸,嘴里一边嘀咕着。太太,您的狗狗好可爱。我用讨好的口气说。那位客人一听,戴白纱手套的手猛地捂住嘴,瞪着牛爆乌珠,惊叫起来,十三点,乌珠勿生的呀!客人脸腮上松坠的肉,弹跳着,连那几道抵着双下巴的很深的颈纹,也一同弹跳起来,隔着帽檐下的网罩,都看得清清楚楚。小鬼头,把未出阁的小姐叫太太,真当勿懂事体!女人嘴里喷出的唾沫星子,比下水道的阴沟水还要臭。我的父亲连忙打圆场,这位客人依然气得刮刮抖,嘴里碎烦个不停。打烊后,店里才安耽下来,电灯泡的照明下,我们三个各干各的,持着镊子盘花扣,拿着刮浆刀往布料上刮糨糊,对着磨刀石磨剪刀,地上全是碎衣料,多得连脚背都快盖住了。室内空气渐渐浑浊,我的眼皮打起了架,但是我的父亲通常要忙到十一点,我们也偷懒不得。当我把身体平放在阁楼小床上时,每每觉得劳累不堪,与此同时,一想到玛利亚和她的小伙伴们,即将开始欢闹,一阵胸闷袭来。我只好做一个深呼吸,告诉自己,这就是我的世界,不管喜不喜欢,日子都得这么过下去。

上海的夏夜很不好过,知了在树上叫个不停,热浪滚滚,待在鸽子笼似的阁楼里,都快有忧郁症了。我只好出门透透气,昏暗的弄堂内,挤满乘风凉的人,坐的坐,躺的躺,在裤衩和乳罩底下,说着闲话,椅子和竹榻,摆得路都不好走。我缩头缩脑地,穿过弥漫着汗酸味和垃圾味的弄堂,七兜八转,来到大马路上。空气里的味道,顿时起了变化,充满汽车尾气、柏油路的沥青味以及酒精和香水味,白天静悄悄的影剧院、跳舞厅和咖啡馆,此时像是打了鸡血,变得精神抖擞。霓虹灯交织着汽车喇叭声、音乐声和市声,好像炼钢厂源源不断出产的钢水,在夜色中蔓延,有的横着淌,有的竖着淌,令人目不暇接,仿佛来到天上人间。

国泰大戏院是一幢钢筋混凝土大怪物,紫酱红外墙上,闪烁的霓虹灯,织出一顶皇冠和"CATHAY"几个洋文。我曾在里面看过一部电影,大厅里没一根柱子,无论坐在哪个位置,都看得清银幕上的动静,拱形的天顶,布满碗盏一样的电灯泡,坐在戏院里,像是被一只金灿灿的、放大了千万倍的玻璃杯罩住了。沙发很软,一坐下,整个人就陷下去,找都找不到。我看的是一部国产片,银幕上的人,张着嘴,却听不到声音,一个长相柔弱、有两道弯眉毛的女主角,令人印象深刻。我蹲在国泰大戏院的台阶上,像一只猿猴,蹲在波涛汹涌的暗礁上,显得十分深沉,我的脑袋里并没有思考,我是谁从哪来到哪去这类问题,这类鸟问题说穿了想了也是白想。我看到自己的影子,在霓虹灯下,一会儿变红,一会儿变绿,一会儿变得不红不绿。戏院散发的丝丝冷气,吹拂着我的后背,惬意极了,尽管戏一开场,就不太凉快了。我的身边,有个卖白兰花的老妇人,小竹筐上搭着湿毛巾,包裹着的白兰花,用细钢丝串着,散发出香气。一部部小包车,一辆辆黄包车,从我的眼前跑过,一个个红男绿女,影如鬼魅,在我眼前晃动,眼前的世界之于我,如同电灯光之于飞蛾,充满致命吸引。我有一双非同寻常的眼睛,看得清一棵树后趴着的流浪猫和流浪狗,看得清女人旗袍内的黑色吊袜带、粉色薄纱衣、透明长筒袜,也能一眼辨识男人裤裆里那玩意儿的大小。我可以十分轻松地辨识出,那些整天敲着文明棍的,实际上是一坨臭狗屎。那些成天油头粉面的,实际上是一群拆白党。那些达官贵人,大多道貌岸然,一天到晚轧姘头。那些浓妆艳抹的,不是打桩模子,就是风尘女子,而达官贵人和风尘女子,都差不多,充其量不过是一群装逼范,不管他们喷了多少香水,都盖不住尿骚味,不管他们翻了多少行头,也遮不住市侩相。

人潮人海中,我用狼一样灵敏的嗅觉,鹰一样敏锐的目光,凝神打量着眼前的世界。我所在的位置,是个三江汇合之地,正对着霞飞路和十三层楼,透过斜对面法国俱乐部的铸铁栅栏,望得到一大片,被灯光照得雪亮的草坪。这儿是一个看女人的风水宝地,那些在我面前静止、行走或一晃而过的女人,无论相貌出众,还是姿色平平,无一例外身着旗袍。那些旗袍,颜色不同,款式各异,有绫罗绸缎,也有碎花细格布,有绣花的,也有不绣花的,有衩开得高的,也有衩开得低的,有露乳沟的,也有领口卡脖子的。凭借洞察一切的双目,我将全部心思集中在一件事体上:观察女人和旗袍。身着旗袍的肉身令我神往,然而尤其令我神往的,是那些披覆于肉体之上的,繁花一般华美的旗袍。纵目眺望世间,一切令我欢娱,我亦愉悦自己。时间一长,我的目光越来越敏锐,感觉越来越超常,哦,什么胸围、腰围和臀围,什么肩宽、手长和三十六个部位尺寸,统统去他妈的蛋,无聊的陈规陋习令我痛恨与厌倦。是的,那会儿我的欢乐和痛苦,全部源于旗袍,我喜欢旗袍甚于任何一个女人,或者也可以说,我将对女人所怀有的爱慕和热情,统统地投射到旗袍上了,老想为一具完美的肉身,做一件无与伦比的旗袍。

我开始在我的父亲,已经完工的衣服上做手脚,我的调整非常细微,几乎不易被肉眼察觉:肩线或胸部一次不为人知的修改、偷偷收了半公分的腰际线,那种冷静的灵感,不露声色的创意,严丝合缝的精巧,我的父亲自然浑然不觉。当我的父亲噙着烟斗,一遍遍聆听着客人们的尖叫与赞美,脸上洋溢灵魂出窍一般的笑意,我心底的欢乐比他还要多三分。渐渐地,过度灵敏的视觉,让我感到惊悚和痛苦,浑身打战,跟喝醉时的幻觉差不多。我的目力越是超常灵敏,内心越纠结,坐卧不宁,如临大敌。每当我透过那些锦衣之下的胴体,捕捉到那些浓妆艳抹的尤物们,唇上闪烁的欲望,眼中交织的贪婪,就觉得兴味索然,如同吃了只苍蝇。她们不但喋喋不休,而且嫉妒成性。不但嫉妒成性,而且矫揉造作。不但矫揉造作,而且空虚懒散。不但空虚懒散,而且居心不良,她们就像政客一样难以捉摸,戏子一样冷酷无情,花瓶一样不堪一击,让我对女人这种动物,彻底丧失了兴趣。我开始痛恨自己,并且怀疑发明近视眼镜的人,定然是个不怀好意之徒,因为万事万物一旦失却隐秘与朦胧,就变得像白纸一般了无生趣,这是一件多么可怕而乏味的事体。

3

一到黄梅天,雨滴滴答答下个没完,屋里弥漫着无处躲藏的霉味,潮得像是可以捏出水来。那天,记不得星期几了,星期三或是星期四,总之已经打烊,王小毛在天井做饭,我的父亲熨着衣服,我摊着四肢,躺在沙发上,正盯着天花板上转动的电风扇出神,听到外面有汽车声,一种下意识令我从沙发上弹起,只见一个戴白色礼帽,穿白色长衫,拎一只手提箱的男人,以敏捷的姿态跳下车踏板,他的口袋里插一支钢笔,后脑勺刚剃过的头皮,泛着青光。他看了看门牌号,并且饶有兴趣地,打量了那位立在橱窗内身着透亮绸缎旗袍、双臂交叉的模特儿,刚弯起手指准备叩门,我已经为他拉开门。

一丝微笑从他十分有型的脸上闪过，我不禁想，是什么东西使他拥有那样的目光和微笑呢？这儿就是霓裳服装店吧？他用一种几乎是亲昵的声音问道。他的眼睛很亮，态度温文尔雅，口音像江浙一带的。我点点头，冲来客鞠了一躬，做了个请君入瓮的手势，听到我的父亲当地一声，把熨斗搁回炉盖。没错，先生。我的父亲绕过沙发，抢在我面前回答。您就是大名鼎鼎的赵守义师傅吧？是的，亲爱的先生，鄙人就是赵守义，他是犬子赵金川。我的父亲眯着眼，顺带介绍了我。来客放下手提箱，冲我们抱了抱拳，带着具有吸引力的目光和微笑，把手提箱准确搁在带灯罩的茶几上，轻拍一下我的肩，带着些许难以言表的非凡气宇，打量着店内陈设。先生想做衣裳么？您额角头真亮，算是找对地方了。我的父亲用十分老到的目光，上下打量来客，摸出一根烟，来客竖起一只手掌，我的父亲犹豫了一下，算好似的把烟塞回口袋，从另一个口袋掏出烟斗，塞进自己嘴巴。来客的目光越过沙发、茶几上的景德镇细颈花瓶，那天瓶中插着三支白色香水百合，他没有放过月份牌上一位穿藕色旗袍的少女，连底下那行"都锦生丝绸中国第一"的细小字迹，也仔细读了一遍。他绕过屏风，朝内打量一会，仿佛对这儿的一切都充满兴趣，又仿佛他比我们更熟悉这儿。他专注地察看着样品柜，脸上流露出惊讶，微微点着头，仿佛经过深思熟虑一般，伸出手，蜻蜓点水一般抚过衣物表面，或掂一掂料子，还把脸凑上去，似乎想确认一下它们是否存在。不仅如此，他对领子、滚边、暗扣、针脚等各个细节，也看得十分细心，并且腾出手，试试衣服后背或腋下的暗锁，仿佛他才是这方面的行家。

  他总算落座，端起我奉上的茶盅，虚拳清喉，碗盖推出茶汤，吹去热烟，浅呷一口。听口音，先生是浙江人？我禁不住问。他的目光从茶碗移到我身上，一下把我的心吸引住了。在下是浙江奉化人。他不温不火地答。啊哈，我去过那儿，那儿有座雪窦山，风光迷人。我的父亲接口道。是啊，山上有株古银杏，秋天时，风一吹，金黄的银杏叶像蝴蝶一样美丽。他放下茶碗，打开手提箱，取出一个乳白色真丝袋，亮出一袭宝蓝色的缎子面料。我的眼前忽然一亮，热血涌上脑门，像一匹饥饿的狼，遇上一块上等好肉，只想立即将这块料子吞进肚皮，我不得不攥紧拳头，控制自己。我的父亲将烟斗含在嘴里，身子弯得很低，一边掂量着面料，嘴里一边赞叹。奉蒋委员长之命，在下特意前来寻访，上海滩最好的裁缝师傅，为夫人赶制一件旗袍。来客一提到蒋委员长四个字，还喀地立正，来了一个敬礼。价钱请不要担心，这是预付的订金。来客以他那种不容违抗的方式，亮了亮皮箱，他说这话的口气并非请求，听上去不容置疑。看得出我的父亲，对眼前的事儿，一点思想准备也没有，笑容瞬间凝固，表情僵硬，像是一根看不见的金手指，对他一点，把他变成了木头人。屋里十分安静，听得到电风扇页转动的嗡嗡声。请原谅，亲爱的先生，我的父亲缓缓地说，最近我眼力不济，得了飞蚊症，恐怕无法接手这件美差呢。我的父亲把含在嘴里的烟斗，拿进又取出，背过身去，似乎打算一声不响地离开。那就让我来吧！我不假思索，脱口而出，伸手紧紧按住那块柔软的、可亲可爱的料子，一种强烈的欲望，驱使我必须接这桩活儿。

你来轧什么闹猛！我的父亲全身抖了一下，用活见鬼一般的眼光盯着我，尽管他老早告诫过我，这个样子看人，十分不礼貌。快去把熨衣板上的衣裳，熨一熨，明早王太太要派人来取！我的父亲大声吩咐。我一动不动，如同聋了一般。你还在等什么菜配？我的父亲压低嗓门，这是一句老家话，意思是，好事不会有，今天没有，明天没有，后天也不会有。但是那会儿，我没空理会我的父亲，那种令人恼火的目光与暗示，我紧攥衣料，挺直了腰，冲着那位令我颇有好感的客人，微微一笑：亲爱的先生，我的技艺是全上海最灵的！连尺寸都不必量,我只消瞄上一眼,就能够像熟悉自己的身体一样,熟悉客人的尺寸。我斩钉截铁地说道。那位神秘客人的脸上,显出一种讶异,似乎掂量着我话的分量,不过很快恢复轻松。

给我滚一边去!我父亲几乎喊起来,他的声音,震得颈上的软尺和胸前的胡须,一起乱抖。裁缝裁缝,就要先裁后缝,为客人丈量尺寸,好比医生替人看病,非得肌肤相触,方能精准,不然如何确诊?我的父亲嘴角挂着冷笑,看得出我的话,对他是个不小打击。阿爸,我真的可以!再说了,做人总该有点儿腔调吧?我尽量语气平静地说。腔调?你也配谈腔调?你这个不知天高地厚的货!知道这是给谁做衣裳吗?蒋夫人!当今国母!第一夫人!中国最伟大的时尚之星!稍有闪失你会把小命都搭进去!我的父亲近乎咆哮,仿佛店堂里只有我跟他两人。回答我父亲咆哮的,是一阵漫长的谜一般的沉默。此时此刻,我的内心有两个声音。一个声音说,赵金川啊赵金川,你是多么地大逆不道,多么的忘恩负义,多么的卑鄙无耻,多年来,你都靠你的父亲为生,他传授给了你技艺与一切,今天,你却当着一个陌生人的面,出了他的洋相,使上海滩大名鼎鼎的旗袍高手,触了个大霉头。另一个声音说,天降的时刻已经来临,对于内心神圣的勇气,其他算得了什么?世上没有任何东西,能够阻止一个人追随内心真实的声音。来客表情严肃,胳膊横抱胸前,若有所思的亮眼,如同舞台忽明忽暗的灯光,或许他已经觉察到,这个屋子里的神圣气氛。我像一个溺水的人,不由分说地,捏住他的手腕,不晓得在他的潜意识里,我是否是一个神经病。——相信我,做旗袍我是一只鼎!我手心渗汗地表白。他的双目清澈沉静,嘴角挂着浅笑,看得出我的话,以及脸上疯狂大胆的神情,并不使他觉得惊讶。似乎这个世界上,没有什么事可以使他觉得惊讶,似乎他比我还要更加了解我。今天回想起来,他信任的目光,依然令我快活得发抖。那一刻,我毫不怀疑,他是全世界最懂我的人。

次日早上,黑色小包车停在门口,并未熄火,只见我的朋友,穿一件灰色棉布中山装,脖子上的风纪扣,扣得一颗不剩,帽下的目光炯炯有神,坐在驾驶室,冲我把头往右一偏,似乎说,快上车吧。我提上父亲的手提箱,跟我的父亲道别,他情绪低落,像一只冰冷的牛蛙,没有看我一眼。

——我会女朋友去啦!上车前,我撩起一角长衫,潇洒地,冲着我的父亲挥挥手。

小包车悄无声息地行驶着,梧桐叶在空中急速向后移动,经过橱窗与路灯杆,人潮与车流,经过国泰大戏院时,我记得门口贴着一张海报:本周最新上映《女大当嫁》。洁士香皂灯箱广告上,趴着一个女人,胸脯像东白山一样高,裸露的四肢像莲藕一样紧实。小包车开到一座两头相交的街心花坛前减速,花坛内栽着夹竹桃,中间有一个铜雕,一个卷发俄国人两眼空洞地瞪着天,他的身体在衬衫第三颗纽扣那儿,被截了肢,跟水泥的底座联成一块儿。车绕过花坛,驶上一条窄而静的马路,听得见车轮压过落叶的声音,两边有许多小洋楼,墙砖勾着白色或灰色的边,每一幢风格都不一样,日光透过树叶的光影,斜斜洒在不高的围墙上。快开到路尽头时,车向左拐了一个弯,驶入一扇石头拱门,并未鸣喇叭,一扇大铁门无声朝两边开启,两名戴白手套的士兵朝我们敬礼。眼前出现一座绛红色的楼房,双层,面南背北,菱形的瓦屋面,外墙砌着细卵石,有许多弧拱、圆拱形门窗,有的门窗被绿藤掩去栅栏,刚修剪过的草坪上,栽着月季、美人蕉和微微摇晃的绣球,微型假山边,有石凳和石桌,一只铜质喷水小鹿,在阳光下喷着水花,几尾红鲤鱼在池里游。我只听到我们两人的脚步声,以及走路时,全身筋脉的摩擦声,因为走得慌乱,不慎碰倒一只花盆,他回头朝我眨眨眼,似乎在说,从现在起,你要听我的。迈上台阶,进入一条铺着花砖的长廊,一个卫兵守在楼梯旁,一个守在走廊的另一端。整幢楼像一座迷宫,略显幽暗,有的房间没一丝亮光,直到上了楼梯,阳光才照进来,将楼梯护栏上的雕花马头,照得像活的一般。不知是深色的打过蜡的地板和楼梯,使我紧张,还是紧闭的门窗后的东西使我不安,为给自己壮胆,我故意咳嗽几下,一阵犬吠从一扇门内传来,听上去像是两条狗同时发出。

他走到一个朝南的房间前,停下,推开门,这是一个宽敞的客厅,贴着墙纸,挂着水晶吊灯,弧形的拱券与门楣呼应,暗红色地毯,伸向阳台。深褐色的茶几和靠背椅上,铺着乳白色手工绣花绸巾,茶几上,搁着一只玛瑙质感的烟灰缸、一盏装着方糖的银色小托盘。迎面有一幅巨型合影,一位身穿直翻领中山服的中年人,坐在一张有着坚硬直角的椅子上,一个全副武装的瘦削军人,立在后侧,腰配长剑,胸口挂满勋章。合影下方是壁炉,炉内残留松木烧过后的黑褐色。壁炉上,有一台自鸣钟和一些大小不一的相框。我的朋友把一只手按在我的肩上,像是要给我某种看不见的力量。请稍等一下。说完这句,他就走了出去。我取下帽子,在椅子上正襟危坐,门轻轻推开,一位个头小巧、身穿黑色香云纱大襟短衫裤的妇人,端着一个盘子走进,把一杯咖啡、一碟巧克力慕斯蛋糕,搁在茶几上,对我笑笑,先生请慢用,小姐马上来了。门无声合上,一阵南洋咖啡豆的气味,飘入鼻腔,为打发难挨时光,我端着杯子,小口抿着咖啡,打量屋内陈设。

墙上,面对面地挂着两幅画,一幅是湖水和荷花,一幅是茅屋和青山。朝南的一面墙壁几乎全是书,从地上通向天花板,每一本都直立摆放,异常整齐,像是从未被翻过,有的用烫金皮革装订,写着弯弯曲曲的洋文,有砖头那么厚。古董架上,搁着一对发光的霁红大碗和擦拭得发亮的瓷瓶。我走到壁炉前,最中间一幅彩照上,有一对并肩而坐的长脸男女,头挨着头,像一对交欢的鸟儿。女人丹凤眼,神态像是深知自己的魅力,穿一件银色丝质旗袍,胸口别一枝花,手捧一束淡红色的石竹,头戴一顶橙黄色花编成的花冠,一袭镶着银线的白色软缎拖裙,从肩头瀑布一般垂下。紧挨着她的那个身着燕尾服的清瘦男人,留着小髭须,一只手搁在细条纹长裤上,手里捏着一副白手套,那颗用脑过度的头颅,几乎寸草不生。这对男女出现在众多相框里,女人一律旗袍、发髻和高跟鞋,旗袍的颜色,春夏为浅色,秋冬季为深色,要么披一件西式长外套,要么披一件悬垂感很强的裘皮或呢子大衣。男人要么一身灰军服,要么一身黄色或草绿色毛呢军服,腰上佩的不是短剑,就是指挥刀。三位眉眼长得极像的妙龄少女,待在一张合影上,性情柔顺,目光清澈,一律的校服、圆脸蛋。在另一张照片上,少女出落成了名媛,穿着旗袍,头发篦得分毫不乱,显示出东方人的气质。我认出中间那位,穿暗花软缎旗袍、披羊毛短衫的女人,正是婚纱照中的女主角,烫着发,比边上两位洋气,唇眉间有一股泼辣的傲气。

　　光线透过窗子照进来,在地板上形成斑驳投影,一阵从阳台吹来的风,拂过半圆形落地长窗帘,吹开过道上一扇褐色百叶门,我走过去,打算把门关上,眼前的景象却令我吃了一惊:这是一个标准的旗袍控的衣橱,蒙着一层神秘的、梦幻般的罗曼蒂克的调子,沉香的气息令人陶醉,每一件挂在衣架上的旗袍,都是一个花瓶模样,色彩堆砌到近乎奢侈,大自然中有的颜色,都能在这儿找到,大自然中没有的颜色,也能在这儿找到:金黄、大红、青翠、阴蓝、深紫、玫瑰红、鹅绒黑、蓝紫、赭黄、靛蓝、青黑、紫红、铁锈红、深粉红、苹果绿、中庸蓝、烟痕色。旗袍的做工,自然没得说,看得出不少衣服,压根儿没被主人穿过。自鸣钟响了起来,我惊慌地关上橱门,见到钟的指针恰好指在十一点,一阵轻盈的高跟鞋踩在冰冷地砖上的嗒嗒声,敲响酣睡空气。不知是否喝下去的咖啡起作用,我觉得心跳加快,心脏似乎快要蹦出嗓子眼儿。我的朋友推门而入,用目光跟我打了个招呼,转身,双脚一并,朝高跟鞋声音来的方向,挺胸敬礼。我抓起帽子,赶到门边,亮出职业精神,把头发朝后捋了几下,俯首、弯腰,仿佛一名等候女皇大驾光临的随从。根据皮鞋声,我判断来者的身高,不会超过五英尺五英寸,体重不到一百斤。

我先是看到一双黑色缎子面鱼嘴鞋,鞋跟起码有三寸高,透气的鱼嘴里,露出两只穿灰黑色丝袜的脚指头,两截瘦伶伶的小腿,一段颜色很正的藏青色薄绸旗袍下摆,边上,一条体形健硕的黑狗冲我瞪着红眼珠。尽管低着头,我也能清楚地感觉到,她的目光在我身上巡视,当她把中指戴着一枚蓝宝石戒指的手,递向我,我立即接住,嘴唇做做样子似的,按在那只手的手背上,她发出一阵黄鹂鸟似的笑声。请坐吧。一扬手,甩着胳膊,十根手指上大红色的指甲油闪闪发亮,她轻盈走到椅子边,微微屈膝,往后掠平裙摆,把自己降低的身体,落在靠背椅的前缘,臀部只挨着椅子的三分之一,挺着腰,腿斜搁在那儿,黑狗蹲在她丝袜透出来的两只白膝盖旁。个头小巧的老妇人,走进来,把一个套着银色杯套的玻璃杯,搁在茶几上。我的朋友冲我扬了扬眉毛,鼓励似的笑笑,向她敬了一个礼,随老妇人出去。这时我才算瞧清楚她,三十岁左右,化着淡妆,鼻梁秀挺,颧骨较高,身上有一种她这个年纪的人极少有的成熟气质。我忽然对她心生几分好感,仿佛她又是梳头,又是化妆,全是为了我。听着自鸣钟滴答走动声,我觉得房间狭窄至极,将扶手上的垫巾,抓起又放下,弄出了很多褶印。小师傅哪儿的人呀?她仿佛觉察到我的不安,打破了尴尬,她的声音比百灵鸟还要动听。报告夫人,在下浙江金华东阳人氏。我毕恭毕敬地回答。她神情轻快地端起杯,把脸凑近,吹开热气,唇角上扬,微微一笑,笑容极淡,连眼角也不肯皱一下。你有烟么?她身子往前凑着,一手支着下巴,目光从细长的丹凤眼角溢出,鼻尖和嘴角上,几粒淡淡的雀斑,令人感到亲切。老实说,她说不上特别漂亮,但走路的样子,以及看人时的媚人眼神儿,让我窒息。报告夫人,烟我是有的,只不过味道有点儿呛。你给我一支罢。我摸出一包抽了一半的美丽牌香烟,取出一根,恭敬递上,并为她点上火。我平时习惯抽凉烟,但委员长是个闻不得烟味的人,当着他的面,我是一根也不敢抽的。她自嘲似的笑笑,一手夹烟,一手抚摩着黑狗的背脊,黑狗娇懒地叫了一声。她擎着烟,仿佛获得活力,起身,往阳台方向走了几步,在小柚木条拼嵌的地板上,立定,站在缀着木耳花边的窗帘前,拿烟的那只手,做做样子似的,横搭在另一条胳膊上,像是静静谛听钟摆的嘀答声。从阳台吹来的风,在屋子里拂来拂去,毛玻璃窗透进的日光,把她的背影笼罩在淡金色的光芒中。参照一些经久不衰的流行方式,我似乎应该这么写,多年以后,我依然记得那位迷人的女士,穿一袭藏青色短袖旗袍,站在阳台前跟我一起谛听钟摆嘀答声的那个午后。

听说做旗袍,你是上海滩一只鼎?她转过脖颈,侧着脸,打趣一般的问,或许她十分清楚,从这个角度看上去特别显气质。报告夫人,在下才疏学浅,本领不济,不过兴致还是蛮高的。我彬彬有礼地回答。那么,我来考考你,怎样称得上是一件好旗袍?她似笑非笑地问,她的身上有股子傲气,那是穿旗袍的女人必须有的一种傲。尊贵的夫人,窃以为,好旗袍就像一颗子弹。我被一股奇怪的勇气控制着,想也没想地答。或许我说话的样子有点儿特别,或许是我的话吸引了她,她目光紧逼地说,呵呵呵,有意思,有意思!照你这么说,好裁缝就是一名狙击手了?是的,夫人,这是必需的!即使眼前的女人将置我于死地,我依然要这么说。哈哈哈!说得好!她发出一阵银铃般的笑声,并做了个撩头发的动作,镶钻的耳环轻轻震颤,老实说,她骄矜和快乐的模样儿都令人动心。嗯，我喜欢旗袍，旗袍是中国的象征，中国唯有提倡国货，方可抵制列强的经济侵略！我一直以为穿旗袍，既体面又大方，还能给自己一种约束。没错，尊贵的夫人，美丽的形式只有充实着崇高的内容，才有着令世间低回的芳华！我滔滔不绝地说，那些战争的发动者们，对时尚根本一窍不通，倘若他们能够像女人那样热爱旗袍，天下一定会安耽许多！

她站在从背后射过来的光中，嘴巴抿得紧紧的，目光直射在我身上，像是要把我的形象印在脑子里似的。我希望为夫人做一件旗袍，能与您的心思不谋而合！我迎着她的目光说，此时此刻我觉得，自己已经对她产生一种神圣责任。她笑容含蓄地把抽了还剩三分之一的纸烟，在烟灰缸里掐灭，轻抚双掌，如释重负般地说，好吧，那就让我们开始吧。我取出软尺，迎着她的目光深鞠一躬，她除去披肩，露出圆润的肩颈，扭头冲我露了露洁白的牙，她的嘴唇有点儿像影星英格丽·褒曼。我手中的皮尺鸟雀一般轻盈地，在她周身上下翻飞。这是一个柔软丰满、女人味十足的身躯，累积的脂肪散发着宁馨，我的皮尺触及她暴露在空气里的、带点儿天然凉意的手臂，还有手肘朝里部位一道儿童般可爱的小褶皱，以及从背窝处开始下坠的悠长线条，尽管腰部那儿略微有些赘肉，却丝毫不影响走动时摇曳生姿。这个看上去威仪不容侵犯的女人，顺从地张开双臂，小姑娘似的垂着眼，轻轻咬着唇的模样，今天回想起来，依然让我的内心泛起涟漪。她的呼吸挨得我很近，我的鼻子里呼吸到从她的后颈内侧散发的气息。我屏住呼吸，拉开皮尺，双手一圈，从她温暖的肋下绕过，手中的皮尺鸟雀一样轻盈地飞掠她的胸部，她内衣背后是用纽扣固定的，当我微微发颤的皮尺两端在她胸前对接，她抬头，鼓励似的望着我，面部表情如同士兵一般冷静。我绷紧皮尺，手中的皮尺清晰传达出她胸口，充满弹性的皮肤微颤的重量，以及跟两粒微熟的红豆瞬息摩擦。自始至终，那条黑狗一直一声不吭地盯着我，要是我留意它的话，估计早被吓尿了。

我的父亲坐在厨房间里，情况看上去很糟，酒顺着他的嘴角流下，蘸湿了胡子，才一天工夫，仿佛一下子变得老态龙钟。阿爸，别喝了。我拿走他手里的酒瓶，他瞪着眼，笨拙地夺回，又狠狠灌了一大口。阿爸，事情或许并没你想得那么糟。他歪斜着脸，直愣愣地望着我，伸手抚摸我的头发，露出牙肉，反手给了我一耳光。毛都没有长全的货，你将为你的行为付出代价！我的父亲完全放弃一贯风度，冲我大喊大叫。我跟他面对着面，大口地喘着气，谁也说不出一句话。我的父亲担心我招惹麻烦，不顾劝阻，连夜回了老家。黑夜降临，我把自己关在阁楼上，脑子里像一盆糨糊，直到安静光临。那些不曾出现的灵感，像蝙蝠一样扑打着翅膀，将我引入一个神秘而不可预知的世界，在那个世界，思想在游走，基因在突变，奇葩在绽放。我躺到后半夜，索性爬起，猛地拉开窗帘，窗外，黑漆漆地，没有月亮，连一颗星星也没有，空气已没有白天那么闷热，不再有汽车喇叭市声知了声，整个城市黑暗而安静，仿佛世界末日。那个暗无天日的时刻，我呼吸着大上海滞重的空气，犹如笼中困兽，气概非凡地冲着狭窄老虎窗说，现在，就来拼一拼吧。我掀掉薄毯，把毯子折起，搁到床下，把硬板床当作我的工作台，我的动静惊动了王小毛，于是我正好对他说，你给我困到楼下去吧。说完，就把只穿着裤衩的王小毛，关到门外。这个世界完全属于我，尽管光线黯淡，我的内心却十分亮堂，一切畅快异常，重归宁静。这是二十世纪三十年代春夏之交的上海之静啊！在那间郁积着奇迹的阁楼上，树枝状的蓝色闪电在天边烁动，摧毁一切的雷声在空中炸响，到处都是雨水和雷电，我感觉世间万物与我相连，内心的才华野马一般冲撞不已。我趴在工作台上，一秒钟都没有迟疑地,画出第一个样稿,发觉自己笨拙的手指灵活异常。我倾听着头脑里的旋律,手中的剪刀像燕子的翅膀在春夜中滑行,一条玲珑优美的曲线出现在我手下,周转有度,一气呵成,有若神明加持,我的内心滋生了钢铁一般的意志,屏住气,别出声,一件伟大的作品即将诞生。

  整整两天三夜,我不眠不休,除了喝水,只吃过一盘王小毛送上楼的蛋炒饭,王小毛担心我搞出什么毛病,不时在门外乱叫几声。一开始我不理他,但是他一直喊,还砰砰敲门,我只好答应一声,拉开门,命令他立即滚蛋,滚得越远越好,我用最肮脏的话咒骂他,把他骂得鼻青眼肿,狼狈逃窜。我全身心地感受着那些线条和曲线,收口和褶皱,顾不上后背生疼,腰椎发冷,脖子酸痛,腿肚子抽筋,两眼布满连续熬夜形成的红血丝。当我把裁剪成型的衣料,缝制到一块儿,像一个虚脱的产妇,大汗淋漓倒在钢丝床上。我梦见旷野上,一个女人裸足而立,紧绷的小腿在阳光中显露细微茸毛,一件长及脚踝的宝蓝色旗袍,从她的颈部和双肩迤逦而下,洋流一般贴敷于身,流畅的衣褶在胸部,形成一个无与伦比的弧度,一件乳白色的朝后扬起的风衣,使她看上去,宛如一匹旷野中的骏马,又像一朵钢铁塑成的鲜花。这位乱世美人,目光灼灼,娇俏的声音被猎猎风声放大:弟兄们,跟我上!

  我一亮出旗袍,他的目光立刻变得忐忑,伸着手,朝衣裳慢慢地走去,像是有点不信任似的,用指尖摸了摸,旋即后退一步,眯起眼,耸着肩,反复地打量着、咂摸着。他时而看看我,时而看看衣裳,似乎想再次搞清楚,我跟这件衣裳之间的关联。这是真的么?真的是你的手艺么?我仿佛听到他在心中嘀咕。他再次伸出手去,这一回,他仔细抚摸了滚边和绣花,并且没有放过每一个暗针,包括镶着绲边的前襟、淡紫色的内里,以及一只用淡金色丝线绣成的凤凰,那只高傲的凤凰,呈 S 型走向,从胸部起始,漂亮的凤尾延至下摆,那是我将三股丝线,拆开来,取出一股,用手工一针一针缝上去的,每一个穿针,每一个走线,都表达了我对那具迷人身躯的膜拜。这件旗袍,是一首赞美诗。我的朋友掉转头,盯牢我,声音微微发颤。我们几乎同时,疲惫不堪地笑起来,张开双臂,彼此越走越近,最后紧紧拥抱一起,他的手势很重,让我差一点儿窒息。

一周后,我接到电话,我的朋友说他从奉化弄来一些菜蔬,夫人邀请我出席晚宴。从接到邀请那一刻起,我的心就七上八下的,不知该穿啥衣服好,最终挑了一件白色夏布长衫。那个傍晚,我坐上小包车,再次拐入那条梧桐树掩映的狭窄马路,这回才算看清了路牌:贾尔业爱路。进入府邸,来到餐厅,我不由地吓了一跳,餐厅里静悄悄的,比法庭还要肃穆,每一扇门口,都站着戴白手套、背手而立的伺者。长条桌上,铺着白色刺绣垫布,中间等距离地,摆放着烛台,立着一瓶引人注目的香槟。土黄色的灯光下,她看上去光鲜一新,珍珠项链闪闪发亮,得体的旗袍裹着成熟的身材,仿佛从画里走出来似的,她那副样子就算再过半个世纪,我也记得清清楚楚。

我的朋友敏捷地把我带到,她对面一张铺着软垫的老式椅上,按着我的肩坐下,并将我的椅子往里送了一送,我就身子笔笔挺地坐在那儿了。她开始笑吟吟地向大家介绍我,这会儿我才看清桌边上坐着的几位。紧挨着她的,是个留二分头的男人婆,白色真丝长衫的下摆,塞在珠灰色的背带裤内,脸色看上去像是月经不调,尖头黑色高筒皮鞋,从桌底下,朝我伸过来。二分头旁边的椅子上,坐着一条皮毛乌黑的狗,冲我吐着红舌头。一位戴玳瑁边眼镜的白净男人,坐在二分头另一侧,眼袋很大,抹着发蜡,额前头发笃笃起,像一颗洋葱头,他穿着银灰色的、下摆剪成斜圆角的三件套西装,打着黑色蝶形领结。我边上是一个猿猴模样的男人，厚嘴唇，粗脖颈，油光可鉴的大背头，整斩斩地梳向脑后，鼻子上纵横交错的红血丝，比上海滩的地形图还复杂，胸前露一根银色的怀表链。

桌上，已经摆好一碟清蒸咸鲳鱼，一碟酱烤猪头肉，一碟臭冬瓜，一碟豆腐干大小的千层饼，每道菜的边缘，都以小花和绿叶点缀。从全体大人物们的表情上，看得出他们正在等一位更大的人物。约莫一刻钟光景，听到了汽车声，两束车灯像两道喷泉，映亮了门廊，发动机的声音此起彼伏，大家把头朝窗外同时转过去。只见从第一辆车上，跳下两个体型相似、动作麻利的军人，他们迅速出现在第二辆车边，动作麻利地打开，那部油壁光辉的黑色别克轿车后排座的门。车上迈下一只靴子，然后是另一只，然后是大半个披着黑色平绒斗篷的肩膀。她迈着蜻蜓点水一般轻盈的步伐，迎向他，众人齐声起立，桌椅和地面发出清脆的摩擦声。一位身材挺拔的大人物进了屋，他像狗抖毛似的，一抖斗篷，亮出一身军装，我的朋友算好了似的，从背后伸手接住，并且依次接过他从身上取下来的帽子和手套。一颗秃得很有范儿的脑袋，完整地出现在众人视线里，像一枚闪闪发光的电灯泡。电灯泡对大家做了个手势，用严谨而略带轻松的目光，问候立在桌边的人。她挽着他的胳膊，隔着桌子介绍我，并且俯在他耳边，轻声说了几句，他用那张几乎没有什么表情的面孔，对我凝视了仿佛半个世纪，我想起壁炉上方，那个全副武装腰佩指挥刀的男人，背脊感到一阵寒意。要是我没听错的话，她提到我的技艺和才华，并且毫不吝啬自己的溢美之词，神态带着难以掩饰的兴奋。电灯泡用浓重的鼻音问候了我，伸出温吞吞的手掌，跟我松松垮垮地握了握，目光便径直落在了那碟臭冬瓜上。

屋里陷入短暂静默，她闭上眼，口中念念有词，在胸前匆匆划了个十字，桌子边的人也这么做了，包括电灯泡，我也在胸口依样画了一个葫芦。达令,来点儿香槟吗?她睁眼问道。电灯泡摇摇头,轻轻拍了拍她的手背。我的朋友用戴着白手套的手,侧着身,敏捷地为电灯泡端上一杯蒸馏水,然后替她斟上香槟,并为大家一一斟上。她立起身,举着杯中闪烁的淡金色透明液体,大家也从桌旁起立,向日葵似的昂首望向她,她看看坐在椅子上的电灯泡,嗓音甜美地说,祝大家好胃口。大家为她的话纷纷干杯,然后把杯子搁回桌,咂着舌头,重新坐下。我模仿身边猿猴的模样,抓起餐布,塞入了领口。头戴白高帽的厨师在屋内无声走动,霉干菜烧肉、香椿芽炒蛋、清炒三丝野芹、腌羊尾笋,被一一端上。电灯泡呷了口蒸馏水,拿起筷子,在面前笃齐,仿佛冥思苦想似的,夹了块臭冬瓜,送进嘴巴,一声不响地咀嚼起来。这张脸我以前只在画像和报纸上见过,此刻谁也不清楚他在盘算什么。他又夹起一根沾满盐粒的细长的羊尾笋,亮出雪白假牙,一卷舌头,毫不费劲地吃起来。看得出她对桌上的霉变食品,不怎么感兴趣,只是小心地吃了一块,酥皮间夹着绿色海苔的千层饼。那位个头矮小、外表分不清男女的人,兴致勃勃地吞食着霉干菜烧五花肉,她那副吃相实在不敢恭维,后来我才晓得,这个男人婆大名孔令俊,据说她有次违章行车,被警察拦下,她从口袋里拔出手枪,一枪就把警察给毙了。洋葱头默默蠕动着嘴,显得深思熟虑,猿猴把一块酱烤猪头肉,塞进嘴,像是嚼也没嚼,就咽了下去,并且多次从容不迫地,把胸前餐巾摆端正。

我顾不得假斯文,夹起一块咸鲳鱼,鱼咸得几乎无法下咽。上来一锅笋干老鸭汤,她为他舀了一碗,把一条炖得很酥的鸭腿,放进他的碗,他拣出鸭腿,搁回她的碗。她嗲声嗲气地说,哎呀,最近我的腰,都粗得像水桶了,连鸡爪子都不敢吃了呢。她把鸭腿重新搁回他的碗,他点点头,拿起汤勺开始喝汤,他喝汤的声音很响,像一条大鱼突然被吸入深不可测的漩涡。她像一位老练的演员,生动而热心地谈论着,并且老是设法以电灯泡为谈话中心。她谈到中国人、日本人和美国人,并给电灯泡夹过两回菜,一次是香椿芽炒蛋,一次是清炒野芹。他吃了一会儿菜,又一口接一口喝汤,喝到最后一口时,他往嘴里送的汤勺,突然悬在半空,冲着盘子低声骂了一句,娘希匹!我们再也不能同他们讲慈悲了。

洋葱头和猿猴停止咀嚼,二分头瞪着眼,把交叉的腿互换一下,操着标准的京腔说,姨父,看来干一仗很有必要。不,我们只有请国联和西方各国,出面调停。电灯泡把勺子掷回汤碗,用筷子戳起一个奉化鸡汁芋艿头,塞进嘴。姨夫,莫非你怕日本人么?二分头耸了耸肩。怕?什么是怕?我会怕?这叫策略!懂么?电灯泡鼓着脸颊,停止咀嚼,声音含混地抬高嗓门。委座,美国人居然站在他们那边,向他们出售石油和武器,在交货的空军飞机零部件和坦克中,我们都发现了美国制造字样。洋葱头垂下头,挤出双下巴,慢条斯理地说。她冷静审视着面前的蔬菜色拉,放下刀叉,把胳膊支在桌上,盯着电灯泡那颗明显的光头,若有所思地说,他们这是城隍山上看火烧,妄想从中发横财!我时常想,他们这么做到底有何用意?中国若战败,日本将把从中国获得的资源,转为向美国开火。

夫人所言极是,电灯泡咽下芋艿头,和颜悦色地表态,伸出一根食指猛戳桌面,他们总是表面上帮我们,娘希匹。电灯泡生气地,连着吃了两根羊尾笋、三片猪头肉,使劲蠕动着脸颊,像是要把美国人吞下肚子里去。他喝了一口水,抬头盯着洋葱头,意味深长地说,我的财政部长,当下,剿共任务繁重,我们更得团结协作哪。洋葱头拧着眉,额头显出几道深刻的皱纹。委座,这财政部长不好当啊,我干不了。干不了你也得给我干!只要你提供足够的经费,剿共大业定当成功!电灯泡把勺子,往盘里一掷,盯着洋葱头,脸上绽出一丝硬笑,主动地朝洋葱头,伸出一只手,郑重其事地握了握,起身,扫视了一遍众人,伸直胳膊,把手中的水杯递到桌中间,从他的脸上可以看出他已做出的决定:两面派别再想骗过我们,最后关头一到,只有精诚合作,抗战到底。她附和道:上帝定将保护我们!大家以一阵杯子的碰撞声,对他们的话,表示一致赞同。

  我昏头昏脑地对付着盘内食物,一心想着时间快点过去,大多数时候,我只是专注地听他们说话,根本不知嘴里的食物是什么滋味,也不敢看食物之外的东西,尤其是坐在我对面的电灯泡,他们不紧不慢地交谈着,之后的话题稍显轻松。她的嘴里不时吐出一串串流利洋文,她跟电灯泡说话用普通话,跟二分头说话用英语,偶尔混杂几句上海话。她吃光一盆蔬菜色拉,把盘子朝里轻轻一推,电灯泡望着她,似乎来了兴致,达令,你又不是兔子,光吃菜叶怎么行?达令,你又不是田鼠,怎么老喜欢啃笋呀?说完,两人同时笑起来,这个场景令我觉得温暖,我不禁也笑起来,而且笑出了声。四周突然一片肃静,只听到天花板上电风扇叶轻微的转动声,所有脑袋朝我转过来,我收住笑声,表情像一匹涮了糨糊的布匹。除了旗袍,你还会做其他的么?电灯泡捂着一只手,边用牙签剔着牙缝边含混问道,两只让人猜不透的眼珠子,饶有兴趣地望着我。我如同被电流击中,手里的叉子跟牙齿,发生一阵剧烈碰撞,并产生一阵强烈的尿意。她冲我眨眨眼,像是问,你怎么不回答?中式衣裳我都会一些。我满脸通红地回答。那么,你替委员长做一件丝棉背心吧。她抢在他前边,柔声吩咐。我立即点头应允,他咧开嘴,重新笑了起来,露出一口白糖似的假牙。之后,上了一道奉化水蜜桃,又喝了一会儿茶,她走到一张暗褐色的、两边带着跷起高角的茶几旁,打开留声机,金黄色大喇叭内,传出一阵悠扬小提琴曲,她拉住电灯泡,用不无炫耀的口吻询问,达令,今朝这身衣裳侬看哪能?他点点头。她似乎对他的反应不满意,眼神带着小姑娘似的撒娇,电灯泡松开眉头,舔了舔嘴唇,不错,真的不错,仿佛自由中国的化身!众人齐声鼓掌,为电灯泡的话叫好。于是,她提出为这身衣裳拍个照留个纪念,跟电灯泡并肩坐在带弯曲把手的椅子上,我和我的朋友立在他俩背后,有一阵子,我不知道应该把双手,是放在裤缝边还是肚子前,最后还是决定让它们放在背后,眼前镁光灯咔嚓一闪。

4

之后,我的朋友来过店里好几趟,只要有空他就来,不是跟我聊天,就是看我做生活,他对服装很有研究,且是行家里手,我俩成了好朋友。那天,已是华灯初上,他问我想不想去喝一杯,我表示同意,我俩来到外滩,一幢高大的石头建筑出现眼前,底楼是一个连一个的高大拱门,分布着许多店面,挂着镀金的枝形吊灯,临窗而坐的男女手里搅着银匙或擎着烟,跳舞厅的电灯光,从红纱罩内透出来,几个戴礼帽穿西服的男人,跳着一种奇怪的舞,伸着胳膊,打着响指,好像要用皮鞋把地板踩穿。推开老时光咖啡店灰褐色的小门,我们立即掉入幽暗,空气里,有加了威士忌的爱尔兰咖啡和英式火腿蛋的味道,一阵软绵绵的女声飘进耳膜。我们来到二楼挑了个临窗的座位,借助窗外依稀的亮光,才瞧清楚室内状况,一个穿红色露肩吊带长裙的女人,唱着英文歌。一个脑门布满皱褶、穿一条绷得挺紧的、白色法兰绒背带裤的中年男人,坐在对面喝啤酒,啤酒颜色看上去,像一泡隔夜的尿。打着黑领结的白衣侍者,来到我们面前。喝点儿什么?我的朋友用亮眼询问。花雕。我脱口而出,做了个鬼脸。侍者离开,很快出现,托盘上,搁着一瓶绍兴花雕,两只拳头大小的玻璃杯,动作娴熟地为我们斟酒,将一碟干豆腐丝、一碟花生米,搁在桌上。

他取下帽子,露出浓密粗硬的头发,举起杯,目光从杯沿上方朝我望过来。落地为兄弟,何必骨肉亲！为你精湛的手艺,来,干一杯！我俩相视一笑,碰了杯,像两个同谋者,一饮而尽。酒真是个好东西,一杯落肚,僵硬的身体,便活泛了。两杯下去,就舒畅了。三杯落肚,就无话不谈了,并且觉得灵感附体。

伙计！下回到我老家喝红曲酒,那才带劲儿呢！我神情热切地说,东阳酒唐代就有名,喝了会让你文思泉涌,超凡脱俗,觉得人生一世,荣辱得失,皆清淡如水,即使背时遭劫,落魄压抑,亦是无甚大碍,那种感觉好似恋爱发生的作用,被一种可贵的精神充实着,有一种强烈的快感！他兴致盎然地说,噢？有这么神奇？好,有机会一定得去你老家喝顿大酒。当！——当！——当！一阵铿锵、激昂的钟声送入耳膜,听上去有一种时空穿梭之感,随后是一阵乐曲。这是海关大楼的钟声,这口钟由英国乔伊斯公司制造,1928 年元旦敲响第一声,他漫不经心地介绍。想不到除了服装,对时钟你也有研究,我赞叹。因为时间是最神秘、最不可捉摸的东西,谁也不知它到底是什么样子,钟表的发明祛除了时间本身的鬼魅,人们不用再诉诸于日晷和沙漏,即便如此,在时间面前,人类依然渺小和无奈。钟声过后,室内回旋起一阵大提琴曲,犹如山林田泽间的叹息,秋天的落叶四下翻飞。兄弟,你知道孤独的颜色么？我的朋友缓缓开腔,声音低沉而迷人,没等我回答,又自言自语地说,应该是钟声荡漾的暮色时分,眺望上海滩的那种烟痕色。我把目光掉向窗外,天色像笼着一层蛛网,蛛网下,是灰蒙蒙的屋顶和不远处载着货物的轮船,的确令人徒生寂寞荒凉之感。我拉回视线,忽然觉得跟他十分亲近,好像可以交换心事,或许世上大约的确存在一种缘分,使你能够跟一个人一见如故,于是,我张嘴说道,伙计！世上之孤独,大体有两种,一种是看得见的,一种是看不见的,在这个世间,我们每个人都像一颗行星,沿着各自轨道,运行于茫茫宇宙,自照自路,自生自灭,但即使最彻底的孤独中,也终有一个知你者存在,因为生命本是一个联结的过程。他默默听我说完,带着一种感触万千的神情,与我碰了杯。接着我们连续碰响杯子,喝完,倒上,再喝完,再倒上,之间几乎没说什么。

　　我的朋友松了松风纪扣,出神地盯着墙面,昏暗里有什么让他如此动心?顺着他的目光,我捕捉到墙上一面小镜框,里面有幅黑白照:人群熙攘的街头,一个颈挂长围巾的男人,低头拥吻一个女人。你觉得世间最美好的是什么?他迟疑地问。在我的人生信仰中,完成一件无与伦比的旗袍,便是世间最美好的事体。我仰起头,眼珠子朝天花板,滴溜溜转了两圈。你不曾爱过谁不是?他靠在椅子上,抬高了一点目光,似乎想减轻一些抑郁。要是你爱上谁,或许就不会这么说。他盯着我,似乎想窥探我内心的秘密。嘿嘿,伙计,实不相瞒,我刚刚定了亲!恋爱时那种心醉神迷的魔幻感,的确妙不可言!哦,不,等一等,伙计,莫非你也在恋爱么?我好奇地问。恐怕你还没见过,像她那样令人心动的姑娘呢。他腼腆一笑,声音很轻,看得出思绪已飞向远方。我顿时来了兴趣,亲爱的伙计,倘若你愿意,把我当做可以推心置腹的人,不妨将你心底的罗曼史,统统对我倒出来罢,要知道友情比爱情更靠谱。我用鼓励的眼神望着他,并做了个手势,表示永远不会对人说出这一切。在我的请求下,我的朋友开始了叙述,语气平静,声音自然而松弛。他的故事,仿佛卵石天井内流淌的月光,又像陈年屋瓦下,覆盖的青苔,美好得几乎令人恍惚。

　　亲爱的兄弟,我知道情感,是不可以拿出来讲的,一旦讲出来,就有了虚假成分,成了做戏与卖弄,而情感是经不起一丁点做戏与卖弄的。人们迷恋舞台,迷恋舞台上的故事,但是那些故事,十有八九都是虚构的,是做给人看的,因为能讲出来、演出来的东西,大约都不是真实的。那些小说家或讲故事的人,洋洋洒洒,用尽生花妙笔,但他们即便浑身长嘴,也无法将人心深处的爱与哀愁,讲出、讲全和讲透,他们顶多是一个捕风者,却并非风的本身。真实是那些从未被讲述的部分,那些被遮蔽的部分,它们隐藏在冰层下、火焰中、废墟间、泥土里,无法捕捉,难以想象,更加难以挖掘与保存,就像地底的文物,一出土就风化,又如沉浸于海平面之下的冰山,只能供人揣测。它们像蝴蝶一样幻美,雪花一样易逝,又像一架失联的航班,永远化作自然的一部分,只余悲恸和怀念。亲爱的兄弟,此刻,夜幕正在降临,阴霾正在沉坠,一切变得苍茫,我愿同你分享我的故事,是因为我把你当作值得倾诉的人,尽管这个故事,从我的嘴里一讲出来,就会走腔跑调,就变了味,失了真,凌了乱,然而自始至终,它存在我心深处,让我躲不开,逃不掉。倘若我不把它讲出来,好比提琴的一根弦,被压住了,我就无法听到自己内心的声音。

在这个丝毫不罗曼蒂克的时代,我一个人,空旷着一颗心,长途跋涉多年,如同身处荆棘,体会着诸般冷暖,尽管每天一觉醒来,意识到太阳照常升起,鸟儿在枝头欢鸣,微风吹拂面颊,内心升起愉悦,但这种愉悦却如此轻飘,我的生命如同荒漠上一棵根系很浅的树,由于缺乏爱的滋润而摇摇欲坠。我出生裁缝世家,父亲是奉帮裁缝,我十四岁那年,父亲过世,母亲把全部希望,倾注在我身上,希望我继承父亲的衣钵。好男儿岂能终日与剪刀布匹为伍?立志为国效力的我,投奔了族叔,他曾在我父亲店里当学徒,后考入黄埔一期,一个偶然的机会,蒋先生调阅学生档案,发现我族叔跟自己是同乡,便推荐我族叔当了侍卫长。我在族叔鼓励下,考入南京中央警官学校。在别人眼里,我的人生或许不算失败,如今我是蒋夫人的警卫副官,我好比夫人的眼睛,替她眼观六路。我好比夫人的头脑,替她运筹帷幄。我好比夫人的耳朵,替她聆听八方。我好比夫人的鼻子,替她察觉气息,然而没人知道我的内心,常年住着两个灵魂,一个努力超凡脱俗,欲攀崇高之境,一个追求世俗之爱,它们像两个不安分的对手,在我头脑里终日交战,今天你赢了我,明天我赢了你,势均力敌,难分彼此,使得我的一颗心,如同建造于断裂带上的宫殿,交织着辉煌与幻灭的双重影调。

哦,请允许我言归正传吧。民国十七年的秋天,我从南京抽调到杭州,负责一个规模庞大的博览会的警卫事务,那个博览会从筹备到开幕,长达八个多月,征集了近十五万件国货展品,在西湖边开了四个多月,从荷花吐蕊,一直开到丹桂飘香,规模仅次于1915年的巴拿马万国博览会。我喜欢那座城市的气息,尽管我不能确切指出,那种气味是由哪些树木、哪片灰黑色基调的屋宇、哪条神秘街巷散发的,它的前调像暗香疏影的梅花,中调像馥郁典雅的玉兰,后调像摄人心魄的桂子。在那座城市,湖边的风,都像是绿的、软的,含着花草和苔藓的气息,朝向湖面的柳枝,犹如佳人飘拂的长发,分明是有情意的。走在湖边,被风吹着,如同吹拂着一个温柔多情的梦,你会禁不住痴想,这风,曾吹过多少人的面颊,而今才吹上我的。你会因此陷入一种难以形容的甜蜜与彷徨,生发一种莫可名状的幸福与忧愁,一不留神就会写出几行缠绵悱恻的诗句,几篇鸳鸯蝴蝶派的散文。

那是一座一年四季,都适合产生爱情的城市,爱情的发源地,就是那面散发淡淡腥气味儿的湖水。古往今来,那面湖水不紧不慢地流着,像一位慵懒的美人儿,伺候着一代代的才子佳人、帝王将相、骚人墨客、高僧士子、行侠游客,光阴流逝,她非但没有老去,反而越来越容光焕发,令每一位造访者,骨子里生发出一种眷恋,情不知所起,一往而深。我曾在她柳枝披垂的绿荫间漫游,在她彼此吸引的花草和树木的气息间漫游,在她日光之下粼粼湖水有若铮铮琵琶的节奏间漫游,时而像一只轻盈的黄鹂,时而像一只多情的夜莺。在杭州的日子,我时常单枪匹马,漫步湖边,几乎到绕湖一周成日课的地步。

我曾踏着荒草丛生的小径,登上保俶山,迎着旭日,眺望湖水,湖面似万箭齐发,惊若翩鸿,摄入的光芒刺得我几乎睁不开眼。我也曾于雪霁时分,驻足断桥畔,欣赏桥上的积雪,被日光一照,铅华尽滤,油然生发一种拔剑四顾心茫然的惆怅,以及一种日暮乡关何处是的飘零。我见过她薄雾氤氲、晨曦微露时分雅致的美,也见过她月光融融、细雨淅沥时分恬静的美。她最美的时辰,应是夜凉之后,人声渐渺,薄暮四起,独坐湖边,像是陪伴一位苦恋了半个世纪的情人,内心的情愫,犹若水墨洇开,令人顿生莼鲈之思,遗世之念,恨不得化作青山一座,与她长相厮守,朝朝暮暮。

亲爱的兄弟,我的故事是从这天开始的。民国十八年六月六号,这天,阳光灿烂,熏风和煦,一切毫无预兆,下午两点,开幕典礼在葛岭大礼堂举行,国民政府代表孔祥熙、国民党中央党部代表朱家骅、监察院长蔡元培、考试院长戴传贤及各省市代表,悉数出席。升会旗,行启门礼,奏乐鸣炮之后,一位面容清癯、穿黑色长袍之人登台,他的目光透过深度近视眼镜,朝台下一扫,话筒内,传出一个低沉而中气十足的声音。女士们,先生们!西湖为天下名胜,凡游览西湖者,莫不顿起爱慕之心,此次博览会,借以征集全国著名物产陈列,供国人研究比较,冠以西湖名称,并即在西湖开会,是欲使天下人,移爱西湖之心爱慕国产,则国产之发达,正未可限量。他青灰色的面颊,因激动渗出红晕,他的江浙口音,因为饱含真情,像一道电波传遍大厅,并通过台下十口大缸,远播场外。这位身材瘦小的人,便是浙江省主席张静江,他也是首届西湖博览会会长。

暑气渐渐盛了,六月的西湖,像一个绿而闷热的容器。开幕式后,我沿着断桥,一路往孤山巡视,博览会各展馆,均集中在那一带。断桥上,砌得浅浅的石阶边,栽了许多花草,桥上,立着一座杏黄色门楼,朱柱上的对联,字大如斗:地有湖山,集二十二省无上出品大观,全国精华,都归眼底;天然图画,开六月六日空前及时盛会,诸群成行,早在胸中。此外,还有一幅大红色横幅:参观西湖博览会后要下决心不买洋货!断桥靠外西湖处,开了一道水门,顶部置有一口大钟,钟内藏有灯光,到了夜间,这口钟会闪闪发亮,站在西泠桥头,也瞧得清几点几分。那会儿,钟声恰好响起,我对了一下表,是下午三时。

从阵亡将士墓到西泠桥,千米之遥的距离,架着三座桥,开岩凿洞,铺起轻便铁轨,跑起了小火车,这里人气最旺,坐火车的队伍排起长龙。人们穿梭于各个展馆之间,比过节还热闹,农业馆设在忠烈祠、文澜阁和中山公园,主题是教你当农民,一台抽水机,在湖面上朝天喷溅着白花花的水。艺术馆有八个陈列室,分布于苏白二公祠、三贤祠、照胆台和莲池庵一带,艺术馆的馆歌,突破密网似的蝉鸣,送入行人的耳膜:

  万千美感与深情。安慰此人生。天才学力般般到,谈何易?一艺之成。融会古今中外。宣扬曼妙光明!

敬一书院的墙上,题有孤山一片云几个黑色石刻字,我曾在张岱《西湖梦寻》中,读到过杭州凤凰岭上,有块片云石,石后,有个片云亭,孤山一片云,这几个字令我浮想联翩。放鹤亭被辟作博物馆休息室,里面传来丝竹声,严冬时,这一带是赏梅胜地,一片香雪海。立在亭内,恰好跟对面保俶塔,抱了个满怀,空气能见度不错,看得清宝石山光秃秃的巨石上,浅色衣服打扮的登高之人。一座玲珑的九曲桥,像一条缎带,将孤山和北山连在一起,桥上有三个亭子,中间一个大,左右两个小,大亭子八角造型,顶上还有个小亭,小亭子四角造型,相伴大亭子左右。此桥专为博览会而建,施工时曾遇到麻烦,因西湖底部土质,细而松,桩不好打,人命关天的事儿,谁也不敢马虎,施工队最后采取深打桩的办法,桥心桩木,深至三丈余,就连两边桥头处,也有二丈多深,全桥长一百九十四米,采用三十四排木桩作桥基,弯弯曲曲的桥身,远远望去,好似一段段浮在湖面上的新鲜藕节。

迎着日头蒸发出的水汽,我走在九曲桥上,桥边簇拥着密密匝匝的荷叶,传递出初夏的活力。彼时彼地,我捕捉到一种神秘气息,不由下意识地放慢了脚步,亲爱的兄弟,我无法用语言确切地形容那个气息,比上等的狼毫还要细腻,总归是极淡的那种,没有寂寞的心灵,无法捕捉。那个气息借助江南六月湿热的空气,入侵我的感官,在我的身体内部膨胀、发酵,猛地将我拉入一个非同寻常的境地。亲爱的兄弟,民国十八年六月六号下午四点十五分,我在西湖边,遇见一张梦中渴望的脸,她的下巴颏儿搁在手臂上,一身月白色短袖纺绸旗袍,将她的身材塑得石膏像一般秀挺,长发遮住肩膀的圆弧,泛着核桃仁似的光泽。那一刻,四周绵密的蝉鸣,像是忽然噎住,只有亭子里的五彩小旗在风中发出声息,我的心像是被什么东西触着了,复杂得近乎安详,那位漂亮忧郁的陌生人,像是听见有人呼唤,朝我转过头来,亲爱的兄弟,至今我依然能描述出她的模样:贝壳一般光洁的额,蒙着泪的眸子,宛若月光笼在水面的烟。因为职业关系,我善于从一个人的眼神,了解对方的性格和思绪,然而那一刻我竟失败了。她的眼神难以捉摸,唯一可以肯定的是,她敏感地触碰到我灵魂深处,一种熟悉又孤独的感情。我的头发、衣领和袖口,像是被一种光芒笼罩,如同突然间,峰回路转,云朵四散,光芒洒在身上,亲爱的兄弟,我愿意说,当我见到她,感觉如同见到另一个自己,是的,没有什么比这个结论更加确切无疑。

她收拢视线,脸上升起一种烦恼的紧张,拉了拉旗袍下摆,遮住圆溜溜的白膝盖,立起身,以一种孩子般轻快的姿态,迈开步伐。她走得很快,昂着一点点头,她在阳光中的样子,连发丝都闪着光,我不自觉地移动脚步,仿佛被一种无形而迷人的磁场吸引着。亲爱的兄弟,生命中有的事,并非是追求,而是吸引,那会儿我正是被她吸引,犹如蜂蝶追随花朵,鸟儿缱绻树枝。我怀着犹如吸饱蜜糖的心绪,追随她灵活的腰肢,下了桥,走上了柏油路,空气比起周遭凉快许多,行道树把沿街的景致压得很低,湖一侧的建筑染着青草色,因为逢着盛典,行道树上都插着小旗,写着一些标语和口号。我不让她发现,一路紧跟着她,丝毫不敢懈怠,她像一朵洁白的荷,飘移于人群的波涛,又仿佛孤山一片云,徜徉我目光的领空,她轻盈的身姿,明显区别于路上行走的任何人,浓密蓬松的长发因走动引发的气流,水草一样不停地往两边扩去,如同海底的珍贵植物,又仿佛天上的无尘之花。不一会儿,她已走过菩提精舍、王庄和一面写着:"西湖博览会万岁!中华国货工商厂家万岁!"标语的长长的白墙,她走得目不斜视,轻松自在,无论在人群中如何轻巧穿行,都走不出我的视线,我们之间始终保持一段固定距离。喜欢上一个人,就是有那样的本领,能够在人群中一眼发现她,喏,在那儿!一路上,她没有理睬叫卖桂花藕粉的摊主,也没有理会塞到手里的有奖游券、国术比赛参观券,经过一堵开满蔷薇的砖墙时,她放缓脚步,垂着头,把发丝夹在耳后,拈起一朵蔷薇,放到鼻底下轻嗅,我停下了脚步,一只小松鼠,恰好从我身旁的树上一跃而下,穿过马路,飞快地爬上另一棵行道树,当我抬起眼,她已快步穿过好几排冬青树,消失在一幢米黄色的建筑里。这是博览会工业馆,光线从玻璃天庭洒下,将馆内照得十分通透,人头攒动,张贴着各种广告:西湖是美人!为何?因有博览会;我们要成美人,容易!常用双轮牙刷。西湖之宝是什么?是博览会!人身之宝是什么?宝禾商标的手帕汗衫!湖滨三喜:游玩西湖,一喜,单喜牌各种汗衫;逛博览会,二喜,双喜牌各种汗衫;汗衫清爽,三喜,三喜牌各种汗衫。

丝绸陈列处,悬挂的一匹匹纺绣、丝绸、花襄绸、横罗、杭纺,像五彩斑斓的瀑布,口号也是气象万千:仕女们爱美丽服装的,请速购用本国绸缎!要人人乐用丝绸!要人人购置丝绸!要人人倡造丝绸!要急起直追外国丝绸的进步!国产绸缎,比一切外国货耐久美观!我在一个个摊位前,东寻西找,汗水濡湿了脖颈,呼吸却变得慎重,仿佛打算从喧嚣而热力膨胀的缝隙里,尽力嗅出一丝体贴气息,可是那位姑娘仿佛一尾鱼,消失在茫茫人海。

第二天,我又去了展馆,穿过瓶瓶罐罐的家具展位,绕过舒莲记折扇、沈碧云刺绣梅屏、茂记龙井茶、汇昌栈桂花姜,在里面寻寻觅觅,亲爱的兄弟,真是功夫不负有心人,终于在胡庆余堂中药陈列处的隔壁,发现我的目标。正坐在一张骨牌凳上,低着头,手拿一面绣蓬,拇指和食指合成一个圆环,捏一枚串着绿丝线的针,异常灵巧地在绣蓬上,扎进扎出,上身带动着旗袍微微摆动。她的身边,有一位穿素白色绸衣的中年人,手执利刃,肉墩子上横着一只火腿,他不时地切一片腿肉,给人品尝,有时直接跟人说着话。一个手臂长着金黄色汗毛的外国人,傲慢地拈起一片腿肉,一闻火腿气息,竖起了大拇指。两个穿着西装、面貌跟中国人差不多的外国人,不知是日本人还是韩国人,边鼓动着腮帮子,边像两只磕头虫,冲着中年人连连点头哈腰。

我定了定神,嘴角上翘,朝我的目标走去,亲爱的兄弟,遇见喜欢的人,你的嘴角就会不知不觉往上翘,身体分泌出多巴胺。为了避免她再次从眼前消失,我眼睛一眨也不敢眨,好像她是一块磁石,我是一片力不从心的小铁屑,我除了挣扎着向她移动,别无选择。我走了几步,停下,取出手帕拭着额头的汗,盘算着如何将她从绣蓬上唤醒。亲爱的兄弟,此时发生一件灵异事儿,她的目光竟然脱离了绣蓬,穿过人群的缝隙箭一样笔直地朝我射来,她的瞳仁很黑,不是一般的黑，像一面深潭将我吸了进去，又像是一座桥梁，迎接我不顾一切地向她走去。她盯了我一秒钟，飞快咬住下唇，像是思考什么，如果她那会儿真在思考什么的话，随即将目光甩向了天花板，当她神情淡漠地，将目光重新落到我身上时，绷住脸，生气似的瞪了我一眼，便埋头手中的活计，不再关心周围任何事体。目光的桥梁顷刻断裂，我差点打了一个趔趄。先生打算买火腿么？我听到一个低沉的声音，只见中年人好奇地侧着头，我正想张嘴解释，他用目光制止我，带着一种居高临下的古怪神情，用开玩笑一般的语气说，呵呵，我的火腿可不便宜哪！他转动着手里的小刀，以一种仿佛要看透人似的眼光打量着我，仿佛在问，你老是站在这里做什么？血升向我的脸颊，仿佛一个被人当场识破的小偷，我一向沉着刚健的风度、泰然自若的神情，不知去了哪里，置身于伟大的困境之中。那会儿，我的目标抬起头，望着我，带着挑战似的神气，嘴角挂着一抹淡定的浅笑，她的笑容极轻、极软，像是浸透了清水的狼毫，又像一张吸水性极强的毛边纸，将我吸得一点儿不剩。我听到身边有人咂着嘴，有人轻轻笑起来，不得不在众目睽睽下返身离开。

我步出展馆，坐在临湖的空椅上，汗如雨下，不禁大大地吐出一口气。空气依然有着烘烤肌肤的感觉，湖边，有许多卖酸梅汤、糖桂花、煮豆腐干、茶叶蛋的小摊，我买了两个葱包桧，边吃边回想方才的情景，没错，她瞪了我一眼，这些年我一直想弄明白，她当时用那样的目光瞪我，究竟是什么意思？这时，耳边传来悠长钟声，是从对面南屏山下的净慈寺传来的，双耳顿时灌满声音的云雾，一声接一声，总共一百零八声，像是给热闹的西湖，平添了一剂清凉。岸边树木已辨认不清，保俶塔也陷入朦胧，眼前的一切在钟声里，仿佛都变得模糊而淡淡的了。暮色透过横逸的树枝，将白昼的喧闹发酵成斑驳，人们占据了临湖的石凳，没凳子的，就坐在草地上，小孩子戴着发光的牛角灯,欢快追逐,鸣笛在呼啸。苏堤上的灯亮了,银河一般射过湖面,灯光织出桥身的曲线以及"西湖博览会"几个发光的字体。西泠桥侧,一只彩色的硕大的螺蛳壳,朝天的底部,内置一盏大电灯,灯珠的光芒随螺旋四射,从左右两只方形喇叭口里,传出一首曲调优美的歌曲:熏风吹暖水云乡,货殖尽登场。南金东箭西湖宝,齐点缀,锦绣钱塘。喧动六朝车马,欣看万里梯航。明湖此夕发华光,人物果丰禾襄。湖山还我中原地,同消受,桂子荷香,奏遍鱼龙繁衍,原来根本农桑。

她走出展馆那一刻,我以为她注意到了我,立即振作了意志。说也凑巧,一辆公交车驶过,扑到脸上一股热气,她走到马路边一座小巧可爱、色彩鲜艳、浑身披挂灯珠的小亭子旁,下意识地扫了一眼周围,那个亭子博览会统一设置的问讯处。她既没注意到我,也没有理会路边兜生意的人力车,沿着人行道兀自往前走去,我的心头,重新交织起一种新鲜、欢快和纯洁的情感。是的,我感觉到了幸福,幸福就是按捺住心跳,跟随一个心仪的身影,在微风驰荡的西湖边,一直走啊走。她走到一幢红砖楼旁,缩着瘦削的肩,朝马路左右望望,楼的顶端有个门拱,嵌着铜质徽章,她打量了一会儿小摊上的花灯,那些花灯用针锥扎出密密花纹的花灯,每盏灯都用细毛竹竿挑着,枝丫上垂着碧绿的竹叶,她毅然穿过斑马线,往湖对面走去。我紧张不安地,准备跟她穿过马路,一辆公交车开过来,大灯晃得我眼花,一股热气扑到我脸上。

湖水已经被夕阳妆成一抹胭脂色,空气中的热能夹杂着地表蒸发的热闹,交织起属于夏天的浓烈情愫。衣香鬓影的恋人们,夜莺一般隐现于绿荫和草丛之间。湖面一艘大船缓缓行驶,这是燃放焰火的专用船。当第一朵屯溪焰火,挟着巨大轰鸣,脱离大船的瞬间,断桥上那口通体明亮的大钟的指针,恰好指向七点三十分。焰火突然放大的声音,像一卡车绵密细沙倾入水中,突然放大的声音,在三面云山之间升腾、绽放、流光飞舞,连保俶山上的树木,都被照得一清二楚。焰火的声息之后,便是鼎沸人声,人们拥挤着、簇动着,热闹的气氛被月光和灯火衔着,从四面八方涌过来,又往四面八方涌过去。大船缓缓而行,相继变幻出神态酷肖的总理遗像、火焰画勾的总理遗嘱、万盏灯、读书亭、铁桶飞花、铁树开花、万花朝天和放鹤亭。除了屯溪焰火,还燃放了专从上海采办来的新奇焰火:诸葛孔明高踞抚琴、司马懿遥指城楼、鱼儿和鸟兽、蔬菜和瓜果、时钟和汽车、儿童和老人。

一朵朵焰火在空中绽放,落入湖心,漾起一层轻烟,另一朵又接踵而至,营造出一种无处躲藏的晕眩,恋人们在焰火的声息中拥抱和亲吻。燃起又熄灭的焰火,照亮她轮廓清晰的面庞,她依着一株柳树,遥望对岸,此刻,对岸的南山仅有零星灯火。从她的神态里,我读出一种浮华和热闹难以打动的情绪。不知是眼前的湖水太过扑朔迷离,还是空中的焰火太过纷繁杂乱,有一会儿她闭上了眼睛。她是如此美丽,又如此孤单,尽管她压根儿没有注意到,我那拥抱式的目光,当我不为人知地窥视她时,感觉得到她的呼吸,闻得到她身上的芬芳,我不禁出了神并沉浸于默默的祈祷。哦,令人心仪的姑娘,这是否意味着,我可以迅速靠近你的心灵?这稀世的际会,这火树银花,这万人空巷的庆典,一切皆因你的出现而备受祝福。我被爱情的圣火包围着,感觉不断燃起的焰火犹如黑暗中的演讲,替我讲出隐藏心底的热望。多年以后,每当想起她,我的脑海里就会涌现焰火的色彩与声息。

皓月当空,水落繁星,电光通明,满湖笙歌。当三潭印月方向,燃放万花朝天时,一枚焰火不慎射入湖边围观的人群,惊惶的人群骚动到顶点。有人落水了!听到呼喊,我定睛一看,那个我注意很久的身影,竟不顾我的满腹柔情,从我的眼皮底下消失了,我想也没想就跳入湖中拼力朝那个挣扎的白影子游去,我的水性还是靠得牢的,因为从小就在奉化江中畅游,但是我的皮鞋灌满了水,变得像铅一样沉,我低低骂了一句,蹬了鞋,才游了起来。我一边游一边大声呼喊,姑娘姑娘!燃起又熄灭的焰火,照亮我的爱人,她浮上来一会儿,又不见了,或者说干脆消失了。我拼力朝她游去,终于捉住她没有人知道捉住她的那一刻,我的心有多么妥帖,但她近乎抗拒的挣扎,使得我们双双下沉,我的双脚触及湖底的淤泥,踩上去又软又凉,我体会到一种从未有过的宁静,丝毫不觉得眼下情形有多少可怕。鱼儿在身边游弋,我的爱人在我的怀里,如果就这样永生永世待在西湖里,像两尾自由自在的鱼,该有多好。又一朵烟花横空出世,犹如电光火石,岸边焦急的人声唤醒了我,我们已然成为观众瞩目的焦点。我醒悟过来,侧身拽着她,将她托出水面,我对着我的爱人喊,别怕,有我!她一定感觉到我所传递的勇气,加上喝了不少水,终于顺从命运不再反抗,我带着她游到岸边。人群瞬息包围了我们,她的情况十分狼狈,面色煞白,湿衣服粘在身上,好像没了呼吸。我把她的头枕在膝上,正考虑是否采取人工呼吸,人群忽然波浪般往后退却,一个穿白色绸衣的男人,脸上汗涔涔的,伸展双臂走来,他猛地推开我,根本没人能阻挡得了他的臂力,夺过姑娘,伸出巴掌,朝她背部猛击几掌,她软绵绵地吐出几口水,才缓过气来。那位相貌严肃的中年人,盯着我,狐疑的目光含着责备,似乎我才是导致姑娘落水的元凶,他神情冷漠地扶起姑娘,坐上一辆停在路边的黄包车,风一样地消失了。

好不容易挨到天亮,第三天,我又去了工业馆,却没有见到姑娘,连那位相貌严肃的中年人,也没有见着。第四天,他们还是让我白白等了一天,第五天的情形,也一样。我在馆里游来荡去,差不多熟悉了每一个展位上的每一种货品。这样过了六天,到第七天,我又来到老地方。他们今天也没来。万隆腿栈一个戴瓜皮帽的小伙计,一见我,就主动开了腔。呃,你知道他们去哪儿了么?小伙计摇了摇头。正大腿行一个麻脸伙计,凑了过来,他们好像住在鼓楼一带!嘿,你都来过多少回了呀,准是一个大买家!鼓楼在杭州城南,两层的楼阁,底下有很多店铺,依山而建,面街而筑,都是上下两层的木结构小楼。我在鼓楼的小巷里穿行,向每一家店铺打听,也没有探到姑娘的消息。天落起了雨,我只好打道回府,雨越下越大,我躲进湖滨一家茶楼避雨,望着黄布伞下,恋人们的黑色力士鞋和阴丹士林蓝旗袍,起起又落落。湖面上,远山消失了轮廓,风渐大,雨渐深,苏堤白堤,也消失不见。浅灰色的雨丝中,唯有一朵朵荷,仿佛不肯熄灭的火。

亲爱的兄弟,我开始体会到一种陌生的思念,这种思念并无肉欲,像一种美好的空白,当我思念她的时候,感觉马路上,全是她的身影,经过那幢米黄色的建筑时,也不敢去瞧那扇大门,包括她走过的马路。在遇见她之前,我的生活平平淡淡,像一个蒙着灰尘、布满蛛网的废墟,自从遇见她,一切似乎都起了变化,至少有一点可以肯定,倘若没遇见她,我的人生会比现在乏味和无趣得多。当我思念时,便猜想她会不会也思念着我。渐渐地,我发现自己对那位姑娘的思念,转换成了怨恨,因为,一方若是思念太多,已是一种不公。老实说,我真不知她哪点好,又觉得她哪儿都好,她是如此强烈地诱惑着我,我忘不了那双静若星空的眼眸。渐渐地,我的思念转换成孤寂,最要命的是我无法再像平日那样,就着烛火,研习书法。我常常蘸了墨,运气提笔,头脑却一片空白,淋漓的墨汁滴落纸面上,洇开,如同雪地遗落的枯枝。一个人爱上另一个人,究竟是什么起着作用?是磁场?缘分?还是上天注定?我暗想,一个人难道可以这么快坠入情网么?此前,我从未有过如此强烈的,对于异性的爱慕,我天生警觉和清醒的意志,一向以为恋爱这种事体,无非是一个人自弃地追寻烦恼罢了。然而,我刚毅的意志,却仿佛被西湖水魅惑了,稀释了,那位素昧平生的姑娘,竟然如此轻易地侵犯了我的孤独,要知道这份孤独,是我二十五年苦心经营的自由,我曾为此自豪和骄傲,这份自由却在某一天,突然被另一个人拿走了,不再属于我。亲爱的兄弟,你只有自个儿亲自体会,才能够明白,一个爱恋者的灵魂,是如何地燃烧、悸动和挣扎。

那些爱情之火炽热的日子,我做着一些光怪陆离的梦。梦境一。我走在雨意蒙蒙的小巷内,尾随一位打着油纸伞的女子,她身上旗袍的颜色,犹如探出墙外的一抹蔷薇,灰色的光,灰色的墙,湿漉漉的雾气氤氲。我看不清她的脸,生怕她回头,又企盼她回头,却不敢追上去,只听闻着她的鞋跟,橐橐、橐橐地,叩击青石板,一声又一声,江南的寂寞就这般蓦然涌上我的心头。我拼了力气,对着她的背影喊,由于口渴无力,喊声太小,她没听见,只是停下脚步,朝四周望望,然后以同样的速度,慢慢远去,消失在雨巷深处。梦境二。我被仲夏的湖水包围着,雨水如同日光自天而落,在四周响亮地翻来覆去,雨中,一朵白莲,灼灼若焰,我像一个溺水的人,朝莲影奋力游去。雨水像藕丝一般绵密,令我几乎睁不开眼睛,那朵莲影,仍立在雨里立在雾里,亦幻亦真,令我无法企及。从这样的梦中醒来,我的内心每每充满了忧郁。亲爱的兄弟,尤其糟糕的是,我猛然发觉那个在西湖边不期而遇的姑娘,我竟连她的名字都不晓得。那个烟花之夜,莫非只是一个幻觉?

5

叙述至此,我的朋友仿佛有了一丝倦意,我却对这段浪漫史,产生了极大兴趣,容不得他有些半点停顿与懈怠,那位深陷回忆之中的朋友,并没令我失望,他冲着黑暗打了个响指,对应声而来的侍应生,又要了一瓶花雕,他往自己杯中倒的酒,比倒在我杯中的酒要多一些。一阵窃笑传来,只见穿红色吊带长裙的歌女,握着酒杯,朝穿白色法兰绒背带裤的男人怀里倒去,哎呀,什么爱不爱的,还不都是一回事嘛,男人身体一挺,脑袋上的青筋像盘在头顶的小蛇。

亲爱的兄弟,发生过一次的事,大体来说,可能永不再发生,但是发生过两次的事,有可能会发生第三次,尽管你无法迫使任何事发生,倘若命中注定,有事要降临在你身上,它自然就会发生。四个月后,我出了趟公差,到浙江中部一个小县城,调查当地几宗因抢水而引发的械斗。那个小城神秘宁静,走到哪儿,都闻得到樟木香味,以及叮叮当当的敲击声。晚饭后,我习惯穿过木雕铺子,去雅溪边走走。已是入秋,树已泛黄,只有桂花树墨墨绿的,像是涂了蜡,一粒粒细小的浅黄色小花,散发着香气,那种香气,像是能够穿透骨髓,直入灵魂。

亲爱的兄弟,你相信命中注定吗?不管你信不信,反正我信。此行大大出乎我的意料,我意外审理了一宗贩卖妇女案,做梦也想不到,在法庭上见到了,那位令我朝思暮想的姑娘。亲爱的兄弟,你尝到过失而复得的滋味么?当我再见姑娘,唯一的念头就是不能再把她弄丢了。官司了结后,我上姑娘家,向她的父母正式提亲,但她的父母却告知我,姑娘已经定了亲。我尚未来得及欢喜,就体会到新的痛苦,姑娘父母的话语,像一盆冷水浇灭我的热情,又像一大勺油,将我心底无望的激情点燃。我开始愈加的思念她,我从来没有这样想念过一个人,当屋外的狗停止吠叫,黑暗如尘埃,落满屋子,我睁着眼,在床上翻来覆去,像一只滚烫的大饼,墙角低吟的蟋蟀,像我的一颗心,弥漫着阵阵惆怅。我思念那个西湖之夜,思念着她的纤细和优美,产生了一系列心跳、惶恐、莫名兴奋与寝食难安的现象。我干脆爬起来看窗外的天,怎样一点一点地亮起,我用温水擦了把脸,望见镜中之人,目光炯炯,面色赤红,胡子拉碴,一夜未眠却仿佛精力充沛,我冲着镜子里的人,喃喃自语,你病了吗?镜子里的人,以同样的方式询问我。天哪,我被爱神之箭射中了,像一个病入膏肓的人,期待一名良医。有一阵子,我几乎每天来到姑娘家附近,总是从一大早就等在那儿,而她却像一个影子似的消失了。我痛苦地问自己,这是老天故意对我的考验么?有几次,我滚烫的目光几乎望到了,她窗口亮着的灯光,微风撩起洁白窗纱,蓦地泄出一树红光,我多么渴望化成繁茂的绿萝,攀缘上她的妆台。那次,在一个饭局中,我竟在大庭广众下,因为思念不慎咬折一根天竺筷,磕去一小块门牙。我对自己说,醒醒吧,不会有结果的,但只要我一说出这句话,我的心就立刻反悔,背叛了我。我只好对我的心说,别再想那个姑娘了,别再纠缠她了,要知道,她的烦恼已经够多了。

  那个傍晚,乌云像幽灵从大地飘过,闷了一个深秋的雷雨即将来临,我在屋里走来走去,忽觉烦躁莫名,心绪似杂乱无章的狂草,仿佛预感有什么事要发生,周围却无人知晓。一阵雷声滚过,暴雨将至,一种强烈的、试图烧毁一切规则和繁文缛节的愿望,主宰着我,血液中不屈不挠的元素发挥了作用。那一刻,我听到自己的心在喊,你唯一的幸福,就是见到她,只有跟她在一起,你的人生才算完整。那一刻,我的头脑产生一个重大决定,倘若不如意,生不足惜,倘若如愿,死不足悲。金钱、名利和地位,皆是一堆无用赘袱,我只求生命中,能有一知己相伴相依。想到这些,我的眼中胀满了泪水,内心充满了神圣,并且平添了几分悲壮,作为一名军人,我第一次服从于自己内心的声音,彼时彼地,我的整个灵魂都沉浸在那个声音中。我提笔写了封信,封了口,收入怀,备好鞍,跳上马,一头扎进了雨水。

我冒着劈头盖脸的雨点,穿过树叶翻飞的街道,拐入曲径交叉的小径,跑过收割后的灰蒙蒙的田野,越过一眼望不到边的丘陵。哦,我的马跑得真慢,令人恼火,一路挨了不少鞭子。我奔驰在乡村小道上,在四野笼罩的雨水中,在暮色四涌的旷野中,我的马跃过一个个沟坎,跑过一座座山丘,这条路我的马早已熟得不能再熟,老实说闭着眼它也能把我带到她家门口。彼时此地,在雨水四涌的旷野中,那个曾经陌生而毫无意义的小村庄,在我的心目中竟是如此非凡而多情。绵密的雨水,在泥土上、沟壑里、池塘中,发出阵阵悦耳动人的声音,像是给这个世界,披覆上一件宽大的战袍,又像一个劲地为我擂鼓加油,只有我的青葱马能够感知到,我内心火焰和雨水编织的爱情,是多么圣洁和高贵。雨水加剧我的热望,黑夜只能让激情燃烧,老天保佑一个陷入爱情的人,能够在黑灯瞎火之中一路狂奔。当我携着浑身雨水和泥泞,三步并作两步,汗流浃背地出现在她家门前,还没来得及敲门,门就自动开了。先生,是您,天还下着雨呢。一个鹅蛋脸女子,扶着门,目露惊讶,却仿佛很高兴似的说,她是姑娘的大姐。我不过是恰巧经过这里。我的面孔在雨衣中发烫,不知是我的话说得太急,还是我燃烧着热情的目光在起着作用,那位面目善良的女子,眼中闪烁着令人感动的神情。先生,我对我父母的态度感到抱歉,她好像有话要说下去,但隔了许久也没说出来,只是用一种恳求原谅的目光望着我,似乎我的不幸全是她一手造成的。我摆摆手,示意她不必解释,但一时又不知该说什么好,雨水顺着我的雨衣往下淌。我知道您喜欢她。或许是我的窘迫打动了她,她开口道,并且很不灵便地,摆动了一下裹在阴丹士林旗袍里的小腿。听我说,不仅仅是喜欢。我眼中一热,急促打断她。可是我妹妹,有过一次婚姻。她犹豫地咬住唇,语气迟疑地说。我不在乎那些!就算老天把她放到最粗俗的瓶子里,她依然是一朵高贵的百合。我脱口而出。她抬起头,我再次感觉到她目光的分量,仿佛要透进我的心,把我的心看个遍,然后掂一掂分量。看得出我的苦心,感动了眼前的女子,有什么事,您尽管吩咐我好了。她语调轻柔地说,把脸别了一个方向。我取出怀里的牛皮纸信封,慎重地交到她手里。我在信里约了姑娘,三天后,月上柳梢时分,在雅溪的桂花树下见面,商议一桩要紧事。

太阳还没落山,我就早早守候在雅溪畔,发亮的溪水很响地流着,菖蒲和芦苇保持着安静。偶尔吹来一阵风,树木上的藤蔓轻轻摇曳,我守候在溪旁的桂花树旁,几乎透不过气,隐秘颤动的桂香,似我心底的柔情弥漫。月亮升起来了,山的影子虚下去,飞蛾在风中张开翅膀,枝叶摩擦着我的手臂和脖子上的皮肤。我怀着忐忑与欢喜,等待着朝思暮想的人儿,涉雅溪之水而来,涉月光之水而来。每隔两分钟,我就会离开桂花树,心神不定地跑到小路旁,倾听一会儿,观察一下是否有动静。说来也怪,见到她之前,很少有人光顾这里,可以说谁也不来,如今我却觉得好像全城的人都往这儿跑似的。到处仿佛都传来轻微而神秘的声音,风一吹,我就会心中一凛,从潜伏的地方一跃而起,我不知道,在见到她前,我的心脏还要狂跳上多少次,我的全部渴望和激情,都寄托在这方寂静而喧哗的空间里了。

她的鞋底踩过草地的窸窣声,至今在我耳边回响,随之而来的是一阵短暂沉寂,一种幸福将至的可怕感觉,泉水一样流遍我的全身。透过树木枝叶的缝隙,我看到她的一张脸亮闪闪的,像小孩子一样,洗过的头发披在肩上,像是被人追着似的穿过草地和树林。快接近桂花树时,一阵迎面吹向她的风,将她藕荷色的中袖松身裙朝后吹起,衣服变得又宽又大,她抬起胳膊,拢了拢头发,人群中她的脸,有一种凛然的美,那一刻却散发着柔弱和绵软。我终于见到你了!我从树后蹦出,她捂着嘴,睁大双眼,不过很快就从恐惧中镇定下来,垂着睫毛,仿佛担心心事,不慎落进我的眼睛。我们沿着雅溪走了一段路,低头紧盯着各自的脚尖和脚下的路面,只听到鞋子发出的声音,月光把我们的身影拉得很长,几星灯光漏出远处闪烁不定的屋舍,于萧瑟中流淌着一种淡而暖的甜蜜。男女之间,大约有了那一层感觉,彼此之间就充满紧张与不安,似一层朦胧的纱,不忍触碰,又不忍扯开,我的手偶尔碰着了她的手,她惊慌闪开,她的皮肤柔软冰凉,仿佛午夜的山楂花。我们兜了一圈,回到桂花树下。这些天,我想了许多,我就是为这事来的。话一出口,我觉得既浑身轻松,又紧张难堪。她仿佛不信任似的望着我,不自然地笑笑。看了我的信么?我撑着树,鼻尖对着她。她点点头,却默默无语。怎么了?我问。没怎么。她答。我们拣了一块光滑的溪石,并肩坐下,月光像一匹揉碎的银缎,隔了高处丛生的树木照过来,我们像两枚高出月色的树叶。风中传来阵阵桂香,她微仰着头,双臂朝后撑着溪石,晃着小腿,遥望着远处迷人的夜空,看上去自在而愉快,头发和衣服上,有好多萤火虫在飞。此情此景,令我的心中充满一种温暖又伤感的情绪,尽管相识不到半年,却觉得好像已跟她走过长长一生。你愿同我一道走么?我竭力用一种庄严平静的语调问。她侧过脸,眼睛亮若星辰,长发像柳枝拂过湖水,四下静谧,只有我的青葱马在远处喷着响鼻。我重复了一遍我的问题,她在潜意识里似乎思索什么,却又难以确定。你是不肯同我一道走么?我心一沉,觉得这辈子已跌入深渊。你想要我怎么办?终于,她声音微弱地说,我还能怎么办,你去哪里,自然我也是去哪里……她低着头,吞吞吐吐地说,浓得像石灰似的月光下,脸涨得像一轮红月亮。风开始从四周簇拥着我们,溪水和岩石闪闪发光,每一朵桂花都喷吐出新的香气,成千上万只萤火虫编织起摇曳不定的热烈。我的心剧烈跳动起来,内心百感交集,好像此生此世,终于获得了永恒的恩典。我爱她身上的坚定,我觉得自己跟她之间,确乎存在一种合乎心意的情感,那一刻,我认定我是那个会爱她至白头到老的人。我脱下外套,披在她的肩上,没有再说什么。月光在水中抖动,小银鱼在水中成群游动,整条溪水都显得波光粼粼。夜空中,星星一颗接一颗地出现,渐渐地布满天空。银河出现了,仿佛溪中的鱼儿全部游上了天。从远处吹来的风,吹落细碎的桂花,闪闪烁烁,落在我们身上。不知不觉,黑暗如尘埃落下,夜色已经浓重,我送她到家门口,互道再见,她把外套还给我,将一件东西郑重其事地交给我,那是一只绿丝线编成的蝴蝶。看见它,就像看见我一样。她轻轻说道,冲我点点头,嫣然一笑。起风了,快进屋吧,望着她温柔明亮的眼睛,我违心催促。她倒退着走了几步,冲我摆摆手,掉转身,往前走去,又像不放心似的,回头望一望我,然后,就头也不回地朝着亮着灯的院子跑去了,风吹起她单薄的衣裙,像是要把她从我眼前吹走。——明天见!我拽着带有她体温的外套,朝黑暗低低喊去,忽然泪流满面。

亲爱的兄弟,倘若回忆能够佐酒,往事便可作宿醉一场,然而酒精非但麻木不了我,却使我的神志愈发清醒,痛苦愈发尖锐,我原本与姑娘约定了,从此远走高飞过一种神仙眷侣生活,我却在傍晚时分接到一个紧急命令,须连夜赶赴上海,我竟来不及与姑娘道别,更没有兑现约定。时间愈推移,内心的愧疚愈有增无减,是的,我鄙视自己的灵魂,它侧身世俗的泥淖,虽心有不甘却畏首畏尾,在本可进取时,选择了放弃,在本可献身时,选择了逃避,所谓神圣爱情,实则不堪一击。如同革命的初衷,起初总是被梦想和激情驱使,总是热血沸腾,踌躇满志,总是信誓旦旦,甚至恨不能以死明志,到头来却往往适得其反,落得一个身不由己的地步,亲爱的兄弟,这就是我全部的故事。说到这儿,我的朋友闭目合眼,像一个长途跋涉的人,释放出最后力气。

　　伙计,你的故事的确打动了我,世上之事,十有八九都是阴差阳错,身不由己才是生活的本质。我小心翼翼地宽慰着他,不要对自己太过苛刻,何况十步之内必有芳草。可是她的模样儿,一直在我的眼前。他的眉宇间,早已褪去平日的精锐,像一只软壳蟹。哦,有什么放不下的?我倒是觉得求不得谓之美呢!哦,我猜想那天晚上,你们一定有什么罗曼蒂克吧?我笑嘻嘻地问。我们连手都不曾碰过,他低头打量着自己的手。啊呀,连手都不曾碰过,这算得上哪门子恋爱?我愤愤不平地说,恋爱中人的麻烦,往往出于自身幻想,你所倾心的女子,或许根本不是你想象的样子呢!他听了我的话,涨红了脸,你不懂!这样的爱才愈发动人,且永恒留存,只不过尘世中人,大多无福消受罢了!听了他的话,我觉得有必要给他上一课。伙计,世上并无永恒之物,所谓天荒地老,海枯石烂,不过是书本或电影中的情节,不过是那些可怜可憎的作者,把现实中无法获取的梦想,加以粉饰与放大,他们天生就有这般嗜好,那些作品愈是写得轰轰烈烈,死去活来的人,现实中愈是胆小如鼠,噤若寒蝉。正如歌唱者,往往因为内心恐惧,运动者往往因为身体孱弱,流浪者往往因为太过安逸,收藏者往往因为灵魂贫瘠,布道者往往因为精神迷茫,一个人总是缺失和亏欠什么,才会竭力去弥补和彰显什么,以此寻求自身的平衡与满足。当然喽,这也怪不得那些可怜可憎的作者,因为现实这个苦海,实在提供不出什么令人欢喜的事体,他们只好闭门造车,编织一出出自欺欺人的黄粱梦!亲爱的伙计,还是让我这个裁缝来告诉你吧,世上并无永恒之物,一切瞬息万变,即便银河系最古老的恒星,也在时刻不为人知地变化着,无常才是真实的宇宙状态。凡事都有褪去色彩的时候,比如洗了又洗的衣服,尽管它曾使用上等布料裁剪,运用了精良的细部手工,时间一长也变得跟那些针法疏松、没有衬里和拷边的衣物,没什么两样,这是极自然的。无论我们买来的东西,还是别人给予的东西,或是抢得来的东西,都是暂时的,包括名利、地位和财富,何况爱情?爱情简直就是一场风,对于风,你还有什么好苛求的呢?世间之事,大抵只是一场梦,若非要寻求永恒,我看唯有死亡才是真正的永恒罢!我一口气说出上面这些话,端起酒杯,古来圣贤皆寂寞,唯有饮者留其名,来来来!不如喝酒来得痛快!他将剩下的酒,全部倒给自己,用透视一切的目光望着我,缓缓说道,亲爱的兄弟,你讲得很有道理,事物总归会褪去色彩,我们的生命也终有离开那一天,然而消逝并不是句点,只不过是另一种方式的呈现,大自然中,即使人类的情感渺小得可怜,不过像被吹散的沙砾,我们总归也要感谢,那些曾经留下的痕迹,这不正是我们来这世间的唯一理由?世间唯有爱,才能让我们觉察到活生生的、全然的存在,爱得慎重即是恒远!他举起杯,将杯中酒一饮而尽,不顾酒吧中影影绰绰的人,放声大笑起来。他的笑声像火山喷涌的岩浆,上升、扩展,从天花板反弹回来,震得我两耳发麻。

6

多年以后,我成了一名报社摄影记者,每天坐着电梯来到十八楼,像一只远离地面的鸟。当我透过玻璃幕墙,鸟瞰脚下的城市,内心便会油然生发一种大干一场,争取当个名记的想法。我热爱扫街,这是我们的专业术语,顾名思义,就是背着单位配置的相机,在马路上游来荡去,寻找新闻线索。我喜欢我的城市,春天有青草和桃花味儿,夏天有荷花和柏油路面升腾的沥青味儿,秋天呢,荷花味儿换成迷人的桂花味儿,冬天则换成梅花和水仙花的香味儿。我曾不止千百次地举起相机,在若干分之一秒内,凝住流动湖水,记录湖水丰富的质感,或者用长时间的曝光,拍摄模糊的水流像熔化了的钢水。我的作品充满小空间的意象:飘落的法国梧桐、被放大一百倍的桂花、随着音乐而翻腾的喷泉、茶楼或酒吧里的静物、情人、湖水和柳枝。老实说,世上再没有一个湖,值得我拍上一辈子。一个桃花盛开的季节,春天的气息像只小兽,在人的心头拱来拱去,我在花圃兰花区,透过相机长焦,捕捉到一对璧人:一个领口低敞的短发女人,一个头发像雪天被除草机修剪过的草皮的老头儿,正依偎一株樱花树下,他们的身下是青青芳草地,我深信这对不慎撞入枪口的猎物,正是好看的人间风景,便用相机狙击了他们。次日,这幅照片刊登在"发现最美"栏目,这原本是个为读者设置的互动栏目,值班编辑对我的作品一见倾心,并拟了一个题目《人间有情 草木无羔》,为还原生活,后期处理没有虚化主人公面部。次日,一名头发凌乱、神色暴躁的老年妇女,坐着轮椅来到摄影部,为她推轮椅的正是我前一天遇见的老头儿,他面孔的颜色像被福尔马林泡过一样,老年妇女说我毁了她,斥责照片上那个女人是个婊子,并质问我那个婊子躲在哪儿,要求我为此事负全责。我掏出工作牌,又掏出记者证,最后掏出身份证,跟她解释无论哪方面我都有义务拍这张照,老实说,在春天的西湖边,这样的镜头数不胜数。但是,愤怒的老年女人,对我的解释丝毫不予理会,先是把我的工作牌,甩到了我身上,又把我的记者证撕成了两半,还朝我的身份证上吐了两口唾沫,扔在地上,踩在脚底,并朝我的脸上也吐了两口。此情此景,别说我这样一名涉世未深的女记者,就是连获过国际摄影奖的资深记者恐怕也难以招架,我自然只有把脸长久地,埋在掌心里哭泣的份儿。最后,报社领导出面,解决了这件事,值班编辑被扣除当月奖金,我作为主要责任人,由于使拍摄对象蒙受名誉损失,写了检查,并被安排到夜编部,做了半年文字校对。此外,专门在家庭版上,登了这对老年夫妇的金婚纪念照,部主任亲自取了一个好标题:和谐社会好,银发老人笑。年底单位搞双向选择,我又从夜编部调到新闻部。

纪念抗战胜利四十五周年的日子,单位派我回老家,采写一篇揭露日军在华肆虐的特稿。出发前,我买了两包利群香烟、一罐西湖龙井,捎带上刚刚出版的处女诗集、一本叫《九里香》的淡绿色小册子。那个春寒料峭的上午,我回到上宅,进了村,没有直接去廿四间,而是先在市集里吃了两碗小馄饨,因为我太想念小馄饨的滋味了。当我走进廿四间,闻到一股药水味儿,外公穿一件灰色开丝米开衫,正躺在门堂的眠交椅上,一只胳膊上挂着盐水。一见我,你喜出望外地要去烧点心,当我表示刚在市集里吃了小馄饨,你沉下脸,生气地攥住我的手腕,你的手劲道依然了得。我像深入基层扶贫帮困的领导那样,坐在外公身边,关切地询问他近来的生活和健康状况。外公的牙齿缺了好几颗,精神气儿还不错,见到我尤其高兴。他翻开诗集,目光流露欣喜,说他对古体诗略有研究,对现代诗不感兴趣,因为现代诗太像游口歌,并且勉励我今后多学写古体诗,向李白和陆游他们看齐,因为古体诗比现代诗有文化。说话的当口,你端给我一杯冒着热气的糖茶。半杯糖茶落肚,我开始直奔主题,向外公简要介绍此行目的,我说尽管我所服务的报纸,报道范围仅限于杭州地区,杭州七县一市之外发生的事儿,通常不在我们的报道范畴,但是我们的报纸最近准备改版,报道范围将有所拓展,尽管东阳不属于杭州地区,但毕竟属于浙江地区,报道浙江境内发生的事儿,也是我们报纸的光荣职责。我顺带向外公流露了采写这篇稿件的心声:争取评上新闻奖。只要评上奖,我的中级职称就不成问题了,没准我的大头照,还能贴到食堂门口光荣墙上,让每个走过路过的人,一看忘不了。听了我的抱负，外公频频点头，朝我竖起大拇指，连声夸我好样的，看得出他觉得有必要帮到我。当我打开采访本，旋开笔盖，准备干活时，外公却感觉似乎有什么不对劲，他拔掉针头，摇晃着进了厢房，当他再次出现时，已换上了一套皱巴巴的黑西服，脖子上扎着一根领带，白色的确良假领头上，一排细小的白色塑料纽扣，锁住起皱的喉结，或许我的外公觉得，接受记者采访理应如此打扮。需要交代的是，在外公更换服装之际，我咽下外婆端到我手里的一碗糖氽蛋，里面趴着四只鸡蛋，这是我们当地的乡风，客至必待以糖茶和点心，必请吃鸡蛋两只，我是贵客，外婆又多加了两只。尽管我的肚子里，已装了两碗小馄饨，出于礼节，只好又吞下两只糖氽蛋，但是外婆一直用她的老花眼盯着我，不一会儿，另外两只糖氽蛋也落进我的胃。这样我的胃里，一共趴着两碗小馄饨、四只糖氽蛋，尽管如此，却并没有出现耳鸣、腹胀、眼花等不良现象。下面引用的这些外公原话，是大约两次谈话的综合，谈话地点都是廿四间厢廊上，在一片从天井洒下的光线中，我的外公端坐在椅子上，神情严肃，两手十指交叉于腹部，开始直抒胸臆，因为涉及战争和流血，表情显得有点儿凝重。我外公的开场白是这样的：

亲爱的塌鼻，请记住这个时刻！1937年8月13日上午9时15分，请永远记住这个时刻，他妈的，小日本居然动了手！好家伙，这帮狗娘养的，真是吃了豹子胆，卵子那么丁点儿大的国家，竟敢跑到中国来撒野，而且撒了一次又一次，真是大白天做他娘的黄粱梦——下场自然跟他们膏药旗上画的一个样！这一回，小日本完全发了疯，飞机多得像蝗虫，嗡嗡嗡，遮天蔽日，军舰多得像蚊蝇，呜呜呜，停满了黄浦江，山芋一样的炮弹，从飞机上落下，同鬼叫一样，现在想起来，还让我两股颤颤，头皮发麻，灵魂出窍不能自己。

中国军队理所当然地，给予王八羔子狠狠还击，但很快发现自己不是对手,因为遇上了一群疯子,对付疯子,事情就不太好办。总归,那是一场你死我活的战争,不是你要了我的命,就是我要了你的命。不是你宰了我,就是我宰了你,战事进行得不是一般的惨烈,苏州河、黄浦江和南京路,都成了战场,为挡住小日本,中国军队用沉船的方式,在黄浦江设置障碍。分分钟都能听到爆炸声,不是从江面传来,就是从码头传来,每天都有人死去,不是被中国人打死的日本人,就是被日本人打死的中国人,当然,也少不了被中国人打死的中国人,这可不是我空口说白话,那个礼拜六,中国军队在外滩炮轰日舰,一颗炮弹落到和平饭店附近,在人群中直接开了花,妈了个逼的,放炮人的眼睛长屁眼上了!这发错弹,造成至少几百号人直接掼翻在地,许多人就再也没爬起来过。我们店的客人、百乐门舞厅的头牌白牡丹小姐,正在外滩拍摄婚纱照,一声巨响,白牡丹一条雪白粉嫩的胳膊,就不见了,成了断臂维纳斯,那条胳膊后来在五十米开外的汇丰银行的,石狮肚皮底下被发现。紧接着又有两发炮弹,落在虞洽卿路和爱得华第七大街,水泥商厦像芝士蛋糕似的碎成几大块,到处都是残肢断臂、箱包和散落的鞋子,我之所以这么灵清,是因为跟王小毛跑去看过热闹,嗯,我们总喜欢去凑热闹,顺便锻炼锻炼胆量。当我们赶到,现场已拉起警戒线,我看到一张担架上,躺着一个西装革履的男人,脸上鲜血淋漓,肩旁搁着一截大腿。一幢冒烟的商铺前,有个小女孩,趴在一个女人身上,女人的肚皮破了,灰色内脏流在发烫的柏油路面。许多穿短脚裤、戴口罩的士兵,推着平板车,把死尸装进白木板钉起的棺材。

那些日子,要是你搭乘着一个氢气球,飞临黄浦江和苏州河,就能看到这样的景象,花园桥上的人,比季节交替时过江产卵的鱼还多,他们肩挑手拎,背驮臂扛,从钢架桥上蹬蹬蹬蹬跑过,失魂落魄地朝公共租界潮水般涌来,好像桥的那头有一朵雨做的云,而他们不想被雨淋透。要是你瞪大双眼,还能看到他们脸上惊恐万状的表情,那些有钱人,把一捆捆金圆券,绑在腰间,把沉甸甸的金条,揣在怀里,十根手指头上,都戴满了戒指,戴不下的,就用麻绳串着,拴在腰上或头颈上,一跑起路,浑身哗哩喀喳响,如同山间铃响马帮来。花园桥一头连着外滩,一头连着礼查饭店,礼查饭店属虹口区,是日本人地盘,"八·一三"之后,门庭冷落,陷入倒闭。数以万计的人涌向了租界,租界关闭大门,小日本趁机出动轰炸机,把等候在租界外面的人,炸成一团团模糊血肉。租界边缘涌现了许许多多棚户,大世界娱乐场、城隍庙、老天主堂、鲁班殿、黄酒公所、煤炭公所、梨园公会,都成了临时避难所。

在那座城市,出门已经成为一门艺术,因为每次外出,都可能一去不复返。街巷里,到处是带钩刺的铁丝网,扎着绑腿的军人,没日没夜地挖着堑壕,用沙袋堆起一个个街垒。那天午饭后,我去先施公司办点事,那家公司不仅有漂亮女店员,还有神奇的载人升降机,那是一个晴转多云的八月的下午,不夜城的天空有着平日少见的湛蓝,空气稀薄敏感,阳光亮得晃眼,柏油路被太阳晒得软绵绵的。一路上,我保持着缓慢步伐,东张西望,走得十分当心,在一个十字路口,站在游步道和车道交叉口,跟大概十多个人一起等红绿灯。那会儿,我的鼻子闻到面包房飘出来的,布丁和奶酪的甜腻味儿,我看到阳光恰好照在先施公司塔尖上,使那幢威风凛凛的七层建筑,泛着圣殿一般的光,若不是街头林立着的用粗木架起的十字叉,若不是十字叉上还拉着带钩刺的铁丝网,若不是银行商厦门口堆叠着的,将石头门窗堵得死死的沙袋,我简直以为今天是一个好日子。

有那么一瞬,四周突然变得极静,那种静是一种令人毛骨悚然的静,在此之前,我还听到汽车喇叭声、电车声和行人交谈声,听到电线在高空发出的嗡嗡声,听到黄浦江上传来的战舰低沉的轰隆声,一个大家伙,带着尖锐的呼呼声,旋转着,穿越热辣辣的空气,飞向那座泛着金光的圣殿,并且因为重力加速度,朝下急坠。此前有那么一瞬,我身边的万物,还保持着原先模样,有轨电车叮叮作响跑来跑去,咖啡馆飘出的意式摩卡的气息,行走或静止的人群被八月的热风掀动的衣袂,一声巨响之后,仿佛盘古开天地,天空和地面瞬间汇拢,又猛然撕裂,地底腾起一条火龙。那一瞬间,我看见身边和不远处的人,恐怖而绝望的瞳孔与表情,马路上的建筑突然消失,像是被一根看不见的线,直接牵入了空中,发出的轰鸣好像成千上万吨冰雹嵌入屋瓦,随后所有东西重新出现,跌落在地,七零八落,仿佛操纵它们的高手顷刻间昏死过去。

一股热烘烘的散发着焦味的气流,把我掀翻在地,模糊了我的视线,眼前五彩缤纷,石块和残片发出噼里啪啦乱响,雨点一样砸在我身上,我还没有弄清楚怎么回事,就被梦魇一般可怕的东西死死压住了,我紧紧抱住头,缩成一团,心想这条命保不保得牢,就看老天爷了。等我睁开被灰尘封住的眼睛,发现自己的脑瓜、手脚俱在,心中不由一阵激动,一动弹,却觉得浑身火辣辣的,浓烟呛得我要命,一股浓重的血腥味涌入我的鼻腔,我探手一摸,怀里又软又沉,低头一看,我的妈呀!我竟然搂着大半截血赤乌拉的女人大腿,腿上套着黑色镂空丝袜,一只小羊皮系带红色高跟鞋牢牢地穿在脚上,我吓得魂飞魄散,却无法动弹,原来我被一块崩断的水泥预制板压住了。透过木头与水泥碎片,我看到周围的景象,一辆倒栽葱烧成木炭的黄包车、几部冒着浓烟只剩一副骨架的小包车、被炸断的马路、倒在马路中央杂乱闪烁的红绿灯。再往前,就是破碎的钟楼、黑色的砖块和碎瓦、震歪的门框和大量的碎玻璃,此外,还躺着一个人,血赤污拉的颈项,一副标准上班族打扮,大翻领格子衬衣,衬衣的领子翻在西式罩衣领子外面,脑袋不知去哪儿了,我吓得闭上眼睛。我不知道在尸块和水泥块间，待了多久，耳边传来各种叫喊，之后是警笛的呼啸和杂乱脚步声。一个人跑到我身边，他跑过去，又跑回来，掸去我身上的水泥沫和碎块，对我弯腰察看起来，发亮的钢盔晃得我眼晕。他高声叫出我的名字，并且摇晃着我，使我疼痛的地方愈加疼痛，他撩起我的衣服，看了又看，叫来一个人，搬走压住我的水泥预制板。你没事吧？在了无生气的废墟中，听到他熟悉的声音，我的心像是被开水狠狠烫了一下，泪水顿时涌出眼眶。我试图站起来，却感觉两腿像弹琵琶，又瘫坐在地，胃里面如同翻江倒海，我坐在瓦砾堆上呕了很久。他伸出戴着袖章的手臂，不由分说背起我，踩着瓦砾，疯了似的跑起来，不知他哪来这么大的力气。我的脸贴着他的背脊，听到他粗重的喘息声和心脏的剧烈撞击声，觉得这辈子真是碰上了好兄弟。一路上，我看到许多地方，裸露着一根根扭曲的钢筋，一张张被烧焦的人皮，一堆堆烤煳的头发。一个小男孩倒在地上，身边有只牛皮纸袋，面包棍散落一地。一个浑身血污的女人，趴在一个男人身上哭泣着，那个男人穿着卡其布外套，双手向前伸出，贴着行车道，脑袋下的碎石子路上，有一滩发亮的血。他背着我，穿过残垣断壁，绕过坍屋破楼，穿过被炸断的马路，一个劲地跑啊跑，一直将我背到店里，交到我的父亲手中，水都没顾上喝一口，用袖子擦擦额头，跳上一辆吉普车。车子开动时，我记得他把脸转向我，跟我挥手道别，他的笑容疲惫而恍惚，仿佛我们已相距万里。

仗打得越来越凶，整个大上海，像一口沸腾的锅，每个人只有一个念头：离开上海！离开上海！城市变得空空荡荡，到处是紧闭的门窗和栅栏，即使没有实行宵禁，亦是门户紧闭。枪炮声和防空警报响个不停，照明弹在头顶开花，把世界照得比舞台还要雪亮。屋外，除了军车的呼啸声，就是冷风、狗吠和街灯投下的阴影，除此以外，远处迟钝沉重的炮声,成为我们耳朵里回响的唯一声音。租界里,只有纠察队是活泛的,打着绑腿、戴三角帽的纠察员,裤腰后别着小手枪,骑着自行车,吹着哨子,晃来晃去,没事干时,就凑成一桌打红五。人一旦没了安全感,穿得光鲜也就失去了意义。我的父亲把四十瓦的灯泡,换成了十五瓦,不光是节约,更是为安全,当我们的眼睛习惯了黑暗,也就顾不得体面,每天穿着睡衣和睡裤,扣子一颗也不扣,或者干脆打着赤膊,光着脚,在黑暗中吃着碗里的食物:一碗冷泡饭、半瓶霉腐乳或嚼几根霉干菜。我的父亲把长衫撩起,塞进裤腰,苍白着脸,走到窗边,猛地拉开窗帘,或是勇敢地把头探出去,冲着黑暗破口大骂几声,猛地把门反锁,用沉重的橡木凳子顶住,两条腿不受控制地抖动着。他还搞来沉甸甸的沙包,垒在玻璃橱窗的四周,躲避邪恶的流弹。常常地,一连好几天都没有电,我们只好在煤油灯、烛光和电筒光下打发时间,陪伴着熄了火的炉子和覆满灰尘的工作台,尽管空气浑浊,总好过露宿街头。

战争持续到第三个月,上海市民麻痹了的心情,被苏州河岸所吸引。我和王小毛也去轧热闹,趴在一览无余的岸边,呼吸着深秋滞重的空气,盯住对岸,在对岸,中国军人和日本军人的直线距离仅二三百步。一旦发现日军偷袭,岸边围观的人群,立即大喊大叫,敲锣鼓、脸盆,往黑板上写字、画图,拼命提醒守军注意。守军们一直在争斗,高唱《义勇军进行曲》,胸佩决死标志,卷着衣袖,钢盔闪闪发亮,每人都写下了遗书,致爹致娘致媳妇致孩子,用机枪、步枪、手榴弹、迫击炮弹,回敬小日本。每当看到中国军人消灭一个小日本,苏州河两岸的人们,就热烈欢呼,敲锣打鼓,比过节还热闹。哦,这期间还发生过一件事儿,那个清晨,透过硝烟和大火,我们望到布满榴弹炮和机枪弹痕的仓库顶上,升起了一面国旗,看了报纸才知道,这件事儿是一个身穿童子军服的十八岁姑娘干的,她偷偷游过河,把旗冒死送到了阵地上。他妈的,这位姑娘真是一条女汉子,真他妈是好样的!闸北沦陷后,我们决定放弃店铺,一刻不停地打点起了回家的行头。我的父亲吩咐我把钞票,缝进衣服缝隙和衣角,把金条缝入鞋底,对一个裁缝来说,这不是什么难事,难的是他让我拆了又缝,缝了又拆。打道回府前,我的父亲给了王小毛一只金戒指,交代他看守店面。我们把值钱的东西,装入那口深棕色的手提箱。我们起早落夜,拎着沉甸甸的手提箱踏上了返乡路,走大路不安全,决定从诸暨绕道回东阳,翻山越岭,快到邻北周时,遇上了日本人,逃命途中丢失了那只手提箱。我拼命回忆,估计是从泥坎往下滑时弄丢的,因为那会儿日本人的枪声,正擦着我们的头皮,当时谁也没想到那只皮箱。那是一个有月亮的晚上,我们往回找了一段,依然一无所获。一回到家,我的父亲就生起怪病,嘴里老是念叨这句话:哎呀,我的金条呀。哎呀,我的金条呀。我只好宽慰他,阿爸,强盗不会白拿去的。我的外公说到这儿,已经完全沉浸于一种极度的消极、忧郁、近乎悔恨的状态中。

作为淞沪抗战的见证人,外公滔滔不绝地对我叙述了一个上午,我在愤怒的驱使下,奋笔疾书,圆珠笔沙沙作响,发出阵阵蚕宝宝吃桑叶的声息,不一会儿就记满一整本采访本。我从包里掏出第二本,接着记,不一会儿,第二本也记满了三分之二。在此期间,我喝下外婆两次为我添的糖茶,咽下一只嫩乎乎的玉米棒、两只芋艿和十几片番薯片,整个采访过程中,我几次打开本子,又合拢,旋开笔盖,又盖上,肚子越来越饱胀,胸中充满对小日本的深仇大恨。午饭时,外公没喝酒,只吃了一个馒头、半碗豇豆粥。吃好饭,太阳已爬上了廿四间的窗棂,外公本人也躺回到那把眠交椅里,凭良心说,我不想再打搅他,何况我本人午饭的时候,忍不住又吃了几块霉干菜焐肉,肠胃已超负荷,昏昏欲睡,好像得了胃下垂,但是在职业精神感召下,尤其是基于写一篇轰动性报道想法的鼓舞下,我恳请外公再帮帮忙。我对外公说,早上所述,尽管极具史料价值,但我们报纸却较难刊登,正面战场的抗战尽管严峻,但抗战胜利靠的并不是国民党,坚持政治家办报这根弦,不能松。何况那些事儿,发生在上海,杭州的报纸报道上海的事儿,没什么大必要,因为那是上海记者该干的活儿。我希望外公的料,能为我抖得多些、再多些,否则我就出不来好稿,我一旦出不来好搞,各种新闻奖就同我浑身不搭界了,我的中级职称麻烦也大了,把大头照贴到食堂门口,更是成了八竿子都打不着的事儿了。听了我的话,我的采访对象躺在藤椅里陷入沉思,看得出他完全被我的真诚打动了,并且深信自己一定能帮到我。当我再次打开采访本,旋开笔盖,外公一扭脖颈,解开的确良假领头最上面的两颗小扣子,振作了精神,以略带疲惫的沙哑声调,张嘴说道:

亲爱的塌鼻,民国三十二年农历四月十九日,晌午时分,我担着一桶料,来到万人洞旁,正替小一垄菜地施着肥,附近很多人正在割麦,远处忽然传来马的嘶鸣,尘烟滚滚,几个割麦的人,从远处的田地里跑来,边跑边喊,日本人来了!苦楮树下,有两个人,正坐在树下吃饭,一听张嘴就骂,癫了!日本人怎会到上宅来?我想想也对啊,国军在大路上,设下很多路障,东阳江上的桥也拆了,就算日本人真的来了,也没这么快啊。这时,枪声响起,朝我们跑来的人,稻草人一样栽在地上。我伸长脖子,看到一面膏药旗慢慢地,从田头露出,紧接着是一大群黄军装,我一下子就惊呆了,我趴在苏州河边看过打仗,认得国军穿的是灰军装,日本人穿的是黄军装,啊!我都看到日本人帽子上那两根一飘一飘的屁帘儿了!我这才确信,发生大事儿了,日本人来了!日本人真的来了!日本人打到上宅来了!他们走的不是寻常路,他们不是从大路上来的,而是从田头冒出来的!他妈的,他们竟然来得这么快!

这时,从北面传来发动机声,两架义乌方向飞来的飞机,尾巴喷着白雾,前面一架负责扫射,后面一架,负责从肚皮里倒山芋。我把料桶一扔,往苦楮树下跑去,飞机俯冲过来,若不是冲着我,也是冲着那棵苦楮树而来。飞机飞得很低,带着隆隆作响的闪光螺旋桨,眼看都快要碰到树尖了,我不但看得到机尾上的膏药旗,还清清楚楚看到,坐在驾驶舱玻璃罩内,戴着飞行帽的凶相毕露的驾驶员,咧着嘴,像一头豺狼。一梭子弹几乎擦着我的裤脚,扎进泥土,身边传来一声惨叫,一股热热的东西,溅到我脸上,一个正在树下吃饭的人,脑浆溅出,扑倒在地,另一个仰面朝天,一张脸像糊着摔破的鸡蛋。我刚逃离苦楮树,一颗铁山芋落在地上爆出一团火,那棵活了几百年的苦楮树,被连根拔起,倒插在地,地面炸出一个大窟窿,热浪把我掀翻在地。两架飞机掉转头,在空中留下一溜奇形怪状的蘑菇朝村庄飞去。

日本人打来了!日本人打来了!我像踩着风火轮,边喊边朝村庄跑,子弹在后面追,一颗把我的斗笠打飞了。一个手持镰刀跑在我前面的人,突然停下,我跑过他身边,扭头一看,他两眼中间开了一个洞。我跑进廿四间,一眼看到阿爸姆妈,躲在八仙桌下发抖,小娥一手摇一个篾箩,哄着马坦和牛坦,一见我,马坦和牛坦哭喊着,脸朝下,爬出篾箩,咿咿呀呀朝我爬来。快点逃命啊!我一把抱起双生子,冲着桌子底下喊。我阿爸只顾发抖,说不出一句话。我是小脚,逃不动的。姆妈忧愁地说。在我们说话的当口,小娥已利索地换上了一件我的外套,脸上抹着锅灶灰,同包公一样。我们可以躲在阁楼上。小娥黑着脸,镇静地说。她见我还在犹豫不决,叹了口气,生死由天,你快走吧!她催促道,伸手接过孩子。我一想,不能把鸡蛋,全装在一个篮子里,我夺过马坦,下了命令,你抱着牛坦,快跟阿爸姆妈躲楼上去!村庄着火了,火光像织绸的梭子,掀起黑色浓烟,吞没了狗叫猪嚎和人声。没时间再多说多想什么了。我等他们一上阁楼，立即抽掉楼梯板，用稻草和柴禾把楼梯口封实，从下面看不出什么破绽，我把楼梯扛到后院，藏到阴沟里，用稻草和麦磨盖住。肚皮咕咕叫，经过灶头时，我拿起一只粗瓷碗，在锅里舀了碗夹生饭，把马坦往胸前一裹，头也不回地冲出台门。村里响起放炮仗一样的声音，我往几里外的山坳里跑，半途遇上一队沿溪滩而来的日本马队，我跳入了溪滩，站在齐腰深的溪水里，壁虎一样贴在散发着腥气味儿的溪岸边，头埋在塘坎的茅草蓬里，用身体护着马坦，直到马队走完。马坦这孩子，很乖，一声都没吭，也可能被吓傻了。社姆山上，有个灵峰寺，寺下有个斤丝潭，一个叫永生的和尚，给逃上山的村民，拿来水和番薯藤熬的粥，还给马坦一只热番薯。我这才发现两腿发软，饿得前胸贴后背，从家里带着出来的那碗饭，早已不知去向。整整一个晚上，我趴在潮湿的散发着腐草气息的岩壁上，支棱着耳朵遥望村庄，一颗心揪紧得像是要淌出血来，全身糠筛似的抖个不停。这位上宅大屠杀幸存者之一，说到这儿，如同寒蝉噤声。

　　火光映亮了阁楼，炒豆子似的枪声越来越近，爆炸声中混杂着人畜的哀嚎。你听到一阵急促脚步声，滚过卵石路，越来越清晰，之后传来说话声，台门被猛地踢开，一梭子弹打在堂屋柱上，木屑四溅。透过阁楼的木板缝隙，你看到敞开的门内，探进一把又长又亮的刺刀，接着是一只深黄色的高筒靴，然后是半个罩着迷彩的钢盔，然后是一整个倾斜的肩膀和黄背包，一个端着枪，弯着腰，迈着罗圈腿的日本人，完整出现在你的视线里。门堂里，响起一阵皮靴踏在茅草和柴禾上的杂乱声音，一个接一个，总共三个日本人，走在中间那个，穿一件满是褶纹却非常白的衬衫，唇上留着黑髭，腰上挂着刀，站在天井里吸烟，嘴边的烟火头闪烁。两个日本人，拉着枪栓，一个戴眼镜的日本兵,冲着柴禾堆刺去,将瓦罐打得粉碎,另一个用枪尖挑翻了鸡舍。他们窜进灶间,一个用枪柄把坛子戳了个洞,米酒流了满地,另一个踩上灶台,摘下礼篮,取走一块火腿肉。唇上留黑髭的日本人,掀开米缸盖,解开裤子上的纽扣,露出生殖器,朝缸里撒了一泡尿。

日本人进屋翻箱倒柜,提起枪托,砸掉铜钿橱的锁,扯出荷花被和几匹土布,抖在地上。戴眼镜的日本人,往帐子里猛刺两下,扬起一阵棉絮,跳上床,摘下布帐,连着帐门上的绣花帐眼,一并反手塞入背包。忽然,他伸着脖子,直愣愣打量墙上一面镜框,镜框内,有一个行走的身穿月白色旗袍的袅娜女子,旗袍的一角,被一阵来自湖边的风吹起,露出一截细白的腿。戴眼镜的日本人,咧开嘴,摘下镜框,用袖口擦擦,正想收入怀中,背后突然传来一声长嚎,唇上留黑髭的日本人,伸手给了他一巴掌,夺过镜框,看了看,咧开嘴,口中念念有词。戴眼镜的日本人,嘴角淌着血,开始回击,两个日本人在屋里厮打了起来。

狗日的东西,连我的照片都抢!你心中痛骂着。污浊的空气里,牛坦睁着亮眼珠,望着你,你低头亲亲他的额,他皮肤下的血管像淡蓝色的蜘蛛网,你用汗湿的手,捉住他的小手,轻握一下,那只小手也回握你。借着窗口反射的微弱光线,你看到公公浑身颤抖,脸埋在稻草堆里,婆婆闭着眼,无声地念着阿弥陀佛,你解开纽扣,手指哆嗦得厉害,将肿胀的乳头塞入牛坦的嘴巴,他乖巧地含住,一边吃一边伸手玩着你的发丝。唇上留黑髭的日本人,冲戴眼镜的日本人怪叫着,拔出手枪,一排子弹在楼板上打出一行整齐窟窿,有几颗钻进柴草窠,稻草飞了起来。牛坦一震,吐出奶头,力道很大地哭起来,赵守义从稻草堆中探出头,脸白得像一张纸,又一头扎进稻草堆,婆婆吓得缩成一团。你猛地搂紧牛坦,用乳房堵住他的嘴,你的力气是那么大,像是要把牛坦重新塞回肚子里,牛坦的哭声顿时像被一大团棉絮塞住,小身子有力朝后挺着,两腿蹬踢着空气。唇上留黑髭的日本人拔出了佩刀,对着空气挥舞,戴眼镜的日本人一见这阵势,咧着被鲜血浸透的牙齿,狂叫着窜出屋子。

赵金川抱着马坦回到村庄,锦溪桥下,近百米竹林已变成一片焦土。村庄里,冷冷清清的,燃烧的房梁发出倒塌声,空气里充满血腥气和焦味。到处都是尸体、变黑的鲜血和烧焦的房子,躺在圈里的猪,满地是血,两只后腿被割走。一些村民,在烧焦的屋基上,挖着刚收割的残存火烧谷。跑进廿四间,他看到坐在地上抱着头的阿爸,看到仰着脖颈,一把一把揉着胸口的姆妈,看到鱼一样沉默的小娥,看到牛坦那张静止的、青紫色的小脸。夜里,点着稻草火把的、无家可归的人,游魂一样在村庄游荡,在浑浊的锦溪边呼喊。橘黄色的溪水在火把下痉挛,混合着各种招魂的人声和铜锣声。后半夜,下起了暴雨,浇灭了烧焦的房梁,冲刷着地面的污血,制造出地狱一般的效果。[1]

春天时,你费了很大的劲,在一片荒山上,砍去荆棘和杂草,种了几棵南瓜秧。天旱雨少,南瓜秧差不多都被晒死了,却有一株活下来,还结出一个拳头大的南瓜。你经常去浇水、施肥、除草,那只南瓜,也越长越大,最后几乎长到一只石捣臼那么大。那天,你兴冲冲去摘瓜,却发现南瓜不翼而飞了。

那个烈日当空的正午,你坐在瓜田边,声声哭诉,句句悲鸣。没

---

[1] 据《东阳县志》第 271 页记载:民国三十年(1941 年)4 月,日本侵略军分两路大肆骚扰南乡。5 月 14 日,日军四百余人,在萧山伪军带领下,从诸暨牌头经义乌苏溪,进入东阳境内,到达茅棚后,一路过杨树蓬小岭头,扑向陈村。日军主力中午扎营上宅,次日炮轰县城,并分兵窜扰北乡 11 个都乡,炸毁房屋 1096 间,震塌 214 间,死 160 人,伤 63 人。

有的笃,没有檀板,没有水袖轻甩,一开头,你采用的是广为人知的《白蛇传·护塔》调门,瓜去田空空寂寂,耳边寒风阵阵紧。两行热泪胸前滚,眼前飞雪乱纷纷。揩一把伤心热泪泪难禁,扶一扶无情瓜藤身如冰,我求苍天天不应,我求大地地不灵……你的声音,像空气里的陀螺打着战,随后进入了自由切换。你交代起那只失踪南瓜的地理位置,以及前生今世,东阳县,出南门,翻过一道黄泥岭,走过十里野猫路,岭边有块癞痢地,癞痢地,天照应,生出一只大南瓜,一只南瓜像麦磨……

接着,你采用东阳道情的叙述方式,声讨那只不争气的南瓜。骂一声你这笨南瓜,竟然不知主人苦!可记得,我为你把秧来栽,我为你把水来浇,我为你施肥又除虫,我为你风餐露宿卧草亭。看你发了芽儿长了苗,瓜肥叶壮惹人爱,个大皮厚籽也多,救济全家度苦日。多少回,我对着你诉衷情,多少回,你见过我辛酸泪,我一日到夜做个死,三天织就鞋五双,薄粥稀汤口难糊,夜里眠个稻秆窝,头发蓬蓬像田螺。一双破鞋无后跟,一件破衣两面分,一条破裤留落一股筋。笨南瓜啊笨南瓜,你是我栽来是我养,谁知你瓜大不中留,不告而别没良心。揩一把伤心泪水泪难禁,扶一扶无情瓜藤藤已空。有道是,种瓜得瓜种豆得豆,谁知天旱偏逢井水干,屋漏偏逢连夜雨。笨南瓜啊笨南瓜,你若还有报恩心,怎会随便让人摘了去,辜负主人一片心!

接着,你抹了一把眼泪,开始骂起做贼佬。骂一声没心肝的做贼佬,良心被狗吃了去。月黑风高来偷瓜,斩草除根心太凶。我家中只剩糠二升,三捆干柴灶边立。公公生病卧在床,婆婆终日泪涟涟。做贼佬啊做贼佬,今日你偷了我的瓜,端起碗你怎咽得下?眠上床你怎困得熟?你澟了一把鼻涕,接着开始痛骂起了日本人。骂一声千刀万剐日本兵,狼心狗肺似禽兽!飞机大炮机关枪,来到中国烧杀抢。杨塘山炮轰东阳城,人间变成了活地狱。烧了房屋烧凉亭,抢了大米抢棉纱。杀了牛羊又杀猪,抢了鸡鸭又抢鹅。锅灶里面把屎拉,米缸里头把尿撒。可怜我的牛坦儿,恐惧啼声招灾祸,活活闷死在怀中,千刀万剐日本佬,这笔血债永难忘！你哭着骂着,骂着哭着,泪水从你脸上流下来,又被太阳晒干,在你的脸上形成一幅纵横交错的图案。每一个路过的人,都情不自禁地停下脚步,围在你身边,听着你的哭诉,抹着伤心的泪水。你整整骂了三个小时,尘土满面,活像一个土地婆。

第五部

尾声

1

二十世纪八十年代,一个初冬的午后,一个西装革履的老头,拎着旅行袋,斜着肩,穿过蹩折小弄,跨入廿四间,他的身后,跟着一群看热闹的小孩。老头叫王小毛,圆脸豆子眼,尽管离乡多年,乡音未变,在跟赵金川夫妇,一阵透不过气的拥抱,一迭连声带泪寒暄后,王小毛取出两盒凤梨酥、两盒酥饼,交给赵金川夫妇,并特意交代这两种特产,是他在台北总店,排了一个多小时队才买到的。饭桌上,这位害着极度思乡病的人,尽管声称患有前列腺、糖尿病,但在咽下蒋小娥煮的酒酿佘蛋后,对着满满一桌子的瓦罐鸡、上汤螺蛳、霉干菜烧肉和烤豆腐,依然长吁短叹,频频举箸,并喝下了一斤红曲米酒。在跟赵金川长达五个多小时的交谈中,王小毛几乎在吼,他说耳朵是金门海战时,被大炮炸成半聋的。对于赴台前的情况,这位年逾古稀的知情人是这么说的:

哥啊!你跟师傅回去后,店里情况很糟、非常糟,生意一落千丈,基本上已经到了,黄鹤一去不复返,白云千载空悠悠的地步,我的心情更是糟透了,枪炮声和防空警报,一天到晚响个不停,每个人都在打点行装,或者在离开上海前,跑到霞飞路最后白相白相。去台湾的票,根本有价无市,为买一张黑市船票,差点儿丢了性命。说到这儿,王小毛惨然一笑,脸上闪过一丝悲戚。当时我想,要是你在就好了,要是你跟我一道走就好了,可谁知你是个恋家的人,尽管很多人,当时情况跟你差不多,但他们依然选择了背井离乡,咳,命运的事儿,真是说不准! 一提起去台湾的那段经历,时间、地点、人物、事件,似乎都刻在王小毛的脑袋里,他讲了如何报名应征入伍,去了台湾,尽管当时完全不知,这一去就是踏上了不归路。复原后,他踏过三轮,贩过莲雾、释迦和榴莲,还兼做过人体模特,后来在台中的鹿港小镇,开了一家小东阳裁缝铺,这个裁缝铺就在妈祖庙后,那个庙不大,香火却很旺。不久,他跟一个当地女人结了婚,育有一女。

　　哎呀,一激动,差点忘了要紧事! 酒过三巡,王小毛红着脸膛,拍拍脑袋,打开旅行袋,取出一个深绿色军邮包,两个装着透明液体的玻璃瓶,一脸慎重地交给赵金川,这是你一位老朋友,让我转交你的。赵金川用并不太淡定的神色,望望王小毛,打开军邮包,里面有一封信、一个长方的木匣,信封上是毛笔写的繁体字:赵金川兄台鉴。并无落款与地址。王小毛向赵金川讲述了,跟写信者初次见面的情景。那是一个平安夜,下着雪,台湾很少下雪,但是那年的雪,很大,非常大,把阳明山都整个儿地盖住了,我到荣民总院,跟一批牙齿掉光的老兵过节。我们唱了《保卫黄河》、《大刀进行曲》,又把《黄河大合唱》的八个乐章,唱了一遍,唱得热血沸腾,老泪纵横,有人提议每人再来一段家乡小调,我就来了段越剧,当然唱的是独角戏。我回到座位上,一个长官模样的瘦高个儿,走到我身边,问我是不是浙江人,并且自我介绍他是奉化人。我认出这个看上去面善的人,就是当年接你去替蒋夫人做衣裳的副官,他老了,但依然很帅。得知我曾是霓裳服装店的学徒,他兴奋异常,那晚我们干掉了两瓶金门高粱。之后,我们又小聚过两回,他是外省人返乡探亲促进会负责人。当我跟第一批老兵,返乡探亲之前去看他,没想到他已不行了。病榻上,他说有件事想请我帮个忙,当时就将这包东西交给了我。这位姓方的先生,一个月前过世了,我这次回来,顺便也是替他处理一些后事。说到这儿,王小毛叹了一口气,用鼓励的眼神望着赵金川,似乎向赵金川输送某种勇气。赵金川捏了捏信,抽出信笺,一行墨迹新鲜的字迹映入眼帘。

  亲爱的兄弟:

  你还记得我么?过不了多久,江南又该是草长莺飞时节了吧?今托小毛先生转达问候,他是你的乡党,亦是余在台挚友。余居岛上四十年,近年迭遭家人丧故,先是老妻,后是养女,余缠绵病榻,亦有多时,虽强撑坚忍,乃因罹疾已至晚期。卧榻之上,思忆万千,弥留之际,始觉人生最重要的,不过是情感,上帝给人以丰富感官,只为让我们来世间一遭,感受那些预设心底的万般柔情。

  老朋友,你可曾记得,昔日余向你倾诉心中之情愫?余觉得的珍宝,曾于乱世遗失,后半生一直沉溺悔憾,这些信札乃余当年所写,一片痴情,无处投寄,这枚蝴蝶是她留给余唯一之信物。若你能找到她,可否交给她?若你真的能找到她,请告诉她,余之内心常年波涛起伏。倘若她已离世,请将旧物付之一炬,那么,她在天国亦能感受到余今生不死之爱恋。

  亲爱的兄弟,还记得我们一起喝花雕么?我们已经多久没在一起喝酒了?浮生若梦,如幻如电,每每看到电视里,故园的万里江山,余之内心便会浮现花雕的香气,余还多次梦见去你老家喝红曲酒的情形呢。托小毛先生顺带金门高粱二瓶,此酒醇厚刚烈,口感余味,风格一致,恰似我俩手足之情谊。余嘱小毛先生返乡之际,代办几桩事宜:将余骨灰葬溪口老家西侧山腹之南。从人寿保险金中,拨一万美元,捐赠奉化中学。

颂安

士雄叩首

民国 X 年 12 月 12 日于台北

夕阳西下,王小毛跟赵金川夫妇惜别,相约明年返乡再聚。送别王小毛,赵金川盯着桌上深绿色的邮包和木匣,心中激荡着一种复杂情绪。他点了一根烟,若有所思地抽了一口,戴上老花镜,抽去木匣盖,发现最上面,有一只绿丝带编织的蝴蝶,底下是一叠发黄的毛边纸信笺。每封信,都折成一个交叉的十字。他数了一下,共四封。他慎重地打开第一封信。

你,与我素昧平生的姑娘:

你一定会笑话我的愚钝吧?我不知道思念,竟是如此凶猛的事体,自从桥上遇见你,便无心再做其他。我永远不会忘记,民国十八年六月六日下午四点十五分,你身着月白色旗袍,倚在荷花盛开的栏杆上,眺望湖水的情景。那天,阳光灿烂,湖水温柔,我就是在那一天见到你的。那天晚上,西湖上空的焰火,也可以作证。

你,与我素昧平生的姑娘,倘若某天,我在茫茫人海里,又遇见你,那将是多么令人高兴啊。

一个你不认得的人

民国十八年六月十二日于　杭州新新旅馆

这封信后,有一首白话诗:

荷在风中摇着叶子
风在水中晃着影子
这上天注定时刻
我在人海中遇见你

我不知你来自哪里
也不知你的芳名
你似曾相识的神情
如白云掠过惊悸湖心

我流浪这个世间
怀着一颗空的灵魂
你的出现似一道光
惊醒我全部存在

此刻,我的心中笼着芳香
眼中一片汪洋
你的美如一朵莲深入记忆
你莞尔的笑容有若鸟群翩飞

赵金川呷了口浓茶,打开第二封信,一看抬头,茶水差一点晃出,心脏剧烈跳动起来,浑身的血液,好像顿时凝固。

小娥:
此刻你定然在溪边等我,我却坐上了驶往上海的列车。任务来得实在太突然。在动荡的小桌上,给你写这封信,我心如刀割。绿蝴蝶一路陪伴我,唯有它能够了解,我此刻有增无减的思念。我非常爱你,非常爱。尽管"爱"这个词,一说出来,就显得无力苍白,但是除了这个词,我找不到其他。

仿佛看到泪水,在你的脸颊上晃动,在昏暗的车厢里晃动,在我的生命里晃动。小娥,不要恨我,我一定会回来找你。

切切珍重

士雄

民国十八年十二月二十四日于　义乌—上海火车上

赵金川觉得嗓子很干,太阳穴那儿,像是有槌子在擂打,他猛吸了几口烟,面无人色地拆开第三封信:

小娥:

浪花如白鸟在大海的屋檐上翻滚,此刻,我在太康号军舰的甲板上给你写信。好不容易等到抗战胜利,我却不得不抛别家园,内心之隐痛,非笔墨能形容。今早,从溪口抵象山军港,带着大包小包,包括好几坛委座爱吃的霉干菜。正值退潮,太康号吃水深,没法靠岸,本打算用快艇,将委座送上军舰,他却非要坐竹筏。我们只好找来两名筏工,临时做了一个。直到天快黑了,委座才乘上竹筏,并要求把椅子朝大陆方向摆放。

此刻,星星微弱的光芒,在头顶闪烁,小娥,你知道么?它们的光亮是几亿光年之前发出的。不知道我心中这团生命之火,需要经过多少峡谷、高山与河流,才能抵达你的梦境。

我思念你,犹如思念故园的高山与河流,我多么渴望与你在一起。

士雄

民国三十八年四月二十五日于太平洋上

浓重的夜色像一群看不见的鸟群,煽动灰色翅膀,落在家具上,发出低沉的咕咕声。天完全暗下来,赵金川拉了一下电灯线,灯光打在肩头,在他的背后翻滚起斑驳投影。他将一口烟,喷在眼睛前,努力地克制自己,枯瘦哆嗦的手指,打开第四封信:

小娥:

"昨天我在西湖边,见到一张梦中渴望的脸。"第一次见你,我在日记里,写下了这句话。那个早晨写下的话,如今都快六十岁了。前阵子,我在街头望到一个人,便追上去,直至迈入一片花店,才发觉认错了。一到冬天,台北就落雨,树叶湿嗒嗒黏在地上,十分地凄凉,记得最后一次到杭州,西风也曾吹起遍地黄叶。我的年龄已经大得有点可怕了,但是在这个早晨,还能给你写这样一封不用投递的信,你对于我的意义,可想而知。

近年我以研究宗教、哲学打发光阴,黄昏时,我常去海边走一走。这个季节,没有鸟,只有芦苇昂着身子,叶片像时光锐利的刀。礼拜天,我会去教堂待一会儿,我喜欢看光线,穿过教堂的彩绘玻璃,在地上投射的光影。每当祈祷完毕,听到钟声响起,望着圣母玛丽亚那张忧郁而温情的脸,我就会想到你,小娥,你的脸上有一种静美。

每年的桂花开时,我总会想起你,想起跟你一起,坐在桂花树下听溪水的情形。不知是否还能闻到,明年桂花的芬芳,我只知之所以能够,活到这把年纪,是因为一直记挂你,我心中的上帝对我说,一个人只要发自肺腑地,爱着另一个人,他的人生就会有救。

小娥,希望有朝一日,我的灵魂能像一粒尘埃,回到你身边。

士雄

民国×年二月十日于台北医院

这封信后,是另一首诗,抄录得很齐整,赵金川几乎一口气读完了。

彼有佳人,与我相遇,
西子湖畔,灼灼白莲。
清扬婉兮,生之所系,
伊人曾在,牵我痴情。

彼有佳人,与我相知,
荷花桥头,回眸灿烂。
昔我长剑,日日拂拭,
伊人犹在,听我倾诉。

彼有佳人,与我相守,
皎洁月下,桂雨朦胧。
今夕何夕,鸳梦重温,
伊人何在,慰我相思。

彼有佳人,与我相忆,
大海之坻,寒茄长嘶。
梦中寄词,悲郁不断,
伊人安在,慰我孤冢。

桌上的茶早已冷了,一条又长又白的烟蒂灰,凝固在赵金川的手指间。电灯泡的冷光,使他的面色,接近一种被烟熏过似的焦黄。他觉得眼睛很痛,神思恍惚,像是行走在大雾的悬崖边,头脑里浮现出一些似曾相识的东西。那些几乎被光阴冲淡的影像,像是被岁月浮草掩盖下的河,泥沙俱下,不请自来。他觉得如梦方醒,又像是跌入深渊,紧张地思索着,整桩事情的来龙去脉,一些纠缠已久的事物仿佛都有了答案。他觉得疲倦,伸出手,却什么也没能扶住。迈入厢房,屋里黑乎乎的,她已经睡着了,桌上的自鸣钟,富有节奏地走动着,听上去像是雨打芭蕉。他靠在床头,没有拉灯,借着稀薄月光打量她,他已经很久没有这样打量她了。他不无惊讶地发现,曾经的美依然在她的脸上延续,尽管眼角处的鱼尾纹,已像折扇一般打开。他回想在这张雕花床上,他们曾经有过的欢愉和泪水,内心不由升腾起一股巨大而酸楚的柔情。他敏感、自尊、富有想象力,然而不幸却使他变得神经质,不得不跟头脑里营造的危险时刻抗争。他曾在自己的手艺里获得过满足,但是自从见到她,一切都变了,他的人生有了目标,他发誓成为一名旗袍高手赢得她的芳心。

他迷恋她的气息,她头发和皮肤上的气息,像雨后某种植物散发出来的气息。他迷恋她的嘴唇,像一只冷傲的菱角,在他的亲吻底下,又会变成一颗柔软的葡萄。英格丽·褒曼的嘴唇,美是美,但那种嘴唇,只适合拍照,只有她的嘴唇,让他一看就想亲个够。他熟悉她的一切,略带天鹅绒质感的皮肤,浓密发丝像是雨做的云,俏伶伶的双乳像枝头蜜桃,腰肢后的浅窝如迷人酒盏,她的尾骨那儿,有一小块突起的、像是尚未进化好的小动物的趾骨。他爱她,他的爱像火山岩浆一样滚烫而任性。当他的皮肤黏着她,嘴里吮着她,鼻子里嗅到她身上散发出来的,那种令他心驰神往的气息,会在心底默默说:

这是我的眼睛,不是其他人的。这是我的嘴唇,不是其他人的。这是我的脖颈,不是其他人的。这是我的乳房,不是其他人的。这是我的牙齿我的舌头我的泪水不是其他人的,脆弱的美感激发了想象和柔情,内心的狂风携着体内喷涌的热量,一次次带他进入无人称王的山谷。

当她在他的臂弯里沉沉睡去,他心头的爱还在持续,时常整夜保持着漂浮与不眠。他习惯聆听她的呼吸,他熟悉她身上不同时刻的呼吸,他觉得他们就像两株神奇植物,散发着丁香和肉桂的气息。她天生就是适合他的,无论何时伸出手去,他都会充盈,仿佛青草拥抱雨水,雨水渗入泥土。偶尔她会做什么怪梦,惊叫一声,他像哄孩子一样,轻拍她的脊背,或替她按摩一下脊柱。炎热夏夜,当她脱离他微微发酸的手臂,梦吃似的嘟囔热,他用扇子替她缓缓扇着风,克制自己不去碰她,那种时候,他的内心宛若一池秋水,好像她是他生的一个孩子。他时常想,要是她一生下来,就被他拥在怀里,就好了。在这多愁的人生航行中,她肯定会安全许多,对他来说,也一样。他会等她长大,学会说话、走路、初潮来临,等她爱上他,为此他有足够的耐心,要知道他一向是个自信的人。某个神圣的夜晚,他将为她解开发辫,用滚烫的躯体拥抱她,成为她一生的支柱和依靠。他将是她生命中第一个男人,也是最后一个,他是她唯一的主人。然而命运之神并没有考虑他的忧思,当他发觉自己无法享有,她过去所有每件事的第一选择时,便会抓狂。他听到许多关于她的流言,那些流言像看不见的棉纱线纠缠着他,又像贪婪的毒蛇吐着信子。

他无数次在假想中,寻觅她风流的痕迹,搜索着想象中的情敌,他希望一切都是假的,又认为那都是真的。他们争吵和冷战,并且在争吵和冷战后做爱,有时甚至边做边吵:野兽一样纠缠,彼此撕咬与吞噬。他渴望用欲火将流言,烧得一干二净,让内心的恐惧得以缓释,他一度以为这样是性感的。他自然觉出她对他的冷淡,尽管冷淡,偶尔也会带来意想不到的激情,他知道她曾试图离他而去,如果她真的永远对他不理不睬就好了,她却仍然默默地守着他,过去如此,现在如此,将来必定也是如此。她的沉静像一种武器,在她面前,他洞察一切的能力早已失却了效力。她是一面镜子,照出他的自私、狭隘和输不起。她把他击退了,她总是击退他,他决意与她紧紧联结,又拼命毁坏两人之间的亲密。他知道,自己若是不能控制她,就会被她控制,尽量装扮得冷酷无情,稍不如意,就拿她出气。她越是顺从,他越是觉得不对劲。她越是反抗,他越是妒火中烧,他发觉自己像一个暴君,更像一只可怜虫。

当一个人爱着另一个人,便成了全世界最擅妒的人,没有之一。当一个人身处嫉妒,就会紧张、无序,充满敌意。妒忌使他的心,变成一摊死水,再变成一摊臭水,最后变成一摊毒水。这种毒,慢慢渗入肌肤,侵入骨髓,消灭了柔情和蜜意,吞噬着肉体和灵魂。爱可以使一个人,变成一头温顺的绵羊,也可以变成一头嗜血的狮子。爱可以将一匹不羁的千里马,变成一只冥顽的大马蜂。没错,爱就有这样的能力。他不是柳下惠,也并非登徒子,他能轻易原谅自己,却无法宽恕他人。他嫉妒过别的男人,嫉妒过她的朋友,甚至嫉妒过他们的孩子,他怀着猜忌与仇恨,跟她做爱,当快感褪去,无情的事实,依然像退潮后的礁石凸现眼前:即使床第之欢,也无法干掉他心中的魔鬼。天啊,这太令人厌倦和痛苦了。

随着岁数增大,他觉得自己渐渐变得无欲、洁净,内心的依恋却在增强,他那颗敏感善妒的心,依然栩栩如生,充满想象。他开始做一些古怪的事:跟踪她买菜、上街、跟人聊天。潜意识里,他对自己的行为深感羞愧,他对自己说,赵金川啊赵金川,你就别丢脸了,想开一些吧。但是他做不到,他越做不到,就越生自己的气,当然更不能不生她的气。随着岁数增大,他发觉一件更要命的事,他已经做不动爱了,只余猜忌与仇恨。这会儿,她正好翻了个身,脸上浮现一种婴儿般的笑意,这种笑意,他并不陌生,早年夜半醒来,他也曾见到过她这种灵魂出窍一般的笑,过去他并不知晓她梦中浅笑的缘由,此刻他觉得自己约略是知情的了。他的目光长久停留在她的脸上,头脑格外灵活地思量着。她是梦见那个给她写信的人么?她是梦见她所珍爱的浪漫情意么?她的微笑像一滴硫酸,带着高度灼热,刺入他的灵魂,在他的心底蒸腾起一阵阵嘈杂鸟鸣。在她的梦里,他赵金川又是怎样一个角色?她是否也曾带着这样的笑梦见过自己?他觉得背脊骨那儿,有一些冷,这个跟自己朝夕相处近六十年的女人,其实是一个完全存在于他经验之外的人,他从未真正地了解她,他觉出一种深刻的无力感。

他怀着某种愤怒和屈辱的心情,一刻不停地想,倘若当初那个写信的人,跟她修成夫妻,多年后,当他们不再有心跳的感觉,不再有激情和浪漫,是否也会沦落到只余伤害与折磨?倘若他把那些迟到的信笺,交还她,还会激起她内心尘封的波澜么?尽管此刻,他只想立即烧了它们,这并不难,一根火柴就办得到。他想爬上社姆山,将它们埋入土壤,随枯叶腐烂至地壳深处。他想将它们撕成碎片,扔入斤丝潭,化作水汽消失在天地之间。尽管那个写信的人,如今已不复存在,但是,当他读着那个已不存在的人,写的那些发黄变脆的信,依然可以感受到,那个可怜人曾经如何地在爱的漫漫长夜中挣扎。那些蔷薇般美好的情感,闪烁着紫罗兰般凄美的色泽,多少年过去了,像一棵树,冲破岁月的阴霾破土而出,令人惊讶地顽强生长着。他意识到,比起那个不幸的人,老天待他并不薄,他却没有珍惜,对于自认为得手的事物,人们总是不懂珍惜,甚至不惜以糟蹋的方式去占有。此时此刻,王小毛从台湾带来的信物,像是对他莫大的讥讽和嘲弄。一阵浓雾从赵金川的眼中升起,他渐渐意识到,这些或许也谈不上什么不幸,而是生活给予他的,某种用心良苦的安排。活着是一件多么宝贵的事,许多问题都会得到解答。他的心底不由自主地,涌出一种感激,仿佛一股涓涓细流。他这么想着,泪水盈满了眼眶。

大片黑暗降落在黑暗上,他听到火车穿越南方旷野,车轮与空气摩擦,发出一晃而过的金属声。他觉得越来越多的风,从脚底吹起,将他托举着,像一片树叶缓缓飘起。他看到自己飘过天井缝隙长出的茅草、村庄连绵的屋瓦,飘过结着露珠的哗哗作响的庄稼地、生生不息的蟋蟀与蛙鸣,飘过杂草丛生的丘陵和旷野、东阳江一望无际的铁锈色江面。他听到自己呼啸着,穿越了大气,携带着所有身外之物,发出金属一般音色,朝着更为宽广的无限飞去。他在迷蒙中望到亮光,犹如大团乌云,被阳光驱散后的景象,又像暮冬时分,庙宇空心墙内透出的昏黄。他看到身边漂浮着,无数结晶体,这些复杂的芸芸众生,旋转着,发出炭火一般微暗的光,闪闪烁烁,莫衷一是,越来越密集,越来越庞大。他听到了钟声,在黑漆漆的时空中响起,如同暴风骤雨,敲碎了宁静,又衬托了宁静,深沉绵长的声音,像一条汹涌阔大的河流,裹挟他朝远方飞去,那浑厚悦耳的音色,真是美极了。

1937年平安夜,杭州失守,次年元旦,浙江省政府迁至永康五峰书院办公。五峰书院位于方岩寿山下,四周岩壑雄伟,瀑布从百米高的悬崖飞泻而下。尽管战火烧了一年又一年,一些埋藏心底的东西,却是时间和战火难以磨灭的。方世雄出了位于五峰书院的办公楼,走下青苔斑驳的台阶,跨上马,经龙湫飞瀑,便沿着一条笔直的林荫道疾驰起来。已是夏季,这一带却被沁凉气息包围,清幽宁静,像一个临时庇护所,将困顿战事暂时退避。寿山上,五座山峰,依次排开,峰岩如削,四壁如削,几缕烟雾从密林升起,挂在树梢上久久不散。

方岩山有位胡公,传说十分灵验,曾两度出任杭州知府,死后葬于杭州龙井山。

天上飘起毛毛雨,被苍翠的树木一挡,跟没下似的。方士雄一路上,渴了,掬一捧山泉润喉。饿了,打开行囊,吃几块玉米做的三角饼。当他伫立在上蒋城墙下,夕阳已将村庄照得血光一片,仿佛古战场狼烟过后的景象。当皮靴踏在小巷里,他感觉自己像是游子揣着一腔恋情,重返故园。他找到那幢旧式院落,叩响门环。门开了,门边立着一个面色青灰、蓬头垢面的老者。伯父!他认出眼前这张瘦弱而邋遢的脸,低喊一声,一丝悲哀攫住了心。天井里,长着半人高的草,一条黄狗,在石阶的缝隙里翻拱着,空气里弥漫着一股腐败气息。老者惊愕地瞪着眼,像块石头,布满倦容和老态的脸上,渐渐流露明显的悲伤,风雨飘摇之际,眼前的军人,还保有一份关怀与深情,令他心生愧疚与感激。他紧紧握住军人的手,垂下花白头颅,不禁哽咽起来。一周前,一队日本兵经过上蒋,发现蒋氏宗祠,兴奋地指手画脚,嗷嗷乱叫。汉奸对日本翻译解释,此处并非蒋介石祖宗所在地。日本兵一听,又是一阵嗷嗷乱叫,拖来几捆干柴,用蘸着煤油的火把,在宗祠放了一把火,就走了,幸亏躲在祠堂里的一位小脚老太,冲出来把火扑灭,宗祠才逃过一劫。三天后,又来了一架飞机,一颗燃烧弹投在附近,宗祠横梁被炸,早年修订的《蒋氏宗谱》被焚。另一颗落在蒋坤苏大屋附近,青石板冲破屋顶,从楼梯孔落下,蒋氏不幸被砸身亡。方世雄踩着松弛的沙土和败草,拨开被风拂到面颊的苇叶,来到江畔。江面上,泊着被炸毁的竹筏,芦苇在风中起舞,像愤怒呐喊,飕飕江风把他黝黑的双目点燃,仿佛要透出火焰。那天,她在溪边等了你一夜。他拾起一块鹅卵石,收入怀中,耳边回想起蒋坤苏苍凉的嗓音,两行热泪无声跌入浩荡的东阳江。

1949年1月21日,蒋介石宣布下野,当天飞抵杭州。浙江省政府主席陈仪,将蒋介石一行从机场接到楼外楼洗尘。次日,天阴沉沉地,侍从室奉命叫了几只游船,去游湖。一行人在清波门第一码头上了船。湖面风平浪静,只听得到桨橹声,一泓湖水在散落的村舍、菜花和稻麦点缀下,静静地流,一路上,连个钓鱼摸虾的人都没。船到钱王祠一带,湖面有淤泥堆积起的小岛,泊着迁徙到西湖过冬的鹭鸟,跟湖水形影相吊。

下午,天依然阴着,方世雄沿南山路一路前行。行人稀少,看不到人力车,不时有枯叶从树梢飘落,在空气里打着旋,飞上沉默的瓦当。这些年,他折道来过两次杭州。一次是清明,陪蒋氏夫妇回奉化溪口,为一所孤儿院开张。另一次是冬至祭祖。他从广福里,转入柳浪闻莺。湖边,一些仍绿着的柳枝,安慰人心似的拂着,岸边的椅子空着,几叶扁舟,仿佛当年的月色飘散。走到湖滨,灰色的天空飘起雪,起初是零星的几点,落在电线杆上,触着冬青的叶子和灰白草丛,便没了踪迹。本是游客冷落时节,往常,湖边卖念珠、茶叶和天竺筷的小贩,不见踪迹。经过学士路阵亡将士纪念塔时,塔上覆着一层浅而白的颜色,这座塔曾为纪念"一·二八"事变,驻浙国民革命军陆军八十八师,奔赴上海支援第十九路军抗战重创日军而建。1937 年 12 月 24 日,杭州沦陷后,日本警察署设在湖滨路上,与纪念塔恰好面对,日寇拿掉雕塑,用水泥封掉了塔台,还在上面建了个小亭,挂了口钟,立柱上刻着:兴亚之钟。1945 年 8 月,日寇一投降,此钟即被拆除,恢复成原先模样。方世雄对着纪念塔,行了一个注目礼,抗战时他曾在浙中三十六岗战役中,腹部负伤,所幸被当晚上山搜寻的村民发现,死里逃生。

断桥上站着三三两两的人,灰白色的雪,在暗下去的湖山之间纷纷飘落,不一会,便将世界染成一具空空的白。由断桥一路往西,梧桐树显得高大许多,暮冬的风,不时地将清新凉意吹向他,途中所过皆是幢幢阴影。经葛岭，迎面一幢红砖楼，令他漠然神凝，多年前那个仲夏之夜，她曾在此驻足，观赏街边花灯。那次，她就是从这儿穿过马路，去湖畔看烟花的。他默默的想。红砖楼的窗棂内，漏出几缕灯光，好似留声机黑白的颤音流淌。沿着覆着雪的矮冬青，继续向前，一幢淡黄色的建筑突破飞雪映入眼帘，铜质的大门紧闭，阶前杂草丛生，几株红山茶半掩雪中。那一刻，冻结的记忆又开始复活，他恍然目睹昔日盛况，车水马龙，衣香鬓影，华丽的大门豁然开启，过往的繁华和喧嚣，犹在耳际。过菩提精舍、春润庐，新新旅馆顶上那对红色圆顶依然，门口装点着圣诞树，小转门之间透出的光柱，映亮阶前的飞雪，他不禁伸出手肘，挡了一下，当年这里曾是西湖博览会总办公处。再往前便是秋水山庄，似有梅香越过高墙隐隐而至，与满城飞雪，在隔世的光阴里说着体己话。招贤寺对过的湖面上，昔日的九曲桥已消失不见，孤山和亭台楼阁，都白了头。博览会后，九曲桥曾跟西湖博览会纪念塔，被保留下来，直到1942年秋天，桥因腐朽过半被拆。湖畔，干枯的莲蓬顶着雪，仿佛盈满了一腔深情，一排竹桩伸向湖心，鹭鸟盘旋一圈，停在上面。他恍然又看见她端坐桥上的神采，一袭素衣，胜似白雪，明媚的体态，脱俗的面容，仿佛近在眼前，却又远在天边，多少年来，纵使行在千里之外，依然令他魂牵梦萦，刻骨铭心。他伸手轻抚身边白墙，长长的白墙，如同长长的时间，就这样渐渐退去，如同长长的生命，就这样渐渐退去，擦着指尖，伤心的疼，却再也见不到血。灰白色的雪，在暗下去的群山和湖面，交织起琐碎翻滚的意象，仿佛缓慢而甜蜜的销蚀身体的时间，于苍茫之中将他徒然笼住。昔我往矣，杨柳依依，今我来思，雨雪霏霏。他在内心咀嚼这样的句子，顿感足履之疲惫，仿佛一个十五从军，八十始归的戍卒。他抬起头，双手埋入大衣口袋，一种浓重感伤的诗情，浮上心头。

哦，我深深迷恋的女子，永远思慕的人，我站在湖边，看见湖水和柳枝,想起你。我路过红砖楼,看见斑马线和梧桐树,想起你。我永远记得那个初夏,你走在湖边,像一尾冷艳而孤单的鱼,迎空纷飞的长发宛若海底珍稀的藻类。此刻,我走在你曾走过的路上,看着你曾看过的风景,是不是就能够靠近你一点?倘若能够化身一片飞雪,我是否能够在旷野里,与你再次重逢?一个人要走过多少路途,才能体味到人生苍茫犹似水中倒影?即使那座木桥的魂魄,已随光阴和硝烟远去。即使岁月已快要抹去,我们曾经爱过的痕迹。即使灵魂中无所依附的孤独,永远像命运一般将我紧紧裹挟。但是,只要我的心还在胸膛跳动,我就永远记得那个黄梅雨季,曾在水天交接的湖面遇见你,从此为你成为一名蹩脚的诗人。那一行行滚烫的诗句,从心脏孕育,用血液晕染,自眼中滑落,像一滴融入西湖的多情的雨。听说一切跟西湖有关的故事,都是那般凄美伤感,都会变成传说,淤积成河床,化作湖水的一部分。听说只要掏出心,投进湖里,就再也不会有痛苦,然而,我却舍不得抛却这颗,敏感而笨拙的心,我愿为你成为离愁中的离愁,痛苦中的痛苦,回忆中的回忆。愿为你站成旷野中的一棵月桂树,披挂着思念,成为世间一道最静默的风景。我永远思慕的人,只要西湖的雨还在落下,鱼儿还在游弋,柳枝还在发芽,浮塔上的风铃还在吟唱,我就永远爱着你。即使我卑微的生命,像一颗流星或一朵焰火,不知道究竟是在飞翔,还是坠落,只要长长的白墙还在,岸边的梧桐还在,三生石上的传说还在,这废墟一般的人间,就永远有我的爱火飘飞。我对你的爱,像飞来峰一般突如其来,南高峰一般隽永恒久,苏堤的桃花一般缤纷灿烂,满觉陇的桂花一般馥郁缠绵,孤山的空谷回音一般,一声接一声,盘桓生命中的每一天。哦,我深深迷恋的女子,一切唯有遗憾,若你不再出现。

一阵从对岸南屏山传来的钟声,从湖面飘来,似远又近,似一种记忆和抚慰,萧瑟的湖水和树影,荡起阵阵涟漪。钟声里,褪去色彩的西湖,唯剩水墨晕染的浅灰,似一个江南旧梦,湖水缓慢,树影迷离,雪落入湖,悄然无声,古老的钟声,在寂静的时空中,一声又一声,缓慢而苍凉,传递出一种悲欣交集的心绪。他记得那个焰火之夜,听到的钟声是缠绵,是激越,此时听去,却仿佛一种离别之声。地面银光闪烁,风一吹,厚厚的树上开始落雪,天上白茫茫一片,湖面白茫茫一片,地面除了车轮的轨迹,亦是白茫茫一片,那白,是胜过一切色彩的白。他捡起一根枯枝,在雪地写下几字:把心作为墓地,我便飘零。因为心中眷恋,我便飘零。他把枯枝掷向湖心,那些前尘往事,像是被一阵风挟起,挟着雪花一般的轻愁,向着那一湖空茫,吹了过去。

2

那个春夏之交,我赶回上宅,在床头晕黄灯光的映照下,外公的模样吓了我一大跳:腮帮瘪落,眼窝深陷,皮肤像是搁置已久的植物。外公凝望着我,朝我伸出一只布满老年斑的、枯柴一般的手,似乎有什么要紧事要对我说。外公,有什么心事,你就说吧。我含泪握着他的手。外公痛苦地望着我,抖着唇,看得出他有求于我,我把耳朵凑近他的嘴,听他的嘴里,异常清晰地喊出你的名字,小娥……一喊出你的名字,他就闭上了眼,仿佛死去一般。在我的记忆里,这是他第一次叫你的名字,于是,我像一颗从外公嘴里发射的子弹,飞奔出屋,直射天井。

你坐在一把竹椅上,握着一小捆淘米泔水浸过的麦穗,一门心思地编麦秆扇。外婆,外公叫你去呢!我跑到你身边,努力用一种平静的声音说。你连眼睛都没眨一下,双手一刻不歇地编着两条雪白交叉的长龙,像是在跟这些田畈里捡来的麦穗秆,较什么劲儿。我又复述了一遍。他叫我,我也不去,他这个人,太自私,死都要死在我前面,好让我侍候他。你头也不抬地说。外婆,快点去吧,别让他等!我记挂着屋里那个垂危之人的嘱托,低声下气地央求你,要是外公一下走了,我会悔恨一辈子的。他头发墨墨黑,精神着呢。你坐在那里,像一块顽石纹丝不动。求求你,快去吧!你就当做做好事吧!热血窜上了我的脑门。这时,我看到眼泪在你眼窝里打着转,却没掉下来。他见不到你,是不会死的!我气急败坏地吼道,话一出口,立即捂住嘴。你抖了抖肩,咧着嘴,像吃了口兜头风,撑着腿,慢慢地站起来,看得出你做出这个决定,并不轻松,并且随时会改变主意。我快活得几乎要流出眼泪,紧跟着你,差点儿踩脱了你的鞋后跟。你进了屋,找出一件鸭蛋青罩衫,脱下身上的鹅蛋青罩衫,飞速换上,就连扣那些密如繁星的纽扣,也没费多少工夫。你又换掉身上的黑裤,以另一条黑裤替代,你似乎觉得这样还不够,抓起一把缺了好几个齿的木梳,冲着镜子,眯着眼,仔细梳了头,然后扯了扯衣角。

外公外公!外婆看你来了!我第一时间跑到床头,巴结地对外公喊。外公的双眼,通电似的放着光,对我露出一个感激而虚弱的笑,异常敏捷地支起身,我把一只枕头塞到他背后。放心吧,你死不了,我这个有心脏病的人,都还没死,你抢什么头功!你站在床边,双眼红肿地对他道。他的目光落到你的身上,脸上的表情看上去,深情而痛楚,他痉挛着嘴唇,吐出两个字——小娥!一听到他的呼唤,你像被电流击到一般,愣怔片刻,嘴巴一歪,泪水洒落衣襟。你把他鸟爪一般的手,握在手里,哽咽着说,老头子,还有什么话,你就说吧。在那个特殊时刻,我的外公用颤抖和泪水,对你表达着眷恋与不舍,喉咙口滚动着,像是吞着什么咽不完的东西。你们两个脸对着脸,手握着手,互相久久凝望着,像舞台上一见钟情的才子佳人,又像两个一点儿也不怕难为情的死对头。小娥,前阵子,我去上蒋,讨信了一个,叫桂绣的老太……外公微弱的声音,仿佛来自天边。桂绣说……你是上下三村第一人!我的外公说完这句话,就闭上了眼。

  那天,阳光普照,和风骀荡,空气中孕育着春天的故事,赵金川支着拐棍,立在公路旁。一辆辆车,从身边驰过,尖利的喇叭,使他的神智昏沉,扬起的灰尘,模糊了他的视线,仿佛鬼使神差一般,他把自己的双脚,送上了一辆开往上蒋的汽车。窗外,树枝高举,风儿像小鸟拍打着翅膀,钻入衣领,油菜花开得人头晕目眩,泡桐树的花瓣,像嘟起的唇,挑逗着心底欲望。他的身子随着汽车,经过一段并不舒适的旅行,到达了目的地。他拍拍身上的灰尘,让手中的拐杖像啄木鸟一样,嗒嗒敲击着路面。他记起六十年前,也是这样的暮春,他戴一顶深灰色礼帽,穿一件白色夏布长衫,曾经来到这里。六十年过去了,多少认识的人,已经相继死去,他也从一个英俊后生,变得垂垂老矣。这个发现,让他既忧伤又庆幸,并且忧伤大过庆幸,恍如一声叹息。

  穿大街,过小弄,眼前出现一座老宅。走进院子,桂花树的叶子,依然绿得发亮。他记得那个蔷薇盛开的日子,在那间光线通透的堂屋里,初次见到她的情形。她穿一袭粉色衣衫,垂着眼,一缕从发髻漏出脖颈的秀发,被微风吹起,仿佛初夏里的一朵合欢花。从对她投去第一眼起,他就觉得手心渗汗,心跳异常,连嗅觉似乎也变得甜蜜。她是那样与众不同,一本正经,又带有点儿骄矜,令他呆若木鸡,三魂丢了两魄。那一刻,他听到自己的基因,窃窃私语:没错,就是她!一个与众不同的妙人儿,她不但有一具最适合旗袍的娇俏肉身,更有一颗天底下最善良美好的心灵,生孩子也是一把好手,若能跟她交配,后代一定十分的健康、高大、聪颖。那一刻,他忍不住痴想,若能坐在她身边,每天看她描眉,看她梳辫,看她绣花,看她做鞋,该多好。若能跟她生上一大群孩子,养上一头猪、两只羊、三只鸡或是一只友善的狗和猫,该多好,当然喽,要是她不喜欢狗,那就不养,养不养猫也无所谓。那一刻,他决定与她生儿育女,养鸭喂鸡,共度此生,乐此不疲。此时此刻,那个场景,依然在他脑海里浮现,犹如一缕檀香,挥之不去。

他在空荡荡的院子里转悠,搓着手掌,像一头又老又瞎的熊,挨个儿地检视了一遍门窗,怏怏踱出老宅,转过几条小巷,在一座摇摇欲坠的老屋前,驻足打量。敞开的门内,天井里有棵枇杷树,几只鸡和鹅,在树下豁了嘴的盆里啄食,他在乱七八糟的院内,发现一位银发老太,埋着头,身旁篾匾里,滚动着一堆数不清的玻璃灯珠。他上前问候了老太,老太表情柔和,有一对失神的眼睛,皮肤像羊皮纸一样紧绷,她以手挡额,上下打量着赵金川。听口音,你是北乡一带的吧?老太娇滴滴地问,手中的活儿却并没有歇,问话的当口,她将一根细细的塑料绳,准确无误地串入灯珠的小孔内,赵金川朝老太,竖了竖大拇指。呵呵,这一手其实并不难,当年我跟我的小伙伴,绣上三天三夜花,都不觉得累。老太脸上,腾起两朵红云,并没埋怨他打搅自己工作。她请赵金川坐下,自我介绍叫桂绣,老头子三年前过世,两个儿子都在杭州,一个做泥水,一个做木匠,眼下她跟一棵枇杷树、两只母鸡、三只白鹅为伴,晚年生活还算得上称意。

我想跟你打听一个人。赵金川鼓起勇气,挑明来意。谁呀?桂绣漫不经心问道,连着又串进好几颗珠子。你认得蒋小娥么?桂绣停住手,圆睁着眼,显得无动于衷。赵金川又复述了一遍,桂绣的嘴里,开始发出一阵阵呻吟。蒋小娥?哎呀呀,真是天晓得,你问的,可是坤苏家的四姑娘?桂绣停下手背长着斑点的手,浑浊的眼发着光,哎呀呀,你问的,可是坤苏家的四姑娘?她一而再,再而三地,用略带兴奋的声调,向赵金川连连发问。赵金川没料到,眼前这位叫桂绣的老太反应如此强烈,不由心中窃喜。看得出桂绣对他打听的人,相当熟悉,最重要的是,对方连他是谁,从哪儿来,也没问,这样她的评价就会比较客观。顺便说一句,桂绣老太说话时,喜欢用"真是天晓得"这句口头禅。

赵金川立即同意桂绣请他喝杯茶的建议,桂绣进了屋,出来时,手里多了一只冒着热气的玻璃杯,杯里飘着几片发黄的茶叶,她又捧出一只奶粉罐,用一把铁皮小勺,舀了一勺白糖,放到杯里搅动一会儿,把玻璃杯递给赵金川。桂绣靠在椅子上,瞅了他一会儿,像是想起什么似的,语调缓慢地说,你这位拐杖拄拄的老人家,尽管我不清楚你的来路,但看起来不大像个坏人……蒋小娥!小娥!坤苏家的小女儿,我怎会不晓得?关于她,我可以同你说上三天三夜,哎呀呀,真是天晓得!不过我有个要求,你得相信我说的每句话,否则我同你浪费时间就犯不着啦。

赵金川爽快点头,表示同意,并喝了一口滚烫的糖水,态度谦和地,请桂绣谈谈你的身世。看得出桂绣对你知之甚多,并且记忆力惊人,这位你曾经的发小,颇为爽快地打开话匣子。回忆往事,桂绣老太显得无比兴奋,尽管时间已过去六十年,她依然称你为"迷人的姑娘",听上去多少让人有一些汗毛凛凛。哎呀,小娥呀!坤苏家的四姑娘,真是一个迷人的姑娘!年轻的辰光,长得多像样!瓜子脸蛋柳叶眉,朱唇皓齿丹凤眼,她不论是走路,还是坐着,都是那么好看!跟她在一起,女人家变得像男人,男人家变得像木头,不是慌慌张张,就是呆手呆脚。小娥的娘家,是腌火腿的,她阿爸姆妈,生了四个女儿,为生个儿子,小娥只有五岁时,被她阿爸姆妈,过继给了别人家。记得那个腊月,我跟姆妈去巍山卖线袜,天上落着雪,风呜呜吹在脸上,小刀子一样。半路上,我们碰到了小娥,到今天我都记得那一幕,一个营养不良的小姑娘,套着空壳棉袄,挑着馄饨担,一瘸一拐走在风雪里,脚上的冻疮都烂了,血水渗出破袜子。我姆妈搂着小娥,哭了很长时间,还送给她一副线袜,我记得小娥还宽慰我姆妈,并且让我们不要告诉她的娘家人。哦,坤苏家的四姑娘,她是个多么要强的人啊,真是天晓得!

桂绣提起袖子,擦起了眼睛,赵金川取出烟壳,颇为费力地点了一支烟,吐了几口烟,用尽量婉转、谦卑的口吻,请桂绣介绍你的第一次婚姻。桂绣眨巴着眼,降低了声调,语气诡异地问,你是说那个雕花匠吧?哦,他死了,一个孤儿,死时还不到十九岁呢。他原本想手艺学出来,就跟小娥逃出去,谁知染上天花,被人抬回家,当晚就咽了气,刚生的儿子,也没保牢命,只有小娥命大,活下来了……哎,这个五岁出门的可怜人,十八岁那年终于回到娘家。回娘家后,上门提亲说媒的,快把她家门槛踏破了。诸暨有份人家,姓陈,开南货店,有三间大屋。媒人对小娥姆妈说,小娥进了门,就是老板娘了,吃吃困困嬉嬉,生两个儿子就够了,还用做?小娥姆妈说,诸暨太远,嫁到那里,我图白生了。李宅有户人家,在城里开登峰银行,有个独子,在杭州读书,条件这么好的人家,一般人求都求不到,媒人带着聘礼上门来,小娥阿爸说:我有四个女儿,太财主的人家,我嫁不起。对方说,我们不要你嫁。小娥阿爸又说,不要我嫁也不行。原来小娥阿爸派人一调查,那户人家的爷爷,有过两个姨太太,这种人家,门风不好,小娥阿爸怎肯同他结亲?郭宅有户人家,三兄弟,有十三间头,食的是油,穿的是绸,老大开酱酒铺,老二开绸坊,老三在律师行做事体,老大老二已婚娶,只有老三未娶妻。媒人上门说,现在世道乱,官司多,做律师最赚铜钿了。小娥阿爸又说:律师这种行当,只认钱不认人,今朝同这个打,明朝同那个打,哪天六亲不认,同自己老婆打,也说不定的。这门亲事又泡了汤,哎呀,小娥阿爸姆妈,很会挑的呢,不过话说回来,那些财主人家,解放后,闹土改,都吃了花生米,小娥没嫁给那种人家,也是没有错的哩!

桂绣拎起竹壳热水瓶,往赵金川的杯子里添了些热水。哎呀,你晓得后来,发生了什么事?哎呀,你一定想不着。稻熟了,小娥好心替养娘去割稻,谁晓得她那个破脚骨的养娘,赌博输了钱,叫了两个流氓,把小娥从稻田里抢走,卖给巍山一个老头,这事儿我记得这么灵清,因为小娥回施家庄割稻前一天,我还求她给我剪过披发。小娥的阿爸告了官,这桩案子轰动八方四邻,我们这儿八十岁以上的,没一个不晓得。她养娘牢里放出来,还到上蒋找过小娥好几回,说只要肯继续给她做女儿,愿意把房子给小娥,她缠着小娥,在田埂上讲了很长时间话,小娥没有同意。不过,小娥良心好呀,她时常去看养娘,还做鞋子给那个没出息的女人穿。

能不能谈谈书记官?赵金川话一出口,就红了脸,幸好桂绣老太,并没有发现他的变化,语调轻快地说,嗯,那个秋天,全上蒋的人都知道,有个年轻人被小娥迷住了。那是个什么样的人?赵金川迟疑地明知故问。桂绣老太没吱声,脸上显现出一种,跟年龄极不相称的羞涩,咧开嘴,无声地笑了起来,露出残缺的门牙,看上去特别童贞。哎呀,还用问?貌似潘安啊,跟小娥真是天造地设的一对儿!他就是替小娥打赢官司的书记官,还跑到上蒋来提亲咧!提亲?赵金川打断桂绣,冷冰冰地重复。可不是吗,他连个媒人都没请,独个儿骑着快马,带着聘礼,登门拜访,向小娥爹娘挑明心意,这种事儿在我们这里,可是新鲜事儿哩。桂绣抬起头,毫不回避地直视着赵金川,白内障的双眼散发出一种奇异光芒。赵金川感到胸口一阵绞痛,脑海里盘桓起多年前,在沪上酒吧听说过的故事。或许他的神态,使桂绣觉得有些奇怪,她将目光转到了手中的串珠上。可惜啊,小娥爹娘没同意,他们婉拒了那位功臣,可能他们觉得他不是本地人,或者不想把女儿嫁给一个军人。唉,缘分的事,真是不好说,有缘没分的事,更叫人难过,假如那个书记官,用同样劲道追别的姑娘,十个都追到手了。书记官不死心,还是一趟趟跑来上蒋,有时小娥进了城,他就追去城里,有一次,下着大雨,他出现在小娥家门口,全身哆嗦,好像打着摆子,只为见心上人一面,我记得这么灵清,因为我正跟小娥在灯下绣帷幔……说到这儿,桂绣伸出青筋暴凸的手,不住捋着胸口,像是要把气喘得平稳些。

她喜欢他么?赵金川瓮声瓮气地,提了个尖锐问题。桂绣意味深长地望了望他,呵呵,这个问题,恐怕您得去问小娥本人!这种事儿很难统计,跟串灯珠不是一回事儿。说到这儿,桂绣老太咻咻笑起来,喉咙里,还发出一阵咯咯声。赵金川觉得困窘得不行,只好干咳几声,桂绣老太的笑声才戛然而止。不过我觉得,他们一定是好上了,否则也不可能私奔哇!桂绣神采奕奕道。私奔?他们要去哪儿?赵金川压着嗓子,尽量采用一种平静、谦卑的口吻问,他觉得自己快疯了。哎,那是他们的事儿,不知他们有过什么约定,小娥的大姐帮助妹妹实施了逃跑计划,她被那个军人的诚意打动了:打点行装,把私房钱塞进包裹,逃过爹娘的监视,把妹妹送到了约会地点——他们原本约好在雅溪碰头,可是那个货,不晓得出了啥事,没了消息。小娥的大姐,后来是这样同我说的,天哪,我把她送到雅溪边,真是该死!那个人,他真该死!小娥的三阿姐,是个特别会挑嘴弄舌的人,不但骂小娥是"克死老公儿子的丧门星",还骂小娥是"私奔的浪货"。小娥姆妈也觉得这事儿败门风,啊——不,不,这种事不可能发生在我们家!整整一个冬天,小娥大门不出,二门不迈,一心跟着阿爸做火腿,做火腿这种生活,女人家通常吃不消,可小娥却做得很投入,穿一件不知哪位姐姐穿旧的大红色薄线衫,脖子上围一块格子围巾,辫子盘在头上,袖子卷到臂弯那儿,数九寒冬,脸上的汗一道道往下流,薄线衫贴在身上,见过小娥干活的人,都会用"玩命"、"入魔窟"这样的话来评价她。为弥补良心的亏欠,小娥阿爸花了一大笔钱打制全套十里红妆嫁妆。不久,小娥嫁给一个裁缝,哎呀,那个男人娶了小娥,真是前世修来的福哦,世上哪个女子比得上小娥啊,她是樊梨花呀,上下三村头一个!桂绣老太靠着绵长的记忆与微弱沙哑的声调,絮絮叨叨地,聊到这儿,长嘘了一口气,眼睛一眨不眨地,望着赵金川,脸色因为激动而泛出潮红。赵金川跟桂绣道别,迈出院子,仰头望天,刺目的阳光,穿过漆黑的屋檐,朝他烫过来,在他的脸上烫出了两行温热液体。

床被抬到门外,草席、垫被和旧衣服,被卷成一包,搁置在天井。堂屋内,挂着白色的床单,把屋子隔成两间。门口,支着一面竹篾编制的灵棚,棚前搁着四方桌,桌沿围着一圈白布,桌上插着蜡烛,摆着一幅炭笔像,香炉内,点着三柱高香。赵金川全身蒙着一块白布,看上去像一个神秘人物,脚后,点着一盏油灯。第三天,他被穿戴整齐,裹着一床崭新的大红色绸缎面被,抬进了一口大家伙,那口大家伙前端,题着一个红底黑字的:梦。塞满口饭时,众人放声哭起来,送葬的队伍穿过村庄,走上田畈,经过荷塘,来到一座坐南朝北的山丘前。四周,栽着松竹,坑已挖好。炸开的二踢脚和鞭炮,挟着碎屑,飘得沸沸扬扬。当围聚的人们,潮水一般退去,你关上门,用一把他留给你的钥匙,打开床前桌的抽屉。你在散发着冰片气息的抽屉里,发现两瓶小葫芦形状的速效救心丸、几支已经用完的滚来滚去的圆珠笔芯、一支还剩一半的润明眼药水、一个眼镜盒,眼镜盒铁丝的弹簧坏了,关不上,里面躺着一副左腿缠着橡皮膏的老花镜。你还发现一本退休证,里面夹着五张十斤的全国粮票。一杆深褐色、摸上去又凉又光滑的尺,你想起他曾捏着这杆尺,教过你认字。你发现一只长方形木匣,抽去盖,目光落在一只绿丝线编织的蝴蝶上,底下有几封交叠成十字的信笺。你满腹狐疑的目光,被匣底的一张相片吸引住了,那张颜色发黄的照片上，有三男一女，前排坐着的那个瘦男人，头秃得挺像样，眉头紧锁，像是有个枪口正对着他，身边有一位发髻高耸、面容姣好的女人，笑盈盈地，身上的旗袍闪闪发亮，他们身后，站着两个青年男子，左边那位穿白色夏布长衫，头发一丝不苟，头顶上有盏电灯，电灯上有个裙边似的灯罩。你磁铁一样的目光，被他身边那位穿军装的男人吸引住了，他在照片深处望着你，那双炯炯有神的眼睛，是你一辈子忘不了的。

3

连着吹了好几天的风，没一点停下来的意思，似乎是为了配合天气，你变得沉默而专注，像一只即将吐丝的蚕。你可以连续好几个钟头，躺在厢廊那张老式眠交竹椅上，像个默片中的人物，盯着天井上方一小片万变不离其宗的风景。干燥的穿堂风，沿台阶往上灌，不时惊动你头顶的黑帽缨。时间没有放过廿四间，它让台门口的石阶，渐渐塌陷，天井四周的青石板，失却了光泽，让屋顶灰白色的青瓦和倔头倔脑的马头墙，袒露出光阴的本意。时间更是让在风吹雨打中，褪色的牛腿和门窗，慢慢老化，面目混沌，在每一阵风的低吟中摇摇欲坠，让蛛网和白蚁，爬上梁柱和家具，让屋檐下变色的鲤鱼，突破燕子的粪便，艰难地更替着逐渐腐朽的外衣。时间也让灰尘、沙砾和腐朽的气息，缓缓降落在这座严谨而封闭的院落，使得它愈来愈跟村庄内，那些雨后春笋一般屹立的水泥楼房，显得格格不入，孑然一身。

逢着精神好一些，你会动手擦拭桌椅板凳，拿起扫帚，把尘土和碎屑扫进畚箕，爬上蛛网交织的阁楼，东翻西找，把一些多年不用的杂物带下楼，晒一晒。早锻炼依然是你的必修课，因衣服穿得过多，动作稍显迟缓,运动完毕,你穿着妈妈送给你的,很有风度的黑色呢子大衣,围着驼色羊毛围巾,下巴颏那儿打一个很大的结,像一只古老摆动的钟,朝市集慢慢走去。你不会像别的老人那样,支一根拐棍或捧一个火铳,对标准的老年人造型你向来深恶痛绝。你连手套都不戴,手心攥着两团棉花,因为攥得太紧,看上去好像握着拳头,准备跟谁干上一仗,棉花是你从收割后的棉花地里捡来的,你双手握着棉花,缓缓走在路上,嘴里呼出的雾气,从肩膀飘向身后,你在市集里,买一碗豆腐花或一个不太热的包子,若没胃口,就干脆饿一顿,以便恢复下一顿好胃口。

每天你都会去六经堂转一转,这座建于道光年间的老屋,旧貌换了新颜,每间屋子都派了新用场:活动室、康复室、娱乐室、棋牌室。门口挂着白底红字木牌:上宅村老年协会活动室。重阳节,村委会曾在这里,为全村八十岁以上的老人,集体贺寿。你胸佩大红花,拍了集体照。一堵朝阳的、刚刚粉刷过的墙壁下,蹲着几位刚从麻将桌上撤下来的老头,沿墙根坐成一溜,像一群晒太阳的麻雀,你保持一贯的风度,从他们的面前走过,顺便听一些保健小常识——

每天摇头晃脑,中风便秘不找!

多拍巴掌,益智健脑。多吃番薯,肠道便好!

解手时,咬紧后槽牙,固齿生津,延年益寿!

早起头件事,双肩上提,慢慢放松,一提一松,生命快乐!

不犯哮喘时,你比任何人都健谈,你们提到年轻时看过的某本戏文,偶尔也提到一些名字,尽管你们所熟悉的人已越来越少。除了聊天、看电视,你在六经堂的另一个娱乐项目,就是蹲在地上,跟患有帕金森症的香娟奶奶玩跌铜板:十个铜板,掷在地上,谁面朝上的多,谁赢。你弯腰的水平比香娟奶奶高。当你们玩到一轮淡金色的月亮,在荷叶塘里映成了两个,便各自回家。

你用一把小锁,小心地替自鸣钟上好发条,这台钟的走时、鸣响和奏乐,都让你牵肠挂肚。钟的边上,挨着一面相框,里面有个炭笔描画的人,墨黑的头路纹丝不乱,僵硬地冲你微笑。你拿起一块抽了线的纱布,缓慢擦拭镜面,凝视着,像是要把那个人从镜框内叫出来。老头子,我的左眼皮这几天老是跳,不晓得有什么好事?你喃喃道。你都好么?我么,我还用问?咳咳,当然好了,马坦小翠翔儿,矮脚大口塌鼻,个个都待我好,经常给我铜钿花,我每天吃吃嬉嬉,同神仙一样,包子啊馄饨啊,想吃什么买什么,我现在终于解放喽,呵呵,不用再给你做饭、洗衣,不用再听你的骂声,再挨你的老节棍了!老实说,当初我没被你气死,就算阿弥陀佛的了,呵呵呵……你暗自窃笑了一会儿,冲画像上的人,赌气似的撅着嘴。那人并不做声,只是一味含情脉脉望着你。老头子,你还记得,结婚那晚说过的话么?你说这生世最大的福气,就是讨了个好老婆,你这个货,每次一挨上我,真是贪呢,呸!你骂了一声,觉得面孔微微发烫。活着时,你老想同我困一头,又为啥老是同我做冤家呢?也许你觉得,两个人斗斗嘴、赌赌气,也是一种乐趣么?嗯,道理也是不错的哦,现在我一个人了,连个吵架的人都没有,还真是有点不习惯。老头子,还记得被我刮耳光的事么?我刮你耳光,你都没还手,咽气的时候,对着我看啊看,一直看到眼睛闭……哎,老头子,我自然知道你是中意我的呢!现在回头想想,就算你同别的女人家,生了儿子,我也不该打你的呀,哪个让你这么讨女人家喜欢呢?哎,我中意的人,别人自然也是会中意的呀。你心绪平静地感叹着。

天,慢慢暗下来,穿堂风把麻布帐上的勾子,吹得东摇西晃,你打开门,对着黑漆漆的天井,张望了一会儿,检查了一遍插销,把一根失去光泽的木棍,支到门后,坐到床沿,你拉了下床头灯,灯没亮,灯泡坏了好多天了,你在抽屉里摸索了一阵,没找到蜡烛,好在对周围环

343

境你已了然于心。你合衣靠在床头,喘了一会儿气,摘下围巾,用慢动作一件一件脱去衣服,只剩一身粉红色儿童棉毛衫裤。每脱一件衣服,你就把那件衣服抖一下,摊开,用手掌将它抚平、折叠好。风呼呼地吹着,像遥远的牧羊人吹着号角,你披了一遍蚊帐四角,探手摸摸腹部,你的钱包平安无事。做完这些,你仰起虚脱的脸,掏出喷雾器,拔掉瓶盖,张开嘴,使劲摁了两下。四周不再有什么动静,你躺在床上,收听着风吹过廿四间发出的各种声响,收听着吹过田野里那些挡风的、里面栽着蔬菜的塑料薄膜发出的声响。不知何时,屋外传来呜呜呜、呼呼呼、哗哗哗和啪啪啪的声息,像是狂风和暴雨、沙砾和尘土,狠狠摔打在四面八方的屋檐上发出的声响。你的蚊帐像船帆一样鼓起来,骚动着、起伏着,涌起一道道波纹,你的眠床也浮了起来,仿佛汪洋中的一条船。

"呀,娘子……"一阵清风拂过脸颊,屋中间的电线抖动着。是什么人在呼唤?一声不急不慢的舞台腔传入耳朵,你从被褥里直接坐了起来。屋中央,升起一大团白雾,飘浮不定的雾气中,出现一个身披黑色斗篷的人,脚下嗤嗤冒着烟。你以为是在做梦,掐了一把大腿。那个披斗篷的人,一抖肩膀,亮出一身长衫,像陀螺一样旋转起来。旋毕,停住,以十分缓慢的速度,朝你转过身来。你坐在布帐内,手按住胸口,拼命眨着眼。尚未消散的雾气中,那个总算转过身来的人,头戴礼帽,手执折扇,彬彬有礼地,对你作了个揖,张嘴问道:

"娘子……你看我是哪一个?"

"金川?你……你怎么越活越年轻了?"你捂着嘴,嗓音几近嘶哑。

"嘿嘿,哪个让你老是梦到我年轻时的相貌呢……"他微笑地取下帽子,潇洒地一捋黑发,脸刮得干干净净,像是被电灯泡照着一样闪闪发亮。

你来不及撩开布帐,径直朝床外扑去,一屁股跌坐在地上,他疾步上前,满怀疼爱地把你扶起。

"娘子,我担心你终日独守空房,只怕是要闷出病来,看今夜明月皎洁,特插翅前来探访。娘子呀娘子,你……你让我想得好苦呀……"他望着你,娓娓道来,眼中满是你所熟悉的深情。

你鱼似的张着嘴,破涕为笑,发觉自己也像陀螺一样转起来,并且越转越快,一停下,身上的粉色棉毛衫裤不见了,变成一袭花旦扮相,梳着头髻,蓄着披发,点着口红,抹着胭脂,宛如一位出嫁的新娘。

他目露欣喜地牵起你的手,你们手牵着手,面对着面,在原地兜了个大圆圈。

他(望穿双眼地):"呀——娘子!"

你(不好意思地):"呀——相公!"

他(欣喜若狂地):"呀——娘子!"

你(喜极而泣地):"呀——相公!"

你们含着泪,牵着手,嘴里不停呼唤着对方,像一只老鸟呼唤另一只,彼此呼应了差不多十七八个回合,一阵纯正悦耳的越剧调门,忽然从无法分辨的雾里荡起来,风一般在屋里回旋往复,于是你听到自己唱起来:

(唱)昨夜喜鹊绕梁下,
一刻不停叫喳喳。
今朝忽见冤家面,
不知你是鬼是仙还是人?

他深情款款凝望着你,也张嘴就来。

（唱）我不是鬼来不是仙，
正是你相公赵金川。
娘子你一日三回把我念，
可知我心似你心心相印。

你抿嘴一笑，娇嗔地一低头。

（唱）冤家呀——
天堂有路你不走，
人间路窄偏相逢。
如今你西天快活赛神仙，
何必再来同我结死孽。

他忽然悲从中来，提起袖子，抹着眼睛，并降低了声调和速度。

（唱）好娘子——
天堂虽然风光美，
哪有人间娘子亲。
如今我，
床前没有双栖燕，
春日无人同踏青，
夏日无人把扇摇。
秋日无人共赏月，
冬夜醒来泪涟……那个涟啊啊啊……

他沙哑的嗓音深沉、悲郁，像绵绵不绝的秋雨，一阵紧似一阵。

泪水早已湿透你的面颊,你一伸手,堵住了他的嘴。

你(旁白):

> 相公,你、你、你不要说了……
> (唱)"冤家呀,我一生服侍你到老,
> 你倒好,两腿一蹬独逍遥。
> 你走后,家中锅灶被敲掉,
> 差一点,泥糊风炉也难保。
> 如今我,每天集市寻热闹,
> 回到家,独对你的炭笔照。
> 这种日子也难……那个熬啊啊啊……

你的吟唱一定打动了他,否则他不会哽咽着,伸出宽大衣袖,像一只大鸟一样,将你拥入怀里。他在一阵熟悉的越剧调门过后,用梦呓一般的嗓音继续倾诉。

> (唱):今日重见娘子面,
> 往事历历在眼前。
> 想当初,
> 艳阳高挂村头边,
> 绿叶托起并蒂莲。
> 荷叶塘水清又清,
> 鸳鸯成双又成对。
> 娘子啊,
> 你为我暖了被褥又暖身,
> 你为我亲尝汤药问病痛。

你为我寒夜挑灯做人家,
你为我一世忍气把声吞。
想到从前一桩桩,
热泪已涌向眼边。
悔当初,
我不该心眼比针细,
我不该对你泼陈醋。
我不该神志不清、鬼迷心窍、昏头瞌充
跑到上蒋去讨信……
你泪光盈盈,娇嗔地扑哧一笑。
(接口唱):——讨信你个大头鬼!
你可知,我是上下三村头一个!

那人红着脸,脸挂不自然的笑,用手中的扇子柄,鸡啄米似的一个劲,叩着脑袋瓜。

(旁白):
哎呀,娘子,正是啊……
娘子啊,
你对我情深恩也重,
金川我悔恨愧无颜。
今日特把罪来赔,
娘子你再煽大耳光子我不悔——

那人单膝跪地,颤抖地将"不悔"二字的拖腔,唱得来一词三转。他为你拭泪,扶你坐在床边,然后挥手刷的一声打开折扇,对着窗户,像扇煤炉那样煽了好几下。屋子里,响起各种细碎声息,像梦里呜咽的小河,雨中迷蒙的树林,窗户里冒出更多白雾,那些雾就像被人牵着似的,持续不断地飘进来,将你的床烘托得,如同蓬莱仙境。他躬着腰,猢狲似的往八仙桌上一蹦,喜滋滋地喊:

"娘子!你睁大眼睛仔细瞧,孩儿们全都来报到!"

一阵异香从窗口飘进屋,一朵朵粉红色的荷花,一朵接一朵,从窗口飘入,花瓣尖的颜色较浅、稍稍带一点白,每一朵荷嫩黄色的花蕊上,都坐着个小男孩,小男孩的头上,笼着一轮淡金色光环。只一会儿工夫,满屋荷影游动,一朵朵荷花,走马灯似的,起起伏伏,挤挤挨挨,摇曳生姿。第一朵荷花,没有任何遮拦地,飘到你跟前,这是一个小婴儿,乐呵呵地望着你,拳头塞在嘴巴里,嘴角挂着几滴乳汁,手腕系着一根小红绳,绳上挂着一只小金锁。

你(使劲擦了一下眼睛,惊喜地喊):"——牛坦!"

阵阵雾气中,第二朵荷花,摇摇摆摆来到你跟前,坐在花蕊当中的小男孩,下巴上有个小涡涡,套着一件大花袄,朝前平举的手心上,托着一只红嘴绿毛小鸟,那只小鸟,还冲你欢快地喳喳叫了两声。

你(激动地扑了上去):"——阿惠!"

第三朵荷花,紧接着朝你冲过来,因为场地太窄,它跟前面两朵荷花,碰了好几下,随着惯性悠悠荡开,在反作用力的作用下,以加倍速度飘到了你跟前。坐在花蕊里的男孩,年纪最小,穿得也最风凉,裸露在肚兜外的白嫩皮肤上,有几粒红肿的、尚未出完的水痘。坐在你身边的男人,搂紧你的肩胛骨,好像担心你过于激动,腾空而起。

泪水早已湿透了你的面颊,你(热泪盈眶地冲口而出):"——小弟!"

屋里飘起十里荷香,孩子们咯咯地欢笑着,荷花盘上下飘忽,左

349

右腾挪,时而转成一个圆圈,时而排成一个莲花阵,让你目不暇接,眼花缭乱。这些肢体柔软、富有弹性的小东西,有的嬉笑地扯扯你的衣角,有的调皮地冲你眨巴眼睛,有的拼命挥动自己莲藕般的胳膊,仿佛清晨荷叶上的露珠,活蹦乱跳,又像无数尾灵动的红鲤鱼,在水里遨游。在几乎连成一片的荷花阵营中,你看到孩子们红红的小嘴,一张一合,稚气的黑眼珠,射出一束束光芒,他们稚嫩的喉咙里,传来一阵阵婉转动听的歌声,点亮了黑夜与大地。

……
母亲母亲,亲爱的母亲,
你是我们生命之盐,
你是我们灵魂之船。
你像菩提树昂然挺立,
你像杨柳水点化众生。
今夜我们匍匐你的足下,
听从你的召唤你的引领……

歌声如同清泉流淌,在洒进屋子的月辉映衬下,越来越清晰,越来越盛大,整个世界仿佛充满了歌声,你浑身打着战,像是被一种尖锐的欢乐,贯穿全身,心中汇聚成一股股热流,耳朵里持续不断地涌入孩子们齐匝匝的歌声:

……清泉自心底奔涌,
万物正持续生长,
树叶在静静聆听,
昙花雨缤纷落下。

大地上的万物啊，

宇宙间的神灵啊，

今夜我们匍匐母亲足下，

听从她的召唤她的引领。

母亲母亲，亲爱的母亲，

最柔美的才是最坚硬的。

你要好好活在人间

我们会在下一个轮回

再相逢，再相逢，再相逢……

  莲花朵朵开，夹杂着浮萍和湖水的气息，孩子们的歌声，把尘世所有的灯盏，瞬间点燃，屋里亮如圣殿。天籁似的歌声，一阵紧似一阵，在你的身前身后流淌，仿佛春天的激流，解冻的冰川。渐渐地，这些声音不像孩子们发出来的，好像是廿四间世世代代的浮尘齐声发出来的，好像是天空、大地和田野中的庄稼齐声发出来的，汇聚成极富力度的潮湿共鸣，像麦子从土里抽穗，翠竹在山冈拔节，像火焰在燃烧，海浪在翻滚，像春风在一望无际的大地疾走，千年古刹上空回荡的钟磬，教堂尖顶扑剌剌展翅的鸽群。光像大雨一样倾泻在你的身上，你容光焕发，双目流露出深秋的湖面才有的柔情，如同风中灯盏。你觉得自己变得透明，即将抖擞翅膀，飞向澄明之境。

  他挥了挥扇，孩子们跳出荷花盘，齐刷刷地转身、挺胸，劈里啪啦甩动着光脚丫子，在你面前排成一支队列，荷花盘像一个个粉红色的肥皂泡，相继碎裂，在地面化作一小滩水。他张开双臂，孩子们心领神会地，接二连三蹦到他身上，他搂着小弟、牛坦，阿惠骑在他的脖颈上，他凝望着你，目光胜过千言万语，一面巨大的黑暗在身后开启，浓雾再次弥漫。他迎着你，做了个抱拳的动作，他和他身上所有的目光,聚光灯一般集中在你身上,将你的周身映照得宛如一尊琉璃。他开始朝后无声地滑动,身上的长衫由于风的掀动,发出哗哗声息,仿佛一阵微风穿过树林,又像坐在一片清凉菩提叶上。在一片几乎难以睁眼的光芒中,你看着他们一伙四人,以一种比鹭鸟滑行得还要优美轻柔的姿势,融入黑夜,瞬间消失,屋内只余袅袅童音。当当当——一阵自鸣钟响起,天边露出鱼肚白,晨曦像发亮的鸟群扑进窗户,你睁开眼,觉得浑身困倦,太阳穴那儿跳得厉害。你惊讶地发觉,枕头像是被水淋到过一般,床前地面,也是湿漉漉一片。是昨夜下过阵头雨么?还是雨水漏进屋子?你依在床头呆呆地想。

　　你开始觉得体力下降,胃口不如从前,眼睛了也不大好使,像一台运转得越来越笨重的机器。田埂上,湿漉漉的,桑叶像一只只摊开的手掌,紫色的豌豆花趴在地里,瞪着好奇的眼睛,油菜花和萝卜花开得热热闹闹,你的身影像一块黑色的补丁,被一根无形的棉纱线牵引着,穿过杂草丛生的小路,绕过结了果的桃林,来到一片长满菱萍的荷塘边,荷塘上,泊着酽酽的绿,新长出的荷叶,几乎把池塘填满。

　　老头子,你可真会挑风水。你低低地赞叹着,面色沉静,像一块很有年份的石头。你冷静地抬起头,打量了一下不远处的小丘,那里有一座新坟,坐南朝北,跟廿四间遥遥相对,碑上的红漆似乎未干,字迹鲜艳。一丝仿佛偶尔吹来的风,掠过池面,一道来自天边的闪电,猛地照亮池水,仿佛舞台上的追光灯,鱼儿从水中跃起,紧接着是一声闷雷,几滴落上脖颈的雨滴,使你打了个寒噤。这风这雷这鱼儿,莫非就是梦里时常听到的召唤么?你侧着头,像是倾听着什么,困难地蹲下,捡了几块塘边的石头,塞进口袋,又捡了两块稍大一些的,攥在手里,转过脖颈,朝村庄投去梦游般的一瞥,一脚跨入池塘。你呼吸到一阵浓重的泥腥味和水腥味,脚下的淤泥使你打了一个趔趄,风摇晃你的肩胛,像摇晃着一扇旧门板。雨点从毫无遮拦的天上落下,砸上水面,发出低沉而急促的问候,沉默的鱼儿,争相跃起,池水冒出阵阵青烟,像是被煮沸一般。池水浸透了你的小腿、膝盖,你一边走,双手一边不停地向前做伸展运动,你的表情介于沉重与轻快之间。闪电夹杂闷雷,落在离你咫尺的地方,仿佛要将整个世界惊醒,你看到遥远的水面,升起一朵硕大的荷花,在水里打着转。我来了,金川,等等我。你温柔地喃喃着,走得摇摇晃晃,却意志坚定,仿佛只要一门心思往前走,便是一生所求。有几次,你几乎够着了那朵荷,不由微笑着伸出手去,身体整个儿朝前扑,那朵荷却像存心跟你捣蛋似的,原地打了个旋,被温热的雨水猛地冲远,你的头发和衣服,被雨水黏在一起,雨水顺着你瘦成一张皮的面孔往下淌。

你站在几乎没腰的池水里,眼里交织着满足,像是祈求老天赐给你力量,当你的手指快要触着荷花轻盈的荷瓣,它顶着雨水,腾空而起,在深不可测的天空和湖面旋转,落在前方。你的牙床和微屈的膝盖颤动起来,你的确是有点儿力不从心了,忽然觉得哀伤,假牙在嘴里打着战,胸中满是寂寞委屈的呜咽,你开始号啕,老年人伤心起来,也会像孩子一样响亮。倘若雨水能够小一些,那声声从你心底发出的哀号,任何一个铁石心肠的人,都会不忍倾听。是的,冬天让你很不好过,夏天更要了你的命,带着病痛的身体,独个儿活着,有多么凄凉。剧烈而温热的雨水,掩去你悲伤的哭泣,老天爷因为见怪不怪,对你的号啕并不在意,风声和雨声织成一道越来越急促的水帘,像一道密不透风的墙。你的眼前升腾起一团青蓝色火球,骚动的鱼儿,水面的荷叶,四下飞掠,仿佛跟雨水进行着殊死搏斗,你觉着胸口那儿一阵疼痛,眼前出现一个水晶世界,像是接通了天地间的枢纽,被拽入一个黑洞,一切颠倒了过来:岸上的油菜花、豌豆花、萝卜花以及村庄里的老屋、一排排未经粉饰的红砖房,全部倒悬在漂浮的空气里。这是一个神奇的中间地带,像个模糊的圆柱体,光线突然消失,眼前漆黑一团,没有光亮和风浪,只有平静与安详,像一团雾、一扇门、一团云、一道旷野中的篱笆或一条笔直的线。你觉得自己变成一片形单影只的羽毛,飘浮着,无牵无挂,自由自在。倘若人们换一个视角,从空中俯瞰,透过滂沱大雨,可以在水天交接的池水中,发现一个隐约移动的小黑点,像一尾跟雨水搏击的小蝌蚪,又像一枚被风不慎刮到水面的浮标。这一景象,被一位正在地里替一垄田䕬豆除虫的农人及时捕获,他顾不得卸下背后的农药箱,带着刺鼻的农药味,几步跳进池塘,游向湖心,在鱼虾们惊慌的神色中,终于擒获了那个毫无反抗力的黑色浮标。

4

每年你都会来杭州住一段日子,早锻炼是你的必修课。你站在花坛边,双肩放松,双臂规规矩矩地,搁在裤缝旁,两条麻秆腿,挺得直直的,一件蓝得发亮的腈纶短袖衫,十分精密地束在你那仿佛两个手指,便能箍住的细腰上,挺胸,劈腿,眼睛平视爸爸搭起的南瓜架,保持上一会儿,当你觉得把南瓜架和南瓜花看得差不多,便屏住气,缓缓抬臂,好像毕恭毕敬平举着两根洗衣槌,一直举到跟胸部齐平,吐出屏着的那部分气,再深吸一口,将洗衣槌朝上平行伸展,越过肩膀、脖颈和发髻,毫不含糊地将上半身前倾,眼神儿从天空一路移到脚背上,面部神态始终安详无比,你那把老骨头发出,毛竹被大风雪倾轧的格格声,直到完全折为两截,脊柱骨跟地面九十度垂直,两掌平放在地,面孔和胸脯紧挨大腿根儿,一动不动,像一位练习跳鞍马者的好搭档,当你觉得大家对这个造型赞叹够了时,缓缓起身,还原成一条发光的蓝色垂直线。

你神态宁静地沉思几秒,再次劈腿,撑腰,像要跟谁打上一场口水仗,仰起头,眼珠子移向天空,身子骨令人揪心地往后拗,眼神儿从坚定转换成迷茫,传递出圣母马利亚才有的神情,丝毫不顾及旁观者的心理承受力,让自己的脊柱和膝盖骨,发出毛竹被另一场大风雪吹拂的咯咯声,这套动作与先前恰恰相反,不甘寂寞的毛竹,亟待校正刚直不阿的身躯,像是打算用后脑勺去亲吻大地。耐心已达极限的旁观者,只好在心底祈祷:求求你,别弄了。或:危险,快停止!但是我们一次也没这么做,既没大喊大叫,也没粗暴干涉,而是直接冲下楼,一边一个,立在你身旁,摊开双手,仿佛两位表演魔术的好搭档。你目光斜视,用一种听上去十分陌生的嗓音命令,不要过来,你们都不要过来。直到双脚并拢,恢复站立,掌心相对,做了一个标准的天山童姥拜观音的姿势,吐出长气。初升的朝阳下,你拉平衣角,侧着头,目光得意地盯着我们,张开胳膊,像一只凌空欲飞的老鸟,等待我们中的某个人,径直走来,把你抱起,松紧鞋脱离地面,你蹬着腿,嗓子眼里发出顽童般的笑声。

暑假里,在法国留学的长脖,放弃去南方度假的计划,回国把你接到杭州,她给自己立下盟誓,自始至终对你笑脸相待。然而每次用餐,都是一场热血沸腾的拉锯战,你从看见端向你的饭碗起,轻则推托抱怨,重则挥胳膊跺脚,因为碗里装的永远太多了。你苦着脸,朝手上的食物投去忧愁的一瞥,一手托钵,一手举筷,将碗边儿敲得丁当响,给我弄点出去吧,我没吃过,干净的!见无人应答,你摇晃着,从桌边立起,托着钵儿,夹着一筷子饭菜,绷着脸,朝某人直挺挺走去,这一场景和必然导致的一阵推拉抢夺,让人无法继续保持冷静,至于那个服侍你的可怜人,是否已在进餐前就被倒了胃口,你从来不管。在一番揪心的你争我夺的例行步骤后,你安心开吃,吃饱后,咂着嘴吹牛,我住马坦家的时候,不肯吃饭,你舅妈只好追着我让我吃,呵呵,我媳妇真当好……

你的健忘和多疑,令人疲惫不堪,你经常会想起什么不见了,那些东西,通常是一双袜子、一件缝着两只口袋的小布衫、一枚安全别针。所有这些私人物品里,让人忐忑不安频率最高的,是一只鼓鼓囊囊的黑钱包,床下和书架的缝隙间,不断出现过这只神秘钱包的仙踪,不幸的是它的主人,从未记住它确切的藏身处。你在打探了家里所有可能经过的人员后,慎重地盯着长脖,将你的宝贝放进大衣柜抽屉,不到半个小时,你回到抽屉边,吃力地侧着身,手臂几乎被抽屉敞开的大嘴吞没,好似罗马那尊吞噬撒谎者上臂的古神像之复活版——你想将钱包塞到抽屉最深处,却因用力过猛,那个小东西挤过抽屉间的狭窄通道,瞬间脱离那只盲目而颤抖的手,在柜底发出一声闷响,宣告最终归宿。你的这一努力,让抽屉的内部秩序如遭狂风,为开辟一条朝纵深挺进的道路,你在光线如丛林般晦暗的衣橱里,搜寻着、哆嗦着、气喘吁吁、冒着热汗与冷汗,那条执著的护宝之臂,将一切阻挡之物扫荡向两旁。出于怜悯,长脖不愿替你保管钱包,并宣布将它趋逐出房间,你只好把那只鼓鼓囊囊的宝贝,藏在贴身的内衣口袋,随身携带。

你迷恋电视机,不管电视里放的是越剧、京剧,还是黄梅戏,你都喜欢看,只要是穿古装、咿咿呀呀唱着的就行,没老戏的话,你就抱怨家中电视机坏了,没六经堂的那台好。兴致来时,你会给我们表演一些相互穿帮的戏文,每句台词每个动作,都演绎得整齐划一,像从一个模子压出来似的。你捏着麦秆扇,袖子一抖,小碎步一迈,拖腔拖调地唱:

过了(料)一山又一山,前边一座啊啊(凤)(凰)山。啊(凤)啊(凰)山上百花开,缺少芍药和牡丹……

你坐在床沿,双脚逍遥自在地,在地板上打着拍子,模仿《红楼梦》里的紫鹃,悲愤地唱:

那鹦哥,叫着姑娘,学着姑娘生前的话呀啊……

即使熄灯后,你也会深更半夜唱老戏,你躺在我和长脖中间,你的豆沙嗓子在开唱前,通常要先说上几句:那时节,宗祠里面做戏,我同阿姐们打扮得漂漂亮亮,结伴去看戏……

你模仿《碧玉簪》里,那个强作欢颜的小媳妇:

母亲,女儿我……我……要回去了(料)

……你那根本不带拐弯的道白,谁听了心里都直发憷。

你会趁我俩不备,从桌后悄悄包抄,捂住某人的眼睛,拿腔捏调地问:

贤妹,猜猜我是哪一个(锅)?

那人若是懒得理你,你翘起兰花指,猛戳一下她的脑壳,嗔骂道:

——呆头鹅!

357

时间一长,我和长脖也有了舞台经验,比如,当你哑着嗓子,唱到"梁兄惊闻英台嫁到马家",你的脸上流露出梁山伯惊愕的神情,之后,两眼一闭,瘦小的身子仰面朝后倒去,说时迟那时快,我和长脖迅速出手,将你的后背稳稳托牢。哦,你那老唱机一般的嗓音,就算再过五十年,我依然能清晰模仿出一个大概。

　　大多数时候,你像一只被关在笼子里的老鸟,家里人下班或放学时,才得以放风。你首先关切地询问第一个回家的人:肚饥伐?捧出一堆麻酥糖八宝粥绿豆糕薄荷糖香蕉麦片,往那个人的怀里塞,然后,带上喷雾剂、一张长脖为你特制的名片,上面写着家址和电话,笑嘻嘻地挥了挥麦秆扇,出了门。你腰杆笔挺地站在晚风里,用凝视大海或平原一般的目光,含情脉脉地捕捉和护送来往之人,黑绸裤沙沙作响,蓝得发亮的短袖衫像一面反光镜,老远就能被你所搜索的目标发现。自从你一来,附近的老太太像从地里长出来似的,越来越多,黄昏时,聚在花坛边聊天。你坐在老太太们中间,沙喉咙十里地外都听得到。

　　我长寿的法宝就是做好事!好事做多了,别人家开心,自己也开心,一开心,身体还会不好?你乐滋滋的声音,向来愉快又亲切。李奶奶,做人一定要知足,不求金玉重重贵,但愿儿孙个个贤!这句话,你常神气十足挂嘴边。王阿婆,你家媳妇是有点邋遢,不过,我们自己就没缺点么?你心平气和地启发。那次,你从外面回来,脸上发着光,好像所有人,都对你这位老太太献殷勤。刚才我在花坛边,碰到一个老头儿,手戴一串绿佛珠,头戴一顶绿军帽,看上去慈眉善目的,冲我眨巴着小眼睛。他拄着拐杖,走到我身边,问我是哪里人?有几个儿女?问东问西的。他说,我很像他年轻时,喜欢过的一个人,呵呵。你眨眨眼,冲我做了一个怪相。我被你年近九十依然葆有浪漫情绪打动,两根食指一并,打趣道,要不要我这个观音大士来做媒,把你们配成鸳鸯一对?你娇嗔地,冲我一撇没牙的嘴,呸!我服侍你外公一生一世还不够?就算皇帝老儿我都不要!

你有一副江湖郎中镶配的假牙,除了睡觉,很少摘下,你小心翼翼地保养它们,早晚刷牙:从嘴里取出它们,用一把曲柄的波浪形小牙刷,在水龙头下洗刷。餐后或吃零食之后,你也坚持漱口,且从不一边吃饭,一边从嘴里拿出它们,随意剔除上面的咀嚼物。即使精心保养,你口腔内的牙渐渐变少,假牙也松垮起来。我带你坐着三轮车,来到延安路上的口腔医院,镶复科一位白大褂,在对你做了一系列检查之后,建议拔牙,重镶一副,一看病历簿上你的年龄,白大褂显得犹豫不决,你睁着眼,躺在手术床上,放松地伸展着四肢,朗声说道,小伙子,我这个人,什么都不怕!不怕死,不怕鬼,不怕贼,不怕痒,你就动手吧!白大褂依然不住地征询我的意见,说老年人拔牙,风险大,要是在拔牙过程中出现不适就麻烦了。你不耐烦地,一个鲤鱼打挺坐起来,展开宽大的粉红色手掌,冲着那位帅哥的肩头猛击一掌,几乎将他的手术盒打翻在地,把他直接打入墙壁,你的手上功夫一向不赖。小伙子,你就放心吧,胆子大一点!就算拔倒,我都不要你赔!你的声音在镶复科里久久回荡。拔完牙,白大褂浑身冒汗地问,老婆婆,您年轻的时候一定练过武功吧?那次,你一连拔了四颗牙,从头到尾不吭一声。临别时,你这个只为别人考虑的人,从手术床上颤巍巍爬起,噙着止血棉花,捂着嘴,脸上似笑非笑,含混地宽慰着白大褂,小伙子,你的本事真当好,我一点儿都不痛。

你时常用恨铁不成钢的眼神,盯住我和长脖的额头嘀咕,我们那辰光,女人家都时兴剪披发、梳头髻,哪像你们这样,额角头光秃秃的！同老太婆一样！见我们没有动静，你便惊讶地连连发问，披发你们晓得么？啊，连披发你们都不晓得？啧啧，真是木头西施哎。你感叹着，专注地仰着脸，冲着某人抬起胳膊，岔开小拇指，用小指甲盖，往那人额上浅浅地，刻了一溜两边圆、中间略长的弯弧儿。喏，就是把头发薄薄地剪一小溜边儿。你温暖的呼吸，至今飘在我的脸上。哎，我多会弄头发呀，梳头髻、剪披发、西洋头、游泳头，没有一样弄不来的，当年我给人家剪的披发多像样！我把那些姑娘嫂，弄得同天仙一样！你的描述通常十分诱人，我们若是依然不动声色，你会继续往下说。我剪披发的名气，传开去，上下三村的姑娘嫂，哪个不来找我剪？可是呢，我自己做鞋、绣花、腌火腿，都忙不过来，哪有空给她们剪呢？那些死要好看的妖货们，就眼巴巴地等着我，硬要等到我忙完，再给她们剪！说到这儿，你猛拍一下某人的肩，脖子一梗，下巴骄傲地朝上一扬。

　　如果我们打定主意，就是不让你弄，不让你剪披发、梳头髻、编辫子，你就开始挑三拣四。看看你们的脸，油光光的，我们那辰光，用鸭蛋粉一搽，一点都不油！或者，拣出衣服堆里，某人的胸罩，抖着手腕。嘻嘻！还戴这种东西，故意把奶奶弄大，真是死排场！我们那辰光，奶奶时兴小小的，就两粒，跟豆苗一样！我们都还用布条把胸脯束起来哩。你的话音未落，手臂便渔叉似的，朝某人胸部袭去，令那个人花容失色。为了不再让你发表不良议论，尤其不再让你有不雅举动，长脖顺从地让你替她剪披发。你胜利地笑了，找来一块塑料布，围在她肩上，捏着剪刀，不一会儿，就大功告成。阿婆的手艺，可能没有从前好了，不过呢，你倒自己看看，是不是好看许多？你打量着劳动成果，得意地笑了，眼角和眼睛下，散发出许多弯弯的小沟壑，无论从哪个角度，都看得出你的高兴发自肺腑。长脖连忙扯掉塑料布，跑到镜子前，只见她的额前，垂着一帘埃及艳后一般的刘海，显得神秘而童贞。你剪的披发,尽管不难看,可在当时并不流行。每天出门前,长脖总是用发胶,把头发往两边一抹,你剪的披发,就看不到啦。

你白天看电视、打瞌睡,晚上当起了夜猫子,熄灯后,依然窸窸窣窣地,在帐子内劳碌不停,帐子角哆嗦着,像孙悟空钻进铁扇公主肚皮里。大热天的,你穿得端端正正,不肯脱下身上的长袖小领口紧身布衫和棉毛裤。你抱着枕头,从床头移到床尾,从床尾折回床头,因为所有的东西,都好像跟你这位敏感的、患有哮喘病的老太太躲猫猫:枕头啦、毛巾毯啦、几张被折了又折的纸巾啦。蚊帐间歇性地哆嗦一下,有时则会持续上好一阵子。

——喊嚓喊嚓……这是你在找那把分身有术,一会儿两把,一会儿又变成一把的麦秆扇。

——喊哩咯啦……这是你在打开那只突然想起的雪花膏的铁皮盖。

——窸窸哗哗……这是你在数着一叠厚厚的私房钱。

——呼哧呼哧……这是你在找枕头或凉席下,那瓶救急用的,紧要关头却总是开小差的"喘乐宁"喷雾剂。

长脖刚迷迷糊糊睡去,喘息声又在耳边响起,朦胧中看到你,从床尾坐起,去上厕所。回来后,你弓着腰,在屋内徘徊,失魂落魄的影子,抖抖索索地摸向桌子,找到自己的水杯。长脖刚想闭上眼,忽然听到一阵嗤嗤怪声,她大吃一惊,睡意全无,一跃而起,一把抓住那个弯腰低头,正一本正经地,往电蚊香上浇水者的手臂,大吼一声,外婆,你在干什么呀?黑暗中,那个沙哑的嗓音争辩道,有一粒火星,你没看到么!

我们突然觉得你变老了,变得爱管闲事。

——窗门都关实了吗?外面日头都晒进来了!

——衣服快点收回来,要被风吹去了!

——饭一瓢羹就够了,我吃不下的!

——开什么电灯呢,天又没黑!

——开什么空调呢,这么浪费!

天一冷,给你洗澡,是我义不容辞的事儿。你泡在浴缸内,面庞红润,皮肤细腻,看上去顶多只有六十岁。你一手搭着扶手,一手搭着浴缸边,嘴里抿着薄荷糖,眯缝着眼,带着苦恼而满足的神情,唱歌似的感叹,哎,待我这么好,我又没有家产给你喽!我已经没有人家了,连一孔灶都没了!你回上宅,我连一碗点心,也不能够烧给你吃,哎,想想真是难过呢。我的梳妆台、骨牌凳、五斗橱、长凳、大厨都给马坦和翔儿了,你姆妈自己不要嘛,又不是我不肯给她,这话是不假的啊。本来,我还有一对红木柜,被你阿公卖卖掉,给孩子们换成粮食,填了肚皮,因为当时穷啊。现在,我只剩一张眠床、一台钟,你要的话,拿去好了。你泪光盈盈地说。哎,阿婆苦归苦,老来也有福,有你们这么好的后代,杭州住住,我人好看起来,奶都有了呢。说罢,你骄傲地挺着胸,捧着乳房,把胸口那两只泄了气的小皮球,挤出一道事业线,目光大胆而热烈地直视着我——不信的话,你摸摸看!你一把攥住我的手,把我的手按在你脱了水的海绵一般的胸脯上,我大吃一惊,甩掉你的手,你开心地笑了,脸上绽出一朵老菊花。

腊月里,在家洗澡担心你吃不消,我带着你,坐三轮车到单位浴室去洗,我带的东西很多:塑料凳、脸盆、洗发水、护发素、沐浴液、肥皂、毛巾、薄荷糖、娃哈哈果奶、喷雾剂。浴室在国货路上,隔壁是印刷厂,踩着满地油腻腻的废弃的新闻纸,我们在隆隆机器声和浓重油墨味儿里,掀开厚重的浴室棉帘子。洗头你通常都比较听话,洗澡则几乎是拼体力,你这位注重礼节的人,总是在公共浴室里大声嘟哝,不要都脱光嘛!要么就是,够了,已经够了!给你洗澡,我比给自己洗十遍都吃力。洗好澡,带你到办公室玩,你拉着我同事的手,问长问短,把娃哈哈果奶塞给他们吃。你坐在我的座位上,盯着一张有我写的稿子的报纸,抖着报纸,开玩笑:原来你在报馆里,天天写这么大一张纸的字啊!字还要写得这么小,罪过哦!当我们坐上三轮车去吃永和豆浆的路上,你一个劲儿唠叨,坐在我对面那个浓眉大眼的后生,像你的侄儿,坐在我边上的女同事,像村东头老张家的媳妇。

大多数时候你待在上宅,我就抽空赶回上宅,把你接到县城的光明大酒店,吃好饭,洗好澡,跟你亲热一夜,第二天把你送回村庄。有一次,我在南街上转来转去,打算给你买一套新内衣,左看右看,都找不到,适合你那么苗条身材的成人棉毛衫裤,我灵机一动,买了一套大号的粉色高领儿童棉毛衫裤。洗完澡,我把你擦干,用一把电线连在墙上的电吹风,将头发吹得半干,把你送到开足空调的外间。当我洗好澡走出洗手间,眼前一幕令我始料未及,大吃一惊:你闭着眼,直挺挺靠在床头,面色通红,半湿的头发垂在脑门上,两条胳膊伸得笔笔直,一上一下竖在胸前,仿佛舞台上,一位活力四射的摇滚乐手紧握着麦克风,手中紧拽着一根灰色的裤腰带,裤腰带一头从腹部底下的粉色棉毛衫内穿过,另一头从紧匝匝的高领里窜出来,竭力地腾出领口一丝丝狭窄的缝隙。塌鼻呵,你让我把这件掐脖子棉毛衫脱了吧。你喘着气,哭丧着脸,额上满是汗,嘴里的假牙,发出啄木鸟捉虫般的节奏。不行,新衣服穿穿就会大的!我气急败坏地说。……这衣服,实在太小了,阿婆气都快透不过来了,吃不消的啊,快被你弄倒了……阿婆受罪,衣裳也受罪啊……你像一尾快要咽气的鱼,苦苦央求着我,一刻也不敢放松手中紧捏着的裤腰带两端。哦,你那副年迈的摇滚乐手的模样,让我一辈子都忘不了。

八十九岁那年冬天,你搞来两只猪后腿,连续几天,叉着腿,挽着袖子,站在那面爬满枯藤的砖墙前,十分有把握地收拾着它们。那个周末,我从杭州回上宅,接你去县城洗澡,你正忙得不可开交,拎着一把在砂石上反复磨过的斧头,割去猪油,清理表皮,你修一会儿,停下,按住它,眯起两眼细细打量,大冷的天,鼻尖却冒出细小的汗珠,你工作的时候,面皮紧皱,一脸严肃,嘴巴抿得紧紧的,似乎跟谁赌着气。歇一歇吧,外婆。我捧着茶杯,瞧着你那副投入的情形,忍不住劝说。你像聋了似的,对我的话不予理睬,也可以说十分固执。你将猪腿肉面朝下,浸在我当年洗澡用过的那只腰子形木桶里,桶下垫着一块砖,用一把自制的小竹帚,小心翼翼地刷洗着腿爪、皮面,然后是肉面,你刷得十分小心,仿佛伺候一位细皮嫩肉的大姑娘。阿婆要做最好吃的火腿,给你们……会做雪舫蒋腿的人,只剩下我一个了,本来,我弟弟也会做的,"文化大革命"的时候,他被弄倒了,现在只剩我一个了。你嘀咕完,起身回屋取来老花镜,架在鼻梁上,躬着背,拿着镊子,脸上挂着绣花女才有的专注劲儿,一门心思地,又拔起腿皮上的杂毛,拔完一只,接着拔另一只。外婆,别弄了,你该歇一歇了。天暗了下来,我催促着,在我对你重复劝说时,你又拔去好几根硬邦邦的杂毛,并且掀开身边一只小木桶盖,麻利地,抓起木桶里的粗盐往猪腿上抹。十斤肉,一斤盐,定规定板的,不能多也不能少……你鼻尖冒汗地嘀咕。外婆,我们该去洗澡啦!我不耐烦地嚷嚷起来。你仗着自己一只耳朵不好使,对我的话根本充耳不闻,我不得不伸手,把小木桶藏到背后,你抬起头,别捣乱,塌鼻,阿婆还没做完呢!你仰着下巴,对我僵直地眨眨眼。别弄了,你都快九十岁啦!我冲你大声喊。不行,现在不行……你挣扎着,央求着我,听我说,今天我一定要把它弄好的……听话,塌鼻,快把盐桶还给我。我愤怒地抗议,你别瞎忙乎了!现在谁还要吃这种大咸肉呀!你张着嘴,按着胸,发丝颤动,面色通红,不再对我解释什么,嘴里发出上了年纪的人不规律的喘息,体内那只不安分的马达快要跳出你的胸膛,这是我看到你喘得最厉害一次。我不得不把盐桶还你,你几乎不改变上身姿势,伸出鹰爪般的双手接住,低头弯腰,不再理睬我,继续对付手中的火腿。不知道你把那两只猪腿,反反复复地割了多少遍,洗了多少遍,晒了多少遍,直到它们的周身,呈现出一种特殊的玫红色,再过上一段日子,你将它们顶在凳子上,龇着牙,张开瘦削却十分有力的双手,用力将腿皮捋平,脚干矫直,把脚爪用麻绳固定、做弯,八十度朝里弯曲的蹄子,犹如苍鹰昂首。你把这两只宝贝,挂在过道通风处,尾插竹篾,底部兜一只防滴油的塑料薄膜袋,你一手搭在额前,用舒心的目光凝视着它们,这两只暗红色的火腿,就像敦煌壁画里,那些衣带当风的飞天手中弹拨的琵琶,而你,便是那位反弹琵琶的飞天,如果真有像你这么老的飞天的话。你把这两只亲手腌制的包着油纸的火腿送给我,让我带回了杭州。

5

我俩走到台门口,这里,通常是你站立和眺望的地方,我俩用你的角度和眼光,打量了一会儿,推开房门,下意识地闭了闭眼,希望睁开眼睛,你会像从前那样坐在床沿,用沙喉咙喊出我俩的名字。桌上有一本摊开的日历,翻在7月8号这一天,边上,一台古旧的自鸣钟滴答走动着,这台用红木和纯铜制成的钟,圆拱形的顶刻着细细兰花纹,面上的漆尽管有些脱落,外观依然完好,黑色的指针,白色的罗马数字时刻盘,显得端庄肃穆。桌上还有一只茶缸,一只插着大半支蜡烛的烛台,一只空的插着几把白塑料调羹的娃哈哈八宝粥小铁皮罐。我俩在抽屉内,找到一把缺了齿的木梳,一只空的西洋参杉木小盒里,躺着一张身份证,照片上的人笑眯眯的,像是刚从邮局取出一笔巨款。一叠用松紧带捆扎得十分齐整的信封,寄件人主要是我们全家,长脖惊呼一声,发现一封寄自巴黎的航空信封,她取出信笺,读了又读,好像这封信是你写给她的。一副咬合得非常密合的骨头般的假牙。一盒封套上飞舞着蝴蝶、有两个古装男女的磁带,我俩耳边同时响起你用假嗓子哼唱老戏的腔调。我瞄到一只扁扁的、绘了四只喜鹊的深蓝色铁皮圆盒,长脖已伸手抓住了它,指甲与铁皮盖发出一阵咯咯声,盖子被打开,银白色的铝箔掀成一个小月牙,白色膏体上,留着一个清晰指纹,这是你的指纹。这盒百雀灵是我去年冬天买给你的。

我俩像盗宝者,径直走向暗红色的大花橱,手脚麻利地拔掉插销,取下铜锁,掀起沉重的橱肚盖,一边一个,弯腰侧身,把脑袋同时凑向橱肚,我俩的脑袋咚地碰了一下,我俩毫不抱怨,顾不得眼冒金星,各自把手臂伸到极限,我的指甲划到长脖手背,长脖往外取东西的胳膊撞上我的胸口,我俩在橱肚内凝神屏气,紧张摸索,从里面捧出了一批质地各异、长短不一、偏冷色系的衣物,这些衣物有厚有薄,有中有西,有粗糙有滑溜,每一件都折叠得整整齐齐,领口规矩,衣角平整,如同电熨斗熨过一般。稍薄一些的衣衫上,胸前和后背,有一道淡淡的折痕,这是衣服的主人手指甲留下的印迹。哦,褪色的淡士林对襟罩衫,十八年前你曾穿着它,挑着扁担送我上学,它的下摆如今多了一小块针脚细密、织补得相当专业的深蓝色布头。哦,蓝得发亮的涤纶短袖衫,多少回你穿着它,挺着腰,坐在我们家门口,用凝视大海一样的目光,把上班和上学的人等回家。哦,粉色儿童高领棉毛衫裤,这件该死的内衣差点儿要了你的老命。我俩把衣服一件件抖开,铺在床上,仔细观察一番,再一件件折起,为避免这些东西突然消失,我俩神情严肃,一言不发。我俩心急火燎,一刻不停地搜寻着,仿佛救援人员坐着橡皮筏、冲锋舟和潜水艇,在茫茫大洋打捞失事的飞机残骸。我俩又从铜钿柜内,摸出十几块光滑锃亮、大小不一的鞋楦头,各种颜色的碎布匹,长着绿毛的铜钱和纽扣,一批缠绕在纸棍上的棉纱线。我俩心急火燎,一刻不停地搜寻着那只神秘黑匣子,试图在这样彻底的搜寻中,找回那个爱开玩笑的老太太,渴望你再跟我俩玩玩那套老把戏:趁人掏钥匙开门的当口,门自动打开来,躲在门后窃笑。或是冷不防,从背后捂住开门者的眼睛,长着茧的双臂树杈一样微笑抖动着。喂,你这个古怪精灵的老太太,你躲在哪儿?你去了哪儿?快快现身吧!请回答请回答!我俩在铜钿柜最深处,摸出一个包裹妥当的包袱,互相对视了一秒钟,沉浸于无限深邃的遐想。这件压箱底的宝物,用一块发白的老棉布包着,包袱皮除了四个角明显拉长之外,整块布基本完好,当年我曾背着它追随你离家出走。我俩七手八脚,打开了包袱,眼前登时一亮,一件折叠妥帖的翠绿色软缎旗袍出现眼前:高领、细腰、长及脚背,有着精致刺绣,一批等距离、手指肚大小的菩提叶型盘扣,从胸口延伸至腋下,几只浅粉色的蝴蝶甚至绣到了领口。这件衣服散发出一种袅娜而婉约的气息,像是经历时间的化学反应后,散发出的神秘和宁馨,六十多年的风雨,暗淡了它的颜色,却提升了它的韵致。我俩的目光长时间停留在这件旗袍上,借着窗口斜射进来的缓慢侧光,眼前的旗袍产生一种十分圣洁美妙的效果,自鸣钟响了,不疾不徐,仿佛一个全知全能者,从容不迫地细数着一切,悦耳的乐声中,我俩仿佛嗅到爱情的甜蜜气息,听到蝴蝶的翅膀拍打着空气,令人如痴如醉,如坠仙境。在那一刻,我俩看到你,穿着翠绿色的旗袍,静静站在我俩面前,散发出太阳一般神圣的光。

排风扇的嗡嗡声把室内悬浮的悲哀,排向室外,低落的情绪一飘到门外,就被阳光、地气和蝉鸣稀释和吞没,人群像退却的潮水涌向门口,又分成若干股水流四散开去。亲友团的成员们,来到长廊上、树荫下,神色渐渐舒展,肌肉渐渐活络,有的用草帽煽着胸口,有的用裙子扇着风,有的对着太阳,一连做了好几个扩胸运动。说话声四起,从轻轻地到朗声的,从迟疑的到果断的,刚才还沉浸在忧伤中的人们,互相打起了招呼,聊起轻松的话题。介热的天,哪个逃得过哇?可不是哇,老太太真当硬气哩,昏迷了十天,硬是把在法国的外甥女等回来。老太太良心真当好,活也活得好,走也走得好。亲友团的成员们,发表着见解,从来没见过比对你的评价更一致的话题了。咳咳,她是一个连蚂蚁的毫毛,都不肯伤到一根的人哇。谁说不是呢?她说过,将来要是走了,我们去她的话,找个树多的地方坐坐,不要晒太阳。可不是么?她是个只为别人考虑的人,可能的话,她都打算自己走来火化呢。北乡话和南乡话一起碰撞,说者略带伤感,听者微微点头,原本阴郁的面色,逐渐舒展,嘴角浮现笑意,有的说着说着,还轻声笑起来。

空调水顺着管道,从嗡嗡作响的墙上滴下,凝成一片深色的水痕,烟囱冲着蓝天,静静地吐出一个个浓重圆圈。舅舅安静地蹲在墙根,似乎享受着日光浴,又像沉浸于遥远回忆。他是记起少年时,学校后那面荡着碧波的池塘么?还是记起跟你绞被单,一次次被水花溅湿衣裤的情景?好几次,舅舅站起来,像是顶着巨大阻力,走到一扇小窗边,伸长脖子朝里张望,似乎想从那个热气腾腾的地方,找回一点儿什么,然后原封不动地离开,蹲回原处,把脸埋进手掌。矮脚走到我身边,往我手心里塞了件东西,他的鼻子像冻伤一般。我打开那团皱巴巴的餐巾纸,里面是一对金耳环和几缕银灰色的发丝。可想而知,在那间密室,穿蓝色工作服的人,从你耳朵上摘下耳环,粗鲁的动作牵扯到你鬓边的发丝。我捏起耳环,套在小拇指上,像珠宝鉴定专家那样,在太阳下轻轻转动,记不清究竟欣赏那对耳环有多久。空气像熔化了的糖,太阳把大地上的一切,照得像镀了一层银子。

舅舅弹簧似的跳起,从那扇突然打开的窗户内,接过一只蒙着红布的盒子,他眯着眼,像是有一点不相信似的,指尖碰了碰盒子,像是碰到一块烫手的烙铁,耸起的肩膀战栗着。我从妈妈手中,接过盒子,它比看上去要沉,并且有点儿烫手。矮脚、大口和长脖,也抱了盒子,长脖比其他人抱得更久,还把脸凑上去,亲了又亲,好像要靠它取暖。蒙着红布的盒子,在手臂的丛林之间缓缓传递,最后像击鼓传花一般返回舅舅怀里。舅舅抱着盒子,像抱着一个刚刚出生的婴儿,下巴颏儿紧贴着,走得很当心。队伍再度出发,一个跟着一个,过长廊,下台阶,在一溜围墙前各自上车,驶出牌坊,疾驶了大约一刻钟,来到了村外一垄切割得香糕般齐整的田野上。舅舅下了车,走在最前面,步伐凝重似老翁,后背的衣衫已被汗水浸成酱紫色,腋下也是一片深色汗渍,在强烈的紫外线下,他的身影像一滴墨迹缓缓洇开。知了发出碎鼓般的鸣叫,空气像熔化的糖,令人呼吸困难。队伍缓慢地穿过光溜溜的电线杆、碧绿的甘蔗地、结了果的桃林,来到一片荷塘前。塘内,荷叶招摇,荷花玉立,站在塘边,望得到不远处,一座青草覆盖的小丘。距离小丘百米之遥,一块收割后的豆荚地里,摆着一件大家伙,蒙着一条大红色绸缎被面,绸缎的四角被扎住,在风中剧烈鼓动,强烈的光线射在闪闪发光的被面上,像一艘即将迎风起航的巨轮。

利市人把一只大公鸡的血,滴在小丘四周,挥起锄头在东南边,努力挖起来。众人拉手圈地,圈毕,把香插在四周。利市人筑墓完毕,把鸡血染成的红米,洒在周围。小丘前,立着一张方桌,桌上,摆着几碗豆腐青菜等菜蔬。碑前的石案上,供奉着两排对称的烛台,凝着黑乎乎的烛油,残留着褪了色的鞭炮残骸和被雨水淋湿、颜色融化的饰带。舅舅将蒙着红布的盒子,搁在方桌上,解开结,露出一座微型宫殿,你待在那幢两层小楼里,望着田野,仿佛刚刚旅行归来。舅妈打开塑料袋,取出蜡烛,撕去封纸,舅舅伸手接过,手刚刚伸向胸前,矮脚已经划亮了火柴,父子两个弯着身,点燃了蜡烛,蜡烛油的气息很快在干燥的空气中散发开来。舅舅把蜡烛在烛台上插端正,打开一捆腰部用红纸封住的香,举到蜡烛上,全部点燃,抬着被晒得发红的胳膊,按每人三支的比例,把香分发给大家。大家捏着香,跟着舅舅鞠躬,目光一致,神色端庄,鞠好躬,把香插入一个装着沙子的黑色小陶盆。香火氤氲飘起,在墨绿色的旷野和蓝天的映衬下,显得格外清晰浓郁。舅舅把两棵亲手培植的樟树苗,种在小丘边,春天时,他去社姆山灵峰寺赶庙会,带着这两棵樟树苗,拜了观音殿,上了猴塘水。二踢脚在空中炸响,掉下无数红红的碎屑,之后是连串炸响的鞭炮声,一沓沓金灿灿的黄表纸,一串串金锡箔纸折成的金元宝,一串串银锡箔纸折的银元宝,被摊在地上,舅舅用粗糙的手指,把它们一一摩挲开来,点上火,橙红色的火苗瞬间吞噬了它们,在干燥空气中发出像是植物烧焦时的卷曲声。接着,两叠花花绿绿、烫着金边的纸也被点燃,纸上印着天地中央银行字迹,还有一个峨冠博带的大人物。舅舅捡起一根树枝,小心拨弄着,直到它们化作缕缕青烟,朝着天空和虚浮的空气,以弯曲和分散的姿势消失,只剩一堆发白的微微烫手的灰烬。

太阳把全部的热量倾泻在大地上,脚下的泥巴发出微微响声,你和你的微型宫殿,被放入小丘东南角一处凿开的格子内,跟外公在泥土里重新相伴,新培的土散发着浅褐色的腥气。热风吹过庄稼地,盖着大红绸缎被面的大家伙,被浇上汽油点燃了,干燥的陈年木头,发出清脆剧烈的吱吱声,盖过知了的嘶鸣,掩去大地上的一切声息。火焰掀起的狂风,掀起了红盖头,它的前端题着一个红底黑字:安。这个字是外公八十岁那年,用毛笔写好后找木工描画嵌刻上去的,这口安,是他送给你的礼物,他送给自己的,是一个梦字,十年前他已随梦,永远地躺在小丘内。骄阳下,一口名叫安的大家伙,储存着这个家族的全部密码,端坐于火焰之上噼啪作响,发出一阵阵排山倒海的呼啸。一件翠绿色软缎旗袍,被投入火海,瞬息被烈焰吞噬。一把月亮形的桃花木梳,瞬息被烈焰吞噬。一盒封套上有两个甩着水袖的古装男女的磁带,瞬息被烈焰吞噬。大地在炙烤,天空在炙烤,世间万物都在炙烤着,燃烧着,扭曲着,山上的石子反射着光,如同海滩上一枚枚发亮的贝壳。此时此刻,那些穿行于表层世界和永恒世界的神秘事物,在我眼前以一种庄重而神秘的方式糅合着,交汇着,升华着,愈来愈分明,愈来愈真切。所有具有存储功能的事物,都将随着时间,慢慢地磨损和消耗,有若燃烧的火焰,蒸发的海浪,流逝的沙漏,失踪的雨水,而我却有一个不愿舍弃的念想,期望以文字的形式,把隐藏于基因和谜语底下的一切,诉诸笔端,加以记载与固定,我决定为此献出自己的力量。因为,我渴望以这样的方式,与你重逢。因为,一切终将消逝,又将不期而遇。寂静的时空中,一枝枝橘红色的萱草花,挟着兰草般修长挺拔的墨绿色叶茎,从灌木丛中昂然探身,排列成庄严的阵容,仿佛一道道橙红的烈焰,一把把刺向天空的利剑,翻滚着天空和大地的影像,裹挟着泥土和草木的气息,仿佛绵延大地之上的十里红妆,它们在骄阳下放声歌唱,翩翩起舞,荡漾天际,宛若蝴蝶飞去。

2013年5月初稿于杭州
2014年10月二稿于杭州
2015年5月三稿于杭州

跋

万千美感与深情,安慰此人生

卢文丽

2008年夏天,妹妹妹夫陪同我们一家去法国南部旅行。那趟诗意的夏日之旅,我们从阿维尼翁的圣贝内泽桥,到阿尔勒的古罗马遗迹;从普罗旺斯的熏衣草、橄榄树,到蔚蓝海岸的葡萄园、白沙滩;从香水小镇格拉斯、塞尚故居艾克斯,到风光旖旎的尼斯、摩纳哥,还去了好几个欧洲中世纪小镇,古老质朴的城堡,亲切安静的小巷,让人流连忘返。

从南方归来,我们去了凡高遗址——巴黎近郊30公里的瓦兹河右岸的奥维尔小镇。记得坐在凡高画过的《奥维尔教堂》的长椅上,我第一次告诉妹妹正在创作一部关于外婆的小说。那时,外婆离世已整整五年。我记得供桌上一排排闪烁的烛光,宛如跳跃的管风琴琴键,将幽暗的角落点缀得灿烂辉煌。

那个早晨,我们沿塞纳河畔的旧书摊,前往巴黎圣母院,远远地,就看到那座著名的哥特式建筑高耸的塔尖。妹妹说,每年外婆忌日,她都会来圣母院为她点一盏蜡烛。站在庄严华丽的教堂内,清晨的光线透过彩绘玻璃窗,营造出一种超凡脱俗的梦幻色调,我还记得当我抬头,目光随着古老凝重的石墙和石柱的指引,与光辉灿烂的巨大穹顶的相遇:高处,它的美与威严令人窒息。后来,我爱上法国音乐剧《巴黎圣母院》,正是因为剧中那位散发披肩的吟游诗人,在《大教堂时代》中那一段炽热空灵、愈拔愈高的唱腔,让我回想起当年用目光完成的那场朝圣之旅,再度体会到置身于那座奇妙壮丽、穿越时空的建筑物中的神秘经历:自身的无限渺小和爱的浩瀚无边。

妹妹鼓励我说:外婆的书就是你要建筑的大教堂。就像建筑师和那些优秀的工匠一样,用耐心和技艺,有一天你也会让你的创作拔地而起。是的,我梦想着我的大教堂,在心中一次次完善它的蓝图,它的每一个细节和点滴,它沉重的每一块基石和优雅的每一道回廊,因为我期望以它来让我们共同爱着的这个人永生。

我的老家在浙江中部东阳,小时候,在杭州工作的父母,把我寄放在乡下由外婆外公抚养。我们住的廿四间,是一座清代老宅,天井栽着橘树和泡桐。初夏时节,每当熏风拂过,树上伞状的白色小花,便会落满天井。出了台门,穿过一条卵石弄,向左拐个弯,就是锦溪。我的外婆不识字,却教会我许多来自乡间的道理,某种意义上,她对我的影响远甚于后来我所受到的教育。初中毕业,没考上重点,父母把我送回老家借读,因为老家素有"教育之乡"美称,高考升学率历年名列浙江省前茅,父母希望我这个家中长女能考上大学,为弟弟妹妹树个榜样。每个周末,我都会从学校所在的六石镇,返回十里地外的上卢村,享受外婆外公的关爱。

高中毕业,我回杭参加高考,没上分数线,回老家复读。次年,因数学成绩不理想,再次名落孙山。大学梦破灭,参加招工考试,被分配到某大学邮政所。那个冬天,我年满十九。南方的冬日阴冷漫长,心更常常备觉荒凉,只有将心灵之光折射到诗歌中去的冲动,于是写作成为我隐秘情感的表达。

阿拉伯诗人阿多尼斯说过:无论你走得多远,都走不出童年的小村庄。2004年,为写一本关于古村落的随笔集,我背着相机,游历了三十余个村落。当村庄上空弥漫起熟悉的炊烟味,当迎面的暖风送来田园的气息,时光倒流,仿佛外婆犹在人间。书完成后,却发现内心的隐痛依然无法释怀,我萌生将外婆一生的传奇故事,试着用小说来表现的想法。

从青春期开始,我写过诗歌、散文,写小说还是头一回。一个写诗起步的人,直接写起长篇,犹如一个短跑运动员,直接跑起了马拉松,我知道这个决定的危险性。我是否跑得下去,我要跑到何年何月,只有天晓得。当我跑步的时候,我想到了什么?茫茫大海,漫漫戈壁,汪洋中的一条船,沙漠里的一株骆驼刺。我像被抛掷在大海里,有一种近乎溺毙的恐惧,又像被放逐于荒岛,被无边的寂寞裹挟。常常,我陷入怀疑,在面对电脑屏幕度过多少个不眠之夜后,顿然觉得自己打出的那些密密麻麻的字符,跟阳光中悬浮的灰尘无异。最大的困难并不是对文字的驾驭,而是外婆那令人喟叹的命运,时时令我难以下笔,感觉到一种无法喘息的艰辛。

我家门前,有棵大樟树,无论微风吹叶,还是苔藓缠身,那棵树都只管心无旁骛地生长,似乎对它来说,到这世间的唯一工作,就是生长、生长、再生长。树的对面,有一座山,那座山,更绝,一年到头,一声不吭,仿佛这就是它的座右铭,亦是它的墓志铭。

一个面对着大树和青山的写作者,是幸福的,也是惶恐的。我时常自问:你的写作何时到头?你写下的文字究竟有何意义?当我把目光投向大树或远山,万物静默如谜。它们只是遵循自然规律,入戏地演着自己:春天,以清新绿意回答我。深秋,以纷飞落叶回答我。

  我每天坐在这里
  像一个病入膏肓的人

我知道我的病
因心中的爱而生

我希望我的病
早一点好
这样就不用承受
如此漫长的煎熬
我希望我的病
慢一点好
像个爱情中的患者
担心病好了
产生新的虚空

我像一个织布女
编制着经经络络
又像一只蚕
被自己抽出的丝裹挟
更多的时候
我像安徒生童话中
那位被施了咒语的姑娘
用手中的荆棘
为天鹅哥哥赶制羽翼
在大火到来前
将它们抛向空中

我时而忧伤,时而欣慰

默默无语,眼含热泪
沉浸于漫长的孤独
一天天
把阳光阻挡窗外

一天天,目睹江河日下
世事宛若汤煮
乱花迷眼
良知追随夕阳远逝
在没有遇见你之前
我的病不能好

我每天坐在这里
不停地写
唯有你让我无怨无悔
以虚无抵抗永恒的虚无

——旧作《写给陌生人的信》2010年11月

  这部书从孕育到完成,历时十年。漫长的创作过程,让我变得沉静、从容,像一名孤独的跋涉者,忘却寒来暑往,日升月落,不知情归何处。我的键盘时常被泪水打湿,有时又会独自笑出声来。在完成媒体行业本职工作、打理儿子们生活和学习的间隙,我将全部业余时间投入了写作。这些年,当我遭遇人生困境,是小说的主人公,我的外婆那朴素智慧的理念,乐观豁达的人生态度,扶持并激励着我。我的眼前一直有她的面容:不管路途有多艰辛,都要微笑着走下去。

那年春节，我跟几位女伴前往瑜伽的发源地，印度瑞诗凯诗。这个坐落于喜马拉雅山脉入口的小镇，三面环山，湍急宽广的恒河从镇中流过。那个傍晚，我随小镇上的人们，坐上摆渡船，来到恒河边的一块空地，席地而坐。一位身披橘红色纱丽的老妪，在鼓瑟伴奏下，端坐高高的台阶上开始唱颂。她的音色并不高亢，却哀婉绵长，既像是吟诵，又像是祈祷，婉婉道来，仿佛诉说着生命的苦难与喜乐、悲悯与宽恕、流离与救赎。我仿佛又听到外婆的呢喃低语，禁不住泪如雨下，那一刻我意识到，世上真正打动人心的东西，从来不分东方和西方，不分宗教和肤色，不分语言和国界。那一刻，如血的晚霞正将恒河水映得深红。

"万千美感与深情，安慰此人生"，这是1929年首届西湖博览会艺术馆馆歌中的一句。有人说，人生于世，是受苦来的。我愿说，人生于世，亦是寻梦来的。倘若文学不能记录真善美，倘若艺术不能为人世带来梦想，写作又有何意义？作家的使命或许就是让自己和读者相信，无论过去、现在还是将来，天地之间，唯有那些留存于心底的温暖而诗意的情感，宛若佛陀的微笑，庄重沉静，熠熠生辉，永恒存在，历经艰辛的人终将甘之如饴。

谨以此书，献给我在天国的外婆和外公，献给赐予我力量的父母和亲人。

二〇一五年五月二十日于杭州

图书在版编目（CIP）数据

外婆史诗/卢文丽著.-上海：上海文艺出版社.2015.11(2016.6 重印)
ISBN 978-7-5321-5732-7
Ⅰ.①外… Ⅱ.①卢… Ⅲ.①长篇小说-中国-当代
Ⅳ.①I247.5
中国版本图书馆 CIP 数据核字（2015）第 249407 号

责任编辑：林雅琳
封面设计：钱　祯

外婆史诗

卢文丽　著
上海世纪出版集团
上海文艺出版社　出版
200020　上海绍兴路 74 号
上海世纪出版股份有限公司发行中心发行
200001　上海福建中路 193 号　www.ewen.cc
上海天地海设计印刷有限公司印刷
开本 650×958　1/16　印张 24.25　插页 2　字数 436,000
2015 年 11 月第 1 版　2016 年 6 月第 3 次印刷
ISBN 978-7-5321-5732-7/I・4569　　定价：48.00 元

告读者　如发现本书有质量问题请与印刷厂质量科联系
T：13817973165